LE CINQUIÈME RÊVE

Patrice Van Eersel est né en 1949. Il a été l'un des journalistes fondateurs du magazine Actuel, *dont les grands reportages à la recherche des « télescopages primitifs-futuristes » du monde contemporain — de l'Amérique à l'U.R.S.S. en passant par l'Afrique — l'ont amené à consacrer une part croissante de son attention aux grands visionnaires de notre époque, particulièrement dans les domaines de la naissance et de la mort. Il est également rédacteur en chef de* Nouvelles Clés *(« le magazine de l'écologie intérieure »).*

Rien ne ressemble moins à un humain qu'une baleine et pourtant les cétacés nous fascinent. Atavisme ? Ils sont réputés être les animaux les plus intelligents, seuls capables de dialoguer à égalité avec les hommes. Anthropomorphisme ? Les plus tendres, au point que des femmes choisissent d'accoucher dans l'eau en présence de dauphins. Romantisme?
Attiré par des artistes qui jouaient du jazz avec des orques sauvages, au large du Canada, Patrice Van Eersel s'est retrouvé confronté à une interrogation philosophique abrupte : les cétacés auraient-ils une conscience, au sens où l'entendent les hommes ? Et, au-delà, que peuvent-ils nous apprendre à propos du destin de l'humanité?
Patrice Van Eersel est allé chercher des réponses aux États-Unis, dans l'ex-U.R.S.S., en Australie, en Afrique, et dans la France profonde. Il a rencontré d'étranges professeurs de langues qui ont des dauphins pour élèves, des spécialistes des univers virtuels et des biosphères artificielles, mais aussi Ilya Prigogine, prix Nobel de physique, Lynn Margulis, la microbiologiste qui révolutionne le darwinisme, Stephen Jay Gould, le paléontologue, et, bien sûr, Jacques Mayol, le fameux *homo delphinus*.
Dans *La Source noire*, Patrice Van Eersel avait sondé les mythes et la science traitant de la mort. Avec *Le Cinquième Rêve*, c'est de la vie qu'il nous entretient, des origines de l'homme, de son avenir et de l'évolution des espèces, n'hésitant pas à l'occasion à recourir à la complicité de nos cousins les dauphins, dont une légende cherokee nous dit qu'ils « rêvent l'homme »...

Paru dans Le Livre de Poche :

LA SOURCE NOIRE. RÉVÉLATIONS
AUX PORTES DE LA MORT

PATRICE VAN EERSEL

Le Cinquième Rêve

Le dauphin, l'homme, l'évolution

NOUVELLE ÉDITION
REVUE ET AUGMENTÉE

GRASSET

A ma sœur Isabelle, à mes frères Thierry, Michel, Marc et Laurent, qui n'ont pas eu besoin d'enquête pour comprendre les animaux.

Aux femmes enceintes, tunnel d'amour entre les mondes.

Aux anarchistes lumineux.

Remerciements

A Gregory Bateson, Marshall McLuhan, Lynn Margulis, Ilya Prigogine, Fatima Mernissi et André Malraux (et à Claude Tannery, exégète de ce dernier), parrains d'honneur de cette enquête. A l'Indien Swift Deer qui l'illumina. A Denis Bourgeois et Gitta Mallasz, qui m'ont incité à la mener à terme. Aux journaux *Actuel*, *Nouvelles Clés* et *Humains Associés*, dont les reportages en ont miraculeusement jalonné le parcours. Aux maîtres de shintaïdo Bernard Du Crest, Robert Bréant et Albert Palma qui l'ont ouverte au monde. A Eya Bagrianski, née dans la mer Noire, en août 1986. Aux musiciens Jorge Milchberg, René Aubry, Hector Zazou, Bony Bikaye, Fela, Cheib Mami, Ray Lema, Mozart, Mickey Hart, Ali Akbar Khan, Paco de Lucia, ainsi qu'aux moines-chanteurs orthodoxes de l'abbaye de Chevetogne et aux groupes *Dire Straits* et *Yello*. A la tribu de Saint-Maur toujours. A ma femme Michèle et à Anne Avigdor pour leur relecture du manuscrit.

Tu soupires, Pinocchio, impatient d'intégrer Jiminy à ton monde intérieur ? Ne pleure pas, voilà que s'achève, dans la fureur mais inéluctablement, l'âge des religions. Ne te crois pas achevé pour autant : sans fin est le processus d'intériorisation.

Introduction

LES MUTILÉS

1

Mantes-la-Jolie : Émile va à la noce

C'était une noce particulièrement jolie, au début de l'été, dans une campagne française. Plusieurs centaines de convives batifolaient sous les tonnelles. Le champagne coulait par rafales. Sur une estrade, des musiciens hilares jouaient de la rumba. D'anciens amis s'embrassaient dans des éclats de voix. Les mariés faisaient boire tout le monde, entraînaient les gens à danser et à rire.

Émile observait la scène du coin de l'œil. Il connaissait la plupart des convives — certains fort bien, pour avoir vécu jadis parmi eux. Les retrouver ainsi réunis, par une chaude soirée de pleine lune, lui mettait du miel au cœur. Dans la cohue il avait échangé de bonnes blagues, fait claquer des mains, embrassé de belles amies, caressé de mignonnes frimousses — « C'est ton fils, ce grand-là ? Nooon ! Mais quel âge a-t-il ? »

Il faisait nuit depuis longtemps, quand il éprouva le désir d'arrêter de danser et de faire un tour. Quittant l'aimable compagnie, il s'engagea sur un sentier qui grimpait derrière les bosquets. En quelques centaines de mètres, il se retrouva sur une colline couverte d'herbes odorantes, d'où la noce lui apparut, en contrebas, dans un tourbillon de lumière et de musique.

Un instant, il contempla la scène, essayant de reconnaître les silhouettes minuscules qui dansaient au loin. Quand soudain un flot de rumba plus puissant que les autres lui parvint du vallon et lui redonna furieusement envie de danser. En quelques secondes il fut soulevé de terre et se mit à tourbillonner sur la colline.

D'abord, il pensa simplement que la musique était très bonne. Mais le tourbillon prit une ampleur telle que bientôt il eut l'impression d'être l'objet d'un sortilège : ce n'était pas lui qui dansait, quelque chose dansait à l'intérieur de lui. Son corps s'était mis à se mouvoir suivant des courbes absolument inattendues, qu'il découvrait lui-même, stupéfait, d'instant en instant. Ses bras, ses épaules, son cou, son bassin, ses pieds lui donnaient l'impression d'obéir à une géométrie complexe, d'une précision absolue, et dont la beauté le laissait pantois. Était-ce une danse indienne ? Africaine ? Celte ? En quelques minutes, il atteignit un état qu'il n'avait jamais connu. Il ne dansait pas, il « était dansé ! » Sa volonté n'y était pour rien. Ses muscles semblaient ne fournir aucun effort : aussi détendus que s'ils avaient dormi, ils se reposaient littéralement sur l'étrange force qui les avait envahis. Une immense jubilation monta en lui.

Elle semblait jaillir de la terre et le traversait verticalement comme une liane de feu. Jamais il n'aurait imaginé pareille merveille possible. D'autant que son esprit restait étonnamment calme. Jamais il ne s'était senti aussi conscient, aussi présent à lui-même, aussi lucide. Et pourtant, en un clin d'œil, une véritable folie s'était emparée de tout son être. Lui qui, quelques instants auparavant, devisait encore très urbainement se surprit à penser : « Je donnerais tout ce que je possède au monde pour demeurer en cet état tout ma vie ! »

Et à l'instant même où cette idée lui vint, il sut ce qu'il eût fallu faire pour que cela dure effectivement.

Il le sut sans mot.

C'était incroyablement simple. En fait, il ne fallait rien faire. Au contraire, il fallait laisser faire, laisser cette force le traverser, ne rien tenter pour l'arrêter. Rester tout simplement centré, attentif à ce qui se produisait alors en lui.

C'était comme si un brasero s'était allumé dans sa poitrine. Son cœur éclatait de joie. Il sentit, très physiquement, sa poitrine se dilater. Et les visages commencèrent à défiler dans sa tête. Les visages de tous ceux qu'il avait connus dans sa vie, depuis sa plus tendre enfance. Tous! Jusqu'aux plus vagues camarades de ses plus jeunes années d'école. Des centaines de visages, qu'il avait eu mille fois le temps d'oublier, lui revinrent en mémoire. Et tous lui souriaient. Et son cœur les aima. Il comprit que ces visages l'aimaient, et s'émerveilla d'avoir l'impression de comprendre, enfin, ce qu'aimer signifiait.

Était-ce cela?

Sur le coup, il en eut la certitude. Un torrent très matériel le traversait à présent de part en part, le reliant physiquement aux autres; reléguant tout ce qu'il avait pu ressentir de plaisir jusque-là au rang de pâles balbutiements. C'était une lave hallucinante de vivacité, un jaillissement ineffable...

A dire vrai, ces mots ne lui vinrent que par la suite. Sur le coup, l'expérience elle-même suffit à emplir entièrement son champ de conscience. Sans cesser de danser, il se mit à aboyer dans le vide. Des cris de ravissement, des hurlements de joie sortirent de sa gorge, accompagnant son mouvement. Des jappements d'allégresse lui rappelèrent des sentiments sans nom, d'étranges impressions, anciennes et familières à la fois, des images de femmes chantant du haut de rochers escarpés, soulevant leurs chevelures dans le soir.

Alors, lentement, arrivèrent les questions.

Il commença par s'interroger sur la nature physique de cette force qui l'habitait. Il se dit qu'elle semblait infiniment puissante. Aussitôt, il voulut tester cette impression. Se couchant dans l'herbe, il se mit à faire des tractions... Il fit plusieurs centaines de pompes, à toute vitesse, sans éprouver la moindre fatigue. Il aurait pu en faire des milliers. Exultant, il se releva et, tout en s'essuyant les mains, se remit à la danse. Le flux mystérieux qui le traversait lui donnait bel et bien une force colossale. Plutôt, il sentit qu'il pouvait « devenir » ce flux, se fondre en cette force. Pendant quelques minutes encore il dansa comme un dément.

Mais le jeu des questions était lancé, il ne put l'arrêter. Elles affluèrent bientôt par myriades. Quelle était cette force ? Était-elle humaine ? Ou bien était-ce un fait exceptionnel ? Un « miracle » ? Dans tous les cas, que révélait-elle tout d'un coup au fond de lui ? Avait-elle réveillé un mécanisme endormi ? Qui lui appartenait en propre ? Pourquoi avait-il l'impression de ne rien contrôler ?... Mais d'entre toutes les questions, l'une émergea :

« Pourquoi danses-tu seul ? »

Toujours pris par le fleuve inouï, la question le happa : pourquoi, en effet, restait-il tout seul sur cette colline, au lieu de redescendre vers les autres ? Ne fallait-il pas, au plus vite, ramener cette danse sublime à ses amis ? Pouvait-on recevoir pareil cadeau de la nuit et ne pas immédiatement chercher à le partager ? La réponse allait tellement de soi qu'il se mit aussitôt à descendre la colline, tout en continuant de danser.

Sans reprendre le sentier qui l'avait conduit au sommet, il coupa à travers champs, courant en droite ligne vers la noce.

Pendant une centaine de mètres, son cœur demeura grand ouvert. Sans réfléchir, il courait vers les autres en chaloupant de joie. Mais ensuite, imperceptiblement, il sentit une résistance. On aurait soudain dit qu'il s'enfonçait dans un liquide, et qu'à chaque nouveau mètre parcouru la pression augmentait. D'abord, il nia le phénomène, et continua de danser comme si tout allait bien. Mais plus il s'approchait des autres et des lumières de la fête, plus la pression augmentait, et plus il lui fallut remplacer la force mystérieuse, qui visiblement l'abandonnait, en « dansant » par lui-même — de « danser », verbe volontaire, semi-transitif et actif.

Comme il arrivait en vue de l'aimable compagnie, une voix intérieure lui souffla : « Mais bon Dieu, reste tranquille, sois naturel ! » La seconde d'après, c'en était fini. Il n'était plus qu'un automate. Il continua à danser, mais la pression des autres sur lui était telle à présent qu'il la sentait littéralement déformer son visage. Chacun de ses muscles était désormais imbibé de plomb. Dans le tohu-bohu de la noce, une première personne lui adressa la parole (une amabilité anodine quelconque). Il se sentit « sourire » d'un rictus abominablement forcé et s'entendit, stupéfait, débiter une ânerie laborieuse, qui fit rire son interlocuteur. Ce qui le surprit le plus fut que l'autre ne s'aperçoive apparemment de rien — il s'attendait à une remarque du genre : « Qu'est-ce qui te prend? Tu ne te sens pas bien ? » Mais non, et cela se confirma dans les minutes qui suivirent, personne ne remarquait rien. Il s'aperçut avec horreur qu'il avait simplement rejoint l'état normal des relations humaines. Même dans cette noce entre amis, si charmante, chacun portait un épais masque de métal, au travers duquel les plus aimables « communiquaient » en se touchant à tâtons du bout d'antennes mutilées. Tout était faux, les mariés se forçaient à rire, les convives, rouges et ivres, mimaient la convivialité. Émile, lui, se sentait plus que jamais tout pétri de médiocrité.

Une douleur sans nom lui transperçait le dos. Pour lui, la noce était finie. Il s'éclipsa. Son mal dura jusqu'au surlendemain matin.

Des jours durant, Émile chercha à comprendre ce qui s'était passé. Il se savait, comme beaucoup, volontiers enclin à la paranoïa. Mais pour une fois, il en était sûr, il avait eu affaire à bien autre chose. A une force, puis à une résistance, dont la puissance dépassait tout ce qu'il avait connu jusque-là.

Un matin, une phrase de Simone Weil lui revint à l'esprit : « La bête de l'Apocalypse, c'est la pression sociale. »

Brusquement, il crut entr'apercevoir l'animal redoutable dont la philosophie avait voulu parler, et comprit à quelle résistance fantastique les beautés encore cachées de l'Homme devraient faire face, si elles voulaient s'épanouir.

2

Paris : Rita

Cela avait commencé très lentement, au petit jour. Vers dix heures du matin, Rita s'était présentée à la maternité avec son mari. Après l'avoir examinée, la sage-femme de garde la renvoya chez elle : le col était encore totalement fermé, et les contractions beaucoup trop espacées, elle avait tout le temps de revenir dans l'après-midi. Mais Rita habitait loin et elle n'avait pas envie de rentrer. Et puis... une euphorie inattendue montait en elle.

Elle eut soudain très faim. « Allons au restaurant », dit-elle à son mari, surpris.

Il faisait beau, ils s'assirent à une terrasse, elle commanda un steak tartare. Une véritable hilarité l'envahissait maintenant de la tête aux pieds. Le mari riait lui aussi, sans trop oser y croire. Il avait posé sa montre sur la table pour qu'ils puissent compter les minutes entre deux contractions : « Quand vous en aurez une toutes les cinq minutes, avait dit la sage-femme, vous pourrez revenir. » Cela arriva plus vite que prévu. Ils en étaient à peine au fromage.

Cette fois, la maternité l'accepta : « Magnifique, s'écria la matrone en auscultant la jeune femme. Votre col est ouvert comme une pièce de cinq francs, vous allez vite en besogne, vous ! » On emmena Rita dans une salle de travail à la lumière tamisée, et le mari fut invité à s'en aller revêtir une tenue stérile, comme le prévoyait le règlement.

Loin de cesser, l'euphorie de Rita prit alors des proportions effarantes. Chaque fois qu'une nouvelle contraction arrivait, toujours plus intense, au fond de son ventre, elle avait l'impression de s'élever dans les airs, à des hauteurs de plus en plus vertigineuses. Dans quel étrange état de conscience avait-elle basculé ? Elle ne se posait pas la question. Son enfant allait bientôt naître. Elle était aux anges. C'était le plus beau jour de sa vie.

De temps en temps, la sage-femme faisait une visite discrète, sur la pointe des pieds, dans la pénombre. « C'est très bien, c'est très bien, chuchotait-elle, en tapotant gentiment les jambes de Rita, continuez comme ça », et elle disparaissait vers d'autres salles, laissant la jeune femme toute seule, quelque part hors du temps.

Ce n'est qu'au bout d'une heure que l'on s'aperçut de l'absence du mari. Le malheureux avait été oublié au vestiaire, à un autre étage, où on l'avait prié de revêtir une tenue stérile, vert pâle, destinée à le couvrir de la tête aux pieds. L'oublié se faisait un sang d'encre, persuadé que l'accouchement de sa femme avait brusquement viré à la catastrophe. L'infirmière qui vint finalement le chercher l'assura du contraire. Il ne la crut pas. Elle l'invita à venir rejoindre la salle de travail. Il s'y rendit avec anxiété, convaincu qu'on lui cachait quelque chose.

Quand, du haut des vagues qui la transportaient, Rita le vit entrer, dans sa tenue d'homme-grenouille, il y eut un flottement. Le jeune homme s'approcha de son épouse, lui saisit le poignet et, d'un air épouvantablement compatissant, lui demanda : « Ça va ? C'est pas trop dur ? »

Un instant de silence. Et ce fut la chute, brutale. Fauchée en pleine extase, Rita tomba en torche. En un éclair tout son corps lui devint ennemi. Une douleur atroce lui transperça l'abdomen. Le mari, verdâtre, courut chercher la sage-femme qui, n'y comprenant rien, appela à son tour le médecin de garde. Rita se tordait maintenant comme un ver de terre. En cinq minutes l'affaire était entendue :

l'enfant risquait d'étouffer, il fallait d'urgence pratiquer une césarienne. Du lit roulant qui l'emportait à toute vitesse vers le bloc opératoire, Rita entendit l'accoucheur lui lancer :

« Courage, tout ira bien ! Mais vous voyez, je vous l'avais dit, il aurait été tellement plus simple de demander une anesthésie péridurale. »

3

Treblinka : la surprise du paysan polonais

Quelque part au cours de *Shoah*, son reportage-fleuve sur les camps nazis, le cinéaste Claude Lanzmann interroge un paysan de la région de Treblinka, en Pologne. Pendant la Seconde Guerre mondiale, l'homme avait une vingtaine d'années et il travaillait à la ferme de son père, dont l'un des champs bordait le terrifiant camp de concentration. Évoquant ce dernier, Lanzmann, qui n'arrive décidément pas à s'y faire, dit (je cite de mémoire) :

« Et vous étiez donc là, à labourer, tandis que de l'autre côté des barbelés, il y avait ces gens qui... Et vous pouviez les voir, comme ça, tous les jours ? »

Le vieux Polonais fait un clin d'œil, et répond au cinéaste sur le ton de la bonne blague :

« Les Allemands nous interdisaient de regarder, mais nous (baissant la voix) on regardait quand même ! »

Lanzmann sursaute. L'œil du paysan brille ; ça l'amusait donc ? Le cinéaste jette une question désemparée :

« Mais... ça ne vous faisait pas MAL ? »

Alors le vieux paysan marque un temps d'arrêt. Visiblement la question le surprend. On lit dans ses yeux qu'il parcourt son esprit à la recherche d'une réponse. Celle-ci finit par jaillir, au bout de quelques secondes :

« Mais enfin, monsieur, si vous vous coupez VOTRE doigt, ça ne me fait pas mal à MOI ! »

4

*Kinshasa : cristal liquide**

Ray éclata de rire : « Ça fait vingt-cinq ans que je fais danser des Blancs ! Et crois-moi, quand tu fais danser des gens, il ne te faut pas longtemps pour voir à qui tu as à faire ! » De sa main effilée, le Noir fit le geste de s'arracher un masque. Ses doigts claquèrent dans le vide puis se reposèrent tranquillement sur le bord de la table.

« Tu veux dire, suggéra l'autre, qu'au fond nous dansons mal et que...

— Ah mais vraiment, rien à voir avec la technique ! »

La voix du Black frappait comme un tissu au grand vent :

« Non, rien à voir. Je connais des Blancs, enfin, je veux dire des Occidentaux — parce que Dieu sait si ce mal nous menace tous ! — qui techniquement, ne dansent pas mal du tout. Mais ra-ri-ssimes sont ceux qui ne te donnent pas l'impression d'être complètement coupés.

— Coupés ?

— Coupés du monde ! Coupés des autres ! Coupés de tout ! Je crois que c'est le prix terrible qu'ils ont payé pour inventer l'individualisme, c'est-à-dire l'ère moderne. Et quand tu les fais danser, je t'assure que

* Ce texte a déjà été publié, dans la postface de *La Voie du Shintaïdo*, d'Albert Palma, Albin Michel, 1992.

ça saute aux yeux : les Blancs sont totalement coupés les uns des autres. Ils dansent chacun pour soi. Même quand ils sont deux !

— Excuse-moi, mais quand je danse le slow, ou même le rock d'ailleurs, le vrai rock, eh bien...

— Mais non, je t'assure... (l'Africain eut un sourire d'un kilomètre de large). Il s'agit de quelque chose de... comment dire ? de très objectif. Et nous, Africains, nous mettons énormément de temps à réaliser que, cette chose, vous ne la voyez pas, vous ne la sentez pas. Ma position de musicien m'a un peu aidé à voir plus clair là-dedans. Imagine des gens qui diraient raffoler du surf, mais qui ne verraient pas les vagues ! Ils seraient là, dans l'eau, à essayer de grimper sur leurs planches, mais chaque fois qu'une belle vague arriverait, ils ne la verraient pas. Et plaf ! ils la prendraient sur la tronche. Parfois, tout à fait par hasard, l'un d'eux saurait en prendre une au bon moment — et alors ZZZZZZZ ! il ferait enfin du vrai surf, et il crierait à la grâce divine et au "miracle", et à coup sûr, il écrirait un essai dessus ! Mais la plupart barboteraient en désordre, chacun dans son coin ! »

De nouveau son rire tonitruant éclata dans la nuit et, cette fois, le Blanc rit avec lui.

« Eh bien je t'assure, reprit le Zaïrois, c'est e-xacte-ment l'impression que tu as quand tu fais danser des Blancs. Comme si, pour gagner leurs indépendances individuelles, ces humains-là s'étaient mutilés de tout ce qui les liait au monde. Coupé les ailes ! Et là, pendant la danse, leurs mutilations apparaissent tout d'un coup au grand jour. Béantes ! Quelquefois, je te jure que ça fait de la peine.

— O.K., se défendit l'autre, mais quand toute une foule se balance au même rythme, par exemple dans un grand concert rock, ou dans une *rave*, là, quand même... ?

— Ah... tu sais à quel point j'aime cette ambiance, et combien je me sens rocker moi-même. Mais là, franchement, tu sais ce qu'on sent ? La nostalgie des liens perdus. Une nostalgie assez épaisse, mais c'est vraiment tout. Quand tu y regardes de près, même dans les plus grands concerts (leurs fameuses "messes rock"!), eh bien derrière une écume un peu... hystérique, la sensation réelle, individu par individu, de ce qui relie chacun au tout, cette sensation-là est vraiment faiblarde ! On a juste des milliers de "moi" agglutinés, qui passent un bon moment ensemble, d'accord c'est sympa, mais voilà tout. S'il en allait autrement, avec de pareilles masses de gens, t'aurais des transes carabinées, crois-moi ! »

Ils demeurèrent un instant silencieux. On leur servit du thé.

Et brusquement, comme si la conversation ne s'était pas arrêtée une seconde, l'Africain reprit :

« Mais si tu voyais un individu de la forêt africaine, quand la musique se met à tourner ! Ah mon vieux ! »

Il ouvrit les bras en croix et tira une langue la plus large possible. C'était un geste d'écartèlement à la fois infini et assez laid. L'autre, vaguement étonné, fit des yeux ronds :

« Quoi ? Il s'envole ?

— Ah tu parles ! Il n'existe plus, tu veux dire ! En Afrique profonde, quand la musique se met à tourner, c'est bien simple : l'individu n'existe plus. Terminé ! Il est tout entier fondu dans ces fameux "liens" dont nous parlions, et que vous, les Blancs, vous ne sentez plus. Or ça, cher ami (les yeux soudain mi-clos, guettant l'autre avec un air de grand renard sérieux), nous n'en voulons pas non plus ! Nous ne désirons pas vos mutilations d'Occidentaux, mais ce n'est certainement pas pour revenir en arrière dans l'anéantissement de la forêt ! Ah ça non ! D'ailleurs, ça serait impossible ; même en Afrique, le mouvement de modernisation est irréversible, alors...

— Alors tu veux quoi ?

— Le lait et l'argent du lait ! »

De nouveau, il rit, du rire le plus éclatant qui soit. Maintenant l'autre se sentait pris d'une jubilation perplexe : « Tu me fais marrer : tu veux l'individualisme, mais sans la solitude, c'est ça ?

— Je veux cette chose tranchante, aiguë, que vous avez affûtée à la limite de l'impossible, et qui s'appelle la lucidité, la conscience individuelle ; mais je ne veux pas pour autant perdre mes liens au monde et aux autres !

— La belle blague ! Crois-tu que ce soit possible ? Comme si tu réclamais à la fois l'état de la particule et celui de l'onde...

— Ah ha ! Voilà qui me dit quelque chose ! Ne m'as-tu pas raconté toi-même un jour que les physiciens modernes décrivaient la réalité matérielle sous ce double aspect inséparable ? !

— Oui, la matière, mais imagine un peu : comment un être humain pourrait, à la fois, avoir des ailes et n'en avoir pas ? Tu veux être tout à la fois, libre de tes mouvements, indépendant de tous les autres, et pris dans un cristal, en résonance avec le tout...

— Oh mais dis donc, sais-tu que ça existe, ce que tu viens de décrire ?

— Hein, quoi ?

— Cet état particulier, là : à la fois "un" comme le cristal et librement dispersé à la guise de chaque atome.

— Eh bien ?

— Cet état existe, tu viens de me donner une idée : c'est l'eau, le cristal liquide, mon frère ! Une substance en pleine expansion industrielle, à ce qu'on m'a dit ! »

Ils rirent encore fort tard. Mais le reste de la nuit ne leur suffit pas à définir l'impression particulière que ce bout de conversation avait éveillée en eux.

5

Seattle : comment je suis tombé dedans

Sans doute vous demandez-vous quel rapport établir entre ces histoires de mutilation, de danse, de naissance... Ce n'est pas moi qui les ai ainsi reliées les unes aux autres. L'assemblage est venu des histoires elles-mêmes, qui se sont jouées de moi, s'articulant dans une série de coïncidences dont je commence à peine, des années après, à comprendre le fin mot. Une seule vague impression : au départ, les enchaînements semblent avoir eu pour vecteur le dauphin. Ou ce qu'il symbolise. C'est à partir du moment où je me suis intéressé à lui que les coïncidences se sont multipliées. Comme s'il m'avait suffi de chevaucher cette monture mythique — de tous les mythes de l'âge écologique, citez-m'en un plus populaire — pour me trouver entraîné dans un délire de science-fiction.

Vous me direz qu'en soi ce phénomène pourrait n'être lui-même qu'une coïncidence, et je pourrais être d'accord sur ce point. Mais cela ferait une coïncidence de plus, qui mettrait toutes les autres au carré, et renforcerait le piège mental. On le sait bien : c'est à partir d'une certaine densité de coïncidences qu'un individu peut basculer dans la magie du monde. Ou dans la folie. Les fous sont particulièrement doués pour voir des coïncidences partout.

Mais laissez-moi vous raconter comment je suis

tombé dans ce piège. Au départ, je ne m'intéressais pas davantage aux dauphins que n'importe qui. Oui, je les trouvais sympathiques. Qui de nous ne s'est jamais extasié sur ces fulgurances mouillées, sur ces obus de bonté pure ? De « bonté » ? Mais oui, bien sûr, j'avais un a priori favorable. On m'avait toujours dit que les dauphins étaient doués d'intelligence, qu'ils nous aimaient, que c'étaient des as, des géants. Et rien de fondamental n'était jamais venu démentir cette légende. Mais c'était une légende. Une gentille légende, comme la nature en est remplie : ni vraie, ni fausse... comment dire ? Juste une projection anthropomorphique de plus.

Certes, j'avais ouï dire que la légende du dauphin (comme celle de l'éléphant, du loup, ou de l'ours) était truffée de faits réels. Par exemple, il semblait fermement établi, depuis la nuit des temps, que certains dauphins — mammifères étranges, au cerveau, disait-on, aussi développé que le nôtre — avaient effectivement guidé des bateaux qui se trouvaient dans de mauvaises passes, qu'ils avaient sauvé des hommes de la noyade. Ou encore qu'ils aidaient les pêcheurs, en rabattant le poisson dans leurs filets. Mais l'avaient-ils fait consciemment ?

Sitôt posée, cette question me rappelait à vrai dire les débats vaseux du cours de philo sur « l'intelligence et l'instinct », d'où j'étais toujours ressorti très mal à l'aise, avec l'impression affreuse d'être passé complètement à côté de la plaque, à côté de l'expérience, de la vie, bref de l'essentiel. Comme si les animaux (doués de gros cerveaux ou pas) étaient finalement pris — bien qu'on s'en défende — pour des machines, et qu'en réalité les philosophes, les humanistes matérialistes surtout, ne s'en sortaient plus dès qu'on causait animal, tout emberlificotés dans une double et contradictoire affirmation : l'homme ne serait « *qu'une espèce animale parmi les autres* », mais en même temps « *gare à celui qui tenterait de mesurer la culture à l'aune de la nature* » — celui-là ne mériterait en effet que les surnoms d'eugéniste et de nazi, car l'homme serait un être totalement à part.

A l'inverse cependant, rien ne m'agaçait davantage que les projections anthropomorphiques dont on ne peut s'empêcher d'abreuver les enfants : l'histoire de la « maman ours » ou du « papa crapaud » qui finissent par mourir tragiquement, forcés d'abandonner tous leurs « enfants », loin de leur « maison », m'avait très tôt fichu un malaise tout aussi carabiné que la myopie de nos maîtres en philosophie. Le mauvais côté de Walt Disney. J'avais lu un jour quelque part que, si la zoologie était une religion, l'anthropomorphisme serait son péché mortel, et j'étais (très dogmatiquement) d'accord.

Comment, dans ces conditions, aurais-je pu prévoir vers quels horizons époustouflants d'humanité allait m'emporter ce diable de dauphin ?

Que nous soyons, nous humains, des êtres considérablement inachevés, prodigieux seulement par intermittence, le plus souvent terrifiants de bêtise, ineptes jusqu'à l'autodestruction, jaloux, frustrés, paranoïaques, coupés les uns des autres — dans le plaisir de la danse, aussi bien que dans le spectacle de la souffrance ou dans le « travail » de l'accouchement —, et donc, *credo* (allez savoir pourquoi !), des êtres en plein devenir, je n'avais jamais pensé que la chose pût être niée. « En devenir » vers quoi ? ça... bien malin qui pouvait le dire. Entre l'image d'un solitaire *surhomme éveillé*, tout auréolé de puissance immobile, et celle d'une grouillante humanité-Léviathan, dont chaque individu ne serait qu'une cellule d'un vaste *organisme planétaire*, la fourchette était ridiculement large. Prétendre que nous puissions jouer sur ce devenir (d'une lenteur, me disais-je, quasi géologique) relevait déjà beaucoup plus, pour moi, de la croyance délirante, voire de la dangereuse fantasmagorie. Seule, pensais-je, la pression implacable de la nécessité la plus dure nous fait évoluer. Ainsi ne pourrions-nous, peut-être, devenir *Homo ecologicus*, ou *Homo noeticus*, ou encore *Homo cosmicus*, avec une infinie lenteur, qu'une fois notre environnement empoisonné à mort, des dizaines de milliers d'espèces irrémédiablement éliminées du grand jeu, la surpopulation et la famine menaçant de toutes parts... bref, la pression de cette damnée bonne vieille nécessité. Celle-là même qui, comme le dit Satprem, obligea il y a un milliard et demi d'années les bactéries anaérobies à s'adapter au poison dont elles avaient pollué toute la planète : l'oxygène — ce déchet empoisonné se métamorphosant en carburant d'une nouvelle sorte de vie, aérobie celle-là, dont nous sommes les descendants.

Mais qu'une mutation globale puisse brusquement affecter l'humanité entière — vous savez, blop ! chauffé à blanc, le bout de métal se liquéfie *brusquement* —, bref que nous puissions tout d'un coup changer d'état, ainsi que le suggéraient certains « rescapés de la mort » rencontrés lors de mon enquête sur l'accompagnement des mourants*, cela je ne pouvais finalement l'admettre qu'à un niveau symbolique à peine perceptible, et encore...

De mon voyage dans la zone d'agonie, au bord du plus vertigineux paradoxe qui se puisse imaginer, là où tout s'inverse, j'étais certes sorti changé à jamais. Mais le changement a-t-il une fin ? D'avoir fréquenté les maîtres-passeurs, je conservais la curiosité immense de connaître l'ineffable « grande lumière » dont il était si souvent question, nectar d'amour et de connaissance — l'« Ultime Réalité » ! —, et c'était exaltant, mais... comment dire ? Sur le plan spirituel, je me retrouvai tel l'étudiant qui, une fois le baccalauréat tant désiré en poche, découvre que les études (et les problèmes, et la vie, et tout) ne font que commencer. De la « lumière ineffable » dont m'avaient tant parlé les rescapés de la mort, quelques minuscules étincelles étaient certes restées en moi, à jamais me semble-t-il, et suffisantes pour métamorphoser mon système de croyances. Mais sur ce nouveau fond himalayen — la vie éternelle ! — se détachaient, plus que jamais, les myriades de petites vallées intermédiaires, toutes remplies de laby-

* Ma première série de reportages portait sur cette question (*La Source noire*, Grasset, 1986).

rinthes et d'infamies humaines. Ce pour quoi la vie vaut redoutablement la peine d'être vécue.

D'ailleurs que disaient-ils d'autre, nos fameux « experiencers », sinon qu'au moment de mourir on revivait en une fraction de seconde toute sa vie, mais en version intégrale — ressentant, au-delà du bien et du mal, tous les effets qu'avaient pu avoir nos paroles et nos actes — et qu'alors on se rendait compte du gaspillage : ce qu'on avait pris pour glorieux et honteux, les « événements », ne dépendait en fait pas de nous, alors que le seul endroit où nous jouissions d'une réelle liberté, les minuscules détails de chaque instant, nous les avions totalement négligés, marchant dessus comme des éléphants somnambules. Mais comment nous réveiller d'un si terrible sommeil général ?

En ce monde-ci, en ce temps-ci, je restais finalement sous l'influence d'hommes qui, tels Arthur Koestler ou Henri Laborit, nous avaient suggéré qu'il y avait peut-être eu quelque erreur de fabrication aux débuts de l'humanité. Par exemple, des passerelles nerveuses trop étroites entre nos cerveaux archaïques (sièges des pulsions et des émotions) et le néocortex humain (centre de la volonté et du langage). Ne pouvant ni combattre, ni fuir, nous nous inhibions. Trop nombreux. La bombe P préparait une inhibition à vous flinguer une galaxie. La contemplation du monde terrestre me nourrissait, au mieux, d'un « pessimisme constructif », comme disent aujourd'hui les sociaux-démocrates.

Je restais aussi très impressionné par une conversation, tenue en 1982 avec le physicien David Bohm, célèbre pour ses travaux en mécanique quantique et grand ami du philosophe Krishnamurti. D'une finesse rare et, fait prémonitoire, d'une sensibilité toute musicale, Bohm nous avait confié son souci majeur : pour qui les observe attentivement, tout se passe comme si les humains, derrière leur chatoyante et irréductible diversité, ne constituaient en réalité — paradoxe insondable — qu'un seul être. Mais ils l'ignorent — tout absorbés qu'ils sont par la conquête de leurs individualités respectives. Ce faisant, on dirait parfois qu'ils œuvrent fébrilement à s'autodétruire. Vingt ans de conversation avec Krishnamurti n'avaient pas libéré Bohm de son angoissante interrogation. Comment ouvrir les yeux ? Comment vivre pleinement, *en liaison* ? Nous ne savons pratiquement pas aimer — sinon en de rares instants, soutenus par les béquilles de nos enfants. Dire « je souffre du Sahel » ou « j'ai mal à la Bosnie » relève surtout de la mise en résonance des faiblesses de nos ego.

Bref, quelles qu'en fussent les modalités, il était facile d'admettre que, s'il devait y avoir une évolution humaine après nous, celle-ci passait obligatoirement par la disparition de notre aveuglement égotique. Cela dit, pour pouvoir se vivre ainsi, consciemment une et multiple, guérie de ses mutilations initiatrices, et danser, et souffrir, et jouir, et enfanter en totale communion avec son environnement, l'humanité future devrait nécessairement, au préalable, bénéficier de... comment dire... d'aptitudes... complètement nouvelles, de... capacités... qu'en sais-je ?... d'états intérieurs... d'affinités... de sympathies encore inconnues, sorte de télépathie collective du cœur, dont je ne voyais franchement pas d'où elles nous arriveraient. Ni grâce à quel saut quantique. Ni par quel miracle. Ni au nom de quelles lois.

L'irruption du dauphin comme sujet dans ce débat semblait, quant à elle, parfaitement absurde — quel rapport SVP ?! On était lourdement hors sujet. En pleine barbarie.

Cette irruption m'est longtemps restée inqualifiable.

Et pourtant, tout allait bien se passer, du moins à mes yeux de quidam, comme si cet animal pouvait nous aider à nous révéler un peu plus à nous-mêmes, individuellement et collectivement. Comme si l'humanité en crise, en proie à toutes les fièvres tribalo-nationalistes, à toutes les haines, à toutes les contradictions, avait besoin, pour se vivre « une » sans perdre sa diversité, d'un recul hors d'elle-même — besoin d'un *recadrage*, diraient les psychologues de Palo Alto —, et que cette vision de l'extérieur de nous-mêmes, personne mieux qu'un animal totémique ne pût nous l'offrir.

Est-ce parce que l'animal et l'ange entretiennent de secrètes connivences ? A suivre la trace du dauphin, on se retrouve sur un énigmatique itinéraire souterrain, creusé de temps à autre d'une ouverture sur le ciel — proposition de fin d'adolescence au terrible règne humain.

L'itinéraire du dauphin signale d'ailleurs que n'importe quelle autre bestiole pourrait faire l'affaire, à condition que nous y soyons sensibles. Cela, il se peut que toutes les mémés-à-chats, ou tous les bouchers kasher le sachent. Moi, je l'ignorais. C'est peut-être d'ailleurs cela qui nécessite aujourd'hui une nouvelle intervention mythique du dauphin (il y en eut d'autres dans l'histoire) : l'entrée en scène de ce mammifère marin permettrait à un certain nombre d'ignares anesthésiés tels que moi-même de retrouver l'intuition chamanique des mémés-à-chats et des bouchers kasher — même si cette intuition n'est plus sans doute aujourd'hui, chez ces gens eux-mêmes, qu'un résidu très pâle.

Oui, une vache, un lézard, un moineau, un couple de papillons pourraient, dans l'absolu, nous réveiller de notre mégalomanie d'adolescent zombifié, nous guérir de nos atroces mutilations. L'animal, n'importe lequel, pourrait aider l'homme à sortir de son aveuglement, ou de sa surdité — le mot « absurde » vient du mot *surdus*, « sourd ». Dire « le monde est absurde » équivaut à dire « je n'entends pas le monde », mais ne qualifie en rien le monde lui-même.

Les cétacés, pourtant, se détachent du lot animal. « Pourquoi diable, me demanda un jour le *mérien* Hugo Verlomme, les dauphins, les orques, les globicéphales, les cachalots et tous les cétacés, pourtant si puissants, n'ont-ils JAMAIS attaqué l'homme, même quand ce petit bipède venimeux vient les massacrer depuis de frêles pirogues à coups de couteau ? Pourquoi se sacrifient-ils ainsi ? Pourquoi sommes-nous tabous pour eux, intouchables ? Pensez-vous que ce soit par bêtise ? Mais alors les dauphins sont plus stupides que tous les autres mammifères réunis ! Quel éléphant, quel loup, quel rat ne saurait rapidement tirer la leçon de l'attitude humaine ? En réalité, les dauphins sont redoutablement intelligents, or vous en voyez, jusque sur nos plages provençales, offrir aux baigneurs leur ventre blanc, ou danser dans l'étrave des bateaux, en état de totale vulnérabilité. Pourquoi font-ils cela ? »

Discutant des heures durant de cette question avec l'auteur de *Mermère**, nous en vînmes à la conclusion que les cétacés se sacrifiaient réellement pour nous.

Un serviable coup de main — ou plutôt d'aileron — d'un règne accompli à un règne en accomplissement.

Que veulent dire ces mots ?

Tout au bout de la route m'attendait (de la bouche d'un rusé métis Cherokee-Irlandais) une découverte intrigante : si cela fonctionne, si l'animal, pourtant si malmené, peut aider l'homme à s'en sortir, c'est que « même au fond d'un lombric, ou d'un rat, il y a un dauphin endormi qui rêve ». Car, contrairement à ce que diront les experts en électroencéphalographie (dont certains prétendent qu'ils n'ont jamais trouvé le moindre « sommeil paradoxal » dans les *tracés* des cétacés), le dauphin rêve. Il rêve à un prodigieux secret. Les experts en électroencéphalographie ne s'y connaissent pas forcément en océans intérieurs. Se doutent-ils de quoi le dauphin est le totem ?

Une fois en résonance avec ce totem, toute ma vision du monde s'est métamorphosée.

J'aimerais donc d'abord raconter de quelle façon certains hommes de notre temps sont tombés dans le « piège » du mythe delphinien ; puis comment moi-même me suis laissé envoûter par la légende du Cin-

* Hugo Verlomme, 1978. Rééd. Lattès, 1989.

quième Rêve. Cela constituera toute la première partie de ce livre. Ensuite, dans la deuxième partie, je passerai en revue quelques-uns des enseignements que cette légende m'a apportés, quant à la façon de se nourrir par exemple, ou de respirer, ou d'accoucher, et de quelle manière, peu à peu, j'ai été amené à croire à des mutations hallucinantes. Puis j'en viendrai, dans la troisième partie, aux peurs qui m'ont alors assailli (n'étais-je pas en train de devenir fou ?), et je relaterai mes tentatives pour échapper au « piège », notamment en enquêtant sur la manière dont les scientifiques voient aujourd'hui l'évolution du vivant et celle de l'homme — belles, vertigineuses et parfois effrayantes visions : qui de nous peut encore croire au « progrès » ? Je dirai alors, dans la quatrième partie, sur quelle plage immensément humaine j'ai paradoxalement échoué — découvrant que si, comme le craignent certains esprits classiques autour de nous, un peu d'écologie peut vous éloigner de l'homme, beaucoup d'écologie vous y ramène inéluctablement. Tout au bout de la plage, j'avouerai enfin à quelle inversion du mot *évolution* j'ai dû consentir, mais aussi à quel ravissement me soumettre.

Première partie

CONTACTS AVEC DES INTRATERRESTRES

1

Le contact fulgurant : Igor sauvé des eaux

La nuit était tombée depuis une heure environ. Un calme lourd régnait sur les eaux de Sébastopol. Igor avait un goût de hareng dans la bouche. Maintenant qu'il avait réussi à franchir les grilles de la caserne, tout son esprit n'était plus qu'un tunnel de métal, dirigé droit vers la mer, au-delà de la jetée du port militaire. Arrivé à la première digue de béton, il s'accroupit pour laisser passer le projecteur d'un garde-côte invisible au-dessus de sa tête. L'énorme lumière blafarde éclaira le mur gris d'un hangar, puis disparut aussi instantanément qu'elle était apparue. Igor se redressa et, en deux bonds, il fut sur le sable.

De tout ce qui, au départ, avait pu lui plaire dans l'apprentissage du génie maritime, que restait-il? Encore un an à tirer sous les drapeaux? Impossible.

Il avait pris sa décision presque par instinct, sans s'en rendre compte. Ce soir-là, prétextant l'oubli d'une règle à calcul sur le chantier, il s'était échappé du groupe des élèves officiers qui rentraient à la caserne. L'air décidé, il avait passé sans problème les deux sentinelles qui gardaient l'accès à la mer puis, ayant prestement franchi un mur de parpaings, avait gagné l'une des minuscules plages qui bordaient la zone militaire nord. Plage est un grand mot : prisonnière de deux grosses digues de béton, qui s'enfonçaient jusqu'à une centaine de mètres au large, une minuscule langue de sable finissait de s'imbiber de mazout. C'est là qu'il avait attendu, pieds nus, comme en transe, blotti derrière les restes d'une carcasse de grue rouillée, en se mordant les genoux.

En dix-neuf ans, la vie lui avait fait quelques cadeaux — mais presque toujours en dépit des hommes. Ou plutôt, en marge des humains modernes. A huit ans un vieux Sibérien lui avait appris à se nourrir de fruits des bois. Juste après qu'un chat à peine né, trouvé dans une flaque d'eau, l'eut initié aux mystères du désir de survivre. Et c'était ce désir, à présent, qui lui faisait défaut.

Comme tous les Soviétiques, il avait grandi dans la hantise de la guerre, mais à présent, troisième guerre mondiale ou pas, il en était sûr : le monde était fichu. Deux ans auparavant, en 1956, devant le Comité central réuni à huis clos, Khrouchtchev avait prononcé son fameux discours secret contre Staline — le père d'Igor, membre du Comité, lui en avait dit un mot. Mais qu'est-ce que cela changeait ? La machinisation systématique du monde allait-elle cesser pour autant ? A la différence de son père, ambitieux apparatchik de l'Oural — dont il vivait séparé le plus clair du temps —, Igor n'avait aucun goût pour la politique. Pas plus qu'il ne partageait l'arrivisme matériel fiévreux de sa mère. Igor avait des rêves animaux.

Des rêves de nature.

Des rêves d'Indien. Mais les Indiens étaient morts, et les Tartares, et les chamans sibériens. Et tous ceux qui longtemps avaient réussi à garder un bout du secret animal. Les modernes les avaient tous bravement massacrés. La nature en était ressortie exsangue, saccagée. Igor n'avait qu'à regarder l'état d'extrême pourriture où se trouvaient les vaguelettes à quelques mètres de lui, pour vaincre sa dernière réticence. Rien d'animal ne pouvait survivre dans cette purée. Sans qu'il puisse en formuler l'exacte raison logique, cela le condamnait, lui aussi. Génériquement. L'être humain était devenu nuisible, inutile.

Dès que le soir fut suffisamment tombé pour qu'on ne risque pas de le surprendre, Igor, l'échine pliée pour éviter un éventuel coup de projecteur des gardes, se dirigea vers l'eau sale qui clapotait sur les galets gras. Sans même prendre la peine de se déshabiller, il s'immergea doucement, comme un batracien dans un marais.

En quelques brasses, il fut au bout de la jetée. Ses vêtements le gênaient considérablement dans son avancée, mais il ne s'avisa pas de les retirer, au contraire : ce poids supplémentaire allait obscurément dans le sens de son plan.

Parvenu à la hauteur des grands bâtiments de guerre qui mouillaient au centre du port, il se contenta de se retourner et se mit à nager sur le dos, en méduse, bras et jambes pulsant de chaque côté, comme des algues, au rythme lent des vagues. Le visage presque submergé, les yeux perdus dans les étoiles qui commençaient à se lever, Igor s'éloigna dans la mer Noire.

Il nagea longtemps, dans une sorte de transe, en se chantant des bouts de vieilles rengaines russes, qu'il répétait inlassablement, jusqu'à les déformer complètement, n'en conservant plus qu'un ou deux mots, comme des mélopées magiques (les oreilles sous l'eau, son murmure résonnait avec un volume considérable, lui donnant l'impression d'emplir l'univers entier).

Peu à peu, l'eau se fit plus fraîche, mais il la sentait à peine. La tête renversée en arrière, il flottait comme un enfant dans une bulle, rêvant à quelque plongeon indicible dans ce ciel dont ses professeurs lui avaient dit qu'il était, non pas « au-dessus » de lui, mais à côté, en dessous, tout autour...

Pendant un temps indéfini, il tenta de ressentir *avec son corps* cet espace que le premier Spoutnik parcourait depuis quelques mois; comme si, à la seconde où il y serait parvenu, il eût immédiatement été arraché du globe vers les étoiles...

Ce n'est qu'arrivé au large, quand la nuit fut vraiment noire et que Sébastopol tout entière s'offrit à sa vue en collier de lumières, qu'Igor commença à prendre conscience de ce qu'il était en train de faire. Et de l'irrémédiable de sa situation. Peu à peu, sa gorge se transforma en boule de paille de fer. Jusque-là, un instinct fou l'avait poussé en avant. Depuis quelques jours, ç'avait été comme une obsession, une idée fixe, à la limite de la folie : partir à la nage, droit devant lui, et ne plus revenir... A aucun moment, il n'y avait réfléchi de façon humaine, normale, intéressée.

Et voilà qu'il n'était plus possible de différer la réflexion. L'eau se faisait lourde et il était à une dizaine de kilomètres de la côte. Au-delà, il deviendrait impossible de rebrousser chemin. Brusquement, pour la première fois en tant de jours, son cerveau logique se réveilla.

S'il n'avait été si bon nageur, avec ce pantalon et cette chemise gonflés d'eau, il aurait déjà coulé depuis longtemps. Mais Igor était le meilleur crawleur de fond de sa promotion. Tous les jours, il faisait au minimum dix kilomètres en nage coulée. C'était son beau-père, le second mari de sa mère, qui lui avait appris à aimer l'eau. Igor songea soudain à cet homme avec beaucoup de tendresse. C'était à lui, en fin de compte, qu'il devait le plus. Le seul qui ait partagé son amour de la nature. Ensemble, ils avaient passé des heures à se baigner dans les rivières, parfois glacées, de Sibérie puis de la région de Moscou. Nul doute que, sans lui, Igor ne serait jamais devenu ce nageur hors pair. Depuis, le brave homme avait vieilli, et les rivières d'URSS avaient commencé à pourrir... Igor poursuivit sa folle course vers le large.

Combien de temps nagea-t-il encore ? Petit à petit, une sorte de fièvre s'empara de son esprit, et il cessa presque complètement de nager, se contentant de faire la planche. Il lui sembla que le jour commençait vaguement à poindre quand il sentit qu'il arrivait au bout de ses forces.

Brusquement, il trouva l'eau très froide. Plus

froide qu'en hiver quand, cassant la glace en deux points distants d'une dizaine de mètres, il s'amusait à passer d'un trou à l'autre, à la manière des ours blancs. Toujours sur le dos, s'étalant le plus largement possible à la surface de la mer, Igor tenta avec acharnement de ne pas penser, de faire durer le plus possible — jusqu'au bout! — l'impression de bulle chaude flottant dans l'espace... Mais la réalité de plus en plus froide venait l'arracher à son rêve par vagues inquiétantes. Un instant, alors qu'un cargo passait à quelques centaines de mètres de lui, un flottement se fit dans son esprit. D'un seul coup il voulut retirer toute cette étoffe qui l'entraînait insidieusement vers le fond. Mais il était trop tard. Igor tenta de se redresser : ses muscles refusèrent de lui obéir. Il fut pris de panique.

Avec tout ce qui lui restait d'énergie, il voulut absolument changer de position, se retourner sur le ventre, pour « voir » le moment venir. Ce faisant, il ne réussit qu'à s'enfoncer et se mit à boire ses premières tasses. L'étranglement salé mit un comble à sa soudaine frayeur. Retrouvant un instant l'usage de ses membres, il battit l'eau opaque, confusément. Son esprit s'emplit de rouge. Trois fois, il se sentit aspiré par la mer. Trois fois, il parvint à reprendre une bouffée d'air. Puis il eut la sensation d'exploser. Sa vie entière défila devant ses yeux. Il revit le visage de sa mère. Celui du vieil homme de la forêt. Un harmonica rouge que son père lui avait offert pour ses quatre ans... Et soudain, dans un élan parfaitement absurde, Igor se mit à appeler au secours. A hurler à l'aide, intérieurement. A supplier... qui? Il se mit à supplier le néant lui-même de renverser l'effrayant processus qu'il avait lui-même déclenché. Son cœur hurla de terreur. Le monde entier bascula dans un indescriptible remous.

Il lui fallut une éternité pour comprendre où il se trouvait. Avec beaucoup de difficultés, il se redressa sur ses avant-bras. D'abord il vit du sable. Des milliards de grains de sable qu'il regarda scintiller sous lui, longuement, comme halluciné. Puis il se vit lui-même, dans son absurde tenue militaire toute déformée par l'eau de mer. Ensuite il réalisa que le jour s'était levé et qu'il gisait... sur une plage. Un éclair fit exploser sa tête. D'un bond il se retourna vers la mer et il les vit, là, jouant dans les vagues.

Deux dauphins le regardaient fixement, à vingt mètres du rivage. Et brusquement, Igor eut l'impression de sortir d'un long rêve. Ou plutôt, le plus mystérieux des rêves lui revint à la bouche, aux poumons, au corps entier.

Il était juste en train de couler, groggy d'eau salée, quand il avait ressenti ce choc, sous son aisselle gauche. Dans un dernier soupçon de conscience, il avait simplement pensé — avec une résignation terrible : « Les requins ! » Plus tard, il y songea souvent, avec étonnement : il n'y a pratiquement pas de requins en mer Noire. Il le savait. Mais à cet instant de chute finale, l'image du requin avait peut-être représenté quelque chose de plus terrible, de plus général, que le squale de chair et d'os. C'était l'estocade symbolique, la preuve que le destin acceptait sa décision de mourir, la faisait sienne. Il voulait finir dans la mer ? On lui prêtait main-forte, il mourrait dans ses mâchoires ! Là-dessus, il avait basculé dans le « rêve ».

Une force étrange l'emportait par-delà les flots. A la fois douce et ferme. Une force comme il n'en avait jamais rencontré jusque-là. Et bientôt, une seconde poussée s'était fait sentir, sous l'aisselle droite. Et la force qui le soutenait maintenant sous chaque bras, malgré la vitesse, faisait à peine mousser l'eau devant son visage.

Chaque année des dauphins sauvent des humains de la noyade. Pourquoi ?

2

Le contact artistique : Jim Nollman et les orques

En fait j'aurais dû deviner tout de suite que le dossier était piégé. Par exemple : je pensais au début que nous n'aurions certainement pas ce rapport très particulier avec le dauphin si, parmi les quelque soixante espèces de cétacés qui existent encore en dépit des massacres (de la gigantesque baleine bleue au petit marsouin), il n'y en avait pas une, spéciale, qui nous donnait l'impression illusoire de toujours sourire « humainement ». Je veux parler de cette sorte d'hilarité permanente qu'affiche le *Tursiops truncatus* — le dauphin le plus populaire du monde aujourd'hui, celui du feuilleton *Flipper* ou du film *le Grand Bleu*. En réalité, le Tursiops ne sourit pas plus que les cinquante-neuf autres espèces de cétacés; mais la morphologie de son visage, par hasard « souriant », n'a pas dû peu jouer dans la fascination qu'il exerce sur les foules.

« Justement, me disais-je, anthropomorphisme! » croyant m'en sortir à bon compte.

En réalité, l'affaire se complique sitôt qu'on y réfléchit un peu. D'abord, une petite coïncidence : le Tursiops est justement le cétacé qui recherche le plus le contact avec l'homme, aujourd'hui. Anthropomorphisme? Non, hasard. Tout le monde sait d'ailleurs que les Grecs anciens adoraient le dauphin (même si le nom de la ville sacrée de Delphes vient plutôt de *delphys*, l'utérus). Or le dauphin des Grecs, le très méditerranéen *Delphinus delphis*, ne « sourit » pas du tout. Au contraire, les plis de sa bouche retombent plutôt, on le dirait même parfois affreusement fâché. Cela n'a pas empêché les Grecs de vivre des idylles incroyables avec lui.

Autrement dit, mon idée de départ ne valait rien : même si les cétacés présentaient tous une sale tronche, il semble bien qu'ils nous attireraient tout autant. Prenons la baleine : avec elle, moins de danger d'anthropomorphisme. Par certains aspects, on se rapprocherait presque du minéral. Ah, la monstruosité rocailleuse de la baleine grise toute couverte de bernacles ! — ces coquillages qui s'attachent à elle. Invraisemblable animal-rocher, qui émerge lentement des profondeurs et fait soudain des bonds étranges à la surface de la mer. Eh bien, la baleine est, en fin de compte, largement aussi populaire que le dauphin. Donc...

Mais, excusez ces considérations brumeuses ; elles datent toutes, pour moi, d'avant la rencontre avec les delphiniens. C'est-à-dire, pour commencer, avec le musicien Jim Nollman.

Que le ciel bénisse cet homme et tous les siens ! Je ne connais pas d'Américain plus drôle que Jim Nollman. Plus sincère. A la fois subtilement cultivé et animalement intelligent. Pas le genre de Yankee à vous sourire tout le temps sans raison. Non, un Européen du grand Ouest. Sachant être hargneux. D'ailleurs, la première fois que je suis allé l'interviewer, à Seattle — il n'habitait pas encore sa maison en bois dans les îles San Juan, au sud-ouest de Vancouver —, Jim fut même franchement hargneux avec moi. Mais je crois que ce jour-là il était malade ; et je n'étais qu'un insupportable visiteur de plus, à venir le débusquer dans son repaire.

Jim allait pourtant me combler d'un cadeau gigantesque : l'entrée du souterrain menant au rêve du dauphin (pour parler comme un aborigène d'Australie). Un rêve collectif, télépathique et natal. Mais d'abord musical.

Je l'avais croisé à Ojaï, en Californie, lors d'une

conférence sur la biologie des formes. Sa carte de visite m'avait bien plu : en sept minuscules dessins, on voyait un visage humain se transformer en face de grenouille (peut-être un croquis d'Escher, assez son genre). J'appris que cet homme au visage beau et carré, aux lèvres charnues, d'apparence plutôt timide derrière ses grosses lunettes, avait fondé une organisation du nom d'« Interspecies Communication » (communication interespèces). Ce qu'on me dit de celle-ci m'intrigua illico. C'est le biologiste Rupert Sheldrake qui m'avait présenté à lui par ces simples mots :

« Jim joue de la musique avec les orques sauvages, au large du Canada. »

Ensuite, pendant des semaines, j'y avais repensé.

Jouer de la musique avec les orques sauvages, au large du Canada !!!

Dans la grande famille des cétacés, l'orque est souvent considérée comme le plus gros des « dauphins » (le mot dauphin, en soi, est scientifiquement vague, il s'agit, plus précisément d'un gros ontodoncète, ou cétacé à dents). Elle pèse jusqu'à vingt tonnes et se comporte comme un tigre (oui, *elle* ; curieusement orque est un nom féminin, comme chouette ou girafe). Sous l'eau, des pôles à l'équateur, l'orque mange tout le monde et personne ne lui fait peur. (On dit qu'elle représente, comme l'humain sur terre, le bout de la chaîne alimentaire du milieu marin.) Mais en fait, ce n'était pas d'abord cet aspect-là — la férocité de la bête, et donc, me semblait-il, le courage fou du musicien ramant à sa rencontre — qui m'excitait tellement. C'était la nature du contact : la musique.

Cherchez un moyen simple d'entrer en communication avec des extraterrestres, vous tomberez vite sur la musique. C'était l'idée de Spielberg dans *Rencontres du troisième type*. Or voilà qu'il ne s'agissait plus de science-fiction, ni d'extraterrestres, mais de belle et bonne exploration de la réalité intra- ô combien terrestre, vu que les cétacés occupent la planète, sous leurs formes actuelles, depuis vingt fois plus de temps que nous. Dans l'eau, il est vrai. Et cela change tout.

Sous l'eau, la communication se fait beaucoup plus vite et plus facilement par le son que par la lumière. C'est-à-dire que les cétacés vivent dans l'empire de l'oreille. Pas dans celui de l'œil. En milieu aqueux, le son circule en moyenne cinq fois plus vite que dans l'air, alors que la lumière se trouve très vite freinée ; les océans sont essentiellement d'immenses espaces d'obscurité sonore (il est assez drôle et paradoxal de penser que « le » grand film qui a fait pénétrer les humains sous la mer se soit appelé *Le Monde du silence*).

Ainsi donc on organisait des concerts dans l'empire de l'oreille ! Je sentis le vieux McLuhan, l'auteur fameux de la *Galaxie Gutenberg*, se retourner dans sa tombe. Lui qui pensait qu'avec l'audiovisuel nous allions retrouver un monde oral, peu à peu perdu depuis la naissance de l'écriture et surtout de l'imprimerie, qu'aurait-il dit de ça ! ? Entrer en communication avec des cétacés par la musique ! Si la chose était possible, elle revenait à basculer dans un autre univers. Un univers en partie enfoui dans les profondeurs de notre mémoire.

Lorsque nous avons quitté la mer, il y a deux à trois cents millions d'années, nous étions des sortes de batraciens. Qu'a-t-il pu se passer entre-temps dans cette branche particulière des mammifères ayant vécu une évolution apparemment aussi sophistiquée que la nôtre, mais dans l'eau : les cétacés, retournés à la mer il y a cinquante millions d'années ? Ce Jim Nollman, qui jouait de la musique avec eux, pouvait-il nous dire quelque chose sur l'univers où vivaient ces êtres ? Sur l'univers mental de ces intelligences auditives ?

Je n'avais pas encore lu à l'époque le texte où Ilya Prigogine se demande quel type de sciences physiques nous aurions développé si, comme les dauphins, nous avions vécu sous l'eau, c'est-à-dire quasiment en apesanteur — Prigogine pense que notre vision du monde n'aurait littéralement rien à voir avec ce qu'elle est devenue*.

Du jour au lendemain, cette question me hanta. Mon journal finit par accepter de m'envoyer en Amérique, enquêter auprès de ce musicien. J'ignorais bien où cela me mènerait.

Je dois avouer que, d'une façon générale, tous les François d'Assise de la planète, tous ceux qui savent spontanément entrer en communication avec les animaux — des pigeons aux chevaux, en passant par les lézards, les abeilles, les hérissons, les vaches, les serpents, les furets, les chiens, les chèvres, les souris et les chauves-souris —, m'ont toujours d'autant plus sidéré qu'étant moi-même d'un naturel plutôt nerveux et impatient, je m'étais, hélas, assez mal entendu avec la plupart des bestioles dans ma vie. Qui me le rendaient bien : les oiseaux refusaient obstinément de manger dans ma main, les chiens me mordaient et il est même arrivé, chose assez rare paraît-il, qu'un cheval me piétine (heureusement du bout seulement du sabot). Alors, jouer de la musique avec des orques sauvages !

En ce qui concerne les dauphins, ma propre expérience était des plus minces. Enfant, je me souviens avoir souvent couru avec mes frères au bastingage du ferry-boat qui nous faisait traverser le détroit de Gibraltar, chaque fois qu'une voix criait : « Les marsouins ! Les marsouins ! » Nous nous penchions pardessus bord, ils étaient là, minuscules et argentés, filant le long du navire et jusque sous son étrave. Mon père nous avait expliqué qu'il s'agissait de mammifères, c'est-à-dire d'animaux à sang chaud, qui allaitent leurs petits comme nous : des frères de la mer, en quelque sorte. Et je me demandais quels pouvaient être ces frères bizarres, qui avaient eu l'idée saugrenue de vivre dans ces eaux bleu marine,

* Prigogine est prix Nobel de chimie 1977, pour ses travaux, généralement considérés comme déterminants, sur la façon dont l'ordre jaillit spontanément du chaos « quand on se situe loin des équilibres ». Son allusion aux dauphins figure dans l'introduction de son livre *Entre le temps et l'éternité*.

bleu-noir, bleu profond, qui me terrifiaient. Et eux, ils jouaient ! Dans les remous écumants du ferry de la Bland Line ! Ils jouaient, cela ne faisait aucun doute. Mais tous les animaux jouent ; cela au moins, je le savais. « J'aimerais bien être deux petits chiens pour m'amuser ensemble », m'avait avoué un jour un camarade qui s'ennuyait beaucoup. Dans certaines cosmogonies, c'est l'ultime divinité elle-même qui prononce ces mots avant de créer le monde.

Oui, les animaux jouent. Ils jouent admirablement. Et jamais pour le moindre kopeck. Je vous avouerai tout de suite que c'est peut-être là la clé toute simple de notre engouement pour les dauphins depuis quelques années — et peut-être aussi l'explication du flou artistique où pataugent nos philosophes dès qu'on les interroge sur le monde animal : l'aspect divin du jeu des petits chiens n'a pas grand-place dans leurs catégories.

Mais voilà que j'arrivais chez Jim Nollman, à Seattle, à l'extrême nord-ouest des États-Unis, et beaucoup de choses allaient changer pour moi.

Bien sûr, j'avais déjà entendu parler de ces zoopsychologues admirables, qui enseignent le langage des sourds-muets aux chimpanzés, et le sémaphore aux otaries. Avec Jim, j'allais découvrir un autre type d'enseignement. Bijectif, si je puis dire. Participatif et magique : des humains acceptaient de communiquer avec des animaux sur un terrain où ils se retrouvaient à égalité avec eux. Et du coup, ces animaux, devenant littéralement « sujets » au sens philosophique, se mettaient à enseigner des choses à ces humains. J'allais découvrir qu'il y avait dans cet enseignement une urgence vitale. Un contact archi-ancien essayait de se renouer. In extremis.

Ce Bostonien avait commencé par tenter des études de zoologie. Mais il était du genre délicat, que le moindre scalpel planté dans la chair d'un rat vivant rendait malade. Il ne comprenait pas que, pour étudier la vie, il faille assez systématiquement commencer par tuer l'objet de l'étude. Il avait cru, naïvement, que la zoologie consistait — un peu comme l'anthropologie pour les hommes — à observer les animaux pour apprendre d'eux. Il comprit vite qu'il faisait fausse route et opéra un arrêt brutal. Heureusement pour lui, il avait d'autres dons. Il devint musicien, étudia le folk puis, en fac, à New York, la musicologie théâtrale.

On est au milieu des années soixante, il se retrouve bientôt, à vingt-deux ans, guitariste et chanteur de rock, à San Francisco. Dans cette ville, c'est la folle montée du mouvement hippie. Le vrai. L'hipster. Celui des libertaires américains, issus du mouvement beatnik. Un mélange d'expérimentation sociale à la Zorro, de théâtre « free », d'agitation littéraire et musicale d'une créativité totalement débridée (juste avant que la vague « peace, love and flowers », plus ou moins téléguidée par les marchands — de dope entre autres —, ne fasse éclater le mouvement à travers le monde, l'exportant et le tuant à la fois). A cette époque, on détourne des camions de marchandises vers les quartiers pauvres; des happenings ont lieu dans tous les coins, sketches des plus variés mis en scène spontanément à propos de n'importe quel acte social significatif. Et Jim est de la partie.

Les happenings lui plaisent. Avec d'autres artistes, il en organise plusieurs. L'un d'eux lui vaut d'être cité dans les journaux. Il installe un vieux piano à queue sur une plage, au coucher du soleil, l'arrose d'essence, y met le feu, puis pique un sprint, s'assied au bord de l'eau et s'oblige à jouer tranquillement de la flûte pour calmer la crise d'asthme qui, immanquablement, se déclenche chez lui dans ces cas-là. Du coup, il devient « l'incendiaire de l'asthme », et tout de suite on le cite comme un futur gourou de la médecine par la musique. Jim se marre. Mais un soir, très tard, alors qu'il joue du rock avec son groupe dans une boîte enfumée, il réalise que ses crises d'asthme sont un signe, qu'il n'est pas fait pour cette vie-là.

Du coup, il retourne au théâtre, fait du mime, du cirque. Il assiste passionnément aux lectures du poète Gary Snyder, anarchiste écolo avant la lettre, de la veine d'Henry Thoreau, le penseur archiradical de la bande des Transcendantalistes qui, à la suite d'Emerson, prônait le retour à la nature, au siècle dernier. Les premiers chamans modernes.

Jim se met aussi à étudier l'œuvre musicale de John Cage. Mais tout cela demeure, dans sa vie, très intello. Il lui faut un engagement plus physique. Alors il prend quelques instruments de musique et s'en va sur la route. Direction le Mexique.

C'est là que l'attend son destin.

Sous la forme d'un dindon.

Il trouve refuge dans une petite ferme des environs de San Cristobal de las Casas, près de la frontière guatémaltèque. Là, pendant quelques semaines, il essaye d'apprendre à jouer de la flûte traditionnelle indienne, et commence tout juste à obtenir quelques résultats, quand...

Il s'aperçoit que, chaque fois qu'il joue une certaine note, très aiguë, l'unique dindon de la ferme se met à glousser furieusement, en le regardant. La chose intrigue Jim. Il répète le jeu. Le dindon entre en résonance avec la flûte. Le musicien recommence si souvent que le dindon s'embarque dans une véritable transe. Finalement la paysanne intervient, en protestant : son volatile va devenir fou, et surtout maigrir ! Jim s'excuse platement. La Mexicaine se lance alors dans un discours très étrange, évoquant des choses dont Jim n'a jamais entendu parler.

Elle lui dit qu'il peut fort bien jouer de la musique avec son dindon si le cœur lui en dit, mais à condition de le « sérénader ». Et comme Jim, dans son espagnol approximatif, demande des précisions, la paysanne au sang indien lui dit : « Il faut que tu sentes l'énergie du dindon, alors, comme une vague, chevauche-la ! »

Impressionné, Jim médite les paroles de la femme. Il comprend qu'il lui faut descendre au niveau du dindon, pour jouer « avec lui », et non « de lui ». Quelques jours plus tard, il invite un autre musicien à se joindre à eux, pour chanter en canon de vieux chants indiens. Et chaque fois qu'ils passent d'un couplet au suivant, le dindon se met à glousser à l'unisson.

« Ce trio fut ma première musique interespèces, me dira Jim un jour. Mais ce n'était pas encore de la communication interespèces.

— Pourquoi ? Pas assez intelligent, le dindon ?

— C'est quoi, l'intelligence ? Un jour, j'ai communiqué, pour de bon, avec des papillons ! Non, ça n'a rien à voir avec la taille du cerveau et ce genre de truc. Pour qu'il y ait communication, il faut qu'il y ait échange. Que chacun veuille y mettre du sien, sur son propre terrain. Avec le dindon, s'il n'y avait pas encore communication, c'est peut-être que je n'étais pas encore assez primitif, assez global, assez holistique comme on dit maintenant. Pourtant, je sentais déjà venir des tas de choses. A la longue, j'avais commencé à comprendre ce volatile. Il y avait des heures où je l'énervais. A d'autres, il était là, derrière son grillage, à m'attendre, le cou tendu. Je n'étudiais pas son comportement, je ne l'observais pas, je participais au même jeu que lui. C'est le B.A.-BA du chamanisme. Seulement ce dindon n'était pas libre, et ça... ! »

L'importance cruciale de la liberté de l'animal, c'est avec les loups que Jim allait la comprendre.

De retour en Californie, il parle de son contact avec le dindon. La chose plaît à une radio locale qui, dans un accès d'humour noir, propose au musicien de jouer un morceau au milieu d'un élevage de dindes pour le *Thanksgiving Day* (le jour où tous les Américains en ont une, rôtie, à déjeuner). Trois cents dindes qui glougloutent en rythme, sur un vieil air de folk ! Le morceau fait un tabac. La radio en redemande. Elle embauche Jim Nollman pour une saison. Cette fois, on aimerait qu'il aille jouer avec des loups. Dans une réserve naturelle, au Nevada. D'un seul coup, l'évolution du jeune homme va faire un bond.

C'est que la musique louve est un monument de sophistication. Pendant plusieurs jours, tapis derrière les buissons de la montagne, Jim et deux assistants écoutent. Les chefs loups chantent seuls. Derrière eux, la meute forme un chœur. Les loups ne chantent pas n'importe comment, mais selon des structures archiprécises, sans doute extrêmement anciennes, découpées comme des ragas indiens, en chants du jour et chants de la nuit. Les loups respectent ces formes à la note près. Pas d'improvisation. Si Jim veut jouer avec eux — du violoncelle et de la flûte traversière, essentiellement — il doit rester dans le ton, mélancolique, et dans le rythme, extrêmement lent.

En deux semaines, les hommes et les loups deviennent amis. Jim est fou de joie. On l'accepte ! D'abord, pendant quelques jours, il a dû se contenter de jouer avec la meute. Dès qu'il sortait de là, les loups se taisaient et s'en allaient. Puis, peu à peu, il a pu s'aventurer à jouer parmi les chefs. Maintenant, il joue des heures entières. Et son âme est captivée. On dirait du grégorien !

Certains soirs, abandonnant tout instrument, il se met même à hurler à longs traits. Et ses deux assistants techniques s'y mettent, eux aussi ! Jim connaît des instants d'émerveillement intense. A sa façon, il revit tout ce que la lecture de Farley Mowat, l'auteur du célèbre *Never Cry Wolf*, lui avait appris : le loup est un seigneur immensément noble. Entre l'homme blanc et lui, ce fut une lutte à mort. Pas seulement physique, morale aussi : en même temps qu'il l'exterminait, l'homme blanc chargea le loup d'un manteau démoniaque — présent jusqu'à aujourd'hui dans la figure caricaturale, mais terriblement efficace, du Grand Méchant Loup.

Mais Jim communique si bien avec les loups qu'il finit frappé d'une tristesse infinie. Car entre eux et lui, il y a un gigantesque grillage ! Les loups du Nevada vivent dans des parcs. Et Jim a pénétré le cœur de ses nouveaux amis : les derniers survivants des seigneurs foudroyés se sentent parqués dans des camps de concentration. Et ils le savent.

Maintenant, Jim a attrapé le virus. Les animaux ne

le lâcheront plus. Le sait-il déjà ? La communication « interespèces » va devenir l'axe de sa vie. Mais il se jure de ne plus jouer qu'avec des animaux libres. Il a trop peur de retrouver la tristesse mortelle des prisonniers loups. Pendant quelque temps, il va jouer de la musique avec toutes sortes de petits animaux, que l'homme n'a pas voulu, ou n'a pas pu, réduire en esclavage : des crapauds, des grillons, des rats-kangourous (dans la Vallée de la mort), des coyotes (dans la banlieue de Los Angeles)...

Pour gagner sa vie, Jim ne joue plus du rock ; il fabrique et vend des instruments de musique, en particulier des percussions. Approfondissant d'anciennes recherches commencées à New York sur les tambours amérindiens, il devient un spécialiste des « tamtam pour appeler la pluie ». Le gouverneur de Californie de l'époque, Jerry Brown, un homme connu pour ses vues larges et son esprit d'aventure, lui en achète un. Autour du gouverneur, il y a toutes sortes de chercheurs, dont le poète Gary Snyder, que Jim admire tant : Snyder est responsable du budget de la Culture. L'un des groupes artistiques qu'il subventionne s'appelle « The Ant Farm ». On est en 1976. Jim pénètre dans une drôle de bande.

Les artistes de la Ant Farm ouvrent des voies radicalement nouvelles au grand galop. A l'époque, leur œuvre la plus connue est déjà l'archicélèbre *Cadillac Ranch* : en rase campagne, une vingtaine d'énormes Cadillac roses, les fesses en l'air et le capot enfoncé de deux mètres dans le sol, en biais, comme si un titan s'était amusé à les planter là en rangs d'oignons. Il se trouve que Jerry Brown leur a confié une mission qui les désarçonne un peu, et pour laquelle Jim tombe à pic. Jerry Brown est un fana de la baleine grise.

La baleine grise est un énorme cétacé migratoire qui vit en troupeaux, l'été dans les eaux polaires, l'hiver dans les eaux tropicales. Entre les deux, vous avez six à sept mille kilomètres, qu'elles parcourent, le long des côtes, en deux à trois mois : généralement deux mois à l'aller, c'est-à-dire en automne, quand les femelles sont pressées d'aller accoucher dans les eaux chaudes ; et trois mois au retour, qui s'effectue de façon beaucoup plus relaxe, au printemps, quand les nouveau-nés font leur premier grand voyage. Vues depuis la côte, au moment où elles passent, les baleines grises offrent un spectacle dantesque : des milliers de géants écumant et bondissant parfois en l'air ! Autrefois, cette migration avait lieu sur toutes les côtes de l'Atlantique et du Pacifique Nord, le long des côtes européennes et sino-japonaises, aussi bien que des deux côtes américaines. Mais les hommes modernes ont tué la plupart des baleines grises. Seules celles du Pacifique américain ont eu la chance d'être encore assez nombreuses au moment où fut votée, à la fin des années soixante, à Washington, une loi interdisant définitivement leur capture. En quelques années leur population regonfla magnifiquement — elle semble stabilisée aujourd'hui aux alentours de quatorze mille unités. Depuis le début de la décennie suivante, deux fois par an, des millions d'Américains peuvent de nouveau admirer, en particulier depuis les falaises californiennes, la migration des grandes baleines grises passant au large de leurs côtes.

Le gouverneur Jerry Brown est fou de ces baleines. Il aimerait qu'elles deviennent le symbole de la nouvelle Californie. Bien sûr, il a entendu parler des fameux « chants de baleine », notamment grâce aux disques de Roger et Katy Payne, ces deux cétologues mondialement célèbres, qui ont abandonné un jour leur routine académique pour aller, seuls, dans leur petit bateau, à la rencontre des baleines, et, pendant dix ans, les ont enregistrées, offrant au monde un document bouleversant, qu'on a tout juste commencé à réellement « écouter ». Eh bien ! Jerry Brown a une idée : il veut installer une station d'enregistrement flottante au large des côtes de San Francisco, et, pendant toute la saison migratoire, émettre les chants des baleines grises en direct sur ondes moyennes ! On a confié le boulot aux fadas de l'Ant Farm. Et les pauvres sont bien emmerdés :

après s'être démenés comme des malades pour installer leur émetteur flottant, ils ont appris cette chose épouvantable : la baleine grise ne chante pas.

Ou presque pas. En tout cas jamais pendant qu'elle migre. « A moins, leur a dit un Canadien de passage, qu'on ne la stimule, qu'on lui fasse des gouzi-gouzi, qu'on ne lui chante quelque chose, quoi ! » C'est ainsi que Jim Nollman est entré dans la bande : la Ant Farm l'a embauché comme directeur musical pour le programme baleinier du gouverneur. Et le voilà, flottant dans le Pacifique Nord, à l'intérieur (!) d'un grand « tambour d'eau » qu'il a construit pour la circonstance !

Le spectacle valait un très grand détour. Je crains qu'il n'ait jamais été filmé, mais chaque fois que je l'ai vu en photo, j'ai failli m'étouffer de rire. Imaginez une sorte de cylindre bariolé, de deux mètres de long sur un mètre de diamètre, couché horizontalement sur les vagues, avec, dépassant à l'un des bouts, la tête et les mains d'un cinglé en train de frapper, de cogner, de frotter toutes sortes de tiges et de membranes, tout en criant, sifflant et chantant à tue-tête. Objectif : attirer l'attention des baleines grises et, si possible, les faire chanter. Ou au moins mugir, ou râler, enfin produire un son quelconque dans les micros sous-marins, qui flottent à quelques mètres de l'embarcation de Jim.

Et le miracle se produit. Les baleines grises se pointent ! A vrai dire, elles ne font pas beaucoup de bruit. Mais le commentaire halluciné des types de l'Ant Farn, en train d'observer Jim et les baleines, à quelques encablures du voilier où ils sont tous installés, vaut, pour les auditeurs californiens, une grande rhapsodie sous-marine.

Le vrai miracle, cependant, c'est Jim lui-même qui le vit. Tout d'un coup son aventure devient cosmique.

Il est là, enveloppé d'une grosse combinaison (l'eau est glacée autour de 12°C !), tantôt enfoncé dans son tambour flottant, tantôt agrippé à lui, en train de monter et de descendre dans des vagues qui peuvent atteindre six mètres de haut, tout en frappant sur son engin — « ça faisait, dit-il, waaa aaaaaaaaaaaaéééééééèèèoooouuuuuuuuuuuuuupity – teuk – teuk » — et tout d'un coup, hop! sans s'annoncer, une énorme odeur de poisson lui explose aux narines et une véritable montagne chuintante et mouillée émerge lentement sous ses yeux et vient se coller tout contre lui!

La première chose qui le frappe — paradoxalement, dans l'empire de l'oreille — c'est l'œil. L'œil énorme de la baleine en train de l'observer de tout près. Ensuite, de deux choses l'une : ou bien la baleine et lui se trouvent à cet instant au sommet d'une vague, d'où l'on voit des kilomètres à la ronde, et alors Jim a la fabuleuse impression qu'ils font partie du cercle des dieux, contemplant le monde de très haut; ou bien ils se trouvent ensemble dans le creux de la vague, et alors la scène devient beaucoup plus intime, beaucoup plus folle. Les gigantesques murs d'eau les isolant de tout bruit extérieur, Jim et la baleine se retrouvent à l'intérieur d'une sorte de chambre, nez à nez, dans une odeur de poisson à couper au couteau.

C'est là, dans cette chambre aux murs d'eau, que commence le grand échange. Celui qui, rétrospectivement, autorise Jim à penser qu'effectivement, avec le dindon mexicain, ça n'était pas encore vraiment de la « communication » interespèces.

Le moment sans doute le plus fort de cet échange, Jim le décrira lui-même dans son grand livre, *Rêve animal* :

> Soudain, je « vois » un œil au-dessus de ma tête. Pas un œil dans la tête d'une baleine venant d'émerger, non plutôt un œil flottant sans corps comme celui qui est dessiné sur la pyramide du dollar de papier. Pour être précis, ma perception était semblable à la sensation qui vous fait vous retourner quand quelqu'un vous regarde fixement. Mais ça allait beaucoup plus loin que ça, parce qu'il y avait non seulement cette sensation, mais aussi un œil. Il était brun foncé, enfoui dans les plis d'une lourde

peau. Aux extrémités, là où aurait dû se trouver le reste du visage, l'œil se métamorphosait dans le bleu intense du ciel de midi. D'abord, l'œil flotta juste au-dessus de ma tête, lorgnant verticalement vers le bas. Finalement, je compris qu'en fait je ne le « regardais » pas, parce qu'il bougeait derrière ma tête. Ensuite, ma perception de l'œil plongea à l'intérieur de mon crâne. Je le sentis se mouvoir, d'abord ici, puis là, passant en revue tout mon paysage cérébral, balisant le territoire. Je perçus mon propre esprit comme jamais aucune expérience ne me l'avait fait ressentir. A l'intérieur de ma propre tête s'ouvrait une vaste caverne inexplorée, aux flancs criblés d'un immense réseau de tunnels latéraux. Et pendant tout ce temps, l'œil déconnecté et pourtant conscient déambulait, tel un scanner, œuvrant à tout recenser dans notre intérêt commun. Et moi, j'étais capable d'observer à la fois l'œil, et ce que cet œil voyait.

Alors une baleine fit surface à guère plus de cinq mètres de moi. Nous étions tous les deux dans le creux de la vague, comme deux petits pois dans une marmite. Ou plutôt comme un ballon de plage et un petit pois dans une marmite. La baleine souffla, avec la réverbération si particulière aux grands cétacés, et commença à plonger. Elle leva ses nageoires latérales très haut dans l'air au-dessus de moi, comme pour dire que, cette fois, elle changeait de crémerie. Et tout aussi soudainement, l'œil virtuel disparut.

Peu après, Jim réalisera que ses expéditions auprès des baleines se situent au beau milieu du territoire de chasse des grands requins blancs. Sur le coup, il n'y a pas pensé, comme si la présence, virtuelle ou réelle, des géantes grises le protégeait automatiquement de ce genre de danger.

Peu à peu, s'éveille en lui une nouvelle vision du monde. Mais est-elle vraiment « nouvelle » ? Jim commence à comprendre ce que veulent dire ceux qui parlent des chamanes. Et il commence à sérieusement s'interroger sur les religions « primitives ».

Plus tard, Jim se moquera souvent de la delphinite aiguë qui frappe ses contemporains, de cette propension de l'être humain, une fois de plus, à séparer, à focaliser — cette fois sur le cétacé — et à théoriser ses fantasmes jusqu'au délire. Le « salut du monde par le dauphin », quand il deviendra à la mode dans tout l'Occident, à la fin des années quatre-vingt, le fera terriblement suer. Il écrira un pamphlet au vitriol sur l'affaire des trois baleines « sauvées des glaces par les médias » (en tant qu'expert musical immédiatement envoyé sur la banquise, il verra de près les caméras de toutes les télés du monde filmer les trois prisonnières dans leur trou ; et ce spectacle lui sera très pénible). Il écrira aussi des tas d'essais sur la communication avec les guêpes, avec les champignons, avec les mitochondries. Mais il aura beau s'agiter dans tous les sens pour casser son image d'homme à dauphin et tenter de rompre le cercle magique, rien n'y fera : son totem chamanique définitif sera un vertébré de la classe des mammifères et de l'ordre des cétacés. Un cétacé à dents, autrement dit un odontocète (et non pas un mysticète, ou cétacé à fanons). Cet animal appartiendra à la famille des delphinidae, et il aura pour nom savant *Orcinus orca*, alias l'épaulard. Le seigneur des mers. L'orque.

Mais avant de repartir avec des géants dans des eaux froides, Jim se paye une transition tropicale. A Hawaii, il nage au milieu de petits dauphins à bec pointu, de l'espèce *Stenella longirostris*, grands champions de la virevolte. Pour eux, il a spécialement mis au point un nouvel instrument, en assemblant un plat à pizza, un saladier d'aluminium et un tube d'aspirateur ; ça s'appelle le waterphone et ça résonne très joliment sous la flotte. Au début, ça ne marche pas du tout ; les dauphins, qui s'amusent à faire des acrobaties à cinq ou six cents mètres de la plage, ne prêtent aucune attention au pibède blanchâtre, qui s'est approché d'eux de sa nage maladroite et fait du bruit.

Jim essaye toutes les possibilités de son waterphone. Il finit par trouver un son proche de la scie musicale qui, instantanément, fascine les dauphins : ils bondissent dans sa direction. Bientôt, ils forment un véritable cercle autour de lui. Jim, intrigué, se demande si c'est véritablement sa musique qui a déclenché le mouvement. Il s'aperçoit alors que tout là-bas, sur la plage, un groupe de spectateurs s'est formé, qui observent la scène en gesticulant et en poussant des cris de joie. Et tout d'un coup, une image de l'ensemble s'impose au musicien ; il a la conviction qu'il doit comprendre la situation globalement : les dauphins, les spectateurs de la plage, lui-même et son instrument se sont arrangés en un système qui s'est mis à tourner. Une énergie s'est mise à circuler. Une communication s'est établie.

Comme pour approuver ce que Jim vient de ressentir, les dauphins se mettent à sauter de plus en plus haut, retombant bruyamment, et du coup, sur la plage, ça devient du délire. Ils sont une bonne centaine de personnes maintenant, et leurs hurlements arrivent par vagues. Eux, n'entendent rien de la musique de Jim, ils ne savent même pas qui il est. Ils voient seulement un drôle de baigneur, au milieu d'une fantasia de dauphins sauvages. Mais leurs acclamations donnent une magnifique énergie au baigneur, qui se met à jouer de plus belle de son waterphone. Alors la danse des dauphins devient irréelle, avec des doubles sauts périlleux en duo, ou des saltos croisés, et leurs masses étincelantes fouettent l'air avec un brio et une joie à la limite de l'incompréhensible.

Jim fait d'autres rencontres avec des dauphins. Ce qui le frappe le plus chez ces petits cétacés, c'est la vigilance. A Panama, avec des singes grimpeurs, il avait été surpris du contraire : les singes s'étaient montrés abominablement inattentifs. Jim s'asseyait au pied d'un arbre, se mettait à gratter de sa mandoline ou à jouer de la flûte. Assez vite, les singes se pointaient pour l'écouter. Mais aucun d'eux n'aurait fait l'effort de rester jusqu'à la fin du premier morceau. Alors que les dauphins sont des monstres de concentration. Lorsque les activités des humains les intéressent, ils peuvent rester des heures à les lorgner de leurs yeux narquois. Fixement. Avec une présence de vieux moines tibétains.

A Hawaii, Jim Nollman rencontre des cétologues, notamment Louis Herman, un zoopsychologue qui vient de prendre la tête du laboratoire des mammifères marins de l'université d'Honolulu, au Bassin Kewalo. Savants passionnants, dont la mission fait rêver la terre entière depuis une bonne trentaine d'années — grosso modo depuis le roman de Robert Merle, *Un animal doué de raison*, dont les Américains tirèrent le film *Le Jour du dauphin*. Mais Jim, fondamentalement, désapprouve leur démarche. Il les trouve schizophrènes. Pourquoi ? Voilà des gens qui, après avoir longuement étudié le cerveau des dauphins, et leur avoir fait passer, durant des années, d'interminables batteries de tests de plus en plus complexes, en ont conclu que rien n'interdisait à un scientifique de faire l'hypothèse (prudence !) que ces animaux seraient (peut-être) doués d'une forme d'intelligence capable de raisonnements abstraits, voire même de langage — talent supposé être jusque-là une exclusivité humaine. Moyennant quoi, qu'ont fait ces savants ? Ils ont kidnappé d'autres très jeunes dauphins — impossible d'apprivoiser des adultes —, qu'ils ont enfermés dans de petits bassins, et ont essayé de leur apprendre l'anglais !

Jim caricature, mais il y a bien un peu de ça dans le travail des delphinologues officiels — même si ces derniers « adorent » (évidemment) leurs dauphins, et si Louis Herman lui semble le plus humain des hommes. Pour notre musicien, cette façon très occidentale d'entrer en relation avec la nature est condamnée. Il ne s'attarde pas dans les labos d'Hawaii et repart très vite bricoler de nouveaux instruments de musique.

Le problème, avec les dauphins et la musique, c'est que, pour une oreille humaine, ils n'émettent pratiquement aucun son. En réalité, Dieu sait s'ils en émettent, et sur une bande de fréquence dix fois plus large que la nôtre ! mais décalée vers le haut. Nous entendons approximativement sur la bande 20-20 000 hertz, et eux sur la bande 20-200 000. Autrement dit, lorsque nous captons leurs sifflements stridents, à la limite de l'ultrason, il s'agit pour eux des notes les plus graves, c'est le plancher de leur gigantesque édifice sonore, accessible seulement à nos machines, pas à nos oreilles. Jim est donc très frustré. Il s'absorbe des semaines entières dans la mise au point de techniques acoustiques sous-marines, sans très bien savoir dans quel théâtre ni à quels acteurs les appliquer.

C'est alors qu'il entend parler de Paul Spong. Un autre zoo-psychologue, mais très différent de Louis Herman : celui-là a quitté les labos officiels et les animaux prisonniers. Il travaille en permanence dans la nature sauvage, loin des villes, sur la côte canadienne, où il s'est monté une sorte de base. Ce que Jim Nollman apprend de Spong lui donne instantanément envie de le rencontrer : ce scientifique utilise lui-même la musique pour entrer en interaction avec des dauphins et étudier sur place, dans l'eau, leurs mœurs et leurs comportements.

Spong a même travaillé avec un groupe de rock de Vancouver, le Fireweed. Pendant l'été 1970, ils sont partis jouer au large, à bord d'un grand voilier en ferrociment. La musique préenregistrée et rediffusée sous l'eau ne semblait pas beaucoup intéresser les dauphins, mais la musique *live* par contre ! Un jour, ils ont même eu droit à un concert delphinien en retour de leurs efforts.

« Et les vocalisations des animaux étaient audibles ? demande Jim au téléphone.

— Très, répond Spong.

— De quelle espèce s'agissait-il donc ?

— Oh des orques bien sûr ! »

Et Jim apprend que Spong ne travaille pratiquement plus qu'avec des orques. Sa « base » sauvage s'appelle d'ailleurs Orcalab.

Peu de semaines s'écoulent avant le premier voyage de Nollman au Canada. Vancouver est une ville à la petite pointe des aventures annonciatrices du XXIe siècle. L'écologie y est sans doute entrée dans les mœurs plus facilement et plus vite que partout ailleurs. C'est là qu'à la fin des années soixante, dans un pub débordant de rires et de chansons, est née l'organisation Greenpeace. A l'époque, il s'agissait d'une bande d'artistes et de marins très allumés, qui avaient décidé de se lancer dans une aventure totalement déraisonnable : lutter contre les essais nucléaires américains dans les îles Aléoutiennes. Or ils avaient réussi leur pari fou, au moins indirectement : c'est d'eux en effet que partit le mouvement d'opinion qui aboutit au retrait des militaires américains de ce secteur. Vingt ans plus tard, totalement reprise en main par le stratège médiatique David McTaggart, Greenpeace est une organisation internationale efficace, surtout célèbre pour sa lutte contre la chasse à la baleine.

En se rendant au Canada, Jim pense pouvoir tout de suite essayer ses musiques aquatiques auprès des orques. Deux longues années vont encore s'écouler, avant qu'il puisse passer à l'action. Il se trouve qu'à l'époque, en 1977-1978, une affaire occupe la une des journaux américains : le massacre des dauphins d'Iki Island, au Japon. Ayant littéralement vidé leurs côtes de tout poisson, les pêcheurs japonais se sont retrouvés nez à nez avec d'immenses troupeaux de dauphins, eux-mêmes affamés. Les pêcheurs ont décidé d'éliminer ces concurrents et, pour apitoyer leur gouvernement et obtenir des subventions, ils ont largement popularisé leur travail titanesque : le massacre, très laborieux, au corps à corps, de milliers de dauphins « parasites ».

Sitôt parvenue en Amérique, la nouvelle (et surtout les photos terribles d'une mer de sang où étouffent des milliers de « Flipper ») a fait l'effet d'une bombe émotionnelle. Des dizaines d'organisations de protection de la nature ont vivement protesté, menaçant de boycotter Honda, Japan Air Lines et Sony, et des délégations entières d'écologistes ont commencé à défiler à Iki Island, à la stupéfaction des Japonais, qui ignoraient que les « longs nez » adoraient les « cochons de mer » comme des dieux. Parmi les organisations en guerre contre les Japonais (qui, par ailleurs, caracolent en tête des derniers grands massacreurs de baleines), Greenpeace cherche, comme à son habitude, une ruse. Et elle tombe sur Jim Nollman. Avec tout de suite cette idée lumineuse : envoyer ce musicien au Japon, pour qu'il diffuse, sous l'eau, des sons capables de faire fuir les dauphins au large, et leur éviter de se faire tuer.

Et c'est ainsi que, pendant deux ans, le musicien va devenir militant écolo au Japon au lieu d'aller jouer de la musique avec des orques. Cet épisode est trop dense et trop complexe pour être raconté en détail. Jim en tirera de grandes tristesses et de grandes leçons. Sur les dauphins et sur les hommes. Au début, il aboutira à l'effet inverse à celui qu'il avait recherché, découvrant que, si vous envoyez à des dauphins l'enregistrement des cris de leurs congénères se faisant massacrer, ils ne fuient pas, ils accourent ! Par solidarité. Longuement, devant le spectacle monstrueux de ces grands animaux hypersensibles en train de se faire étriper, il s'interrogera sur leur incapacité à se défendre. Les mêmes sont capables de prouesses contre les pires requins. Mais pas contre les hommes. Pourquoi ? Pourquoi n'utilisent-ils pas leur force prodigieuse contre ces bipèdes maladroits qui, lentement, les encerclent et finissent par les rejeter, à la main, les ailerons tranchés, sur la grève ensanglantée ?

Mais les humains l'intriguent tout autant. Par exemple l'incapacité des militants occidentaux à comprendre la mentalité, si profondément différente, des Japonais. L'amour-propre insensé de ces derniers ; leur hypersensibilité masquée... Finalement son intervention, notamment auprès du syndicat des pêcheurs japonais, aura été l'une des plus efficaces (son calcul du coût global du massacre des dauphins — image internationale négative incluse — comparé à son très faible bénéfice sera même repris par la presse nippone, pourtant plutôt xénophobe dans cette affaire). Et les massacres cesseront sur Iki Island. Pour reprendre un peu plus loin.

Pour Jim, la bataille d'Iki Island a représenté une

sale épreuve. Il se jure de ne plus jamais faire de politique :

« Après deux années d'activisme intense, me dira-t-il, et une douzaine de voyages au Japon, j'ai compris que ça n'était pas mon truc. Ces bousculades, ces conférences de presse, ces flics, ces détectives, ces menaces et l'océan rouge de sang. Je suis rentré chez moi et je n'ai plus pensé qu'à mon expédition chez les orques. »

Un jour, j'ai vu un documentaire sur un ours blanc attaqué par une orque sur la banquise. A quatre pattes sur un morceau de glace qui flottait, l'ours, pourtant géant, tremblait de peur, cherchant désespérément une échappatoire. En dessous de lui, l'orque faisait craquer la glace à coups de tête. Finalement le monstre des mers parvint à ses fins et, jaillissant de l'eau, happa littéralement l'ours par le travers, l'emportant au fond pour le dévorer. En anglais son nom se dit « baleine tueuse » mais s'entend aussi « tueur de baleine » : les chasseurs d'orques disent qu'on peut facilement trouver dans l'estomac d'une orque les restes récents d'une baleine, d'une dizaine de dauphins et de plusieurs phoques.

Et avec les hommes,

La rumeur est terrible. Un vrai monstre. Depuis le film *Orca*, des tas de gens doivent d'ailleurs s'imaginer qu'il s'agit d'un requin ! En réalité, des bandes d'orques ont effectivement pu détruire des voiliers, à coups de rostre, en particulier après que l'une des leurs a été malencontreusement blessée par l'embarcation. On imagine le cauchemar des navigateurs ainsi attaqués par les monstres marins. Et les récits d'épouvante qu'ils répandent ensuite. Pourtant, si bizarre que cela puisse paraître, personne n'a jamais rapporté qu'un humain ait été personnellement attaqué, ni a fortiori dévoré, par une orque.

Il est vrai qu'on ne connaît pas non plus d'orques bienveillantes, guidant les bateaux dans les mauvaises passes, comme leurs cousins plus petits, si étrangement serviables. Non, les orques se prennent pour des seigneurs. Mais Jim Nollman, en parcourant les travaux de Paul Spong, découvre surtout que l'on n'a pratiquement rien su de ces formidables bolides noir et blanc jusque vers les années soixante. Leur étude est toute récente. En fait, l'homme moderne vient à peine de les découvrir.

Après des mois de préparation l'expédition est enfin prête. En avion-taxi, puis en bateau, Jim et sa femme Kathy gagnent l'une des innombrables îles qui s'étendent le long de la côte canadienne au nord de Vancouver. Sur des milliers de kilomètres, le Pacifique, pris dans ces chapelets d'îles et de presqu'îles, ressemble beaucoup plus à une enfilade de lacs nordiques qu'à un océan. Un campement est installé en lisière de la forêt de séquoias géants, au bord des eaux claires et glacées. Et tout de suite Jim installe sa sono à bord d'un canot pneumatique.

Spong lui a dit que l'endroit était habité par trois clans d'orques, soit une soixantaine d'animaux en tout. Mais ceux-ci peuvent très bien ne pas apparaître pendant des jours entiers, occupés à chasser ailleurs. Jim a échafaudé ce qu'il appelle un « protocole » : il se fixe un point de mouillage précis, au centre de la lagune, et décide de revenir jouer là, le plus souvent possible, jour et nuit. Les orques finiront forcément par l'entendre. Si sa musique les intéresse, il est sûr de les voir se signaler.

Pendant deux jours, il joue seul, essentiellement de la guitare électrique, à bord de sa minuscule embarcation. Du folk, du rock, du reggae... Les longs miaulements de son instrument résonnent des kilomètres à la ronde. Mais rien ne bouge sur les eaux lisses. Le soleil tape, l'attente dure. Sur la berge, sa femme ramasse d'invraisemblables bouts de bois que l'eau a longuement sucés avant de les rendre à la berge.

Soudain, au soir du troisième jour, deux ailerons géants fendent l'eau à quelques dizaines de mètres. Les deux premières orques de Jim Nollman ! Une vague de chair de poule lui parcourt le corps. Il redouble d'énergie, se met à changer de rythme toutes les trente secondes, pour tenter de trouver celui qui accrochera les colosses. Ces derniers font un tour très large du canot et disparaissent. Mais dix minutes plus tard, ils sont à nouveau là et, cette fois, ils s'approchent à une vingtaine de mètres et s'immobilisent un instant, avant de disparaître à nouveau.

Comme si les seigneurs des mers n'accordaient pas leur attention à n'importe qui. Ils vont observer Jim de loin, partir, revenir, écouter. Plusieurs fois.

Le quatrième jour enfin la communication s'établit et Jim, ébloui, entend le chant des orques. Quelque chose entre une trompette surpuissante et aiguë et un ballon de baudruche géant, que l'on ferait crisser sous les doigts. Côté air de la scène, on les entend à deux kilomètres. Côté eau sans doute beaucoup plus loin. Mais ce qui frappe le plus Jim, c'est que les orques lui répondent !

A la différence des loups, aux chants cristallisés dans des formes immuables depuis la nuit des temps, les orques improvisent. En harmonie avec la guitare ! Jim lance un accord, les orques s'alignent. Mieux : ils participent carrément à des constructions musicales. Par exemple Jim fait miauler sa guitare en saccades de 2-3-2-3-2-3, une orque lui répond 1-2-1-2-1-2. Puis Jim l'imite et, d'un coup, c'est l'orque qui se met au 2-3-2-3-2-3. Ou alors ils montent un triangle, Jim jouant trois coups, l'orque deux, Jim un, l'orque rien du tout. Souvent, c'est l'orque qui part la première, dans une modulation complexe. Immédiatement, Jim essaye de l'imiter, il sort de sa guitare un son maladroit, imitant de loin celui du cétacé. Celui-ci, à son tour, imite Jim, c'est-à-dire qu'il reproduit exactement l'imitation bancale que le musicien vient de faire de lui. Jim n'en revient pas. Il éclate de rire bruyamment au milieu des eaux :

« Ce n'était plus du grégorien, cette fois c'était carrément du jazz ! Du jazz ! »

Une euphorie étrange s'empare de lui. Une exaltation à l'intensité durable. Presque une transe. Sa femme monte à bord avec lui et éprouve la même chose que lui. Une sensation de folie. Pourtant, ils ne rêvent pas.

Un jour, les orques sont toute une bande, leurs ailerons gigantesques dressés vers le ciel, faisant cercle autour de lui. Revêtu d'une combinaison, Jim saute dans l'eau glacée. Dessous, il voit le cercle fantastique qui l'observe, à dix mètres. Tout d'un coup, une petite orque d'à peine quelques quintaux lui fonce droit dessus. Jim croit mourir de peur. Mais l'adolescent orque, comme soudain frappé par un coup de sifflet, stoppe net à trois mètres du musicien, l'évite mollement et rejoint les autres, qui n'ont pas bronché. Une sacrée décharge d'adrénaline. Jim a le cœur qui bat à cent cinquante! Il se hisse à la hâte dans son canot, essaye de se calmer. Alors, pour la première fois, un vieux mâle gigantesque s'approche de la frêle embarcation et se présente à l'homme ventre en l'air, signe d'une volonté pacifique affichée. Il salue Jim d'une longue série de sifflements et de cliquètements entremêlés. Jim comprend que le vieux est venu excuser la jeunesse un peu excitée qui lui a foncé dessus, et il redescend dans l'eau. Il n'y aura plus jamais d'incidents de ce genre aux concerts de Jim Nollman et des orques.

Car cette expédition va devenir une institution. Chaque été, de 1978 à 1988, Jim et Kathy Nollman, accompagnés bientôt de leurs deux petites filles et d'un groupe de quelques artistes et chercheurs amis — les fondateurs d'Interspecies Communication —, vont renouveler leur festival.

Les plus beaux concerts ont lieu au mois d'août, juste avant l'aurore. Dans la nuit phosphorescente, le canot se rend au lieu fixé la toute première fois, toujours le même. Souvent les orques sont déjà là. On les devine faiblement. De lourds remous, quelques chuintements mouillés, souvent rien. Et tout d'un coup le concert commence. Qui joue le premier? Cela dépend. Le concert le plus réussi fut ouvert par la musique des orques.

Il faisait un brouillard très épais. Jim ne voyait pas le bout de son esquif et il peinait comme un pauvre diable pour savoir où il était quand, brusquement, le chant des orques s'éleva, tout près. Jim ne l'oubliera jamais. Ce fut un éblouissement.

Dix ans plus tard, il n'a toujours pas trouvé les mots pour les dire : « C'est comme... comme si un rayon de... d'amour... te frappait en pleine poitrine. Et la tête, oh la tête ! Tu es projeté en arrière tellement c'est fort !

— Comment ça, « fort » ?

— Que veux-tu que je te dise ? Un accès d'amour fou pour la création entière ! Ça semble idiot, mais il n'y a pas tellement d'autres mots. Beaucoup plus fort en tout cas qu'un trip d'acide ou de champignons ! La présence invisible des orques dans l'obscurité te transporte de joie ! Cette nuit-là, de nouveau, j'ai senti passer entre l'animal et moi quelque chose d'énorme, bien au-delà de ce que nous avons coutume d'attendre d'eux. »

Au bout de quelques concerts en compagnie d'amis, Jim comprend que, plongés dans l'échange musical avec les orques, tous les humains réagissent comme lui. Tous ressentent un choc majeur. Les plus transportés sont sans conteste les musiciens :

« Le moment le plus fort, celui qui te fait véritablement basculer dans une autre dimension, mettant ta raison en déroute, est celui où, tout d'un coup, à ton immense surprise, tu entends surgir en face de toi un partenaire musical. Un vrai. Libre ! Qui te suit et te renvoie la balle. Mais ça, il faut avoir joué du jazz pour vraiment comprendre ce que ça signifie. Que ça puisse venir d'un animal t'oblige alors à tout remettre en question. »

Je ne suis pas musicien. Pendant des heures, j'ai écouté les enregistrements des concerts de Jim avec les orques*. J'avoue qu'il m'a fallu un moment pour commencer à sentir ce qu'il voulait dire. Au départ, ça ressemblait à un échange, en effet, mais dont je ne sentais pas l'unité ; j'entendais d'un côté de la guitare, ou de la flûte, ou des chants et des rires d'humains, de l'autre, l'invraisemblable jam des orques : des sons hyperdynamiques et rapides,

* Jim a fait des sélections des meilleurs moments, les *Orcas'best Hits*, qu'Interspecies Communication distribue à ses membres.

comme des coups de sifflet à la fois très vifs et très modulés — les sifflements du garçon voyant passer une fille, en cent fois plus fort. J'avais surtout l'impression que les orques intervenaient en spectatrices enthousiastes du concert des humains. Et puis je suis tombé sur un morceau particulier.

Un morceau de reggae tout simple, plus rapide que ce que Jim joue d'habitude. Sur quatre accords de base, il était parti en petites foulées sur sa guitare acoustique électrifiée, aussitôt suivi par une bonne dizaine d'orques très proches. Et alors j'ai entendu. A l'évidence, les orques saisissaient la différence entre les accords, et s'alignaient instantanément sur eux sans une seule fausse note. C'était stupéfiant. Je me suis perdu dans un brouillard délirant, à essayer de percevoir dans quel état de conscience les seigneurs des mers pouvaient bien répondre de la sorte à un match si parfaitement humain. Mais ensuite, j'ai pu réentendre des morceaux mille fois moins évidents d'une autre oreille. Et les questions ont redoublé sous mon crâne !

Quel rapport y avait-il entre ces expériences et celles de toutes les religions « primitives » ? Qu'est-ce qui s'échangeait vraiment entre l'animal et l'homme ? A quel niveau de notre conscience ? Pourquoi les dauphins nous trouvent-ils donc intéressants ? Quelle serait cette sorte de transe, dans laquelle on entrerait en communiquant avec les cétacés ? Il n'y avait pas d'explications immédiatement disponibles. Juste quelques intuitions empiriques. Exemple : puisque l'essentiel du chant des orques (ou des baleines grises) se situe nettement au-dessus du seuil ultrasonique de nos oreilles, peut-être l'harmonie particulière de ce chant nous touche-t-elle de plein fouet, mais inconsciemment. Dans notre subliminal. Et sans doute cette harmonie échappe-t-elle aux machines et aux bandes magnétiques. Il faudrait se trouver physiquement sur place pour la sentir, « non plus seulement avec les oreilles, comme dit Jim, mais avec tout le corps ».

Pour moi, l'énigme restait entière. Pourquoi ces

chants provoquaient-ils cette émotion ? C'était quoi, la conscience animale ?

J'appris qu'un homme étudiait cette énigme depuis les années cinquante : John Lilly, premier scientifique moderne à avoir étudié de façon systématique le dauphin et ses rapports avec l'homme. En parlant de lui, Jim Nollman prit un ton bizarre. Je compris qu'il l'avait longtemps considéré comme un guide et qu'ils avaient même travaillé ensemble, notamment dans les eaux de Basse Californie. Puis Jim s'était détaché de lui, pour des raisons qu'il semblait ne pas vouloir mentionner. Peut-être les mêmes raisons qui lui faisaient prendre un ton narquois chaque fois qu'il était question de science académique ? Je crus pourtant comprendre que le John Lilly en question n'était pas vraiment un académicien, mais au contraire une tête brûlée, rayée des listes de toutes les universités américaines !

En fait, l'ironie de Jim s'étendait à une certaine forme d'intellectualisme, académique ou pas. A une certaine enflure du cerveau. Un jour, je le vis faire tout un sketch sur l'estomac comparé de différentes espèces animales (les gros estomacs étant évidemment supérieurs), parodiant la focalisation générale des scientifiques sur les « gros cerveaux » et les dizaines de planches encéphaliques comparées qui traînent dans tous les bouquins sur les cétacés.

Un soir, en Allemagne, où il était venu assister à un concert sous-marin organisé par son ami Mickey Reeman, Jim s'est mis à parler de la science ; toujours avec le même ton frondeur :

« J'ai commencé à comprendre ce que voulait dire Alan Watts, quand il écrivait que le jeu de la philosophie et de la science occidentales était de capturer la nature à l'intérieur d'un filet de mots et de nombres, et qu'il y avait grand danger à ce que nous confondions ce filet avec la réalité. Watts disait : "Les idées sont dans la tête, alors que les herbes sont dans les champs !"

— Tu en as tiré quelle conclusion ?

— Que le monde naturel était trop important, et

trop non systématique pour être abandonné aux scientifiques, avec leur approche systématiquement structurée.

— Par exemple ?

— Une fois, je suis allé jouer avec des singes de la forêt panaméenne, pour une émission de télé. Avant de partir, la journaliste a demandé à la zoologue qui nous accompagnait — une "spécialiste" — quelle réaction elle attendait de ces animaux (des petits singes arboricoles, considérés comme pas très intelligents). La scientifique a dressé un tableau complet, d'où il ressortait essentiellement que ces singes ne feraient, hélas pour l'émission, pas attention à moi, et demeureraient, comme toujours, perchés au sommet des arbres. Les deux premiers jours, cela s'est effectivement passé ainsi ; j'avais beau jouer, les singes demeuraient absents — l'un d'eux a simplement pissé sur ma guitare. Mais le troisième jour, j'ai sorti ma flûte et j'ai réussi à oublier tout le reste, l'équipe de télé, etc., et à enfin jouer sincèrement, c'est-à-dire en m'impliquant à fond moi-même, sans le moindre recul, ni arrière-pensée : toute la tribu singe est immédiatement descendue assister au concert ! Ils faisaient du chahut, d'accord, ils n'écoutaient pas avec la concentration des dauphins, mais ils étaient tous là, et ils applaudissaient ! J'avais réussi à entrer en résonance avec l'énergie de ces singes.

» La zoologue n'en revenait pas. Elle m'a dit que je devais avoir "quelque chose de spécial". Elle croyait au fluide, ma parole ! Mais elle ne considérait pas mon travail comme "scientifique". Quand je lui ai dit qu'à mon avis n'importe qui pouvait en faire autant à condition de ne pas se considérer comme un sujet en train d'observer un objet, et que ça ouvrait à une véritable connaissance du singe, elle a tiqué. Le "vrai" comportement de ces singes, c'était elle qui le connaissait. Sais-tu comment elle avait acquis cette connaissance ? En leur envoyant des flèches anesthésiantes, elle en avait capturé quelques-uns (tombés groggy du haut des arbres), qu'elle avait ensuite étudiés, pendant des mois, à l'intérieur de cages ! Faire ça est intellectuellement malhonnête ; c'est admettre que des êtres "supérieurs" à nous, des extraterrestres par exemple, auraient le droit de le pratiquer sur nous. Cela leur apprendrait certainement des choses ! Une vision carcérale de notre monde.

— Tu es devenu franchement antiscientifique.

— Je crois plutôt qu'une toute nouvelle science zoologique est en train de naître. Beaucoup plus en accord avec le chamanisme et les religions primitives, qui apprenaient de la nature en participant à elle, au lieu de croire qu'on peut lui tirer ses secrets, du dehors, en restant "objectif", étranger à elle. Mais, comme disait Max Planck, inutile de s'escrimer à convaincre la vieille école ; il faut attendre qu'elle meure d'elle-même. »

Jim est devenu un chaman.

Que nous a-t-on appris des chamans, à l'école ? Personnellement, en dix-huit ans d'études scolaires et universitaires, pas un mot. Pendant des millénaires, les chamans ont servi à la fois de médecins, d'artistes, d'inventeurs, de devins, de prêtres, de... quoi ? Il y a 17 000 ans, ils ont peint sur les grottes de Lascaux les images de certains animaux... Mais bien avant, des dizaines, sinon des centaines de milliers d'années avant, les chamans tiraient déjà les humains en avant, le long de leurs rêves.

Comment ?

D'abord en passant alliance avec les rivières, les plantes, les animaux. Et ceux-ci leur parlaient, et ils en tiraient leurs savoirs et leurs pouvoirs. La découverte de la mort et le dialogue avec les mourants a, peut-être, « créé » l'humain — c'est l'idée sur laquelle je travaillais à l'époque de ma première rencontre avec Jim. Le dialogue avec les animaux, lui, a assuré la continuité entre cette « nouveauté » — l'humain — et le monde.

Cette très ancienne alliance, les modernes (suivant en cela les religions du Livre biblique) l'ont cassée. Plus ou moins consciemment. Parce qu'il y avait des raisons — sur lesquelles un type comme Jim Nollman n'a pas fini de revenir (six ans de sa *Lettre Inter-espèces* trimestrielle en fait brillamment foi) : il faut se pencher sur ces raisons, les comprendre — les aimer — et voir dans quelles conditions elles ont rempli leur mission et sont en train de mourir, aujourd'hui, remplacées par d'autres raisons.

Au moment même où Jim entamait son fabuleux cycle de concerts avec les orques sauvages, le thermodynamicien Ilya Prigogine et la philosophe Isabelle Stengers publiaient, à Paris, *La Nouvelle Alliance**. Une réponse au biologiste Jacques Monod qui, une dizaine d'années auparavant, dans *Le Hasard et la nécessité* avait dit en substance : L'ancienne alliance entre l'homme et la nature est morte. Nous devons avoir le courage de regarder en face le fait que nous sommes désormais irrémédiablement coupés du reste de l'univers et qu'il va nous falloir apprendre à vivre dans un monde désenchanté.

Erreur ! rétorquent Prigogine et Stengers dix ans après, il n'y a jamais eu, au contraire, autant de passerelles entre l'homme (éclairé par la science) et la nature. Sont-elles « désenchantées », les découvertes de l'ADN, des trous noirs ou de la chimie synaptique ? Bien au contraire ! Une nouvelle alliance est en train d'émerger, sous nos yeux, qui nous conduit à un réenchantement du monde (en fait, l'expression « reenchantment of the world » est de l'historien des sciences Morris Berman).

Avec Jim Nollman, j'ai glissé dans l'un des quartiers les plus sauvages et les plus abrupts du « réenchantement ». Je ne suis pas près d'en sortir. Il me tient. Son emprise est animale. Elle éveille immédiatement en moi des sentiments instinctifs. Pas minéraux : cela m'est hors de portée — il faudrait savoir aimer les cailloux, et ça... (déjà qu'*aimer* les plantes ne va pas de soi). Mais aimer un animal, cela parle à n'importe qui. Et la faillite de l'esprit scientifique, face à l'animal, pareillement. Notre monde ne

* Gallimard, 1979.

les aime pas. Pour la première fois de ma vie, pauvre myope, j'ai senti la tare à l'intérieur de moi. Le complexe du métis. Mon père vient du ciel, O.K., mais ma mère, la terre, vaut tout autant que lui. Et pourtant, de quelle façon je les traite, elle et mes frères animaux !

Mais le monde moderne et parisien eut vite fait de me reprendre dans son tourbillon objectivant. Et je fus assailli de doutes.

Tel un politicien retournant sa veste, je crus avoir été l'objet d'une manipulation. Jim ? Les orques ? On avait dû m'hypnotiser !

Pourtant, je continuais à sentir tout au fond de moi les émotions fabuleuses que j'avais ressenties sur la côte Pacifique — et le désir de croire que Jim Nollman travaillait dans le vrai. Ma réaction fut donc de chercher à savoir ce que la science pouvait bien penser de tout cela.

Foin des rêves « primitifs-futuristes » ! Que savait-on *réellement*, scientifiquement, de ces dauphins ?

La suite allait, une fois de plus, m'emporter vers les États-Unis où un savant très spécial, au départ hyperconventionnel, étudiait la question depuis plus de trente ans. Le fameux John Lilly.

3

Le contact scientifique

a) Le grand bâtiment noir de Miami

Quand on parle de relations entre humains et dauphins, même sans le savoir, c'est d'abord à lui que l'on pense. Lui qui inspira le héros du roman de Robert Merle, *Un animal doué de raison* (paru en 1967), adapté plus tard au cinéma dans *Le Jour du dauphin* — histoire de ce scientifique illuminé qui, après avoir enseigné l'anglais aux dauphins Bi et Fa, se rend compte qu'il a travaillé pour les puissances de la guerre et décide, mort de chagrin, de les rendre à la nature sauvage.

Intellectuellement, Lilly incarne la part la plus démente de toute cette saga. Le comble, c'est qu'il ait commencé par ouvrir la voie la plus scientiste, la plus occidentale de notre exploration du dauphin. Et qu'il ait pourtant fini par passer auprès de la communauté savante pour un illuminé de première, qu'on ne cite même plus, alors qu'il eut tant d'avance sur les autres ! Un personnage épineux, insaisissable, à la fois brûlant et glacé, rigoureux et délirant. John Lilly.

Tout commence un matin de l'été 1949 sur la côte Nord-Est des États-Unis, quand ce jeune et brillant neurologue, déjà bardé de médailles à trente-quatre ans — notamment pour services rendus à la « War Manpower Commission » entre 1942 et 1945 (inventions diverses dont celle d'un manomètre à azote et d'un masque à anesthésie) — lit dans le *Herald* de Boston qu'une baleine vient de s'échouer à Bidderford Pool, dans le Maine. Aussitôt, John Lilly appelle un ami, le professeur Scholander, qui dirige un laboratoire de biologie marine, et le convainc de partir avec lui, pour voir la chose de près. Le professeur fait téléphoner aux autorités. On met un garde en faction près de la baleine morte. Lilly se procure cent litres de formol, et ils se mettent en route.

Cinq heures de décapotable, pendant lesquelles le jeune neurologue crible son ami de questions. Est-il exact, comme il l'a souvent entendu raconter, que les cétacés ont un système nerveux supérieur, comparable même à celui de l'homme? C'est évidemment cela qui intéresse Lilly : le cerveau, paraît-il colossal, de la bête.

Scholander renseigne son jeune confrère du mieux qu'il peut. Oui, tous les cétacés — du petit marsouin à la gigantesque baleine bleue — ont un système nerveux central extrêmement développé. Le plus gros cerveau de tous les temps est celui du cachalot, qui peut peser jusqu'à neuf kilos (contre un kilo et demi pour l'homme, qui en est si fier). En rapport poids du cerveau/poids du corps, humains et cétacés se valent à peu près, premiers ex æquo en tête de tout le règne animal. Mais le biologiste est surtout forcé d'admettre qu'on ignore à peu près tout de la façon dont ce système nerveux fonctionne. Et surtout, personne ne sait à quoi il sert.

Sur place, Lilly est terriblement impressionné. La bête mesure plus de huit mètres de long et sa queue occupe la surface d'un petit salon. Mais elle pue déjà à en défaillir, et quand, au prix d'un dépeçage affolant, les chercheurs parviennent enfin à dégager le cerveau (qui ressemble à deux énormes gants de boxe collés l'un contre l'autre, pouces à l'extérieur), celui-ci s'effondre entre leurs mains, liquéfié.

Les deux chercheurs rentrent bredouilles. Mais Scholander continue à si bien exciter l'imagination de Lilly que, pendant des années, celui-ci va y penser. Jusqu'au jour où, finalement, en 1955, s'offre l'occasion rêvée d'étudier de près, non pas une baleine morte, mais plusieurs dauphins vivants.

La direction du tout nouveau Marineland de Miami serait en effet enchantée de collaborer avec des scientifiques. Entre-temps, Lilly a pris du grade ; il travaille maintenant à l'Institut national de la santé mentale, dont il est le chef de la *Section d'intégration corticale du Laboratoire de neurophysiologie*. C'est donc un monsieur important qui débarque en Floride, à la tête d'une délégation de huit chercheurs. But de la mission : en cinq semaines, dresser un relevé physiologique approximatif des grandes aires corticales du dauphin.

Déjà réalisé sur des tas d'autres mammifères, le travail consiste, très schématiquement, à endormir le sujet, à lui découper la calotte crânienne, puis à le réveiller et à titiller les différentes parties de son cerveau tout en étudiant ses réactions.

Très accueillants, les responsables du Marineland mettent six jeunes dauphins tout fringants à la disposition des chercheurs, et le travail commence.

On sort un premier dauphin de l'eau en le hissant dans une sorte de hamac, et on lui injecte un anesthésiant classique, couramment utilisé sur les rats, les singes et les chiens... En cinq secondes, le dauphin est mort.

Légère pâleur des physiologistes. Ils ont donc à faire à une espèce animale plus sensible que les autres, et décident de diminuer et d'espacer la dose d'anesthésiant. On sort un deuxième dauphin de l'eau, on le pique et... presque immédiatement il se met à étouffer. Affolement. On s'acharne à ranimer la bête, à l'aide d'un masque à oxygène spécialement inventé par John Lilly (au lieu de s'appliquer sur le nez ou sur le museau de l'animal, il s'adapte à son occiput, puisque les cétacés respirent par leur évent, ce trou étrange qu'ils ont au sommet du crâne).

Mais ça ne marche pas. Comment diable respirent-ils, ces cétacés ? On tente une opération d'urgence. Enfonçant un tuyau dans la gorge du dauphin, les savants découvrent que son sphincter naso-pharyngien (le muscle qui l'empêche de se noyer quand il ouvre la bouche sous l'eau) se relâche. On peut donc pratiquer la respiration artificielle par la bouche. L'animal semble reprendre vie. On le remet immédiatement dans son bassin. Il pousse alors un cri qui donne la chair de poule aux huit savants. Surtout quand ils s'aperçoivent que, aussitôt, les deux autres dauphins présents se précipitent au secours du malheureux : l'encadrant de près, ils tentent de le maintenir, le haut de la tête hors de l'eau. Mais en vain : cinq minutes plus tard, le deuxième dauphin est mort.

Sans perdre une seconde, les physiologistes dissèquent les cerveaux des deux cadavres et préparent un nouvel anesthésiant, encore plus léger, pour le troisième dauphin...

Au cinquième cadavre, les entraîneurs du Marineland se révoltent. Ils expliquent aux huit scientifiques que les dauphins sont « réellement » des animaux intelligents, et qu'il serait monstrueux de poursuivre sur cette lancée. Déçus, les savants renoncent momentanément à comprendre la physiologie corticale du dauphin. Pour cette fois, ils doivent se contenter de l'étude anatomique des cinq cerveaux morts, qu'ils emportent comme un trésor dans des bocaux de formol.

Dans l'avion qui les ramène à Boston, Lilly dit à ses confrères toute la tristesse qu'il ressent après la mort des cinq dauphins. Et sa surprise : ces jeunes mammifères carnassiers étaient largement assez forts pour arracher le bras d'un homme d'un seul coup de mâchoire ; pourtant, même dans les affres de l'agonie, quand John leur a enfoncé le bras au fond de la gorge, ils n'ont pas eu le moindre geste menaçant. Ce mystère l'intrigue. Mais il faut bien que la science avance, n'est-ce pas, et John Lilly se remet immédiatement à l'ouvrage.

Il va lui falloir deux ans pour mettre au point un système adapté au dauphin. Deux ans pendant lesquels il travaillera parallèlement sur des singes, à perfectionner des électrodes ultrafines, permettant d'explorer le cerveau, sans nécessité de découper le crâne. En 1957, enfin, il dépose le brevet d'une camisole à dauphin : un harnachement de toile et de mousse humidifiée en permanence, pour éviter d'abîmer la peau très sensible du cétacé. Et commencent alors, à Miami, où il vient s'installer pour de bon, les fameuses expériences du « bâtiment noir », dont la seule rumeur donnera un frisson d'effroi à un jeune plongeur français nommé Jacques Mayol...

Vue par John, cette époque est bénie. Il vient de fêter ses quarante ans et déborde d'enthousiasme.

> Ce qu'il y a de formidable, écrit-il bientôt dans *L'Homme et le dauphin*, c'est que nous avons mis au point un système simple et précis, qui permet de provoquer sur commande une émotion spécifique chez l'animal. Il peut avoir l'impression, entre autres, d'être rassasié, tout en étant à jeun, d'avoir chaud alors qu'il a froid, d'être dans un endroit frais quand il fait très chaud, de boire alors qu'il n'absorbe aucun liquide, et même d'entretenir des relations sexuelles bien qu'en réalité il n'en soit rien. On peut également, en excitant d'autres régions cérébrales déterminées, le faire souffrir de la soif ou du froid, alors qu'en réalité il n'a pas le moindre besoin de boisson ni de chaleur. L'ensemble de notre vie émotive, ou presque, peut être reproduit artificiellement grâce à cette méthode.

Il y a bien sûr un petit passage délicat, au moment de trouer le crâne de l'animal — cela se fait d'un grand coup de marteau sur l'aiguille qui s'enfonce bien nette. A chaque fois le dauphin saute en l'air. Mais John a essayé la méthode sur son propre crâne (cela fait partie de sa déontologie !), et il a pu constater que c'était « très sonore mais pas vraiment douloureux ».

Très vite, Lilly constate que son dauphin (le sixième que le Marineland met à sa disposition) est infiniment plus rapide que tous les animaux qu'il a rencontrés jusque-là, et notamment plus rapide que les singes. L'expérience comporte en particulier un système d'autorécompense : en appuyant sur une manette, l'animal peut stimuler lui-même son « centre cortical de jouissance ». Les singes, même malins, mettent toujours quelques coups d'essai-erreur pour comprendre. Le dauphin, lui, n'a pas eu besoin d'un seul essai ! Prisonnier de sa camisole, il a regardé John bricoler son engin et a su immédiatement s'en servir. Maintenant, il se masturbe méthodiquement le cerveau. Comme s'il avait lu les intentions du chercheur par télépathie.

Sur le coup, Lilly en est resté muet de surprise. Presque effrayé. A mesure que son étude avance, sa fascination va grandissant. Il travaille nuit et jour, même le dimanche. Et peu à peu, au-delà d'immenses « zones de silence » (où l'excitation des électrodes ne provoque rien), se dégagent les premiers centres moteurs et sensoriels du dauphin.

C'est un travail très long, qui exige énormément de patience. Avec une lenteur horripilante, le chercheur fait tourner la molette à vis qui pousse l'électrode un centième de millimètre plus avant dans la matière grise. Voilà le dauphin qui lève vigoureusement la queue, on a touché un centre moteur. Ou bien il secoue la tête... Mais John n'en est encore qu'au commencement, quand soudain le dauphin se met à parler !

Oh, rien de comparable encore aux exploits shakespeariens des Fa et Bi de Robert Merle, mais tout de même, parmi l'invraisemblable cacophonie des sons delphiniens — cliquetis, grincements, coassements, et autres coups de sifflets — que Lilly commence tout juste à répertorier, il lui semble bien avoir entendu, à plusieurs reprises, le dauphin répéter, plus grossièrement qu'un perroquet mais de façon intelligible malgré tout, un mot que lui-même venait de prononcer.

Du coup, voilà notre savant qui s'acharne sur les électrodes plantées dans le cerveau de son sujet, dans l'espoir fiévreux d'y trouver un « centre du langage » semblable à celui de l'homme. Pendant des mois, il a essayé la même chose sur des singes, sans réussir à leur tirer un traître bout de mot.

Hélas ! le sixième dauphin meurt à son tour, avant que John ait pu mettre le doigt sur un « centre langagier » sous son crâne. Avant de mourir, le pauvre lui a pourtant donné un signe de plus, non pas en imitant un mot, mais en éclatant de rire ! Du même rire, exactement, que l'assistante de John Lilly. Maintenant, quand il écoute ce rire (Lilly enregistre tout), notre savant éprouve à nouveau sa grande tristesse du début. Elle va durer des années.

« Et pourtant, écrit-il dans son Journal, malgré notre tristesse et notre déception, il faut poursuivre les recherches. La découverte de la vérité est à ce prix. »

Un vrai scientifique, au sens où l'entend notre société. Un scientifique dont les travaux commencent à en rejoindre d'autres. Car il y en a beaucoup d'autres, de plus en plus, des Peter Morgane, des Myron Jacobs, des Sterling Bunnel, que la sophistication du cortex de cétacé attire et fascine. Vers la fin des années cinquante, les études anatomiques des cerveaux de dauphins et de baleines se multiplient. Ajoutées aux premières études comportementales et aux rares trouvailles paléontologiques ces études commencent, tout doucement, à alimenter un saisissant tableau. Et à donner des bases rationnelles à la plus fabuleuse des sagas animales.

Au départ, il s'agissait donc de mammifères terrestres. Sans doute des insectivores, sortes d'épais chiens-fourmiliers qui, il y a cinquante à soixante millions d'années, pressés par on ne sait au juste quelle nécessité, retournèrent lentement dans l'eau (dont ils étaient sortis, comme tout le monde, deux à trois cents millions d'années plus tôt, en tant que batraciens).

Pendant quelques millions d'années, ils pataugent dans les marais. Puis, s'immergeant de plus en plus profondément, et de plus en plus longtemps, ils se mettent à habiter les rivières, les lacs, les lagunes, et deviennent des êtres amphibiens, des mangeurs de poissons. Des sortes de loutres, en somme, ou de castors, mais qui pousseraient le jeu toujours plus loin, et finiraient par basculer entièrement dans un autre univers. Un univers où régneraient non plus des odeurs mais des sons.

Peu à peu, leur morphologie s'adapte à leur nouveau milieu, plus dense, plus porteur, plus riche en vibrations et optiquement opaque. Leur odorat s'épaissit, devient peu à peu inutile — il finira par disparaître complètement. Leur goût s'aquatise, devient capable de distinguer des saveurs très fines malgré l'omniprésence de l'eau (plus tard, avec le sel ce sera un exploit). Leur peau perd sa fourrure, se double d'une épaisse couche de graisse et devient hypersensible. Sans disparaître tout à fait, et tout en se transformant de telle sorte qu'elle puisse servir à la fois dans l'air et dans l'eau (ce qui est, optiquement, un autre exploit), leur vue leur sert de moins en moins. Ils se mettent par contre à développer à l'extrême leur sens du toucher et leur ouïe — jusqu'à inventer (en une vingtaine de millions d'années) leur fameux « sonar ». Une véritable machine à échographier, qui va leur permettre de ne plus se déplacer qu'au son, et jusque dans les eaux les plus sombres, ou les plus troubles, et que nous rencontrerons maintes fois dans les pages qui suivent.

Mais avant que ce « sonar » soit tout à fait au point, les cétacés auront descendu les rivières jusqu'à la mer, ils se seront répandus dans les estuaires et sur les plates-formes continentales, pour finir par envahir les océans de la terre tout entière, du pôle Nord au pôle Sud.

A chaque étape, certains groupes restent sur place, tandis que d'autres poussent plus loin l'aventure, provoquant à chaque fois le germe d'une nouvelle espèce, ou d'une nouvelle famille d'espèces. La diversité que nous leur connaissons aujourd'hui date d'il y a environ vingt-cinq millions d'années : cinq petites espèces de cétacés vivent toujours exclusivement dans l'eau douce (le dauphin de l'Amazone, celui du Gange et celui des lacs chinois sont les plus célèbres); quinze espèces sont « mixtes », à cheval entre les rivières et les estuaires salés ; quarante espèces ne peuvent vivre que dans l'eau salée, mais aussi bien le long des côtes qu'en mer profonde ; dix espèces se sont spécialisées dans le grand large... En tout, près de quatre-vingts espèces, partagées en deux vastes familles qui sont, non pas les dauphins et les baleines, mais :

— les mysticètes, ou cétacés à fanons — gigantesques créatures, à la bouche bardée de ces sortes de balais-passoires dont on faisait jadis les « baleines » de parapluie, et qui leur servent à filtrer des tonnes d'eau de mer à chaque bouchée, pour en tirer le gros plancton et les crevettes ; leur star incontestée, de loin le plus gros animal que la planète Terre ait porté (jusqu'à trente mètres de long et cent cinquante tonnes), est l'admirable baleine bleue, que les hommes sont en train de finir d'exterminer ;

— les odontocètes, ou cétacés à dents — de Moby Dick le cachalot à Flipper le dauphin *Tursiops*.

Ces deux familles passionnent les chercheurs autant l'une que l'autre, car l'organisation du système nerveux est schématiquement la même chez tous, quelles que soient leurs différences de morphologie ou d'origine — en fait les deux familles ne descendent pas exactement des mêmes ancêtres, c'est la similitude de leurs conditions de vie (de mammifères marins) qui a fait converger leurs évolutions respectives.

Comparé au nôtre, ce système nerveux s'est développé de manière extrêmement lente et graduelle. Le cerveau humain est passé de 450 à 1 300 centimètres cubes en cinq millions d'années, puis de 1 300 à 1 600 centimètres cubes en 500 000 ans. Celui des cétacés a connu une évolution comparable en cinq fois plus de temps. Le résultat est un outil cérébral totalement différent de tout ce que l'on connaît sur la terre ferme. Anatomiquement d'abord : un cerveau rond, globuleux, à la forme complètement déterminée par l'énorme transformation des os du crâne — qui a permis, entre autres, la progressive dérive des narines vers l'occiput (beaucoup plus pratique pour reprendre son souffle en nageant), et la métamorphose du museau en caisse de résonance à « échographier ».

Mais c'est surtout physiologiquement que ce cerveau est original. On sait que, chez tous les animaux y compris l'homme, l'évolution cérébrale ne s'est pas faite par le remplacement d'un vieux système par un autre, mieux adapté, mais par la superposition des systèmes les uns sur les autres. Si bien qu'on a pu dire sans exagérer que nous avions tous, au fond de nous, un vieux cerveau reptilien, siège des pulsions vitales, enrobé d'une couche plus récente, dite « système limbique », notre cerveau mammifère primitif, foyer de la plupart de nos émotions, lui-même enveloppé, chez les primates et les hominidés, d'une énorme troisième couche : notre fameux néocortex, grâce auquel nous avons peu à peu pris le pouvoir sur les autres classes animales de la planète.

Et chez les cétacés ? Pour les deux premiers cortex, le reptilien et le mammifère primitif, même chose que chez nous. C'est ensuite que ça devient bizarre : avant leur néocortex, largement aussi important, sinon plus, que le nôtre (bien que constitué d'une « matière grise » plus archaïque, moins dense en neurones et faiblement organisée en « colonnes »), s'est développée une couche particulière, tout à fait inconnue ailleurs, qu'on a baptisée « lobe paralimbique ». Cette zone a ceci de particulier qu'elle regroupe dans la même place toutes les aires sensorielles et motrices qui, chez les autres mammifères supérieurs, sont dispersées dans le néocortex. Autrement dit, pour un dauphin, un son a forcément un goût ; une forme a toujours une rugosité ; ce qu'il voit, il l'entend, etc. Les humains aussi connaissent cela, mais de façon indirecte, souvent imperceptible (même chez les rares personnes ayant conservé la « synesthésie du nourrisson »), car les liaisons entre les différentes aires corticales des mammifères terrestres dépendent de longs et lents parcours fibreux. Chez les cétacés, ces liaisons sont immédiates.

En principe, la non-différenciation d'un organe est le signe d'un état primitif, peu évolué. Mais que dire quand celle-ci s'accompagne d'un développement par ailleurs très poussé de l'organe en question ? Les chercheurs sont d'autant plus intéressés que, chez les humains, savoir faire communiquer ses différents sens peut même représenter le nec plus ultra, dans certaines écoles de pensées orientales notamment, chez les yogis par exemple. Ce « lobe paralimbique » doit donc procurer aux cétacés des impressions dont nous n'avons pas idée, en particulier dans la gamme des synesthésies sensorimotrices — celles qui passionnent le plus les chercheurs, parce qu'elles sont observables. Pour un cétacé, en effet, une vision, ou un goût, ou encore un son — surtout un son — peuvent directement signifier un geste, sans qu'il y ait à passer par une symbolique quelconque. Là aussi nous pouvons vaguement nous imaginer ce que cela peut vouloir dire, par exemple en nous figurant quelle sorte de geste un cri de terreur communique instantanément à tous nos muscles. Ou un soupir amoureux. Ou plus simplement, quel mouvement une musique inspire aussitôt à notre corps.

La musique, commencent à se dire certains de nos savants, est sans doute le meilleur moyen d'approcher ce que semblent connaître les dauphins et les baleines. Pour ces derniers, il est possible qu'une seule vocalisation soit perçue comme un ensemble de gestes complexes, mettons un saut périlleux, ou un sprint piqué vers le fond, ou une invitation à danser à deux, ventre contre ventre... Bref, une combinaison motricielle complexe, comportant des impressions musculaires et cutanées subtiles (ne faudrait-il pas ici, établir un parallèle entre le cerveau de cétacé et notre propre demi-cerveau droit, justement le seul capable d'appréhender la musique ?).

Une bonne dizaine d'années sera encore nécessaire (jusqu'à la fin des années soixante), pour que les neurophysiologistes étudiant le système nerveux des dauphins et des baleines, et notamment cet étrange lobe paralimbique, aboutissent à de premières (et rudimentaires) conclusions. La plus simple de ces conclusions concerne la genèse de ce système original : les cétacés ont eu, dans l'ensemble, une vie beaucoup plus peinarde que nous ! Ils ont disposé d'une nourriture surabondante, dans un cadre moins dangereux — malgré les requins —, ce qui leur a permis de développer le cerveau le plus « intégrateur » de toute la gent animale : 90 % de leurs capacités sont consacrées à opérer des associations, et 10 % seulement à percevoir les informations extérieures. Quel rapport entre ces pourcentages ?

Pour comprendre, prenons un exemple a contrario : le lapin est un mammifère qui vit dans une panique telle qu'il consacre 10 % seulement de son activité cérébrale à opérer des associations, et 90 % à percevoir en permanence, seconde après seconde, le monde extérieur et tous ses dangers. Pour lui, pas question de « lobe paralimbique », ni de vaste « zone d'associations sensori-motrices » : il lui a fallu au contraire spécialiser à outrance les priorités de ses aires de perception, l'œil ici, l'oreille là, le nez plus loin, et les maintenir vigilants vingt-quatre heures sur vingt-quatre pour avoir une petite chance d'échapper à ses prédateurs. Avec ses 90 % « associatifs », le cerveau cétacé est un luxe de grand seigneur. Seul l'*Homo sapiens* réussira à atteindre, des millions d'années plus tard, un pourcentage similaire (par la voie des aires spécialisées, il est vrai, ce qui représentera un exploit sans doute plus prodigieux encore).

Ajoutez à cela deux données...

— N'ayant pas à lutter contre la gravité, le système nerveux des cétacés a pu économiser l'énorme quantité d'énergie que nous autres, animaux aériens, consacrons à nous maintenir en équilibre le plus clair de notre temps, et il l'a utilisée à « autre chose ».

— Les neuropsychologues ont coutume de penser

que la capacité (en principe exclusivement humaine) d'abstraire, de parler, d'objectiver, de rire, etc., mais aussi de ressentir des émotions, dépend non seulement de la taille du néocortex, mais de l'épaisseur du faisceau nerveux reliant ce dernier aux cerveaux plus anciens. Or, avec leur « lobe paralimbique », il est permis de dire que les cétacés disposent du plus gros des faisceaux connus dans un système nerveux.

... et vous aboutissez à l'une des plus belles énigmes scientifiques du siècle : c'est quoi, au juste, ces « champions d'intelligence et d'émotion » ?

Parce que, enfin, ne dit-on pas que le cerveau humain s'est développé sous la pression de la main ? Vous inventez, plus ou moins par hasard, un outil ; son usage pose un problème nouveau, que seul un cerveau légèrement plus gros peut résoudre ; mais ce cerveau plus gros va inventer un autre outil ; et ainsi de suite. Or les dauphins n'ont, que l'on sache, inventé aucun outil et vivent nus comme au premier jour. Les chercheurs scientifiques en conçoivent une immense perplexité. S'il était exact que les cétacés aient développé, par de tout autres chemins, une forme d'intelligence aussi complexe que la nôtre, à quoi diable l'utiliseraient-ils, puisqu'ils n'ont pas de mains et ne produisent apparemment rien ? Et néanmoins, se disent les neurologues, ces structures corticales n'auraient à l'évidence pas évolué, si elles n'avaient pas été utilisées : il ne s'agit en aucun cas de vestiges hasardeux, mais bien de machines complexes, régulièrement tenues à jour. Alors ?

Progressivement, les chercheurs vont se rendre compte de la difficulté extrême où nous sommes d'imaginer une intelligence radicalement différente de la nôtre. Les humains ont évolué à l'intérieur de la filière langage-œil-main, dans un contexte dangereux et agressif. Ils ont énormément de mal à comprendre des êtres, sans doute « intelligents », mais non manipulateurs, et si bien adaptés à leur milieu que la recherche de la nourriture ne leur a pratiquement pas posé de problème, au point qu'ils peuvent passer le plus clair de leur temps à jouer et à faire l'amour.

Les chercheurs sont d'autant plus troublés que les cétacés, eux, semblent les comprendre sans difficulté. Quand il étudiera les relations à l'intérieur d'un groupe de dauphins captifs d'Hawaii (en train d'apprendre ces tours de cirque que nous les voyons exécuter dans les marinelands), le grand anthropologue Gregory Bateson remarquera avec stupéfaction leur capacité à comprendre à toute vitesse non seulement de nouveaux tours mais, en quelques jours, la notion même d'« inventer un nouveau tour ». Autrement dit, les dauphins ont la capacité d'accéder au niveau mental supérieur de la « catégorie » — ce qu'aucun autre animal, hormis l'*Homo sapiens*, n'a su atteindre jusqu'ici.

Bref, le cerveau des cétacés soulève d'indéchiffrables mystères. Bientôt, les plus pointus des chercheurs « delphiniens » comprendront non sans embarras qu'ils ont mis le doigt dans une affaire plutôt grave. Qui deviendra pour certains un cauchemar.

C'est qu'ils ont l'air vraiment innocents, ces humains qui s'efforcent bravement de « comprendre une autre forme d'intelligence ». Et puis vous regardez de plus près et vous réalisez soudain que la nôtre, d'intelligence, nous a permis, depuis des millénaires, de systématiquement massacrer toutes les formes de conscience qui risquaient, d'une manière ou d'une autre, de devenir concurrentes. De nos cousins néandertaliens aux lointains mammouths, en passant par les ours, les lions, les loups, nous les avons tous éliminés. « Rationnellement » s'interroger sur l'intelligence « éventuelle » des baleines au moment où nous finissons de les exterminer a quelque chose de faux.

Heureusement pour les chercheurs, les cétacés offrent un dérivatif formidable à l'angoisse métaphysique : ils jouent. Comme des fous ! Ils ne s'ennuient pratiquement jamais, même en delphinarium. Du moins en donnent-ils l'impression. En réalité — Cousteau en parle en connaissance de cause dans son livre *Les Dauphins et la liberté* — bon nombre de dauphins meurent de stress à l'instant même où les marins, avec qui ils croyaient jouer, les arrêtent soudain dans leur course en leur jetant un filet devant le nez ; et parmi ceux qui survivent, certains tentent ensuite de se suicider en se jetant sur les parois de leur bassin. Ce que l'on peut dire néanmoins, c'est que, placés ex abrupto dans un contexte carcéral (par une « autre forme d'intelligence », radicalement différente de la leur), les cétacés surmontent mieux l'épreuve que ne le feraient sans doute des *Homo sapiens*. S'interdisant en particulier tout geste agressif à l'égard de leurs geôliers, ils essaient immédiatement de communiquer avec eux. Ce qui laisse à ces derniers l'opportunité d'étudier, après le cerveau, un second aspect extraordinaire du corps de leurs prisonniers : leur appareillage vocal et auditif. Une machinerie psycho-acoustique fabuleuse, à laquelle, très vite, John Lilly a décidé de se consacrer.

Se doute-t-il qu'il va basculer dans un autre univers ?

★

Sous l'eau, ce ne sont plus seulement les oreilles mais tout le corps qui entend. Ou plutôt tout le squelette — car la chair, de densité proche de l'eau, n'y arrête pas les sons comme dans l'air. L'un des premiers à nous l'avoir fait ressentir est le musicien Michel Redolfi, directeur du Centre international de recherche musicale de Nice. Depuis le milieu des années soixante-dix, cet homme organise régulièrement des concerts sous l'eau, en piscine* ou dans la mer**. L'effet est très étrange : vous vous promenez hors de l'eau, au bord de la piscine, et vous n'enten-

* Celui des anciens bains romains de Strasbourg, en 1985, fit basculer plusieurs centaines de personnes dans un rêve troglodyte surréaliste, durant toute une nuit.

** A San Diego et à Nice notamment.

dez rien. Sitôt sous l'eau, la musique vous arrive de partout à la fois, comme si vous preniez, littéralement, un bain de sons. Chose remarquable, votre écoute se métamorphose : vos symphonies préférées vous paraissent soudain insipides, alors que vous vous régalez de morceaux de ressac et de chuchotements qui, hors de l'eau, vous feraient bâiller. Vous êtes dans un autre monde.

A mesure qu'ils se sont aquatisés, les cétacés ont progressivement perdu leurs anciennes oreilles terrestres. Elles se sont atrophiées, bouchées de cire. Et un système totalement original a pris forme.

Dès qu'il entame sérieusement sa recherche sur les dauphins, la première idée de John Lilly est de prendre un magnétophone et d'enregistrer leur « langage ». Du moins la frange de leur langage audible par l'oreille humaine (rappelons que la fenêtre acoustique du dauphin va grosso modo de 20 à 200 000 hertz, alors que nous n'entendons qu'entre 20 et 20 000 hertz).

Le dauphin produit deux grandes sortes de sons : d'une part ceux qu'il émet « normalement », comme les autres animaux, par l'extrémité de son appareil respiratoire — en l'occurrence son évent* —; d'autre part ceux qu'émet son fameux appareil à écho-location, c'est-à-dire son sonar — localisé dans deux poches de graisse de l'avant de sa tête.

Délaissant d'abord le sonar qui, à notre oreille, résonne comme une forme de craquement électrique quasi inaudible, Lilly se consacre entièrement aux sons « normaux ». Le protocole expérimental est le suivant : placés dans deux bassins différents, deux dauphins peuvent communiquer entre eux par un système de micros et de haut-parleurs sous-marins. Ça marche tout de suite; les dauphins se téléphonent des tas de trucs. Mais quoi? Que se disent-ils? Peut-on savoir?

Lilly commence par distinguer deux séries de

* Sous l'eau, l'air ne sort pas forcément à l'extérieur, il peut être recyclé plusieurs fois dans l'appareil respiratoire, comme le savent les yogis et certains saxophonistes.

« bruits » : les premiers ressemblent à des sortes de sifflements, les seconds à des cliquetis. Chaque série semble se dérouler indépendamment l'une de l'autre. On filme alors la scène avec une caméra à très grande vitesse et Lilly découvre que les deux moitiés de l'évent fonctionnent indépendamment l'une de l'autre — quand l'une siffle, l'autre cliquette. Quand le chercheur place toutes les données côte à côte sur son ordinateur, il s'aperçoit que les deux dauphins communiquent sur les deux canaux à la fois, et qu'ils sont extrêmement polis : sur chacun des deux canaux, ils se laissent parler sans s'interrompre, jamais leurs voix ne se chevauchent.

Mais se disent-ils réellement quelque chose ? John Lilly a beau multiplier les enregistrements et les soumettre à son ordinateur, à la recherche de répétitions, de boucles ou de séries, il ne trouve rien dans les sons eux-mêmes qui ressemblerait à un début de vocabulaire, ni une quelconque syntaxe. Par contre, il finit par s'apercevoir que chaque animal ne se contente pas d'émettre avec ses deux narines, mais « jongle » avec les deux sons ainsi produits, les faisant interférer l'un avec l'autre, ce qui engendre un troisième son, de très basse fréquence celui-là, un « battement » la plupart du temps non perceptible par l'oreille humaine. Or, quand John parvient à enregistrer ce battement (« surtout, dit-il, sur de vieux dauphins ») et à l'écouter sur son casque stéréo, il a l'impression que le son se promène à l'intérieur de sa tête avec beaucoup de précision, y dessinant des sortes de trajets...

Le phénomène le frappe à tel point qu'il y consacre des mois et enregistre des dizaines d'exemples de « battements » qu'il analyse ensuite sur écran cathodique. Des figures géométriques apparaissent, avec cette fois des séries apparemment signifiantes. Par exemple, très schématiquement, si le dauphin fait interférer deux sifflements, le battement a la forme d'une étoile à quatre branches ; s'il fait interférer un sifflement de la « narine » gauche avec un cliquetis de la droite, l'étoile s'écrase verticalement ; si c'est l'inverse, elle s'écrase horizontalement, etc. Lilly décide d'appeler le phénomène « stéréophonation ».

Peu à peu se dessine dans l'esprit du chercheur la vision d'un être extraordinaire, qui modèlerait les sons comme nous modelons la terre glaise. Mais une terre glaise qui serait infiniment fine, modelable au centième de seconde dans toutes les formes, et que nous pourrions nous envoyer les uns aux autres à plus de mille cinq cents mètres à la seconde. Des hologrammes ! Quand Lilly prendra connaissance des travaux de Kenneth Norris, cette vision ne fera que se renforcer.

Norris est un neuro-acousticien qui, depuis le début des années cinquante, travaille sur le « sonar » des cétacés. Sonar veut dire « sound navigation ranging ». Une technique mise au point pendant la Première Guerre mondiale par Paul Langevin, pour détecter les sous-marins allemands en émettant des ultrasons sous la surface de la mer et en analysant leur écho — ce son cristallin, intermittent et lointain, que les films de guerre navale ont rendu pathétiquement célèbre. A l'époque, on ignorait que les cétacés disposaient d'un système analogue, mais beaucoup plus perfectionné, grâce auquel ils « voient » littéralement par le son ! Depuis que l'échographie est utilisée dans les maternités pour observer les bébés dans le ventre de leur mère, beaucoup d'entre nous ont une idée de ce que cela peut vouloir dire. Mais une idée très vague : le dispositif à écholocation du cétacé est un prodige qui, par certains aspects, surclasse même nos yeux.

Kenneth Norris a en effet réussi à démontrer que, grâce à leur sonar, les dauphins pouvaient non seulement voir les yeux bandés (est-ce réellement « voir » ? il nous manque un verbe), mais reconnaître à distance la nature d'une matière, sa texture, son grain, son contenu. Par exemple reconnaître deux volumes identiques et de même couleur, l'un en fer et l'autre en bois, l'un vide et l'autre plein, l'un lisse et l'autre rugueux. C'est un sonar qui transperce. Une véritable machine à radiographier en relief.

« Regardant » un être vivant, les cétacés perçoivent l'intérieur de son corps, en particulier toutes les surfaces entre volumes de densités différentes : les poumons, l'estomac, les trachées...

Quand, à son tour, Lilly étudiera le sonar du dauphin, il retombera sur des « battements », sur des figures d'interférences, et prouvera que l'animal est capable d'utiliser l'« effet Doppler* » pour « voir », par écho, les flux à l'intérieur des corps : la circulation du sang, les mouvements d'estomac, la respiration... Tout ce que nos techniques médicales les plus perfectionnées commencent à obtenir, mais, chez le cétacé, d'une façon beaucoup plus précise, et surtout plus intégrée : pour le dauphin, le moindre gargouillis à l'intérieur du corps de l'un de ses congénères (ou d'une proie, ou d'un humain) prend immédiatement un sens. Ils se connaissent de l'intérieur !

John Lilly s'est beaucoup amusé à imaginer ce qu'un tel sonar nous permettrait de savoir sur nos voisins : « Tiens, ce bonhomme est bien nerveux. Ouh-là, celui-ci a le cœur qui bat drôlement vite. En voilà un qui a le sexe épanoui ! Oh, quel horrible cancer ! » Impossible de mentir, puisque tous nos états émotionnels se traduisent par des mouvements intérieurs et par des sécrétions. Appliqué aux dauphins eux-mêmes, cela donne quoi ? Impossible de savoir ?

Un dauphin, suggère Lilly, dit peut-être à la dauphine de son cœur : « Chérie, tu m'énerves, tu avales de l'air et ton estomac ballonne, comme chaque fois que tu es en colère ! Mais comme j'aime tes sacs vestibulaires ! »

Anthropomorphisme ? John Lilly n'a peur de rien. Devant la question obsessionnelle, qui sans cesse revient dans la tête de certains cétologues — « A quoi diable les cétacés utilisent-ils donc leurs capacités cérébrales ? »—, il propose une description détaillée du point de vue de l'animal !

« Il se peut fort bien, écrit-il à l'un de ses collègues,

* La courbe due au changement de fréquence d'un objet en déplacement, on connaît l'exemple de la voiture qui s'éloigne.

que l'essentiel du système nerveux central du cétacé soit utilisé à tout autre chose que ce que nous croyons "supérieur". (...) Peut-être le cachalot, qui a le plus gros cerveau connu dans l'univers, a-t-il une mémoire prodigieuse ? Peut-être est-il capable de revivre n'importe quel épisode de sa vie, en détail, comme un film en trois dimensions, avec proprioceptions, couleurs et goûts ! Peut-être sait-il jouer sur ce film intérieur de manière interactive, en faire varier tel ou tel élément à sa guise. Tout ce que nous désirons faire avec nos ordinateurs, mais, chez lui, de façon ressentie, émotionnelle, intérieure ! »

Si les cétacés se laissent tuer par nous, est-ce parce qu'ils se rappellent un autre homme qui dura beaucoup plus longtemps que nous ?

Dans les années quatre-vingt-dix, on appellera le théâtre de ce désir de mémoire « Réalité Virtuelle* », mais même au comble de ses rêves, Jaron Lanier, le prophète illuminé de la « RV », n'osera concevoir un univers aussi prodigieux que l'esprit du cachalot imaginé par John Lilly.

> Et les humains, demande ce dernier, comment croyez-vous que les baleines les perçoivent ? Pensez-vous que notre technologie les impressionne ? Je ne crois pas. Et nos pollutions les dégoûtent à coup sûr tout à fait. Ce qui les impressionnerait sans doute, ce serait une grande symphonie. Sont-elles capables, avec leur gros cerveau, d'enregistrer une symphonie pour toujours, et ensuite, à n'importe quel moment de leur vie, de se la rejouer intérieurement ? Je pense que c'est à cela que doit ressembler la "créativité" du cachalot : de pouvoir se rejouer intérieurement une symphonie, à tout moment et sous toutes les formes possibles ! Cela doit être grandiose !
>
> Vous me direz : comment puis-je en être si sûr ? Je vous réponds : faisons semblant d'y croire, ce sera notre carotte pour développer la communication entre espèces. Certes, nous n'aurons peut-être jamais le fin mot de cette histoire. Comment entrer en réelle communication avec les baleines avant que les balei-

* Cf. troisième partie, chapitre 3, p. 300.

niers ne les aient toutes tuées ? Nous sommes d'horribles singes, qui laissons notre marque noire partout. Les baleiniers connaissent pourtant bien le hurlement de douleur des baleines harponnées* !

Les « horribles singes » ont ceci de particulier qu'ils parlent et que, jusqu'à nouvel ordre, ils sont les seuls à le faire. Mais d'où viennent nos mots ? N'ont-ils pas été des chants, au début, des sons induisant des images, à l'intérieur des esprits de nos plus vieux ancêtres ? Pourquoi la Bible dit-elle qu'*au début était le verbe* ? Comme l'écrit le maître d'arts martiaux Albert Palma dans son chef-d'œuvre *La Voie du Shintaïdo***, à propos de la magie du mot :

> N'oublions pas que les sages fondateurs des religions universelles n'étaient pas fort éloignés des sources du langage. La force de pénétration des Saintes Écritures repose en effet sur la puissance de leur verbe, verbe doué de force occulte. Bien plus que la maîtrise du feu ou, d'après certaines thèses, l'avènement de *Homo erectus*, celui du langage, formidable entre tous, donna naissance au substrat de la civilisation. Il ne fait aucun doute que les mots étaient à l'origine des équivalents phonétiques d'expériences, de situations, de stimuli intérieurs ou extérieurs. On peut imaginer sans peine que la formation des sons, leur structuration, leur échange et leur juxtaposition ont demandé un très long et considérable effort qui revêt tous les attributs d'une création des plus émouvantes. Fort de cette dimension nouvelle, l'homme était à même de procéder à une investigation de l'univers dont le déploiement a très certainement été suivi de la naissance des toutes premières notions du sacré.

Les cétacés ont-ils choisi de demeurer dans l'aube du sacré ?

La grande énigme reste finalement la même : quel

* Extraits de *L'Homme et le dauphin*, John Lilly, Stock, 1961.
** *Op. cit.*

genre d'intelligence, quelle sorte de conscience est-ce donc là ? Or John Lilly croit tenir une piste.

Parmi tous les sons qu'il émet, le dauphin Elvar apprend très vite à repérer ceux que l'oreille humaine est capable d'entendre. Quitte à ne plus émettre que par voie aérienne, et dans des fréquences qui ne lui sont pas familières, il « aboie », « gémit », « vrombit », « claironne », « cliquette », « grince », « couine », « cancane »... et voilà donc que ses cris se mettent même à imiter des sons humains : des rires, des bouts de phrases, sous forme d'explosions spasmodiques. Bientôt, le chercheur note tellement d'imitation que le doute ne lui semble plus permis : le dauphin Elvar veut parler ! Et John Lilly s'amourache alors d'une idée incroyable. D'une idée qui va le rendre célèbre. Et lui coûter extrêmement cher : il veut enseigner l'anglais à ses dauphins.

Sans tarder, il imagine une stratégie. Il faut commencer, pense-t-il, par placer l'animal dans les mêmes conditions qu'un très jeune enfant, c'est-à-dire le bombarder de mots, du matin au soir.

On fabrique donc un bassin spécial, comportant une rampe sur laquelle le dauphin peut venir s'échouer, de telle sorte que son évent émerge à l'air libre, tandis que le reste de sa tête demeure, s'il le désire, sous l'eau. Quand il voudra s'entraîner à parler, l'animal viendra se placer sur la rampe ; sitôt qu'il en aura assez, il pourra retourner dans le bassin.

En quelques essais, Elvar semble se passionner. Il faut dire qu'à chaque son bien imité, il reçoit un poisson en récompense. Mais Lilly découvre vite que le dauphin va beaucoup trop vite en besogne : il essaie d'imiter des phrases entières, comme des morceaux de mélodies, mais en les prononçant tellement mal qu'on n'y comprendrait rien si l'on ne possédait pas la phrase modèle. Après plusieurs tentatives, le chercheur décide donc de ralentir le pas et d'observer une première étape : d'abord, travailler la prononciation. A cette fin, il établit une grille de cent quatre-vingt-sept sons purement arbitraires, que différents entraîneurs vont venir prononcer devant Elvar, pendant des heures, au rythme moyen d'un son par demi-seconde.

Outre leur indispensable motivation pour le sujet, ces entraîneurs sont spécialement choisis pour leur oreille : ils doivent être capables d'entendre le plus subtil progrès dans le parler du dauphin, ce qui n'est vraiment pas évident au début, dans la gerbe de couinements en grande partie ultrasoniques dont les arrose le camarade Elvar.

Elvar donne l'impression de beaucoup s'amuser. Il épuise quatre entraîneurs par jour. Le problème c'est qu'au rythme où vont les choses, il faudra un siècle pour enseigner à cet animal le vocabulaire nécessaire à la plus petite conversation. Au bout de huit mois d'efforts exténuants, il ne parvient toujours pas à prononcer un seul mot clair. Pour avoir la moindre chance d'obtenir des résultats tangibles, il faut, se dit Lilly, créer un contexte beaucoup plus chaleureux : le professeur humain et son élève dauphin doivent vivre ensemble, dans un cadre agréable et sécurisant, exactement comme pour le petit enfant en train d'apprendre sa langue maternelle.

C'est alors que germe dans l'esprit de John sa seconde idée folle : la maison pour humain-dauphin. Une maison où les deux espèces pourraient se rencontrer « à égalité ».

Aussitôt, le savant se met en quête de l'endroit idéal. Se démenant comme un beau diable, il parcourt la mer des Antilles dans tous les sens, et finit par dénicher un endroit paradisiaque, à St Thomas, dans les îles Vierges. Les organismes scientifiques pour lesquels il travaille toujours, en particulier la Navy, acceptent sans problème de lui prêter main-forte, sous forme sonnante et trébuchante. Sa réputation est encore intacte ! Et quand 1960 arrive, John et sa femme Elisabeth se retrouvent à la tête d'un bien étrange « Institut de recherche sur les communications interespèces ».

Le plus étrange, c'est incontestablement la maison. Vous rappelez-vous la villa de Malaparte, dans laquelle Godard a tourné *Le Mépris* ? Placez-la sous les tropiques ; ajoutez-lui une série de bassins, à plusieurs niveaux, depuis le niveau de la mer jusqu'au second étage de la villa, perchée sur sa falaise ; faites se rejoindre ces bassins par des « ascenseurs aquatiques » et des canaux ; enfin placez-y des dauphins, fraîchement achetés en Floride, et vous avez notre savant au comble de l'euphorie. Son roman de science-fiction devient réalité.

Suit une période difficile. Le premier couple de dauphins meurt très vite. D'une infection des fosses nasales. Lilly découvre que les cétacés ont en commun avec les humains autre chose que leur gros cerveau : rhume, grippe, ulcère d'estomac, eczéma, ils ont exactement les mêmes faiblesses que nous. Il faut donc acheter de nouveaux « élèves » à Miami, et les acheminer jusqu'aux îles Vierges, dans des baquets bricolés, que la Navy accepte de transporter par hélicoptère...

John commence par des expériences classiques, que l'on verra se multiplier, une vingtaine d'années après. En deux ou trois répétitions, le dauphin Nic comprend le verbe « pousser » dans la phrase « Nic pousse la balle dans le trou » et dans « Joe pousse Lola (sa compagne de captivité) vers le mur ». Puis on augmente la complexité d'un cran, en enseignant à Nic et Lola le sens de la phrase « Tu ne pousses pas la balle vers le mur », ce qui représente un véritable bond dans l'intelligence, car comprendre une négation, ou une absence, se situe déjà à un haut niveau d'abstraction. Mais Lilly voit beaucoup plus loin. A ce stade de sa recherche, il n'a plus de doute : les dauphins se comportent réellement tels d'intelligents intraterrestres, qui cherchent à communiquer avec nous, et lui, John Cunningham Lilly, va bientôt pouvoir entrer en communication explicite avec eux, et alors... !

Et pourtant, il a des moments de doute complet.

Un soir de tempête, par exemple, alors qu'il descend, inquiet, inspecter le bassin inférieur, que des vagues énormes submergent, John découvre, stupéfait, que ses dauphins s'amusent avec frénésie, derrière leur grillage. Pas effrayés du tout par le mauvais temps. Après coup, quand il y repense, c'est sa propre surprise qui désarçonne le savant : n'a-t-il donc toujours pas compris que ces animaux étaient radicalement différents de nous ?

Et voilà que le destin lance à John un avertissement. Gregory Bateson lui écrit.

Pourquoi le célèbre anthropologue, l'explorateur du Pacifique Sud, époux de la non moins célèbre Margaret Mead, l'introducteur de la cybernétique dans les sciences humaines, inventeur du concept de « double contrainte » (génitrice de schizophrénie), gourou de l'école psychologique de Palo Alto, et futur auteur de *Vers une écologie de l'esprit*, s'intéresse-t-il aux dauphins ?

> Parce qu'un jour, *écrit-il à Lilly*, j'ai lu un article scientifique qui m'a prodigieusement agacé. Un type y avait écrit que les animaux à gros cerveaux n'étaient franchement pas plus intelligents que les autres, puisqu'ils n'avaient pas été capables de la moindre invention, même strictement fonctionnelle ! J'ai aussitôt pensé à vous écrire pour vous proposer de tailler une croupière à cet énergumène. Il me semble évident que les gros cerveaux animaux sont utilisés, non pas dans des tâches de survie fonctionnelle (ce qui les réduirait à l'état de super-requins), mais dans des jeux de relations sociales extrêmement complexes, qu'il nous faut absolument débrouiller et étudier*.

Une correspondance s'établit entre lui et Lilly. L'anthropologue apprécie beaucoup l'humour froid de John. Celui-ci lui raconte des tas d'anecdotes sur ses « élèves ». Un jour, par exemple, Lilly décide de tester les réactions d'un dauphin face à un humain en train de se noyer. Il envoie donc son fils George faire semblant de couler en poussant des cris. Aussitôt le dauphin se précipite et ramène le garçon au

* Cité dans Joan McIntyre, *Mind in the Waters* (ouvrage collectif), Julian Press, Double Day, 1982.

bord. John, qui filme évidemment tout, s'aperçoit alors qu'il a oublié de retirer le cache de sa caméra. Il demande à son fils de recommencer sa comédie. Le dauphin change alors d'attitude : il ne « sauve » plus Georges, il l'enfonce vers le fond et lui donne des coups de rostre !

On est en 1964. Bateson décide alors d'aller passer quelque temps à Hawaii, pour y étudier lui-même les relations entre sept dauphins vivant ensemble dans l'un des bassins du Sea Life Park. Une étude exhaustive, comportant l'observation attentive du comportement de chaque animal considéré isolément, des interrelations entre eux, des dyades (couples) et des triades (triangles), des relations entre ces dernières.

La nature des relations « dyadiques » est très riche, depuis l'accouplement jusqu'à la menace, dents en avant, en passant par une innombrable variété de caresses, de massages, de jeux et d'acrobaties, parfois très sexuellement connotées (un mâle faisant tourner une femelle tout autour du bassin, le bec rostral enfoncé dans son sexe !).

Des mois d'observations permettent à Bateson et à son assistant Barrie Gilbert de dessiner des organigrammes compliqués, révélateurs d'une hiérarchie précise. Celle-ci se montre le plus clairement durant le sommeil. Les dauphins dorment (alternativement d'un demi-cerveau sur l'autre) sans cesser de nager ensemble, en cercle. Tantôt dans les sens des aiguilles d'une montre, tantôt dans l'autre. De cette façon, ils ne se perdent jamais de vue : si l'un d'entre eux se mettait à dormir complètement (de ses deux demi-cerveaux), les autres pourraient immédiatement le réveiller, avant qu'il ne se noie.

Bateson découvre que l'ordre dans lequel ils dorment donne la clé de leurs relations. Ainsi, les sept dauphins se retrouvent systématiquement dans la formation de sommeil suivante : le couple leader (un mâle, une femelle) nage assez près de la surface, et remonte respirer d'un seul et même mouvement toutes les quinze-vingt secondes, tandis qu'une triade « inférieure » (deux mâles, une femelle) nage en dessous d'eux, remontant à la surface chacun selon son propre rythme et rejoignant immédiatement son niveau après avoir respiré. Les deux cercles ainsi constitués se superposent, et font entre six et dix mètres de diamètre.

Deux dauphins dorment à l'écart. Le premier, concurrent du leader mâle (dont il détourne régulièrement la femelle pendant la journée), tourne tout seul, regardant régulièrement derrière lui de son œil éveillé, « dans l'espoir, écrit Bateson, de voir l'un des autres dauphins le suivre ». Le septième enfin, très mal dans sa peau, passe son temps le bec rivé au mur, immobile, à 45°, nuit et jour.

Un événement, parmi bien d'autres, frappe l'anthropologue. Un jour, la direction du parc d'attraction décide de retirer l'un des deux mâles « inférieurs » du bassin, pour lui enseigner une acrobatie particulière. Aussitôt la cohésion du groupe s'effondre. Non seulement le dauphin isolé refuse tout travail, mais le leader se met lui-même à bouder, et les performances du groupe chutent, durant le spectacle. Au point que, dès le lendemain, la direction revient sur sa décision. Fous de joie, les dauphins remercient leurs geôliers, en accomplissant ce jour-là des exploits ! Voici comment Bateson analyse l'événement.

En dehors de sa partenaire principale, le leader a besoin, lorsque celle-ci s'en va flirter avec le mâle concurrent (ce qu'il autorise), de disposer, à tout moment, d'un compagnon de jeu. Il lui est donc indispensable d'avoir, en dessous de lui, en triade, c'est-à-dire un nombre impair, avec forcément au moins un individu libre (mâle ou femelle, peu importe, il ne s'agit que de jouer). Sitôt qu'on lui a retiré l'un des deux mâles inférieurs, la structure est brisée ; le leader n'a plus en dessous de lui qu'une dyade, c'est-à-dire un couple qui, pour un oui ou pour un non, peut se fermer, le laissant seul, ce qui lui est intolérable.

L'étude s'arrête le jour où le second « mâle inférieur » est retrouvé noyé (pendant la nuit il s'était pris la queue dans un cordage, et les autres dauphins n'avaient pu le remonter à la surface). Du coup, toute la structure du groupe est brisée et Gregory Bateson rentre chez lui.

Peu de temps après, il se rend auprès de Lilly. Ce dernier lui fait visiter son incroyable maison « pour humains et dauphins » et lui livre son fol espoir : enseigner l'anglais à ses trois nouveaux dauphins. Quelques témoignages permettent de reconstituer approximativement le scénario de leur conversation :

Bateson tique. Lilly part dans une grande envolée. « Bien sûr, dit-il, l'entreprise peut paraître folle ! Imagine-t-on deux êtres plus dissemblables que l'homme et le dauphin ? Prenez le rapport œil/oreille. Nos capacités visuelles, en vitesse et en définition, sont dix fois plus fortes que les leurs. Sur le plan acoustique en revanche, le rapport est inverse. Le résultat est que nous nous exprimons à l'aide de sons assez simples, que nous combinons en séquences temporelles complexes, alors que les cétacés utilisent au contraire des sons hypercomplexes, que nous percevons comme des unités, mais qui semblent en réalité convoyer des paquets d'informations, rassemblées en des sortes d'idéogrammes sonores. »

Cette idée d'« idéogrammes sonores » plaît énormément à Lilly. Il est persuadé que les cétacés peuvent, en un seul son, indiquer à leurs congénères, où ils sont, où ils vont, dans quelle intention, dans quelle humeur, etc. Pourquoi, par exemple, auraient-ils la moindre difficulté à renvoyer à un tiers les informations très compactes qu'ils reçoivent par leur « sonar » ?

« Seulement, précise John, toutes ces analogies sont autant de pièges. Quand je dis "voir acoustiquement", en réalité il s'agit évidemment d'entendre, mais d'une manière qui nous est étrangère. Nous ne saurions sous-estimer les difficultés que cette barrière représente. Notre seule certitude, c'est qu'ils possèdent bel et bien des appareils visuel et auditif comme nous. Rien ne nous interdit donc d'espérer fabriquer, un jour, un appareil permettant aux humains de ressentir les choses comme eux. »

Bateson trouve séduisante l'idée d'idéogrammes sonores. Mais il oppose une réserve : « Je ne pense pas, dit-il, que leur "langage" ait un rapport quelconque avec les objets. Je pense qu'ils ne se parlent que de leurs relations entre eux. Avec des nuances incroyables, dans la gamme amoureuse, ou haineuse, ou respectueuse. Mais croire qu'ils s'informent sur des objets, et donc tenter d'objectiver leur forme d'esprit, me semble anthropomorphique et vain. »

Pour Bateson, la genèse du langage des cétacés est à peu près claire. Jadis, lorsqu'ils étaient des mammifères terrestres, leurs ancêtres exprimaient leurs émotions en hérissant leurs poils, en grimaçant, en fronçant les sourcils, en baissant les oreilles, ou en se dressant sur leurs pattes arrière, bref en usant de toute la gamme d'attitudes dont on dispose sur la terre ferme. Une fois dans l'eau, ils se sont mis à ressembler à des poissons, perdant peu à peu toutes leurs expressions visuelles. Ils les ont alors remplacées par des sons. Mais ceux-ci n'expriment fondamentalement rien d'autre que des relations : je t'aime, tu me plais, va-t'en, gare à toi, viens vite... conjugués il est vrai avec une subtilité inconnue par ailleurs dans le règne animal.

Lilly admet qu'il n'a jamais rencontré d'êtres plus relationnels que les dauphins. Il raconte comment un jour l'un de ses « élèves », soudain paralysé par le froid, a appelé les autres au secours, et comment ceux-ci lui ont, pendant des heures, massé le bas-ventre, l'anus et les organes génitaux, pour le ranimer musculairement. Et des tas d'autres histoires de solidarité entre cétacés. Un humain très malade peut se permettre de tomber dans le coma, pour survivre. Un dauphin non; au-delà de six minutes d'inconscience totale, il se noie. Un dauphin malade doit donc être soutenu vingt-quatre heures sur vingt-quatre par ses compagnons...

Puis Lilly dit à Bateson : « Sans doute sont-ils fondamentalement différents de nous. Pourtant, je pense que nous entrons dans une ère nouvelle. Les dauphins avec lesquels nous travaillons ici sont peut-être en train de rompre une tradition vieille de vingt-cinq millions d'années. »

Curieusement, Bateson ne se moque pas du ton grandiloquent de Lilly : « Peut-être, admet-il, mais à condition que vous compreniez ceci : il va vous falloir descendre dans l'eau vous-même ! Lorsque vous êtes dans l'eau avec un dauphin, vous n'êtes plus du tout dans la même position qu'avec un chien ou un chat. Ces derniers prennent, par rapport à vous, une position filiale. Avec le dauphin, contrairement à ce que l'on pourrait s'imaginer dans les parcs d'attraction, vous avez l'inverse : c'est vous l'enfant, et lui le parent. Si vous nagez avec lui en acceptant cela, je crois qu'il peut vous apprendre énormément de choses. D'habitude, les gens pensent qu'on apprend des animaux en les élevant. Mais si vous laissez cet animal-là prendre l'initiative de vous enseigner, vous risquez de comprendre énormément de choses. Au moins à son sujet.

« A votre place, poursuit l'anthropologue, je ne sais pas au juste comment je m'y prendrais. Je commencerais peut-être par étudier la manière dont ils élèvent leurs petits. Cette façon dont le jeune dauphin nage au côté de sa mère, et monte avec elle respirer à la surface, sans jamais la quitter d'un pouce, a quelque chose de très pavlovien ; mais je pense que c'est beaucoup plus que ça : du "jardinage d'enfant" ! Il faudrait comprendre l'esprit de ce jardinage. Et puis je ferais descendre des nageurs passifs dans l'eau, et j'étudierais leurs relations avec les dauphins.

— La difficulté, conclut Lilly, c'est de trouver des gens à la fois assez futés, assez chauds et assez fous pour jouer le jeu. Les dauphins ont vite fait de vous jauger. Ils vous testent sous toutes les coutures, avec une belle énergie ! Et le moindre bluff casse la relation. »

Problème : la plupart des « entraîneurs » avec qui John a essayé de travailler depuis quatre ans, dans son repaire des îles Vierges, ont craqué au bout de quelques semaines. Il ne s'agit plus d'enfoncer des électrodes dans les crânes d'animaux ligotés, mais de vivre toute la journée, dans l'eau, avec ces forces de la nature, isolé de toute vie sociale, dans la maison d'un « professeur fou ». Cela ne va pas de soi. D'autant qu'il n'y a plus de programme précis. Désormais, même si l'objectif ultime demeure de leur « enseigner l'anglais », le moyen d'y parvenir repose de plus en plus sur une appréciation spontanée et interactive de la situation.

Heureusement pour Lilly, une personne sort du lot. Une femme. Margaret Howe.

Voilà quelques mois que cette jeune psychologue très sportive fait un stage à l'Institut. Finalement, elle accepte de tenter l'expérience qui, jusque-là, a fait reculer tous les autres : passer trois mois, nuit et jour, dans l'eau avec un dauphin — en l'occurrence un jeune mâle de six ans, Peter.

Pourquoi Lilly ne tente-t-il pas l'expérience lui-même ? Parce que son idée de base consiste à replacer le dauphin dans le contexte sécurisant du petit enfant en train d'apprendre sa langue maternelle. Il a donc estimé que la mission conviendrait mieux à une femme, si possible jeune, disposant de toute l'énergie, physique et psychique, nécessaire à cette œuvre d'éducation pas comme les autres.

Il faut imaginer cette villa science-fiction. Une zone sèche, réservée aux humains, une zone totalement aquatique, lieu de repos des dauphins, et une zone mixte, où les deux espèces peuvent se rencontrer. C'est dans la partie mixte que Margaret et Peter vont vivre leur incroyable expérience. Il s'agit de grandes pièces modernes — cuisine, chambre à coucher, salle de bains, bureau — avec stores vénitiens et éclairage électrique, mais inondées d'un mètre d'eau. Si bien que Peter le dauphin peut sans problème venir réveiller Margaret dans son lit — un lit spécial, monté sur des stores d'échasses et entouré d'un rideau de douche — ou venir lui mordre les chevilles tandis qu'elle rédige son rapport quotidien, à sa table de travail sur pilotis.

L'emploi du temps comporte des cours « obligatoires », où le jeune dauphin doit essentiellement apprendre à écouter la voix humaine, puis essayer de la reproduire, et des périodes de récréation, où il peut se balader où bon lui semble — mais il ne peut rejoindre ses congénères, en l'occurrence deux femelles de son âge, qu'exceptionnellement, quand sa frustration sexuelle devient trop grande, et que Margaret ne peut plus contenir l'ardeur débordante du cétacé en rut.

Car, dès le début surgissent deux problèmes, objets de peur pour la jeune femme : les dents et le sexe de l'animal. Margaret ne donne pas ses « cours d'anglais » ex cathedra, mais, telle une mère, en jouant avec son « enfant », en le caressant et sans jamais cesser de lui parler. Mais tout de suite l'enfant en question ouvre une immense bouche, d'apparence très menaçante (les dents du *Tursiops truncatus* sont terriblement pointues), et la confiance entre la « mère » et l'« enfant » en prend un coup. La jeune femme tend donc bientôt à se protéger derrière des jouets, qu'elle lance au dauphin, comme on le ferait avec un chien. Cela ne tarde pas à fonctionner, mais la confiance une fois réinstallée entre Margaret et Peter, ce dernier se met vite en tête d'assouvir son œdipe jusqu'au bout, et se presse contre sa « mère », son long sexe rose en érection. Ce qui effraye la jeune femme au plus haut point, et met un terme à la leçon d'anglais.

Les semaines s'écoulent, inégales. Margaret, le plus souvent vêtue d'une sorte de maillot une-pièce à manches longues, déprime parfois quand elle se retrouve toute seule avec Peter dans leur maison d'eau (Lilly part fréquemment en voyage). Il y a des nuits où elle craque complètement, tant son lit est humide. D'ailleurs tout est humide dans cette maison, et salé ! Depuis le linge jusqu'aux biscuits, pourtant à l'abri dans la partie sèche de la maison. Mais Margaret tient le coup, parce que la folle expérience la passionne.

Ce qui la fascine le plus c'est de s'apercevoir, peu à

peu, d'une invraisemblable inversion (qui donne tout à fait raison à Gregory Bateson) : ce n'est pas elle, en réalité, qui éduque le dauphin, mais plutôt lui qui apprivoise son professeur humain. Cette prise de conscience de la psychologue est particulièrement nette dans le passage suivant de son Journal :

Du 17 juillet au 1er août 1965.

Lorsque Peter et moi avons commencé à jouer à la balle, cela s'est d'abord passé très gentiment ; nous nous tenions à un ou deux mètres l'un de l'autre et nous lancions la balle en appelant ça « attraper ». Peu à peu, avec beaucoup de subtilité, Peter s'est mis à lancer la balle de moins en moins loin, si bien que je fus obligée de m'approcher de lui pour la récupérer. Finalement, nous en sommes arrivés au point où je me tenais debout juste devant lui, et où je devais littéralement lui mettre la balle dans la bouche. A ce moment-là, il se couchait sur le côté, refermait tout doucement ses mâchoires sur la boule de caoutchouc, puis la recrachait dans ma direction. Mais bientôt, il s'est mis à la garder au fond de sa bouche et j'ai dû y mettre les mains pour essayer de la lui reprendre. Ce faisant, je lui frottais les gencives au passage. Alors il a fait le mort et, toujours couché sur le côté, dans une attitude inoffensive, a fermé les yeux de plaisir. Jusque-là, j'avais catégoriquement refusé les jeux de bouche qu'il me proposait, cessant immédiatement de jouer avec lui, dès qu'il s'approchait de moi la bouche grande ouverte. Mais là, du fait qu'il se tenait si tranquille, visiblement engourdi, et parce que la balle dans sa bouche m'assurait qu'il ne pourrait en aucun cas me mordre, j'ai accepté son jeu.

Au début, il la prenait avec le bout des mâchoires, ce qui lui tenait la bouche coincée. Mais peu à peu, il a fait reculer la balle de plus en plus profondément dans sa gorge, jusqu'à l'engloutir presque complètement, s'autorisant ainsi à refermer les mâchoires. A cette étape de l'expérience, j'ai recommencé à hésiter un peu. Mais Peter, en demeurant absolument tranquille et en me regardant fixement, a fini par me convaincre que c'était bien du même jeu qu'il s'agissait. Je me suis trouvée un peu stupide, et ravie que Peter ait mis au point une méthode aussi subtile pour me débarrasser de ma peur de ses dents.

Ainsi en sommes-nous arrivés à la situation suivante : Peter faisant le mort, les yeux fermés, la balle tout au fond de sa bouche pratiquement close, et moi contre lui, lui frottant les gencives et les lèvres. Cela s'était déroulé étape par étape. Dès que l'une d'elles était franchie, Peter passait à la suivante. Je ne me doutais pas jusqu'où cela irait. C'était lui qui menait le jeu.

Son mouvement suivant fut de se laisser couler, en tenant de nouveau la balle du bout des dents, et de frotter le bout de ses lèvres le long de mes jambes. Moi, j'avais l'œil fixé à la balle, vérifiant bien qu'elle empêchait toujours les mâchoires de se refermer — cela seul permettait au jeu de continuer. C'est ainsi qu'il est parvenu à exécuter la seconde partie de son plan. Reprenant la progression précédente, Peter a fait peu à peu reculer la balle au fond de sa bouche, tout en continuant à faire aller et venir ses lèvres du haut en bas de mes jambes. Mais bientôt, ce n'étaient plus seulement ses lèvres, mais ses mâchoires tout entières qui faisaient le va-et-vient. Moi, je continuais à fixer la balle d'un regard d'aigle (mon « facteur de sécurité ») en retenant mon souffle, tandis que les dents couraient gentiment sur ma peau (nous pensons que Peter a entre cinq et six ans, ses dents ont encore toutes leurs petites aspérités enfantines très pointues).

Une fois « en position » (mes jambes prises à l'intérieur de sa bouche), Peter passe visiblement un très bon moment. Jusqu'ici, ma propre attitude demeure passive; je retiens ma respiration et je surveille la balle... Mais, pour Peter, nous ne saurions en rester là. Un jour, la balle tombe « accidentellement » de sa bouche. Je commence par exiger qu'il la reprenne sur-le-champ, s'il veut que je continue à le laisser « jouer » avec ses dents. Mais la balle retombe, encore et encore, et il semble si joyeusement détendu que je finis par le laisser faire. Et Peter tient bientôt mes jambes entièrement entre ses dents : sans balle! Mon « facteur de sécurité » disparu, je ne tiens que quelques secondes d'affilée, puis la peur revient et je me dégage. Mais Peter ne s'impatiente pas. Peu à peu il se gagne ma confiance tout entière...

Bien sûr, il s'agit d'une histoire sexuelle. Le contact est très physique, mais l'ambiance demeure feutrée, le ton très calme... Je ne m'adresse plus à Peter que par des murmures. Peter ondule lentement. Il n'a généralement pas d'érection pendant ce jeu-là, mais il me présente son ventre et sa zone génitale, pour que je les frotte avec mes pieds...

Ces derniers jours, beaucoup de visiteurs sont venus au labo. Ils étaient là, bien au sec, à regarder Peter et à lui tendre la main par-dessus la rambarde. Cela nous ramène très loin en arrière, je n'aime pas ça. Peter retombe dans sa vieille habitude de venir arroser les gens, et eux poussent de petits cris pour revenir se faire arroser de plus belle quelques secondes après. Ça les amuse beaucoup, mais c'est idiot et j'ai décidé de mettre un terme à ces visites. Peter n'est pas dans une cage, les humains étrangers à l'expérience n'ont pas à venir le lorgner comme une attraction curieuse ! Ils ne se rendent pas compte qu'en quelques mois ce dauphin a complètement changé*.

En quoi Peter a-t-il « changé » ? Commencerait-il à parler anglais ? Pas vraiment. Après six mois d'exercices quotidiens, le dauphin chéri parvient certes à émettre plus de sons « humanoïdes » qu'au début, mais l'imitation des mots eux-mêmes demeure extrêmement difficile. Au mieux parvient-il à dire « haw » quand Margaret l'invite à dire « hello », « Oh » quand elle lui dit « Bobo », ou « Mmm » pour répondre à « Mama ». Et cela après un travail harassant — il faut lire les kilomètres de décryptage d'enregistrement de ces centaines d'heures au cours desquelles la jeune femme tente, jour après jour, de faire répéter son ami animal :

« Good Boy, Peter, say “Good Boy”.

— Gzzzzzz (sons delphiniens), gzzzzz !

— No ! Peter, come on ! speak, say “Good Boy”.

— Gzzzzzz, fzzzzzzz !

— No, no, no, Peter ! Say “Bobo clown”, “Bobo clown”.

— Kzzzzzz, gzzzzzz !

— No, Peter, no. Say “Bobo clown”.

— Gzzzz, bbboozzzzzz

— Yes Peter ! Yes ! “Bobo”. »

* Extraits de *L'Homme et le dauphin, op. cit.*

Bref, non, si Peter a changé, ce n'est pas dans sa prononciation de la langue humaine, mais plutôt dans sa capacité à écouter son étrange préceptrice et, en réalité, à apprivoiser celle-ci. Comme si, parti de la vision de John Lilly, c'était bien au cadre prévu par Gregory Bateson qu'on avait abouti.

« Ce ne sont pas des animaux objectifs », avait dit l'anthropologue. Autrement dit : n'essayez pas de les faire entrer dans notre monde de catégories discrètes, objectales, discontinues. Bateson pensait qu'il fallait comprendre les cétacés comme des animaux essentiellement relationnels — vivant à l'intérieur de flux continus. Selon lui, si l'on adoptait ce point de vue, le dauphin pouvait devenir un professeur. Lilly n'avait pas désapprouvé Bateson, mais il n'avait su se détacher de son obsession linguistique. Or quoi de plus « objectal et discontinu » qu'une langue humaine moderne ? (Si encore il avait essayé de leur apprendre la musique !)

Sans clairement se formuler ces choses, Margaret Howe finit par aboutir assez près de la thèse de l'anthropologue. Elle trouve que son dauphin a changé. En quoi ? Elle ne parvient pas à le dire avec précision. En réalité, n'est-ce pas elle qui a changé ? Après six mois à ce régime, la jeune femme annonce soudain qu'elle prend deux ans de vacances. Elle abandonne la suite à qui voudra !

Lilly ne perd pas courage. Se rend-il compte de l'impasse dans laquelle il s'enfonce ? L'entêtement des scientifiques « durs » à vouloir objectiver le monde est incommensurable. Une partie de John Lilly est à jamais neurologico-mécaniste.

Nous sommes fin 1965. John Lilly part à la recherche d'assistants susceptibles de remplacer Margaret Howe, quand soudain lui parvient l'ordre d'arrêter séance tenante toute recherche sur les dauphins.

L'ordre de qui ?

Du CTCC, le Centre terrestre de contrôle des coïncidences.

Comment ?

Vous ne connaissez pas le CTCC ? Ni le CSCC ? Ni le CCCC ! Et qui donc, selon vous, nourrit les métaprogrammes de votre *biocomputer* personnel (si vous préférez le dire en langue ancienne : qui donc inspire le moi profond de votre univers intérieur) ?

Mais au fait connaissez-vous réellement votre, ou plutôt vos univers intérieurs ? En possédez-vous une cartographie précise ? Si vous répondez non, sachez que John Lilly peut vous aider. Parallèlement à son travail sur les dauphins, notre personnage mène en effet, depuis des années, un tout autre genre de recherche. A l'intérieur de lui-même.

Plus s'accumulent les difficultés de son programme « homme-dauphin », plus John s'en va chercher la réponse à l'intérieur de son propre esprit — empire aux vastes terres inconnues... où la suite de la présente enquête connaît une sorte de détour prémonitoire, et obligé. Relire la même histoire, mais cette fois du dedans.

b) La vertigineuse glissade sur l'échelle du soi

La part extérieure, visible, officielle, scientifique, présentable si l'on peut dire, du travail de John Lilly avait donc inspiré le roman de Robert Merle *Un animal doué de raison*. La part intérieure de la recherche du même homme, la part disons de philosophie appliquée, inspira Ken Russell dans *Altered States* (traduit *Au-delà du réel* dans sa version française). Scénario : s'interrogeant sur la mémoire génétique, un scientifique décide de s'injecter de grosses doses de LSD et de s'enfermer dans un caisson à isolation sensorielle, afin de vérifier sur lui-même les effets d'un voyage intérieur jusqu'au fond de ses cellules. Mal lui en prend : il réveille des souvenirs si puissants qu'il se transforme en australopithèque d'il y a cinq millions d'années, et ne doit finalement son salut qu'à l'amour d'une femme, prête à mourir pour qu'il redevienne un honnête *Sapiens sapiens* de la fin du deuxième millénaire de l'ère chrétienne.

Comme souvent, la fiction ne fait pas le poids comparée à la réalité. John Lilly, inventeur du caisson à isolation sensorielle au début des années cinquante, a bien utilisé cet étrange véhicule — sans, puis avec LSD — pour effectuer des « voyages intérieurs ». Mais ce qu'il en a ramené nous intéresse peut-être plus que le raccourci somato-mystique du film de Ken Russell.

Rappelons-nous le Lilly du début : un neurologue hyperrationnel et froid, habité par l'ambition démesurée de comprendre l'interface cerveau/esprit. En bon cartésien, John ne fait confiance à aucun a priori théorique et veut tout ré-expérimenter lui-même. Mais alors que René Descartes y parvient par la seule puissance d'abstraction de sa « machine » mentale, John Lilly, Américain authentique, a besoin de matérialiser la proposition. Est-ce possible ?

« Essayons, propose-t-il en 1953, de nous libérer un instant de tout contexte, de toute pression sociale. Imaginons une période de vacances où tout souci d'intendance serait pris en charge et tout besoin physique immédiatement satisfait. Imaginons-nous immergés dans le silence et l'obscurité, libérés même de la pesanteur. Qu'adviendrait-il de nous et de notre conscience ? »

La thèse qui prévaut à l'époque est que la vigilance d'un individu se nourrit en permanence d'inputs sensoriels arrivant du dehors. Privé de toute sensation, vous tomberiez illico dans le sommeil. Expérimentalement, le « Je pense donc je suis » de Descartes serait donc impossible à vérifier à l'état pur.

« Expérimentons cette impossibilité », se dit John.

Ayant entendu parler de caissons remplis d'eau, dans lesquels on testait pendant la Seconde Guerre mondiale la résistance des plongeurs de combat, il s'en procure un et y passe immédiatement plusieurs heures, flottant tout nu dans le noir total.

Il s'agit d'une sorte de citerne de deux mètres de haut et d'un mètre cinquante de diamètre, fermée comme une cocotte-minute, où le cobaye respire grâce à un masque relié à une pompe à air. Ce masque est assez inconfortable. Après en avoir testé des dizaines de modèles, notre Descartes américain finit par mettre au point un système moins contraignant, le fameux caisson *Samadhi*, où le corps flotte horizontalement, sans masque, dans une solution d'eau à 34°C, saturée de chlorure de magnésium, ou sel d'Epsom.

Quelle que soit la forme du caisson, l'essentiel émerge dès les premières minutes de la première séance : mise en état d'isolation sensorielle, la conscience humaine, loin de s'éteindre dans le sommeil comme le prévoit la théorie comportementaliste, redouble d'intensité et d'acuité. On dirait qu'elle profite de l'économie réalisée par l'organisme — qui n'a plus à se soucier de conserver chaleur et équilibre, ni de trier les milliards de données enregistrées à chaque seconde par tous ses sens — pour déballer de ses tiroirs inconscients un énorme matériel. Jamais John n'a connu pareille concentration, pareille attention, pareille présence au monde. Face à lui il n'y a d'abord que l'écran noir de son esprit curieux.

Évidemment, très vite, l'écran se couvre d'images. Mieux, l'écran disparaît, laissant place à des paysages imaginaires que John s'en va explorer à tire d'aile. Exactement le même genre de cinéma surréaliste que l'on se joue parfois, involontairement, le soir avant de s'endormir. Mais là, pas de sommeil. Et le « cinéma surréaliste » est d'une netteté impressionnante. Parfois, John a littéralement l'impression de sortir de son corps et de survoler, tantôt le quartier où il habite, tantôt le monde de son enfance, tantôt la mise en scène de ses fantasmes névrotiques, tantôt des planètes fantastiques dont il ne parvient pas à s'expliquer l'origine.

Bref, ce jeune neurologue américain découvre à sa manière l'univers intérieur et la psyché. L'intéressant vient de ce que, doué d'un esprit particulièrement audacieux et formé à la rigoureuse méthode scientifique, John Lilly utilise l'isolation de ses sens pour explorer son propre esprit comme un pays à cartographier.

En une dizaine d'années, grosso modo de 1953 à 1964, notre savant va patiemment baliser ses univers intérieurs, repérant toutes les *constantes* : les modes d'approche, les corrélations avec le contexte extérieur, les ordres de succession, les secteurs « neutres », les zones effrayantes, cauchemardesques, les paysages sublimes, jubilatoires, les veines riches en surprises, où l'exploration peut sans cesse être repoussée plus loin, les zones frontières, véritables murs de béton, où l'esprit semble ne plus pouvoir avancer d'un millimètre.

Question : quel rapport avec les dauphins ?

Une certaine rumeur voudrait que Lilly ait inventé le caisson à isolation sensorielle parce que, s'interrogeant sur le sentiment intérieur des dauphins, il se serait demandé ce qui se passerait si l'on flottait comme eux, entre deux eaux, vingt-quatre heures sur vingt-quatre. J'ai contribué à colporter cette rumeur, que John a sèchement démentie, lors d'une conférence à Paris en 1984*. Il est néanmoins clair qu'un certain nombre de parallèles n'ont pas tardé à apparaître entre les deux recherches. Par exemple entre le type de fonctionnement électro-cérébral de l'humain plongé dans un caisson — en onde alpha, voire en thêta, tracé typique de la méditation profonde, juste entre la veille et le sommeil — et l'état intérieur supposé des dauphins. Mais il y a une passerelle plus fondamentale entre les deux recherches.

John va, en effet, finir par s'apercevoir que son rêve de « communication interespèces » suscite un immense scepticisme chez la plupart des scientifiques. Pour eux, il s'agit de fantasmes. Leur apporterait-on une preuve tangible, par exemple l'enregistrement de phrases entières prononcées par

* Intitulée « L'eau et les états de conscience », cette conférence a beaucoup déçu. Lilly, pour la première fois en France, refusa tout bonnement de parler, répondant seulement « *yes* » ou « *no* » aux questions que je tentais désespérément de lui poser. Les prestations adjacentes de Jacques Mayol et Michel Odent, et mon compte rendu sur les travaux d'Igor Tcharkovsky nous évitèrent tout juste d'être hués par le public.

des dauphins, qu'y verraient-ils ? De pures projections anthropomorphiques, un mimétisme de perroquets aquatiques. Pour la science classique, il est impensable qu'un animal ait un *esprit*. Or une *communication* ne peut se nouer qu'entre deux esprits.

« Mais, se demande John, mes collègues connaissent-ils le leur, d'esprit ? »

Il est convaincu que la communication avec les dauphins dépend de l'*idée* que l'homme se fait d'eux. « Si un homme, écrit-il dans *Mind in the Waters*, parvenait à faire comprendre à un dauphin qu'il admet n'avoir qu'une compréhension limitée du monde delphinien, mais qu'il désire compléter son modèle, il se peut alors que le dauphin coopère, à long terme, dans une recherche mutuelle plus stratégique. »

Or l'idée que nous nous faisons d'eux dépend de celle que nous nous faisons de nous...

Une coïncidence fascine John : au-dessus de l'entrée du temple de Delphes, où la légende veut qu'Apollon soit venu jadis déguisé en dauphin, les Grecs avaient écrit : *Gnothi seauton*, connais-toi toi-même.

Se connaître soi-même d'abord.

Les espaces géants, et encore incompréhensibles, dont John soupçonne l'existence dans l'esprit des dauphins communiquent forcément, pense-t-il, quelque part, avec les espaces de nos propres esprits. Mais... c'est quoi, un esprit ?

A peine posée, la question lui rebondit à la figure : à mesure qu'il passe des dizaines, puis des centaines, puis des milliers d'heures dans son caisson à isolation, John s'aperçoit qu'il se connaît fort mal lui-même. Il en conclut que toute recherche sérieuse sur la communication avec une autre espèce doit forcément s'appuyer sur une double série d'informations : sur le monde intérieur de l'« esprit » (nous), autant que sur le monde extérieur de la « matière » (eux).

Et que découvre-t-il à l'intérieur de lui-même ?

On est à l'aube de l'informatique. John fait partie des universitaires américains qui ont la chance de pouvoir travailler sur les premiers ordinateurs dinosauriens des années cinquante. Scientifique typique de ces années, Lilly est frappé par une analogie, qui ne le lâchera plus : notre esprit semble fonctionner comme un fabuleux ordinateur. Il le baptise *human biocomputer*.

A les observer de près, tout se passe en effet comme si nos mondes « intérieurs » étaient programmés. Partiellement programmés depuis l'extérieur, par des logiciels génétiques, sociaux, familiaux, etc.; mais aussi partiellement autoprogrammables par d'autres logiciels, que notre moi conscient peut créer et modifier à volonté. Or Lilly finit par découvrir que les logiciels programmés « de l'intérieur » par le sujet volontaire n'ont pas de limites. Il appelle la partie « programmante » de notre être, notre moi autonome (pouvant devenir conscient et volontaire à la suite d'un gros travail d'introspection), *selfmetaprogrammer*.

Le tout, dit-il, est de savoir discerner, puis contrôler les « métaprogrammes négatifs », c'est-à-dire les logiciels de logiciels qui, de l'extérieur ou de l'intérieur de nous-mêmes, nous hypnotisent et nous empêchent d'évoluer, souvent depuis la petite enfance.

> Quand vous entrez dans le caisson à isolation, *écrira-t-il plus tard**, votre logiciel personnel de routine continue de fonctionner. Si vous ne mettez pas un autre logiciel convenable en route, vous perdez votre temps : on peut passer des heures là-dedans sans qu'il ne s'y passe rien. Ou bien vous vous laissez submerger par vos métaprogrammes négatifs (nous en avons tous reçu une quantité durant notre enfance). Il faut apprendre à les repérer et à les désamorcer. Ce n'est pas facile du tout. Personnellement, j'ai eu besoin pour y parvenir de suivre une psychanalyse. Ça m'a beaucoup aidé.
>
> Je me suis aperçu que, s'il existait effectivement de « mauvaises pensées », hostiles, inhibantes, culpabilisantes, se croire inférieur, inutile, mauvais... il n'exis-

* *Programming and metaprogramming the human biocomputer.*

> tait pas en revanche de mauvais « mode de pensée ». Le *mode* ne peut pas être négatif. C'est la première grande leçon de l'autoexploration : l'univers intérieur est sans interdit, infini. Ainsi, l'horizon du métaprogramme « Quoi penser? » peut et doit être aussi vaste que possible. Il n'a de limites que celles que nous croyons devoir lui imposer — et cette croyance est elle-même un métaprogramme, dont la malléabilité ne peut être vérifiée que par l'expérience.

Cette dernière idée deviendra peu à peu la clé de voûte de toute sa recherche, formulée ainsi :

> Dans la province de l'esprit, ce que l'on croit vrai est vrai ou le devient, à l'intérieur de limites qu'il faut trouver par l'expérience et l'expérimentation. Ces limites sont elles-mêmes des croyances à dépasser. Dans la province de l'esprit, il n'y a pas de limites*.

Pendant des années, John Lilly va jouer, tel un artiste-mathématicien de l'existentiel, à « inventer puis à se faire croire à l'existence d'autres mondes » — mondes géants, mondes nains, mondes fantastiques, radicalement différents du nôtre —, s'apercevant, stupéfait, qu'il peut y voyager, y connaître la peur, la tristesse ou la joie, mais surtout y tenir des raisonnements logiques.

> J'ai dû faire beaucoup d'expériences sur moi-même pour vérifier ma théorie, la modifier, en faire une part de mon propre *biocomputer*. A mesure que la théorie pénétrait et reprogrammait ma machinerie à sentir et à penser, ma vie changea rapidement et radicalement. De nouveaux espaces s'ouvrirent; de nouvelles compréhensions, un nouvel humour apparurent. Et un nouveau scepticisme émergea de tout cela. « Mes propres croyances sont incroyables », dit une nouvelle métacroyance.

Que deux « biocomputers humains », chargés de métalogiciels différents, puissent spontanément communiquer entre eux le fascine. A croire qu'ils ne

* *Whole Earth Catalog*, 1968.

sont pas aussi différents que cela. Et pourtant il n'y a pas deux individus identiques. Et le fait de ne pas savoir communiquer, voilà l'origine de la plupart des maladies mentales.

L'influence de l'école psychologique de Palo Alto, animée par Gregory Bateson (encore lui) et Milton Erickson, grands défricheurs notamment de la schizophrénie, semble évidente. L'idée que l'on puisse programmer soi-même son malheur (ou son bonheur) sous-tend une bonne part de l'œuvre de Paul Watzlawick, qui deviendra le porte-parole de cette école. « Le langage, écrit Watzlawick, ne reflète pas tant la réalité qu'il ne la crée. »

Plus il s'enfonce dans ses univers intérieurs, plus Lilly apprécie, au retour, notre monde consensuel « normal ». Mais c'est chaque fois pour repartir plus profondément en lui-même peu après. Tous les moyens sont bons. C'est une tête brûlée.

Jusqu'en 1964, John Lilly se tient à l'écart des drogues. Il n'en a guère besoin. Son caisson à isolation sensorielle lui suffit — secondé, donc, les premières années, par une psychanalyse qui, dit-il, « m'aide à mettre suffisamment à nu mes projections négatives pour que je ne m'identifie pas à elles ».

Cette autoexploration va connaître un énorme coup d'accélérateur lorsque les psychotropes entrent dans la danse. Officiellement approvisionné en LSD pur par Sandoz (opération courante, et légale, en recherche psychiatrique, aux États-Unis, jusqu'en 1966), John « visite » (le plus souvent à l'intérieur de son caisson à isolation sensorielle) ses fantasmes à une vitesse tellement folle qu'il va faire exploser toute une première ceinture de « métaprogrammes négatifs ». Il verra apparaître, sous des formes plus ou moins monstrueuses, les femmes qu'il a désirées ou avec lesquelles il a fait l'amour, sentira remonter toute son éducation catholique, culpabilisante et puritaine, verra un robot se métamorphoser en son père et entretiendra mille rapports avec tous les personnages que sa vie lui a fait rencontrer depuis sa prime enfance, mais aussi avec d'autres, jamais vus jusque-là, revivra ses cauchemars d'adolescent, refera ses calculs de chercheur, retombera sans arrêt dans les mêmes échecs, enlisé dans les mêmes obsessions... Il tâtera ses résistances, régressera au stade du nourrisson, urinant sur lui-même, béat.

Puis il approchera de zones rouges et noires où son esprit renâclera à l'emmener. Bientôt il verra ses peurs prendre des visages inhumains terrifiants, il errera des éternités dans d'interminables labyrinthes, luttera contre des monstres qui tenteront de l'envahir par de vastes brèches ouvertes dans son crâne... chaque fois qu'il voudra approcher les frontières de ses « provinces intérieures ».

Frontières autoprogrammables à volonté par un *selfmetaprogrammer* devenu conscient ?

Pas évident.

Avant d'apprendre à déjouer ses pièges intérieurs, à « désamorcer ses métaprogrammes négatifs » — pour déboucher ensuite sur des espaces prodigieux de clarté, où il connaîtra d'ineffables extases — John Lilly va d'abord manquer mourir, de très peu.

Une sorte de tentative de suicide inconsciente, en 1964 — mise en route par allez savoir quel programme...

Une NDE (*near death experience*, ou expérience de mort imminente). Aux portes de la mort, un contact fulgurant avec une certaine « réalité ultime ». Contact pouvant conduire à ce que les sages de l'Inde appellent le samadhi, ceux du Japon le satori, ceux de l'Occident l'union mystique avec Dieu... Phénomène aussi vieux que l'humanité, mais qui, longtemps considéré comme réservé à une élite spirituelle, semble se manifester de plus en plus souvent depuis que, grâce au formidable perfectionnement des techniques de réanimation, les « rescapés de la mort » des Unités de soins intensifs des grands hôpitaux modernes se comptent par millions.

Notre homme a donc connu, en 1964, « l'ineffable sensation de plonger dans un pur soleil d'amour et de connaissance »... D'abord, il avait longuement flotté dans un vide infini, d'une obscurité totale. Une zone qu'il connaissait par cœur, depuis des années, et qu'il avait baptisée « Point Zéro Absolu » — c'est là qu'il avait appris à venir se repositionner, quand il se sentait menacé par quelque « fauve intérieur ». Comme toujours, l'obscurité avait ensuite peu à peu cédé la place à un paysage. Mais tout de suite, il avait senti quelque chose de vertigineusement neuf. En fait, il n'y avait aucun paysage. Juste de la lumière. Une lumière d'or extraordinaire, « tout irradiante d'amour ».

John n'avait plus de corps. Il se sentait réduit à un simple point. Toute sa conscience semblait pourtant présente, toute sa mémoire, ainsi que la sensation de voir, d'entendre, de sentir... Justement, voilà qu'il *sentait* qu'on s'approchait de lui. Cela venait de l'horizon. Il finit par distinguer deux autres « points de conscience », deux... entités. Plus elles s'approchaient, plus John sentait qu'elles dégageaient quelque chose d'incroyable, une chaleur comme il n'en avait jamais ressenti de sa vie. A la fin la sensation était devenue si forte qu'il eut l'impression qu'elle l'anéantirait si les deux entités s'approchaient davantage. Son « moi » se fondait littéralement en elles. Elles s'arrêtèrent à l'extrême limite de sa résistance à « l'anéantissement dans l'un, le Rien absolu ».

Leur long échange fut pour lui une extase. Il sut qu'il ne pourrait en conserver qu'une partie en mémoire.

> A la fin, elles me dirent que c'était moi qui les séparais en deux, que c'était ma façon de les percevoir, mais qu'en réalité elles n'étaient qu'un dans l'espace où je me trouvais alors moi-même. (...) Elles dirent aussi qu'elles étaient mes gardiens, qu'elles veillaient sur moi bien avant cette expérience, en fait depuis toujours, mais que je ne me trouvais généralement pas en état de les percevoir*.

Plus tard, John se rendit compte qu'il avait déjà rencontré ses « guides » à trois reprises dans sa vie.

* *The Center of the Cyclone*, Julian Press, 1972.

Chaque fois, cela s'était produit alors qu'il se trouvait au plus mal : à sept ans, lors d'une ablation des amygdales ; à dix ans, une tuberculose l'ayant à moitié tué ; à vingt-trois ans, l'arrachage de toutes ses dents de sagesse ayant nécessité une anesthésie générale. Les trois premières fois, il avait oublié jusqu'à la rencontre elle-même. La quatrième lui laissa un souvenir indélébile.

Rejoindre la dimension où il pourrait retrouver ses guides devint un objectif essentiel. Il y parvint encore deux ou trois fois, par hasard. Puis sa technique de « pilotage intérieur » s'améliora à un point tel qu'il sut s'y rendre à volonté.

Lors de leur avant-dernière rencontre « par hasard », les deux guides laissèrent entendre à John qu'il lui faudrait radicalement changer de vie. Tout était à revoir, disaient-ils, à la lumière de l'ancienne règle d'or, ainsi reformulée par le psychiatre Erik Erikson : « Fais/ne fais pas aux autres ce que tu voudrais que les autres te fassent/ne te fassent pas ; les autres comprenant les autres espèces/entités/êtres de cet univers. »

Pour commencer, suggèrent donc ses « guides », John devrait laisser les dauphins tranquilles. En un mot, abandonner toute sa recherche delphinienne.

L'idée le laisse d'abord perplexe.

Mais voilà que, peu de temps après, cinq des huit dauphins prisonniers dans ses bassins des îles Vierges se suicident, à quelques jours d'intervalle — en refusant de se nourrir ou en se précipitant contre les murs. Une monstrueuse hécatombe.

En captivité, tous les dauphins meurent jeunes (plus tard, Lilly reconnaîtra que les chiffres présentés par les delphinariums, pour prouver la « longue espérance de vie des dauphins en captivité », sont généralement truqués). Mais là... c'est trop fou. Toute l'équipe est en deuil.

Pour John, il ne peut s'agir d'une coïncidence.

« Si j'avais écouté le conseil de mes guides, se

dit-il, le drame aurait pu être évité. » Alors il n'hésite plus. Les trois dauphins survivants sont rapidement sortis de leur bassin et emmenés au large, dans un gros hors-bord, puis rendus à l'océan d'où on les a arrachés l'année précédente. Les deux plus jeunes (entre trois et cinq ans) ne comprennent pas. Ils sortent sans cesse la tête de l'eau, désirant rejoindre les hommes. Heureusement, le troisième a plus d'expérience (une vingtaine d'années) : il leur donne des coups de rostre, pour les obliger à rester sous la surface (autrement, les pêcheurs finiraient par les tuer). Finalement, les trois cétacés disparaissent. Et John Lilly se retrouve tout d'un coup très seul.

Il réalise à peine ce qu'il vient de faire.

D'un point de vue professionnel, l'événement tombe mal. John vient juste de recevoir des crédits inespérés, de la Navy et de plusieurs autres organismes, pour son centre humain-dauphin. Que va-t-il dire à ses commanditaires ? Que des voix intérieures lui ordonnent de tout stopper ? C'est ce qu'il fait. En y mettant à peine les formes. Du jour au lendemain, sa réputation est établie : ce type est cinglé.

Grand choc dans la vie du chercheur.

Après avoir rendu à l'administration tout le matériel, en particulier le gros ordinateur avec lequel il a vainement tenté de créer une passerelle linguistique entre humains et dauphins, John négocie la réintégration, dans divers services de la Santé publique, de la trentaine de personnes dépendant de lui, sur l'île et ailleurs. Puis il publie, dans le *Journal de la société acoustique*, un dernier article, intitulé « Reprogrammer les productions sonores du dauphin *Tursiops* », où il explique qu'au lieu d'utiliser la grille psychologique limitée des réflexes conditionnés et du système punition/récompense, on ferait mieux de comprendre que le dauphin peut, grâce à son très grand *biocomputer*, se reprogrammer lui-même, une fois entré en interaction continue avec l'homme.

Et cette fois, c'est bien fini.

Sa femme le quitte.

Plus question de prendre du LSD : devant

l'ampleur du phénomène « psychédélique », l'administration américaine interdit tout usage du redoutable acide. Une nouvelle vie commence pour John. Que faire ?

Il s'interroge longuement sur l'avenir de la recherche fondamentale. Au fait, comment définir le mot : *fondamentale* ?

> La recherche, *écrit-il*, est de plus en plus liée aux applications immédiates. Pourtant, quand vous interrogez des scientifiques sur leurs motivations profondes, vous découvrez, derrière leurs railleries ou leurs bâillements gênés, que la plupart sont mus d'abord par le respect, la stupeur, l'adoration émerveillée du réel. Nous devrions beaucoup nous préoccuper des motivations profondes et des valeurs morales des jeunes gens intéressés par les sciences. Sans le respect et même, pourrait-on dire, *l'adoration de l'inconnu*, ils peuvent devenir des monstres. Il faut avoir vécu, expérimenté, les forces colossales qui gisent hors de nous et en nous, pour devenir sages.
>
> Mais notre mental évolue de façon terriblement arbitraire. Les postulats de la science actuelle se sont ordonnés accidentellement au cours de l'histoire. John von Neumann disait que notre arithmétique addition-soustraction-multiplication-division reposait sur des découvertes purement aléatoires. Si nous avions trouvé autre chose de plus fort, comme par exemple la mathématique de notre propre cerveau, nous serions aujourd'hui beaucoup plus avancés*.

Comment explorer mathématiquement notre cerveau ? Voilà à quoi pense le nouveau chômeur-célibataire John Lilly. Mais, tandis qu'il erre, d'amis en amis, à travers les États-Unis, une autre question l'obsède : comment voyager dans ses univers intérieurs *sans drogue* ?

Les ECM (états de conscience modifiée), induits par des moyens autres que la drogue, vont devenir son nouveau terrain de prédilection.

Avec le département de linguistique de l'université

* *The Center of the Cyclone, op. cit.*

du Wisconsin et le gros ordinateur de Heinz von Foerster, à l'université de l'Illinois, Lilly explore la voie des mots « alternatifs ». Soumis à des boucles répétitives du même mot répété inlassablement, certains étudiants entrent littéralement en transe, « sortent de leur corps », et rapportent de fantastiques voyages intérieurs. Bientôt, notre chercheur se retrouve à l'université de Stanford, dans le labo d'Ernest Hilgard, spécialiste de l'hypnose.

Quelles que soient les méthodes utilisées pour induire des ECM, les meilleurs sujets sont généralement les plus jeunes, les plus influençables ou ceux qui craignent le moins d'être « contrôlés de l'extérieur ». A cinquante ans, John est un sujet exceptionnellement peu craintif.

Ces voyages l'amènent au Kansas, chez un couple de vieux chercheurs amis avec qui il va tâter d'un nouvel ECM, un véritable sport intérieur : la téléportation. Une fois hypnotisé, John semble entrer en résonance émotionnelle, depuis le fond du Middle West, avec une autre personne, une femme, qui se trouve à Los Angeles, des milliers de kilomètres plus à l'ouest. A chaque fois il ressent exactement la même chose qu'elle (à des moments choisis aléatoirement). Lors de certaines séances, tout se passe même comme s'il voyait, de ses « yeux intérieurs », ce que cette personne voit avec ses yeux physiques !

On lui propose alors un nouveau job, comme neuropsychiatre, au centre de recherche du Spring Grove Hospital de Baltimore (c'est là que le Tchèque Stanislas Grof vient de faire son entrée américaine). Il se trouve qu'on y applique, à titre légal tout à fait exceptionnel, un programme inattendu : LSD pour alcooliques durs... et pour John Lilly ! « Car, dit-il, je partage l'éthique expérimentale de mon vieux maître de médecine, H.C. Bazett : pas question d'expérimenter quoi que ce soit sur un cobaye humain, avant de s'être infligé le traitement à soi-même. »

Pourtant, sa nouvelle voie n'est pas la neuropsychiatrie. En 1969, lors d'un week-end à Big Sur, au sud de San Francisco, il découvre le mythique Institut Esalen, créé par les parapsychologues Mike Murphy et Dick Price, où enseignent les maîtres les plus réputés de l'antipsychiatrie et de la contre-culture américaine d'alors, Alan Watts, Gregory Bateson, Fritz Perls, Ida Rolf... Là, John va connaître des gens beaucoup plus expérimentés que lui, capables de rester en état de conscience modifiée (méditation, transe, hypnose...) pendant des mois ! C'est donc là, finalement, qu'il s'installe.

Les liens entre corps et esprit ne sont pas évidents. A Esalen, on les malaxe hardiment. Dans certains ateliers, il faut se mettre à poil, au sens propre — imaginez un groupe de messieurs et de dames très chics, très intellos, qui doivent soudain se déshabiller, sans qu'on les ait prévenus ! Ça jette un froid... Mais tout le monde y passe. Et la chaleur revient, hilarante. Dans d'autres ateliers, John doit soudain se battre, physiquement. A plus de cinquante ans, une jolie peur lui noue les tripes... A chaque fois, il sent qu'un nouveau « métaprogramme négatif » (remontant généralement à son enfance) se désamorce au fond de lui.

Finalement il lance son propre atelier : « Je suis un dauphin. » Au sec, puis dans l'eau, on y apprend à soutenir les autres, puis à se laisser soutenir (porté comme un enfant, ou recueilli dans une gerbe de bras, comme un fruit tombant d'un arbre). On s'y livre aussi à toutes sortes d'exercices respiratoires. Les cétacés expirent et inspirent en un seul mouvement de deux ou trois secondes à peine en tout. En respirant ainsi, un individu peut faire la planche pendant des heures. Ces exercices mettent certains sujets en état de méditation profonde — il y en a même qui « sortent de leur corps » !

Et ainsi de suite jusqu'à sa rencontre avec le soufisme.

Du moins avec un certain courant soufi, remontant d'Amérique australe vers les États-Unis...

Le maître s'appelle Oscar Ichazo, il vit au Chili où il enseigne des techniques de méditation très particulières — par exemple en plaçant ses différentes « consciences » dans les différentes parties de son corps.

> Dans vos oreilles, mettez l'idée de substance (par exemple l'idée que vous vous faites de votre propre substance, si c'est sur vous-même que vous désirez méditer); dans vos yeux, mettez alors l'idée de votre forme; dans votre nez, placez vos possibilités (de *toutes* vos alternatives possibles); dans votre bouche, placez vos besoins; dans votre poitrine, vos impulsions (vos énergies automatiques); dans votre estomac, vos processus d'assimilation; dans votre ventre, vos processus d'élimination; dans vos glandes génitales, mettez vos orientations fondamentales; dans vos bras et vos cuisses, vos capacités; dans vos genoux et vos coudes, votre charisme; dans vos avant-bras et vos jambes, votre idée de « ce qui a du sens »; dans vos pieds et vos mains, enfin, placez vos objectifs*.

Cela paraît compliqué. John découvre qu'il ne s'agit que d'un début; le « bio-ordinateur humain » n'a pas fini de le fasciner. Tout de suite, John utilise la méthode pour arrêter de fumer (la substance, la forme, les possibilités, etc., sont alors strictement appliquées au désir de tabac). Et ça marche! Du coup, il apprend une seconde technique soufi, bien connue des derviches. Cette fois, il s'agit de méditer en écoutant une musique (le *Boléro* de Ravel est, paraît-il, étudié pour) : on place les notes médianes (la mélodie) dans la poitrine, les notes aiguës dans la tête, les notes graves dans le ventre, et on fait le vide, ouvert au non-connu. Au bout de quelque temps, cet exercice fait naître une perception nouvelle du corps. Et le *selfmetaprogrammer* se pose, plus que jamais, LA question : Qui est « je »? (avec en corollaire : En quel lieu de mon corps suis-je caché?).

Un autre gourou de passage à Esalen, le fameux Dick Alpert, ex-psychologue d'Harvard devenu Baba Ram Dass en Inde, rappelle à Lilly l'une des réponses

* *The Center of the Cyclone, op. cit.*

du maître yogi Patanjali (400 av. J.-C.) : « Qui suis-je ? Je ne suis pas celui qui voit. Je ne suis pas celui qui est vu. » Ce que John transforme aussitôt en une autre formule, qu'il juge plus riche : « Je ne suis pas mon bio-ordinateur. Je ne suis pas son programmeur. Je ne suis pas son programme. Je ne suis pas ce qui est programmant. Je ne suis pas ce qui est programmé. Qui suis-je ? »

Ô Toi qu'on n'aperçoit pas, quoique Tu Te fasses connaître,
Tout le monde c'est Toi, rien d'autre que Toi n'est manifeste
L'âme est cachée dans le corps, et Tu es caché dans l'âme.
Ô Toi qui es caché dans ce qui est caché !

Ainsi chantait, au XIIe siècle, le mystique persan Aattar. John, nouvellement influencé par les Sud-Américains, se met à lire des mystiques orientaux. Sohrawardi, Ibn Arabi et Hallaj, le martyr soufi du Xe siècle, qui chantait encore alors qu'on lui avait coupé bras et jambes :

Ô Toi, qui m'as enivré de Ton amour,
Ne me rends pas à moi-même,
Après m'avoir ravi à moi-même...

« Moi-même » n'aurait aucune valeur absolue ? Que voudrait dire la liberté en ce cas ?

Finalement, en 1970, John décide de se rendre auprès du maître soufi Oscar Ichazo, au Chili.

Le maître et le disciple sympathisent immédiatement. Le disciple a l'impression de rencontrer enfin, pour la première fois, quelqu'un qui sait exactement de quels voyages intérieurs il veut parler. Mais pour John, le démarrage est difficile. Question physique — pendant des mois, le Chilien va le soumettre à un rythme effrayant de courses dans la montagne, de chants, de prière, de méditation, d'exercices de toutes sortes. Question conjugale aussi — quand John va bien, sa nouvelle compagne va mal, et vice versa ; le malheureux passe des heures à pleurer dans sa chambre d'hôtel...

Tout au bout de sa galère, sa plus belle découverte

sera l'« Échelle du Soi », dont Oscar Ichazo va enseigner l'utilisation à ses élèves yankees. Sans doute la plus efficace des grilles d'interprétation psycho-spirituelle que John a connues, la meilleure cartographie globale des ECM et, du coup, le meilleur guide pour voyager dans ses univers intérieurs. Lilly n'en livre que la ligne initiale.

Pour commencer, il faut imaginer l'état de totale neutralité émotionnelle, celui où vous êtes simplement présent au monde, attentif, la tête claire. L'état où l'on devrait se trouver en société, lorsqu'on communique avec d'autres. Lorsqu'on enseigne, lorsqu'on apprend. Selon John Lilly, c'est dans cet état, et celui-là seulement, que nous pouvons rationnellement reprogrammer notre *biocomputer*. A cet état de conscience neutre, Oscar Ichazo fait correspondre un point au centre d'un grand graphique, point auquel il attribue la valeur « 48 » (pourquoi quarante-huit et pas zéro ? ne perdons pas de temps de ce côté-là, il s'agit de chiffres attribués à la conscience par le soufi Gurdjeff, en fonction d'une mathématique ontologique qui échappe à la présente enquête).

A partir de ce centre « 48 », partent les deux branches d'un grand S aplati et couché, la branche supérieure montant jusqu'à « + ∞ », la branche inférieure descendant jusqu'à « – ∞ ». Qui que vous soyez, quels que soient votre degré d'évolution et votre humeur du jour, votre état intérieur se trouve forcément, à tout moment, quelque part sur ce grand S.

Nous nous promenons généralement dans les parages du « 48 », autour du centre de neutralité, mais presque toujours un peu décalé, soit vers le haut, soit vers le bas. Vers le haut ? Prenez quelqu'un au volant de sa voiture, quelqu'un qui conduit bien et peut se permettre de penser à autre chose, tout en conduisant d'une main sûre. L'état intérieur de cette personne se trouve alors un peu décalé vers le haut du grand S, en « + 24 », état dit *professionnel*. En « + 24 », on peut se mettre « en pilote automatique » pour accomplir sa tâche. Vous savez danser, ça se voit, et vous y prenez du plaisir.

A l'inverse, imaginez-vous maintenant malade, nauséeux. Ou bien durement remis en cause par vos chefs. Ou abandonné par votre amour. Mais contraint de conduire, ou d'aller au travail quand même. Vous vous trouvez en « – 24 », état dit *négatif de base*, où l'on peut encore agir, mais mal, où l'on devient un danger pour les autres. Vous savez toujours danser mais, diable, quel labeur !

Passez en « + 12 ». C'est l'extase, l'état de grâce. Vous ne dansez plus, vous *êtes dansé* ! La musique, littéralement, s'empare de votre corps. Vous n'êtes plus tout à fait présent sur terre... et pourtant, que le monde vous paraît beau ! Tout brille, tout resplendit. La baraka est avec vous, vous êtes follement amoureux, en état d'*amour cosmique*, l'une des définitions du « + 12 ».

Du coup, vous n'avez guère de mal à imaginer « – 12 ». L'horreur. Plus question d'aller au travail, ni de conduire. Vous n'êtes que souffrance. Le monde vous apparaît à travers un brouillard lancinant, épouvantable. Vous doutez d'avoir jamais su danser. D'ailleurs qu'est-ce que ce mot veut dire ? Cet état porte simplement le nom d'*extrême négativité*.

Au-delà, les descriptions deviennent plus difficiles, dans la mesure où peu d'entre nous, me semble-t-il, y sont allés. En « + 6 », vous connaissez *l'état du Bouddha*. Votre être est réduit à un point d'intense conscience, vous voyagez à travers les univers, porté par une ineffable énergie d'amour. C'est le niveau de réalité que connaissent certains des fameux *experiencers* des NDE... Alors qu'en « – 6 », ce point de conscience amorce son *entrée en enfer*, au royaume de la solitude totale et de l'absurde.

Quant à « + 3 » et « – 3 », les deux derniers barreaux connus de l'*Échelle du Soi*, ils échappent quasiment aux mots. Le Soi y est intégralement dissous : d'un côté dans l'*Essence* pure (c'est le Grand Satori, ce que les derviches appellent le *Fanaa*, l'anéantissement dans l'un) ; de l'autre côté dans l'*Ego* absolu, quintessence du négatif et de la solitude.

Revenons au point de neutralité, en « 48 ». Ici, le Soi est totalement présent; plus on monte vers « + ∞ », plus il cède la place à l'*Essence pure*; plus on descend vers « – ∞ », plus il est remplacé par l'*Ego*. Le jeu consiste à savoir se promener à sa guise tout le long de cette échelle — pour finalement s'apercevoir que le « + » et le « – » se rejoignent, ne sont que les deux faces d'une même vaste farce cosmique.

On ne peut expliquer que le début de la règle du jeu.

Prenez un citoyen lambda, qui vit tranquillement sa vie, quelque part autour de son centre de neutralité. Tout d'un coup, bim! sans qu'il comprenne pourquoi, il se casse la figure en « – 24 » (son amour le quitte, la maladie le frappe..., etc.). Comme si une trappe s'ouvrait sous ses pas et qu'il se ratatinait trois mètres plus bas. Il lui faut ensuite une énergie folle pour se rassembler, se réparer, puis remonter au niveau neutre, où l'on vit en société. L'embêtant, c'est que la chose va se renouveler, le piège se rouvrir sous ses pas, deux, trois, dix, cent fois. On retombe à longueur de vie dans les mêmes erreurs.

Jusqu'au jour où, « par miracle », au lieu de tomber inconsciemment, il parvient à rester lucide pendant le très bref instant de la chute. Alors il s'aperçoit, stupéfait, que la dalle de béton « – 24 », qu'il connaît bien, puisqu'il s'y est si souvent cassé le nez, est en fait une planche souple, un tremplin! S'il parvient à rebondir dessus, à pieds joints, il remonte d'un coup, et directement en « + 24 »! Lilly appelle cela « l'effet trampoline ».

Ensuite, vous vous apercevez que la chute en « – 24 », du moins cette façon-là de vous retrouver en *état négatif de base*, ne vous pose plus de problème. Vous avez définitivement désamorcé un « métaprogramme négatif » de votre *biocomputer*. Pour la vie!

Khalil Gibran dit simplement : « Pour connaître la joie, il faut connaître la tristesse. »

Avec Oscar Ichazo, John va apprendre les nuances. Votre tête peut se trouver en état neutre et votre estomac en « – 24 ». Il y a aussi les tricheries, quand nous parvenons à nous faire croire à nous-mêmes que nous baignons dans un état où nous ne sommes jamais allés. Il faut donc savoir se rassembler à un seul niveau, approprié à ce que l'on recherche. Ainsi, pour reconnaître une piste nouvelle, un skieur doit être en état neutre où il peut le mieux se reprogrammer. Par contre, plus tard, en pleine compétition, il doit absolument se trouver en « + 24 », l'état *professionnel*. S'il passe en « + 12 » (amour cosmique) en plein schuss, il risque fort, sauf cas exceptionnel, de se payer un arbre. Et gare à lui s'il remonte vers le point de neutralité : il aurait l'air d'un amateur. Quant aux barrières qui nous empêchent de librement voyager dans nos univers intérieurs, c'est tout simplement ce que l'Inde appelle le *karma*. Brûler son karma pourrait donc vouloir dire : descendre, en toute lucidité, vers « – ∞ », pour mieux rebondir, par « effet trampoline », vers « + ∞ »...

Oscar Ichazo précise à ses élèves : « Sachez en tout cas que l'ego, lui, ne peut vous transporter que vers les états négatifs. Les états positifs lui sont consubstantiellement incompréhensibles, étrangers, inexistants. Voilà pourquoi ceux qui ont énormément souffert peuvent voyager extrêmement vite et loin : ils ont été radicalement nettoyés de tout ego. »

Le voyageur Lilly aimerait vite savoir comment se déplacer, à volonté, entre tous ces états. Le maître soufi prétend que ce pouvoir est accessible.

Le stage dure six mois. A la fin, notre diable d'homme connaît même ce que les grands initiés appellent le Nectar, l'*Amrit*. La Lumière d'amour se fait substance, et lui coule lentement, comme un miel divin, sur le crâne.

Quelques jours plus tard, Lilly est de retour à Los Angeles.

L'histoire du « savant aux dauphins » aurait pu s'arrêter là. Seulement voilà...

★

Antonietta avait été l'épouse d'Alan Watts. C'est chez ce dernier que John Lilly fait sa connaissance. En voyant pour la première fois cette lionne brune, assise par terre dans la véranda désertée à la fin d'une party, bien après minuit, il lui demande : « Où étiez-vous donc passée depuis cinq cents ans ? » Elle répond : « Je m'entraînais. » Avec elle, John va connaître, comme jamais auparavant, ce qu'il appelle la « dyade ». L'être humain réuni. Les deux sexes confondus. Le Messie ? Allez savoir.

C'est Antonietta qui, après quinze années d'abstinence, convainc John de retourner voir les dauphins.

L'idée de « Toni » est de constituer une *Human Dolphin Foundation* qui se chargerait d'aménager sur les côtes des lieux de rendez-vous, où les humains, scientifiques ou pas, mais respectant tous la Règle d'Or Interespèces, pourraient librement nager avec des cétacés. Dans les années soixante-dix, c'est une magnifique utopie. Vingt ans plus tard, elle connaîtra de timides débuts de réalisation.

Mais John profite aussitôt de l'initiative de sa nouvelle épouse pour retomber dans ses vieilles obsessions. Sans doute a-t-il gardé dans son *biocomputer* quelques minuscules grains de karma, comme dit Oscar Ichazo (« un seul de ces grains peut suffire à tout détraquer », a-t-il prévenu John). Des mois durant, avec son fils aîné, ils vont plonger à la rencontre des princes des mers, de la Basse Californie aux Bahamas en passant par la Floride. C'est éblouissant. Mais John ne peut s'empêcher de se remettre à gamberger.

C'est qu'en quinze ans les ordinateurs ont fait des progrès considérables. On peut désormais s'offrir une grosse machine pour trois fois rien, et tenter, enfin, de créer une passerelle linguistique humain-dauphin. Oh, certes, une passerelle *égalitaire* ! Plus question de leur enseigner, grossièrement, l'anglais. Non, les dauphins parleraient leur langue, les humains la leur, et l'ordinateur ferait tout le travail de traduction entre les ultrasons hiéroglyphiques des dauphins et la sémantique séquentielle linéaire qui sert aux humains de moyen de communication.

Des mois durant, John planche, avec l'aide d'un certain John Kert, un ingénieur tchèque. Ensemble, ils conçoivent une machine fantastique, baptisée *Janus*. Il ne manque que des dauphins.

Et un beau matin, John succombe à la tentation. Il achète un couple de *Bottlenose* et se les fait livrer, dans un bassin spécialement conçu pour eux, chez lui, en Californie.

Joe and Rosie.

Des dauphins adolescents. Condamnés à s'étioler et à mourir jeunes, comme tous les dauphins prisonniers de tous les « marinelands » du monde. « Ceux-là au moins, dit John pour s'excuser, ne sont pas les plus mal lotis. Et grâce à eux, notre vision du monde va peut-être changer. »

Du jour au lendemain, il passe la plus grande partie de son temps en leur compagnie, dans l'eau, ou au bord du bassin, ou encore relié à eux depuis le caisson où il se tient allongé. Deux grands pans de sa carrière, jadis contradictoires, se rejoignent : le caisson à isolation sensorielle et les dauphins.

Et c'est ainsi que « la chose » arrive.

Depuis quelques semaines, il met au point une nouvelle technique : ayant relié le bassin des dauphins à son caisson à l'aide de microphones et de haut-parleurs sous-marins, il s'engouffre dans sa « baignoire à couvercle » et tâche d'y atteindre le niveau de conscience qu'il suppose être celui des cétacés : les ondes encéphalographiques thêta, caractéristiques de l'état de sommeil imminent ou de haute méditation. Des heures durant, il a attendu, flottant dans la chaude obscurité de son utérus artificiel. Et soudain, un échange fulgurant s'est produit.

Une communication, oui, mais d'un genre si spécifique qu'aucune référence humaine ne peut en rendre compte. Un phénomène totalement physique, mais qui l'a emmené au tréfonds de son paysage psychique.

John a commencé par essayer d'imiter certains sifflements des dauphins, et ceux-ci n'ont pas été longs à lui répondre. Bientôt toutes sortes de piaillements ont résonné dans le « tank ». Des sifflements, des crissements, des coassements, des claquements... toute la panoplie acoustique delphinienne, dont John fut l'un des tout premiers à dresser l'inventaire, un quart de siècle auparavant. Pour lui, rien de particulièrement neuf. Il a quasiment oublié où il se trouve, quand tout à coup un « cri » de dauphin l'atteint de plein fouet.

Une sensation hallucinante. « Imagine, racontera-t-il à Toni, un sifflement prolongé qui t'entrerait par les pieds, te sortirait par la tête, et qui, tout au long de son trajet, te ferait *prendre conscience de l'intérieur de toi-même*. En particulier, j'ai vu, mais réellement vu, dans le détail, l'intérieur de mon cerveau quand le son l'a atteint. »

Le plus affolant, pour John, a été la dimension érotique de la communication. Non pas sexuelle — d'habitude, les dauphins sont des lutineurs, des masturbateurs fous ; là, on se retrouvait dans un espace érotique d'un niveau apparemment supérieur, d'une qualité pour ainsi dire tantrique. Et la supériorité humaine en prenait un vieux coup. Car enfin, à y regarder de plus près, que s'est-il passé ?

Selon toute vraisemblance, l'un des dauphins (les deux ?) l'a tout simplement sondé, routinièrement sondé, c'est-à-dire « regardé » avec son sonar. Seulement c'était la première fois que John se laissait sonder en état de méditation. Autrement dit dans l'état où les dauphins semblent se trouver eux-mêmes vingt-quatre heures sur vingt-quatre (du moins s'agit-il d'une hypothèse plausible).

Et John se demande alors si sa vieille intuition ne vient pas enfin de trouver (à soixante-dix ans !) une première vérification expérimentale : les dauphins, comme sans doute tous les cétacés, ont la capacité de « faire l'amour » à distance. C'est même, peut-être, leur façon normale de communiquer. L'événement le frappe à un tel point que, peu de temps après, il met un terme à l'opération *Janus*, bien que persuadé d'être enfin sur la bonne voie.

L'époustouflante « découverte » finale de notre savant, l'expérience du « sonar amoureux », marque la fin de sa recherche efficace. Ce qui nous ramène exactement où nous avait laissé... la communication entre Jim Nollman et la baleine (page 58).

Stupeur.

Un si grand détour pour en arriver là ?!

Rideau.

Comparé à John, Jim aura juste eu l'idée d'emprunter un raccourci prodigieux : la musique. Un raccourci suffisant pour économiser quoi ?

Une vie de recherche « rationnelle »... ?

John Lilly aurait-il intégralement perdu son temps en s'obstinant à vouloir communiquer avec les dauphins de façon « scientifique » ?

Je ne le pense pas.

Il fallait que quelqu'un tente de vérifier ses hypothèses. Elles ont ouvert des perspectives que d'autres prolongeront un jour. Aujourd'hui, nous savons qu'une certaine science est définitivement condamnée : celle qui consiste à tuer un dauphin pour « essayer de comprendre, dans sa cervelle, la nature de son intelligence ». Certes, tout le monde peut désormais profiter des cartes d'anatomie corticale delphinienne que des hommes comme Lilly ont dressées. L'essentiel est ailleurs : la science, visiblement, est aujourd'hui invitée à mûrir. On le sait bien, même la physique théorique l'affirme : la froideur objectivante de l'observateur qui se croit radicalement indépendant de l'objet qu'il étudie, cette froideur, née d'un certain « perspectivisme Renaissance », s'avère d'une grande naïveté. C'est une acné juvénile. Nous entrons dans un temps où il n'y a plus de « points de vue dans un espace fixe », mais des « points d'être dans un chaos » (dixit Derrick de Kerkhove, directeur du Programme McLuhan de Toronto). John Lilly a brûlé sa réputation, sa carrière, sa vie, à le prouver. Merci, Johnny !

Une communication interespèces où l'homme chercherait à imposer *son* langage à l'animal est vouée à l'échec. C'est sans doute ce que continuent à faire un grand nombre d'éthologues — mais plus du tout l'avant-garde. John en est désormais le premier convaincu. Ainsi finit-il, après la mort totalement inattendue de sa femme Toni, en 1986, par libérer, avec mille précautions expertes, ses dauphins Joe et Rosie, créant ainsi un précédent important. L'opération ORCA*, avalisée de bout en bout par l'administration de Washington et suivie de près par le *National Geographic*, constitue une sorte de première jurisprudence de la dissolution des marinelands concentrationnaires — l'Europe y viendra aussi, forcément ; en retard, mais elle y viendra.

Plus Lilly a avancé, plus l'a frappé le fait que nous, Occidentaux, n'éduquons plus nos enfants qu'à moitié, ne leur prodiguant d'informations que sur le monde extérieur — l'intérieur étant carrément laissé en friche, pour la bonne raison que nous n'y connaissons rien nous-mêmes. Voilà six à sept siècles que les « yogis chrétiens » ont commencé à disparaître, aspirés par le mental gothique, hachés menu par l'Inquisition puis sécularisés par le Protestantisme. Aujourd'hui, nous nous reposons entièrement sur des spécialistes étrangers à toute recherche spirituelle. « Eh bien, dit Lilly, les psychologues spiritualistes, transpersonnels, jungiens, appelez-les comme vous voulez, ont encore de sévères batailles à mener, face à des pressions sociales fortes et, assurément, d'une violence extrême. »

A sa manière de tête brûlée, John Lilly nous a signalé d'autres façons d'être un grand savant. D'un autre genre de science, plus globale et fluide, aurait dit Bergson. Reconnaissant l'importance du rêve. Et la nécessité de se laisser aller avec le flux, surtout quand les coïncidences s'en mêlent...

« Laissez faire le Centre cosmique de contrôle des

* Oceanic Research Communication Alliance, Tides Foundation, 873 Sutter Street, Suite A, San Francisco, CA 94109, tél. : (303) 447-8273.

coïncidences ! » dit John en rigolant. Le CCCC ! Il utilise ces métaphores dans la préface du *Livre américain des morts*, mélange syncrétique de sagesse tibétaine et juive : Centre cosmique, Centre solaire ou Centre terrestre de contrôle des coïncidences — pour désigner des processus de programmation de plus en plus larges, à mesure que l'on remonte vers l'amont de nos origines, qui déterminent le fonctionnement de nos vies par coïncidences interposées*.

Récit d'une belle coïncidence :

C'était en mai 1984. Je cherchais à monter une série télévisée sur la communication entre hommes et cétacés. Trois personnages s'étaient déjà imposés : Jacques Mayol, John Lilly, Jim Nollman, et j'en cherchais un quatrième qui puisse rééquilibrer le poids des Américains.

J'avais vaguement entendu parler d'un Russe qui, lui aussi, poussait très loin la communication avec les dauphins. J'ignorais malheureusement tout de lui, jusqu'à son nom. Après des semaines de recherche, j'avais fini par renoncer. Et voilà que Nollman m'appelle un soir, depuis une île dans le Pacifique, et me demande de bien vouloir accueillir une amie, une certaine Gigi Coyle, de passage à Paris. Simple geste de courtoisie. Jim ignorait tout de mes projets.

En fait, deux jours plus tard, c'est moi que l'amie en question invite. Dans une auberge surprenante, ancienne chaumière paysanne restaurée, en plein milieu des blés de Beauce.

Les yeux d'abord mal accoutumés au brusque passage du grand soleil à l'ombre, je tombe sur une gente dame droit sortie des Chevaliers de la Table ronde. Une blonde d'une trentaine d'années, au visage rond et ravissant, qui, en manière d'accueil et sans avoir prononcé un mot, commence par me chanter une mélopée d'une voix légèrement rauque, en s'accompagnant sur sa guitare. Une ode aux

* *The New American Book of the Dead, 1981*, IDHHB Publishing, Nevada.

baleines ! Je n'en crois pas mes oreilles. Dans un autre contexte, il y aurait de quoi rire. Mais là non. C'est extrêmement beau. Je suis ému jusqu'aux larmes. Stupéfait.

Puis, elle se présente et se met à me poser des questions. Un film ? Quel film ai-je l'intention de tourner sur John, Jim et Jacques ?

Les explications que je donne semblent lui convenir. Elle me tend alors une carte, portant une peinture rouge et orange — une sorte de miniature de science-fiction, où deux minuscules dauphins semblent nager à l'intérieur des ventricules d'un cœur géant —, tout en me disant : « J'arrive de Moscou. Je suis sûre que tu dois y aller, toi aussi. Les adresses que tu cherches sont au verso. »

Je retourne le dessin et lis... cinq adresses, dont celle d'Igor Tcharkovsky... Bon sang ! Le nom que je cherchais depuis des semaines ! Le nom du Russe qui fait d'étranges recherches sur les dauphins dans l'empire des Soviets ! Comment cette Gigi a-t-elle su que je cherchais ce nom ? Je n'en ai jamais parlé à Jim.

Elle n'en savait rien, me dit-elle, elle s'est juste laissé guider par sa voix intérieure.

Souvent, Gigi ferme les yeux et se tait.

Je suis abasourdi.

Elle me répète plusieurs fois que je dois aller à Moscou. Je n'ai rien contre. Mais je ne parle pas russe, et surtout je ne dispose ni du temps, ni du premier centime pour entreprendre un tel voyage... Mes objections lui glissent dessus comme des gouttes d'eau.

Trois jours plus tard, mon rédacteur en chef m'annonce : « Tu pars en URSS, enquêter sur le marché noir d'Odessa ! »

Je demande : « On passe par Moscou ?

— Bien sûr, pourquoi ? »

Ma mâchoire manque se décrocher.

La suite tient, pour moi, du conte de fées. Tout s'enchaîne, jusqu'au délire : je dois téléphoner à la chaîne de télévision américaine CNN, pour savoir ce qu'ils organisent à l'occasion du prochain anniversaire d'Hiroshima. Mon interlocuteur me donne une liste de cérémonies, puis précise : « Of course, LE grand événement a lieu à Moscou, où se tiendra une téléconférence réunissant les cinq continents.

— A Moscou ? (je sursaute) Au fait... c'est quel jour, l'anniversaire d'Hiroshima ?

— Entre le 5 et le 6 août, cela dépend de votre fuseau horaire, pourquoi ? »

Fébrilement, je fouille mes poches, à la recherche de mon billet d'avion : Madre de dios, j'arrive à Moscou le 5 ! Je le dis au type de CNN. Il éclate de rire et se met à hurler :

« Waow ? Super ! Vous voulez parler au monde entier ? Notez : je vous donne l'adresse du fada russe qui organise tout ça. »

Et ainsi de suite... J'avoue que jamais plus, depuis, je n'ai vécu pareille série de coïncidences.

A vrai dire, arrivé à Moscou, je n'ai pas « parlé au monde entier », comme me l'avait annoncé l'homme de CNN — la bureaucratie soviétique était encore puissante en 1984, et détestait les improvisations. Mais le « fada russe » en question, un certain Joseph Goldin, allait me conduire droit chez Igor Tcharkovsky, son ami, et...

Mais avant de basculer chez les Russes, finissons de conter la partie américaine de mes reportages sur les cétacés. Elle contient la clé de ce livre.

L'artiste Jim Nollman avait porté ma curiosité à son comble en me suggérant que, lors de ses concerts aquatiques, les orques sauvages se comportaient comme de véritables partenaires de jazz, c'est-à-dire des *sujets*, au sens philosophique du mot. J'avais voulu assurer mon opinion en me tournant vers la science. Or, une fois de plus, j'avais dû constater que, tout au bout de son très beau et très intéressant détour, la science, quand il est question de l'essence des êtres et de leurs relations, aboutit au mieux là où l'art vous a transporté d'un trait.

Ma perplexité demeurait donc entière.

Le dauphin et l'homme ? L'animal et nous ? L'intelligence ? La conscience ? L'instinct ? La différence ?

Où était le leurre ?

Si ni l'art ni la science ne pouvait suffisamment m'éclairer, qui donc ?

C'est alors que je suis tombé sur le mythe.

4

Le contact mythique : le Cinquième Rêve

La montagne californienne, au-dessus d'Ojaï, embaumait comme la haute Provence. Le soleil tapait sec. Une cloche sonna. Malgré la légèreté du déjeuner macrobiotique, les gens s'extirpèrent avec engourdissement de sous les chênes verts, se dirigeant à pas lents vers la « Dharma Yourte », la grande tente où se tenait depuis trois jours le *Dolphin Council*.

Étrange rassemblement de scientifiques spécialistes des cétacés — parmi lesquels John Lilly faisait figure de star maudite —, d'écologistes radicaux, ex-commandos de *Greenpeace* ou du mouvement *Earth first !*, héroïques corsaires prêts à offrir leurs poitrines aux harpons industriels, sauveteurs acharnés de globicéphales suicidaires, peintres et musiciens fascinés par le jazz baleinier (que certains s'en étaient allés écouter sur place, au large, les yeux dans l'œil de la baleine, rapportant de leurs rencontres avec les léviathans sublimes les plus belles épopées qu'il m'ait été donné d'entendre). A quoi venaient s'ajouter quelques businessmen branchés sur les (décidément très *porteurs*) logos aquatiques, et toutes sortes de médiums, channels et pseudo-chamans du Nouvel Age, plus ou moins joliment illuminés, mais tous résolument adeptes du nouveau culte du dauphin. Deux bons tiers des participants étaient américains. Quelques Latinos, deux ou trois Allemands. J'étais le seul Français.

Au fond de la grande tente, Gigi Coyle présidait. Énigmatique beauté blonde, à visage de vestale et voix légèrement éraillée de chanteuse de blues. Gigi était la principale « found-riser » du milieu delphinien (la découvreuse de mécènes, la collecteuse de fonds, personnage stratégique). C'était elle qui avait pris l'initiative de rassembler le conseil. Avec un ordre du jour abrupt : écouter Peter Shenstone, un ex-publicitaire australien, raconter l'histoire de sa fantastique communication télépathique avec une baleine échouée dans le port de Melbourne. Puis méditer ensemble.

Ladite communication télépathique avait frappé si fort l'esprit du bonhomme qu'il avait liquidé son business (quatre agences de publicité florissantes, couvrant tout le Pacifique anglo-saxon, de Singapour à Hawaii), et s'en était allé sur les routes du globe, avec sa femme et leurs quatre enfants, avec l'intention de rassembler les pièces d'un puzzle fantastique, auquel, disait-il, plus de dix civilisations avaient déjà offert leur contribution : la légende du Dauphin d'Or.

C'était arrivé comme ça, sans prévenir, un soir. Tout d'un coup, alors qu'il méditait tranquillement dans son salon, à Melbourne, la voix d'une baleine s'était mise à parler en lui, se présentant d'emblée comme telle.

Toute la nuit, elle lui avait parlé. A la fin du long récit de la saga baleinière (il faut dire que l'Australie fut, pendant un bon siècle, le plus grand abattoir à cétacés de tous les temps), la voix étrange en était enfin venue au fait. Une importante mission : Peter allait devoir changer radicalement de vie, pour prendre son tour dans la vaste chaîne des griots du dauphin.

Toute la nuit, il avait écouté, subjugué, cette voix intérieure lui raconter d'invraisemblables histoires d'hommes-dauphins, d'Africains, de dieux grecs et de civilisation extraterrestre... quand — imaginez sa stupeur —, au petit matin, il avait appris la nouvelle : une énorme baleine s'était échouée cette nuit-là au beau milieu du port de Melbourne. Toute la ville ne parlait que de ça.

Ce fut comme un coup de gong. Un an après, Peter Shenstone était sur les routes. Et dix ans plus tard, nous l'avions devant nous. Barbu athlétique, vêtu d'une chasuble immaculée, il se tenait fièrement assis à la droite de Gigi.

Pendant deux jours, il nous avait conté différentes légendes delphiniennes, glanées de par le monde, vietnamiennes, ghanéennes, amazoniennes... Les plus belles étaient grecques. Éros chevauche sans cesse un dauphin. Aphrodite aussi, dès l'heure de sa naissance. Et vous souvenez-vous du poète grec Arion, que l'équipage d'un navire décide de jeter par-dessus bord (le symbole de Robert Laffont)? Ayant obtenu de pouvoir chanter une dernière fois avant de mourir, Arion attire les dauphins, qui le ramènent jusqu'à la côte, alors que le navire sombre dans la tempête.

Apollon aussi se transforme en dauphin. Comme Vishnou et de nombreux autres dieux, dans des mythologies très variées, des grands prêtres de Babylone aux Dogons du Mali, des Indiens Kwakiutl du Canada aux aborigènes d'Australie.

De temps à autre, Peter laissait parler quelqu'un d'autre. Jim Nollman, par exemple, ou Francis Huxley, l'anthropologue britannique, ou Teresa, une biologiste marine qui avait basculé dans le chamanisme après une bien étrange histoire. Un rêve qu'elle avait fait, alors qu'elle travaillait avec John Lilly, au temps où celui-ci était encore un scientifique acceptable par ses pairs.

Le rêve de Teresa ! Le plus étonnant peut-être de la myriade de rêves que m'ont racontés les delphiniens depuis que je fréquente ce milieu — comme si nous entrions dans une phase post-freudienne dans la gestion de nos vies oniriques. Une phase primitive et futuriste, où l'on refuserait de ne considérer le rêve que comme un baromètre à pathologie, alors qu'il s'agit d'un fabuleux gisement de visions, susceptibles de positivement guider nos vies. Résumons ce rêve extraordinaire.

Le jour commençait juste à poindre quand Teresa s'était réveillée en nage. Elle venait de faire un rêve étrange ; à la limite du cauchemar : une baleine lui parlait ! Sans utiliser de mots, plutôt des images — ou étaient-ce des sons ? — l'énorme bête s'était adressée à elle de manière claire et distincte. A mesure que son esprit lui revenait, Teresa n'aurait pu en jurer avec certitude, mais la chose était absolument certaine, une baleine était entrée en communication avec elle. Et la jeune femme en tremblait encore dans son lit, car c'était un appel au secours.

Depuis le temps qu'elle servait d'assistante à Lilly, Teresa avait eu le temps d'apprendre que rêver de dauphin, ou de baleine, était chose courante, surtout depuis quelque temps. Certains confrères de son patron avouaient même, en privé, que leur passion pour les cétacés avait commencé par un rêve. Or la plupart de ces rêves avaient un sens précis, une symbolique plus ou moins compliquée, qu'il était indispensable de décrypter. Que pouvait signifier l'appel au secours du rêve de Teresa ? Cette baleine aux abois, qui la regardait de ses yeux gigantesques ?

Ne pouvant se rendormir, elle entreprit d'écrire ce qu'il lui restait du « message » de la baleine.

L'écriture possède des ressorts secrets au moins aussi mystérieux que le rêve. A peine avait-elle pris la plume que Teresa découvrit avec surprise qu'elle accouchait d'un véritable scénario. D'abord, la baleine lui avait dit qu'elle allait mourir. Mais la menace pesant sur elle n'était pas claire ; on aurait dit que cela provenait à la fois de l'extérieur et de l'intérieur d'elle-même. Comme si elle était sur le point de se suicider, du fait d'une pression extérieure... apparemment bienveillante ! ?

La nature de cette « pression » semblait particulièrement difficile à déchiffrer. L'esprit tout entier rempli par les yeux de la baleine, Teresa, presque en transe, essayait de saisir, couche par couche, le sentiment complexe que ces yeux continuaient de lui communiquer. Il se serait agi de... mourir pour éviter à des proches d'avoir à la tuer.

A mesure qu'elle couchait son rêve sur le papier, Teresa se demandait à quels fantasmes profonds, en elle, cette histoire correspondait. La façon dont les impressions s'enchaînaient la fascinait. Pourtant, aussi absurde que cela lui parût, l'appel demeurait présent, comme objectif, planant au-dessus d'elle — et l'angoisse de ne pouvoir y répondre l'étreignait violemment. Alors elle décida de se laisser aller à son intuition. D'une sorte d'écriture automatique, elle nota :

« Mes sœurs, mes pauvres sœurs ! Je suis devenue trop faible dans ce bassin, l'océan n'est plus pour moi. Oh mes sœurs ! Pour m'éviter les dents des requins, vous allez devoir me tuer. Mes pauvres sœurs. Je ne peux vous imposer cela, non je ne peux pas ! Je préfère me tuer moi-même.

« Quant à toi, humaine, je te le demande : dis aux hommes pourquoi j'ai fait cela. »

Quand Teresa sortit de la transe où la transcription de son rêve l'avait jetée, il était temps d'aller travailler. Au labo, son patron l'écouta jusqu'au bout, sans l'interrompre. Puis il lui demanda :

« Et maintenant, quand vous y repensez, qu'est-ce qui vous vient à l'esprit, là, abruptement ? »

Sans hésitation, elle répondit :

« Que cette baleine existe, et qu'elle est danger, quelque part, dans un seaquarium. Peut-être dans l'un de ceux que nous connaissons. Sinon, pourquoi se serait-elle adressée à moi ? »

Le savant secoua la tête :

« Je crains que vous ne vous égariez, mais.. Rien ne vous empêche de téléphoner aux Marinelands. Autrement, vous allez garder ce truc sur l'estomac ! »

Teresa téléphona toute la journée, d'un bout à l'autre du continent. Elle recommença le lendemain. Le deuxième soir, elle apprit que l'aquarium de Vancouver était en émoi. « Une catastrophe, lui dit-on, quelque chose d'absolument imprévisible, d'exceptionnel ! »

Pendant la nuit (au prix de quel inimaginable effort ?), une baleine grise s'était jetée hors de son bassin et avait été découverte au petit matin, morte, étouffée par sa propre masse. C'était d'autant plus triste qu'il s'agissait de la doyenne de l'aquarium : une « vieille » adolescente d'une dizaine d'années.

« Le plus terrible, pleurait la voix au téléphone, c'est qu'à quelques jours près, cette malheureuse aurait été définitivement sauvée.

— Comment cela ? demanda Teresa, stupéfaite.

— Le directeur en est malade ! Figurez-vous qu'il venait de décider de la remettre en liberté. »

De tels récits émaillèrent toute la semaine du « pow-wow » delphinien dans les montagnes californiennes. Mais le plus souvent, c'était Peter Shenstone, l'ex-publicitaire australien, qui parlait.

Plus ça allait, plus je sentais se refermer un puzzle étrange entre les dauphins et les hommes. Je le sentais, mais ne le comprenais guère. Rationnellement, aucune passerelle spécifique n'était envisageable entre ces deux « mammifères ». Seule une pensée résolument magique pouvait intégrer de pareils liens, et je ne parvenais à m'y risquer.

Peter Shenstone accompagnait toujours ses propos de grands croquis aux feutres de couleur — au lieu de prendre des notes, comme n'importe qui, cet homme dessinait le moindre propos, pratique qu'il avait acquise dans le monde de la publicité et dont il usait fort bien.

On en était au milieu du troisième jour. Peter nous avait livré, bout par bout, l'essentiel de la « légende du Dauphin d'Or ». Il s'agissait maintenant d'organiser l'avenir et de doter les nouveaux porteurs de la légende d'une organisation.

« Et d'abord, déclara-t-il avec un grand sourire, il nous faut un leader mondial. Or je n'en connais qu'un possible... »

Tout le monde se tut en fixant l'Australien.

« Charles d'Angleterre ! » s'écria-t-il en brandissant un croquis au feutre de l'Union Jack, barré d'un dauphin étincelant. Vif brouhaha dans les rangs yankees. On sentait chez certains un agacement extrême. Mais Peter Shenstone en avait vu d'autres :

« Voyez-vous, lança-t-il aux Américains, j'ai longtemps été l'un des principaux financiers du parti républicain, dont le but est de faire sortir l'Australie du Commonwealth. Car je trouvais la couronne britannique parfaitement anachronique. Or ces fichues baleines m'ont fait retourner ma veste. Je sais que cela vous choque, et pourtant considérez ma suggestion avec calme. Charles sera, de loin, le meilleur signe de ralliement de notre cause. Ne serait-ce d'ailleurs que pour une raison toute simple (il prit un air goguenard) : il s'appelle... The Prince of Wales ! »

ML coup porta. Les Américains sont bon public. Explosion de cris, rires tonitruants, protestations, applaudissements. Jeu de mots british : *Wales* = Pays de Galles et *Whales* = baleines. A un *h* près, l'homonymie faisait de Charles le « prince des baleines ». Le tour était bien joué, le slogan publicitaire parfait. Un brouhaha s'installa.

Quand brusquement une voix grave s'éleva du fond de la tente :

« Je vous demande pardon, Peter, mais il y a un os. »

Quarante regards dévisagèrent l'inconnu. Un beau gosse brun, la trentaine, parlant l'anglais avec l'accent de Boston et arrivé la veille avec une cargaison de petites bouteilles d'huile d'*arbre à thé*, dont il prétendait qu'elle guérissait un nombre incroyable de maladies.

« Il se trouve, poursuivit l'inconnu, que mes ancêtres descendent d'un preux Français, qu'on appelait le chevalier Bayard. Je ne parle hélas plus leur langue, mais j'ai conservé suffisamment d'affinité avec mon pays d'origine pour savoir que vous avez tort en proposant le futur roi d'Angleterre comme seul leader du mouvement delphinien. »

Assis dans un coin sombre de l'immense tente, je sentis un point d'interrogation jaillir de sous mon béret virtuel. Toute l'assistance écoutait bouche bée.

« Que voulez-vous dire ? demanda Peter, intrigué.

— Eh bien mon cher, demanda l'autre, comment s'appelle, selon vous, le fils du roi de France ? »

Cinq secondes de silence, et brusquement vingt bouches stupéfaites prononcèrent d'une seule voix, avec un énorme accent américain :

« The Dowphin ! »

L'inconnu eut un sourire triomphant. Peter l'Australien en resta *cakes*. A côté de lui, Gigi, les sourcils perplexes mais l'air toujours serein, murmura :

« Très étrange en effet. Quelqu'un pourrait-il nous dire pourquoi le fils du roi de France s'appelle ainsi ? »

Cette fois, c'est sur moi que les regards convergèrent. Je me mis à transpirer. Il y avait bien un rapport entre la région du Dauphiné et le prince héritier à qui elle avait été offerte, mais de là à envisager un lien entre la Couronne et les cétacés... Je séchai lamentablement.

« Aucune importance, s'exclama le "descendant de Bayard", je m'en vais vous dire, moi, quel est ce lien ! »

Et je découvris, stupéfait, que le mythe du dauphin traversait l'histoire de France de part en part.

C'était en fait toute la mystérieuse histoire du Graal, que l'inconnu nous servit. Du moins une énième version d'icelle. Le vase sacré contenant le sang qui avait jailli du flanc de Jésus-Christ, percé par la lance du Romain Longinius, a fait couler tant d'encre, enfiévré tant de passions, coûté, à ce qu'il semble, tant de vies, qu'on hésite à en reparler... Mais le « descendant de Bayard » y alla bon train.

Le Graal était aux mains de Marie et de Marie-Madeleine, lorsque celles-ci, accompagnées par plusieurs disciples de Jésus, accostèrent sur les côtes de Provence. Quelque temps plus tard, on retrouve le petit groupe dans les basses Alpes, où il fonde le village de Delphinus...

Une lignée secrète aurait démarré là. Plus tard, les Mérovingiens en auraient été les représentants — le roi franc Mérovée, grand-père de Clovis, serait selon une légende « né de la mer », sa mère y ayant frayé avec un poisson étrange... Ensuite, avec le massacre des Mérovingiens par le clan de Charlemagne, le secret aurait glissé dans la clandestinité, gardé, jusqu'à nos jours, par des dizaines de générations de chevaliers.

Du saint Graal à nous, en passant par son extension à toute la région de Grenoble et, de là, au prince héritier de la couronne de France, l'expression a franchi sans problème la Révolution. Qui est votre dauphin, demande-t-on aujourd'hui encore au moindre dirigeant ? De Gaulle n'en eut point. Et Giscard ? Et Mitterrand ? Mais que savons-nous de la raison d'être intime de ce mot ? Qu'avons-nous gardé de sa dimension chamanique ? Que nous enseignent les écoles de la République sur la nature de la royauté ? Quel petit Français sait aujourd'hui qu'un roi était forcément un guérisseur, un « homme de pouvoir » au sens chamanique du terme ? Parmi les révolutionnaires de 1789, plusieurs le savaient encore parfaitement — dont Robespierre, qui tenta, dans sa folie, de transférer ces « pouvoirs magiques » du roi (dont il tranchait la corde d'or le reliant au ciel) à la République, en décrétant officiellement l'immortalité de l'âme et le culte de l'Être suprême. Comme nous taisons la filiation sacrée de la République, nous avons quasiment tout oublié de la beauté troublante de la couronne et de ses origines — et je ne pense pas qu'un quelconque Front national y comprenne quoi que ce soit.

Pour en revenir à l'origine ésotérique du dauphin dans le blason du prince héritier, il faudrait y consacrer toute une étude d'historien. En interrogeant ma bibliothèque, de retour à Paris, j'allais vite me retrouver dans de maigres culs-de-sac. Le prénom Delphinus était, paraît-il, courant vers les X-XIe siècles dans la région d'Avignon ; et l'on relève la présence du dauphin dans beaucoup d'autres blasons... Mais revenons à notre pow-wow.

« Quoi qu'il en soit, déclara le descendant de Bayard, l'enquêteur aboutit implacablement à la figure du Christ !

— Qu'est-ce à dire ? interrogea Peter, de plus en plus inquiet.

— Eh bien, c'est simple : le dauphin est le totem de l'accomplissement de l'homme. »

Ce soir-là, le descendant du chevalier français fut le héros du Conseil et de la séance de rêve éveillé collectif qui suivit le dîner sous les chênes verts. Peter Shenstone, très fair-play, s'était vite adapté. En fait, la candidature de Charles d'Angleterre n'était nullement menacée, aucun « Dauphin » français ne lui ferait de l'ombre ! Par contre, la légende du Dauphin d'Or venait brusquement de s'enrichir d'une magnifique pièce européenne supplémentaire. Peter était ravi.

Et moi fort troublé.

A cause du « totem de l'accomplissement de l'homme ».

Curieusement en effet, cette vision mystique, transmise par le curieux chevalier, s'emboîtait à merveille dans un autre récit, entendu le matin même, et qui m'avait considérablement impressionné. Un récit indien.

Oui, ce jour-là, nous avions entendu une légende indienne. Qui était venue éclairer le dossier delphinien d'un jour tout à fait nouveau pour moi. Dissipant bien des brumes dans la façon dont j'envisageais jusque-là les rapports entre l'homme et la nature. C'est en l'écoutant que je fus pris du désir décrire ce livre.

Oui, à ma grande surprise, l'énigme que ni l'approche morale du sauvetage d'Igor, ni l'approche artistique de Jim Nollman, ni l'approche scientifique de John Lilly n'était parvenue à résoudre (l'énigme de l'intelligence du dauphin et de notre relation amoureuse avec lui), un mythe des origines allait brusquement l'éclairer pour moi.

Il s'agissait pourtant d'une simple légende, racontée par un vieux routard roublard, bien connu des Américains amateurs de chamanisme des années soixante-dix. Un personnage à la Castaneda, de père cherokee et de mère écossaise, gros buveur de Coca devant l'Éternel, aux doigts couverts de grosses bagues, transportant d'un bout à l'autre des États-Unis, à bord de son vieux camping-car, tout un attirail de manuscrits et de gris-gris.

Il présenta son récit comme cherokee, mais mêlé d'histoires hopis et sioux, inspiré par je ne sais quels extraterrestres... Bref, il est fort possible que ce récit ait été, en fin de compte, une invention personnelle du personnage — ce qui me le rendrait d'autant plus sympathique : ce serait donc à lui, personnellement, que je devrais les clés de cette histoire !

Voici ce que j'ai gardé en mémoire du « Cinquième Rêve » que l'Indien Swift Deer nous raconta au troisième matin du Conseil du Dauphin :

Au début, le Grand Esprit dormait dans le rien.
Son sommeil durait depuis l'éternité.
Et puis soudain, nul ne sait pourquoi, dans la nuit, il fit un rêve.
En lui gonfla un immense désir...
Et il rêva la lumière.
Ce fut le premier rêve. La toute première route.
Loooongtemps, la lumière chercha son accomplissement, son extase.
Quand finalement elle trouva, elle vit que c'était la transparence.
Et la transparence régna.
Mais voilà qu'à son tour, ayant exploré tous les jeux de couleurs qu'elle pouvait imaginer, la transparence s'emplit du désir d'autre chose.
A son tour elle fit un rêve. Elle qui était si légère, elle rêva d'être lourde.
Alors apparut le caillou. Et ce fut le deuxième rêve. La deuxième route.
Loooongtemps, le caillou chercha son extase, son accomplissement.
Quand finalement il trouva, il vit que c'était le cristal.
Et le cristal régna.
Mais à son tour, ayant exploré tous les jeux lumineux de ses aiguilles de verre, le cristal s'emplit du désir d'autre chose, qui le dépasserait.
A son tour, il se mit à rêver.

Lui qui était si solennel, si droit, si dur, il rêva de tendresse, de souplesse et de fragilité.

Alors apparut la fleur. Et ce fut le troisième rêve, la troisième route.

Looongtemps, *(dit l'Indien, en tendant le bras pour que son aide de camp lui verse un énième Coca)* la fleur, ce sexe de parfum, chercha son accomplissement, son extase.

Quand enfin elle trouva, elle vit que c'était l'arbre.

Et l'arbre régna sur le monde.

Mais vous connaissez les arbres. On ne trouve pas plus rêveurs qu'eux (ne vous amusez pas à pénétrer dans une forêt qui fait un cauchemar). L'arbre, à son tour, fit un rêve. Lui qui était si ancré à la terre, il rêva de la parcourir librement, follement, de vagabonder au travers d'elle.

Alors apparut le ver de terre. Et ce fut le quatrième rêve. La quatrième route.

Loooongtemps, le ver de terre chercha son accomplissement, son extase. Dans sa quête, il prit tour à tour la forme du porc-épic, de l'aigle, du puma, du serpent à sonnette. Longtemps, il tâtonna.

Et puis un beau jour, dans une immense éclaboussure...

L'Indien marqua un temps d'arrêt :

Au beau milieu de l'océan... un être très étrange surgit, en qui toutes les bêtes de la terre trouvèrent leur accomplissement, et ils virent que c'était la baleine !

Longtemps cette montagne de musique régna sur le monde. Et tout aurait peut-être dû en rester là, car c'était très beau. Seulement voilà...

Après avoir chanté pendant des lunes et des lunes, la baleine, à son tour, ne put s'empêcher de s'emplir d'un désir fou.

Elle qui vivait fondue dans le monde, elle rêva de s'en détacher.

Alors... ! s'écria l'Indien d'une voix de stentor.

Alors, brusquement nous sommes apparus, nous les hommes.

Car nous sommes le cinquième rêve, la cinquième route, en marche vers le cinquième accomplissement, la cinquième extase.

L'Indien se tut.

Sa voix nous avait légèrement enivrés. Finalement, quelqu'un rompit le silence (c'était Jim Nollman, me semble-t-il, toujours empreint d'une légère ironie) :

« Et c'est quoi, Hardley, cette cinquième extase vers laquelle nous marchons ?

— Ah ça, répondit Swift Deer en éclatant de rire, la légende ne le dit pas. Seules les baleines le savent. Mais le reste du conte n'a pas encore été écrit ! Une chose pourtant semble certaine, mes amis ; si nous voulons trouver notre propre accomplissement, notre propre extase, et passer peut-être à la suite du jeu, il nous faut écouter et respecter, comprendre et aimer les accomplissements des rêves qui nous ont précédés : aimer et comprendre la lumière, le cristal, l'arbre et la baleine.

» Et ici, je vous dis : *Faites très attention !* Car, voyez-vous :

Dans la moindre couleur, toute la lumière est enfouie.
Dans tout caillou du bord du chemin, il y a un cristal qui dort.
Dans le plus petit brin d'herbe, sommeille un baobab.
Et dans tout ver de terre, se cache une baleine.

» Quant à nous, nous ne sommes pas "le plus bel animal", nous sommes le rêve de l'animal ! Et ce rêve est encore inaccompli. »

Quand le conteur se fut tu, nous demeurâmes silencieux un long moment. Et brusquement, la force de son récit m'explosa dans la tête. L'accomplissement de l'homme prenait une dimension à la mesure des accomplissements précédents. Cosmique, solaire, dément. Les différentes civilisations humaines défilèrent devant moi comme autant de chantiers où le Cinquième Rêve semblait se déployer.

Puis la voix de l'Indien résonna une dernière fois sous la tente du Conseil :

« Que se passerait-il, demanda-t-il, si nous éliminions la dernière des baleines qui sont en train de nous rêver ? »

Les jours qui suivirent furent jubilatoires. D'abord, je m'imaginai être tombé sur une clé quasi rationnelle. J'avais toujours trouvé bancale l'idée que l'homme ne serait « après tout qu'un animal comme un autre ». Qui y croit ? Pour le pire et pour le meilleur, l'homme est autre chose que l'animal. Pourtant, l'idée que l'homme soit « supérieur » aux autres êtres a quelque chose d'idiot aussi. Pourquoi ? Eh bien, pour la première fois j'avais une réponse séduisante : l'homme n'est pas un animal, parce que l'animal, lui, est complet. A la vitesse où l'homme vit, l'animal est achevé. Le messager qui nous le dit est le dauphin — l'animal parfait.

L'homme, ce rêve que fait la baleine, est autre chose. D'inachevé et de fulgurant. Ce fut du moins ma façon d'entendre la légende de l'Indien — d'autres sont en droit de dire : « L'homme est accompli ; l'intéressant, désormais, c'est d'observer ce qu'il va rêver, à son tour, autrement dit quel sera le *sixième* rêve ! » Ce n'est pas mon avis : je crois l'homme inaccompli, et je me demande bien à quoi ressemblera le « cinquième accomplissement ». Nous n'en savons rien. Certes, il y a de l'animal en nous, comme on pourrait dire qu'il y a du minéral dans la plante, et de la lumière dans le minéral... Mais, fondamentalement, nous sommes le rêve de l'animal, et c'est autre chose. Qui ne le sent ? Autre chose de sublime et de monstrueux.

Quoi ? ? ?

Quel rêve somptueux et effrayant fais-tu, baleine ?

A quoi rêvez-vous, dauphins fous ?

Quelle forme stupéfiante engendre votre désir de dépassement ?

★

Tout content, je suis rentré en France avec la

légende du Cinquième Rêve dans ma poche. Eh oui, pensais-je, avant chaque rêve, quelque chose s'est cherché. Dans chaque rêve il y a des oasis sur la route, mais la quête ne cesse pas. Pour qu'elle aboutisse, il faut que certaines conditions soient remplies : conditions de dualité pour le premier rêve ; conditions de pesanteur pour le deuxième ; conditions de sensibilité pour le troisième ; de liberté pour le quatrième...

Je me suis mis à en parler à droite à gauche, comme d'une grille poétique, mais recouvrant une vérité profondément objective. Mal m'en a pris ! Les objections scientifiques me sont tombées dessus comme de la grêle. Ainsi, quand je demandai au prix Nobel Ilya Prigogine s'il était d'accord pour reconnaître le cristal comme le stade ultime, l'accomplissement de la matière inerte, il secoua vivement la tête : « Oh non, me dit-il, du moins si je comprends votre "accomplissement" comme l'état de la matière où chaque partie est le plus en résonance avec le tout. En ce cas, il y a bien mieux que le cristal.

— Ah bon ?

— Mais oui, le tourbillon ! Dans un tourbillon de Bénard, par exemple, au fond d'une casserole d'eau qui bout, vous avez une cohérence que vous ne trouverez dans aucun diamant ! »

Et quelque temps plus tard, alors que je venais de raconter mon conte indien au biophysicien Marcel Locquin, je l'entendis fulminer : « La lumière, le cristal, l'arbre, la baleine... et où sont les champignons ? »

Je demandai naïvement : « Ne peut-on pas les inclure dans le royaume de l'arbre ?

— Morbleu non ! s'écria-t-il, on n'occulte pas de la sorte le plus grand de tous les règnes vivants ! Et, pardon, j'oubliais les procaryotes, que fait-on, dans cette belle légende, des toutes-puissantes bactéries ? »

Penaud, je dus laisser tomber l'idée que j'avais trouvé une grille poétique s'appliquant au vieux schéma évolutionniste. La légende du Cinquième Rêve n'était qu'un mythe.

Il n'empêche : ce mythe me nourrissait ! Oui, un métaprogramme nourrissant ! Les hommes ont autant besoin de mythes que de pain pour vivre. Ce mythe-là me plaisait diablement. L'homme, me disais-je, n'est le centre de rien. Il est une frontière en marche. D'où son déséquilibre, sa démence. Le chaînon manquant, c'est nous.

Mais, plus qu'une image métaphysique, le Cinquième Rêve me fournissait la base d'une morale terrestre à la fois contemplative et active.

Une morale aborigène pour humains de tous les temps, dont j'allais tirer, spontanément, parmi une foule d'enseignements possibles, quatre leçons — à chacun celles dont il a besoin.

Deuxième partie

QUATRE LEÇONS DELPHINIENNES

Première leçon : Manger

ou le dialogue avec un jeune boucher américain

Lorque et l'homme ont ceci en commun qu'ils se situent chacun, à l'origine, au sommet d'une chaîne alimentaire : le cétacé dans la mer, le *sapiens* sur la terre. Deux ogres, dévorant tout sur leur passage. Mais le premier avec style, le second de façon de plus en plus dégénérée.

Revenant d'Amérique, tout imbibé d'histoires delphiniennes, ce fut très bizarre : mes pensées se mirent à converger de manière obsessionnelle vers la viande et les bouchers — j'ignorais qu'il s'agissait de la toute première leçon que me donnaient les dauphins. La plupart des maîtres spirituels que j'avais rencontrés jusque-là étaient plutôt végétariens. Pour la première fois, j'étais tombé sur des maîtres carnassiers. Et cela m'éclaira de manière inattendue.

J'avais brusquement l'impression que notre rapport à l'animalité s'était trop dégradé pour que nous puissions le rééduquer tel quel. Assis, tels des nababs, à trente mille pieds au-dessus de l'Atlantique, les hôtesses nous servirent un conglomérat de chairs sucrées, douces au palais, non identifiables. Poulet ? Porc ? Saumon domestique ? Essayez de parler, à table, de la façon dont a été élevée, puis tuée, l'escalope de veau qui nage dans sa sauce à la crème. On n'évoquera pas aussitôt l'esprit du Grand Buffle, on ne lui demandera pas d'accepter, rétrospectivement, le sacrifice de son petit. Non, on vous dira : « Taisez-vous, voyons, nous sommes à table ! »

Que dirait-on d'une planète dont les habitants refuseraient avec dégoût d'évoquer l'origine concrète de ce qu'ils sont en train d'avaler ?

Je ne sais au juste que penser de ces illuminés qui prétendent entrer en rapport avec les esprits des défunts... Une chose me frappe : dans les plus beaux des textes censés avoir été écrits sous la dictée d'un disparu (ceux de Mme de Jouvenel par exemple) — et qui rapportent, au minimum, un lourd message de notre inconscient —, il est toujours question d'une première stupeur, d'un premier cri d'horreur de l'âme contemplant le monde physique depuis l'hors-temps : les hommes nagent, sans s'en rendre compte, dans un océan de sang animal.

Tout au fond de nous, nous devinons que quelque chose cloche. L'engouement pour les petites bêtes domestiques est peut-être une hernie thérapeutique.

Je ne suis pas carniphobe, loin de là ! Mais en sortant du Conseil du Dauphin, quelque chose me poussa à penser à la chaîne de la viande. A l'ensemble de nos processus économico-carnassiers. Depuis les geôles souvent infâmes où les bêtes domestiques modernes passent leurs pâles existences — elles qui aimeraient tant jouer, frotter leur sensualité aux herbes folles —, jusqu'aux blockhaus où il est formellement « interdit d'entrer » et où on les abat finalement, après les y avoir traînées, les fers rivés au sol, terrorisées depuis le moment de leur capture, par l'odeur entre toutes reconnaissable de la voiture du maquignon.

Un jeune boucher américain me parla un soir de son art.

Il y fut beaucoup question de techniques de couteau. Mais il me parla aussi de l'âme des animaux.

C'était très curieux. Un Yankee de vingt-trois ans, rougeaud et lourd, droit sorti d'une banlieue bien hard, qui vous explique la racine latine du mot animal : *anima*, l'âme. Il ignorait qu'en français sa démonstration était immédiate ; pour lui, âme se disait *soul*.

Vous connaissez peut-être ces histoires que l'on raconte sur nos ancêtres chasseurs chamaniques qui, pendant des dizaines de milliers d'années, avant de partir à la chasse, chantaient et dansaient une prière à l'adresse de l'Esprit de la bête qu'ils allaient tuer. Nous sommes issus d'une race particulièrement carnivore. Cela n'est pas laid. Regardez les Esquimaux, qui se nourrissent exclusivement de viande. Leurs gestes sont beaux. La bête harponnée aussi...

Malheureusement les armes ont forci, et les bêtes sont devenues minces. Et pitoyable la traque — quand bien même les apparences tromperaient encore un peu, prenant l'allure d'un grizzli dans les Rocheuses, ou d'un tigre dans le Radjastan. Ici, le chamanisme s'est évanoui par disparition du terrain. Par évanouissement des possibilités pratiques. Par dématérialisation.

Le jeune boucher yankee avait réfléchi à tout ça. Après les chamans, me dit-il, sont venus les prêtres. Et eux aussi ont prié la viande qu'on tuait. Je me suis alors rendu compte que je n'avais jamais réfléchi à la nature profonde du geste kasher. C'était d'autant plus impardonnable que j'avais vécu dix-sept ans en terre d'Islam, où la distinction entre Hlal (pur) et Hram (impur) a retrempé la tradition hébraïque à la sincérité du désert, jetant quotidiennement son feu sacré sur la nourriture, à commencer par la viande.

« Qu'importe ! rétorqua le jeune boucher, il est bon que beaucoup d'humains perpétuent ces rituels. Nous, bien sûr, en Occident, nous sommes obligés de repartir de zéro, de créer.

— Par exemple ? En devenant végétarien ?

— En mangeant moins de viande, pour sûr ! »

Puis il se mit à me parler de saint François d'Assise, et me fit lire un texte du poète américain Gary Snyder :

> *De tout temps, le premier enseignement éthique a été : Ne cause pas de blessure inutile. Hindous, Jaïns et Bouddhistes utilisent le mot* ahimsa*, « qui ne nuit pas ». Qu'ils interprètent couramment comme signifiant « ne prenez pas la vie », avec différents degrés suivant les situations. Dans les traditions orientales, « ne cause pas de blessures inutiles » constitue le ressort profond du*

credo végétarien. Mais les non-végétariens aussi essaient de comprendre et de mettre en pratique l'enseignement ahimsa. *Les peuples qui vivent entièrement de la chasse savent que prendre la vie est un acte qui exige un esprit de gratitude et une rigoureuse attention. Ils disent que « toute notre nourriture est faite d'âmes ». Les plantes vivent. Toute la nature est un échange de dons, et il n'est point de mort qui ne soit pas la nourriture de quelqu'un, ni de vie qui ne soit la mort de quelqu'un.*

Y a-t-il un défaut dans l'univers ? Un signe de profonde souillure de l'existence ? La nature est-elle une mâchoire dégoulinant de sang ? Certains voient les choses ainsi, finissant par se dégoûter d'eux-mêmes, de l'humanité, puis de la vie en soi. Ils ont pris la mauvaise branche de la fourche. Les philosophies d'outre-monde conduisent à faire plus de tort à la planète (et à la psyché humaine) que les conditions existentielles qu'elles ont soif de transcender.

Il faut repartir du commencement. Tous, nous prenons la vie à la vie. Weston LaBarre dit : « La première religion est de tuer le dieu et de le (ou la) manger. » La chatoyante chaîne alimentaire, le filet ininterrompu de la nourriture, constitue l'effrayante et magnifique condition de la biosphère. « Pas de blessure inutile » doit être compris comme une approche universelle des êtres les uns vis-à-vis des autres, et pas comme une injonction unidimensionnelle. Manger est réellement un sacrement.

Comment passer à l'acte ? On peut commencer en disant les Grâces. Les Grâces sont le premier et le dernier poème, le peu de mots que nous disons pour, tout à la fois, éclaircir nos cœurs, enseigner à nos enfants et accueillir nos invités. Pour dire de bonnes Grâces, vous devez être, non pas rongé de culpabilité, ni évasif, mais conscient de ce que vous faites. Vous regardez la nature des œufs, des pommes, du ragoût de bœuf, et que voyez-vous ? La plénitude, et même l'excès, une immense exubérance sexuelle. Des millions de graines de céréales devenues farine, des millions d'œufs de cabillaud qui ne vont jamais — qui ne doivent jamais — éclore : les sacrifices de la chaîne alimentaire. Et si nous mangeons de la viande, c'est la vie de l'animal que nous mangeons, ses bonds, son flair, ses coups de museau, ne nous en privons pas.

De tout cela, que savais-je jusque-là, sinon des bribes de théorie ? A quelques pincements de cœur près, cela m'avait laissé froid. Et voilà que tout d'un coup, le chant des orques et le rire énigmatique des dauphins étaient venus souffler sur le paysage. On aurait dit qu'un immense rideau s'était ouvert. Je me rendis compte que j'avais jusque-là dormi à poings fermés devant une pièce de théâtre insensée; jouant à vrai dire depuis peu de décennies, mais à guichets fermés, et avec participation active du public.

Cela s'appelle *La Grande Torture*, ou *Le Grand Massacre* — titre de l'enquête-manifeste d'Alfred Kastler, prix Nobel de biologie, cosignée par Michel Damien et Jean-Claude Nouet, et publiée en 1981, contre l'élevage industriel.

Sans effort se superposèrent dans mon esprit plusieurs images : celle de l'extermination générale des espèces animales concurrentes de l'homme — le loup, l'ours, le tigre, l'éléphant... ; la vision cauchemardesque des batteries infâmes, de veaux aveugles ou de poulets aux becs coupés, à deux cents par cage, gonflés d'eau acide; puis l'image, plus tarabiscotée, de singes et de rats, ligotés dans les labos, dans des caves, le crâne scalpé, serti d'électronique; et l'argument humaniste — « Mais monsieur, c'est pour sauver des vies humaines, des vies d'enfants ! » — a soudain sonné faux.

Pourquoi ?

A cause de l'*anima* ?

Certains disent que nous sommes ce que nous mangeons. Comment faut-il l'entendre ? Matériellement au moins, le théorème semble juste, et il y aurait déjà de quoi s'inquiéter sur l'affadissement empoisonné qui menace le métabolisme de nos descendants depuis quelque temps. Mais voici que surgit une autre vision.

14-18. Le début d'un autre genre de boucherie. Exactement contemporaine du Corned Beef. La naissance de la viande industrielle. Comme si l'*anima* était UNE. Je ne dis pas qu'il n'y ait pas eu de massacres avant. Mais l'horreur, alors, a franchi un cap — menant droit aux camps qui feront demander au philosophe André Glucksmann : comment oser penser maintenant ?

Quelle bête monstrueuse a soudain surgi, au début du siècle, au beau milieu de la plus avancée des civilisations ?

Le jeune boucher américain m'a donné sa réponse : cette bête, c'est notre *anima* qui fait un cauchemar. Notre propre partie animale, lentement garrottée au fond du cachot de nos refoulements, qui soudain explose. Et la puissance technologique n'y peut rien, bien au contraire : à humanité puissante, *anima* prisonnière forcenée.

Quand donc a commencé le grand refoulement ? Dès le début de l'Occident, c'est-à-dire du judaïsme, diront certains, citant l'injonction divine de la sainte Genèse : croissez et multipliez, et matez tout ce qui nage, tout ce qui rampe et tout ce qui vole ! L'animal, dans la Bible, est surtout cité comme vecteur diabolique. Le Veau d'Or, la Bête de l'Apocalypse. C'est alors qu'on l'a chassé hors du temple. Bien que l'on puisse aussi dire que la Bible est remplie d'animaux, de ceux de l'Éden à l'agneau pascal, en passant par l'Arche de Noé...

Il faut surtout attendre la fin du Moyen Age, l'aube pointante de la Renaissance, la réaction paniquée des prêtres de l'Inquisition chrétienne face à la liberté individuelle qui s'annonce, pour que la domestication s'étende à l'âme humaine elle-même. Jusqu'au XIIIe siècle, les prêtres chrétiens savaient encore aimer l'animal en eux. Leur corps. Les Cisterciens priaient avec leur corps, comme des yogis.

Cinq cents ans plus tard, l'existence même du problème — le refoulement animal — sera détectée par Freud, dont tous les élèves, Reich notamment, tenteront d'améliorer la méthode pour domestiquer la pauvre bête ligotée au fond de l'homme....

Il faudra cependant un choc spatio-temporel considérable pour nous rappeler qu'il ne s'agit pas 'une « pauvre bête », mais d'un seigneur, en train de rêver au fond de nous. De conspirer. Nous n'avons pas de corps, nous SOMMES des corps. Destinés à respirer ensemble. *A conspirer**.

* Ce chapitre a été publié sous forme d'article dans le magazine *Nouvelles Clés*, n° 28.

Deuxième leçon : Respirer

Comment Paul Spong découvre la conspiration

Cela faisait déjà un an que le zoopsychiatre Paul Spong s'occupait de la femelle orque Skana, au Marineland de Vancouver, au Canada. Une jeune adulte de trois tonnes environ. Tous les deux commençaient tout juste à faire ami-ami.

Bien que Spong fût suffisamment proche de Skana pour lui gratter le dos, ou même lui grimper dessus et plonger avec elle sous l'eau, il arrivait qu'elle lui fasse encore peur.

Un matin, alors qu'il était assis au bord du bassin, sur la plate-forme d'entraînement, ses pieds nus trempant dans l'eau, Skana s'approcha de lui, lentement, comme elle avait l'habitude de le faire, et s'immobilisa à quelques centimètres. Soudain, sans prévenir, elle ouvrit son énorme gueule (cinquante centimètres d'une double rangée de petits poignards !), et lui happa les pieds. Spong, pétrifié, sentit la mâchoire géante se refermer, et la pointe des dents lui toucher la peau. En un éclair, il se retira, le cœur battant. Puis, debout sur le ponton, il regarda Skana.

Il arriva alors au zoopsychiatre la même aventure qu'à Margaret Howe, l'assistance de Lilly, avec son dauphin Peter, sauf qu'il s'agissait cette fois d'un animal vingt fois plus gros.

Skana observait le savant. S'obligeant au calme, celui-ci se rassit et, lentement, remit ses pieds dans l'eau devant le rostre de la géante. Sans attendre, Skana refit son geste. Et de nouveau, Spong extirpa prestement ses pieds de la gueule de l'orque. Il ne pouvait s'y faire.

Onze fois, l'animal et le zoopsychiatre répétèrent leur manège. A la douzième, Paul Spong parvint à dissoudre sa peur. Quand, de nouveau, l'orque fit mine d'ouvrir la mâchoire, l'homme demeura sincèrement immobile et calme ; il resterait sur place quoi qu'il arrive. Sans se presser, Skana referma la bouche. Avec une délicatesse inimaginable, elle frotta les pieds de l'homme de la pointe de ses crocs, puis cessa son jeu. Et Spong s'aperçut alors, étonné, qu'il n'avait plus peur d'elle. Ses derniers résidus de crainte avaient disparu. Et il se demanda soudain qui, des deux, était en train d'étudier l'autre. Tout s'était réellement passé comme si c'était elle qui cherchait à l'apprivoiser.

Cet épisode vint parachever des années d'interrogation. Paul Spong, définitivement persuadé d'avoir affaire à un être intelligent et hautement socialisé, pour qui la captivité, même dans un grand bassin, relevait de la barbarie pure, se mit à plaider la libération de Skana. Ses collègues conclurent qu'il était devenu fou. Il se mit en colère, et l'aquarium de Vancouver le licencia.

L'adolescente Skana mourut peu d'années après, toujours captive. Elle devait avoir une quinzaine d'années. Normalement, les orques vivent aussi longtemps que les hommes (jusqu'à quatre-vingts ans). Entre-temps Paul Spong, lui, avait changé de vie. Il s'était installé avec sa famille en pleine nature, sur la côte sauvage de la Colombie-Britannique, à Albert Bay, chez les Indiens Nimpkish. L'écologiste américain Rex Weyler raconte :

> Les Nimpkish font partie, avec les Haida, les Nootka, les Kwagluth et les Inuit, de ces Indiens pêcheurs de la côte Ouest qui vénèrent la baleine. Quand vous débarquez à Albert Bay, les premières baleines que vous apercevez trônent au sommet de l'un des quinze ou seize totems plantés dans le péri-

mètre des morts, au centre du village. Les Nimpkish se délectent à raconter le jeu préféré de leurs ancêtres, au temps où les lagunes environnantes regorgeaient de « poissons noirs » — les orques : les pêcheurs s'approchaient sans bruit des orques endormies, à bord de leurs canoës, prenant bien garde de ne pas les réveiller d'un coup de pagaie brutal. Puis, arrivé tout contre l'une des géantes luisantes, le plus courageux d'entre les pêcheurs se levait, prenait pied sur le dos de l'animal et lui parcourait l'échine dans toute sa longueur avant de bondir dans le canoë et de repartir aussi silencieusement qu'ils étaient venus*.

Il ne s'agissait pas seulement d'un exploit sportif. Celui qui avait vécu pareil contact avec l'orque en ressortait plus sage, plus savant. Car les baleines, disent les Nimpkish, sont de grands enseignants.

Aujourd'hui, de tous les habitants de ce bled du bout du monde, Paul Spong est sans doute celui qui adhère le plus à ces anciennes croyances indiennes. Depuis son « Orcalab », installé sur Hanson Island, où il vit depuis 1972 avec sa femme Helen et leurs deux enfants, Paul étudie les orques de la seule manière qui lui semble acceptable : à l'état sauvage. Et, bon sang, c'est vrai qu'ils lui en ont appris, des choses, ces monstres !

Paul Spong est un éthologiste de la nouvelle école. Le décor est exactement le même que celui où évoluera, quelques années plus tard, Jim Nollman : un horizon de montagnes couvertes d'épaisses forêts de séquoias, et partout des bras de mer calmes comme des lacs, des myriades d'îles à perte de vue, et, de temps en temps, une tribu d'orques.

Spong a découvert l'endroit en 1970. Il avait passé l'été à camper et à pagayer entre les orques, avide d'en apprendre un peu plus sur elles, sur leurs mœurs, leurs vies, leurs jeux.

En réalité, il poursuivait alors un but unique, quasi obsessionnel : sauver les baleines. Ayant

* Journal *New Age*, Boston, février 1984.

entendu parler de l'organisation *Greenpeace*, récemment fondée à Vancouver pour lutter contre les essais nucléaires américains dans les îles Aléoutiennes, il avait foncé voir cette joyeuse bande d'anarchistes pour tenter de les convaincre d'embrasser séance tenante une seconde cause, celle des baleines, et d'aller la défendre, non seulement auprès de la Commission baleinière internationale (qui décide encore chaque année du nombre de baleines que chaque pays sera officiellement autorisé à massacrer, éventuellement pour « raisons scientifiques »), mais aussi et surtout directement sur le terrain, en s'interposant entre les harpons des tueurs et les baleines. Si vous en jugez par l'évolution ultérieure de la célèbre organisation, dont l'image de marque mondialement connue devient celle d'un Zodiac swinguant sur la vague d'étrave d'un baleinier furibard, Spong n'a pas perdu son temps dans les années soixante-dix...

... qui furent aussi des années de galère et d'horreur. Galère, quand il fallait espionner, des semaines durant, déguisé en amateur de « pêche au gros », des îles Canaries aux ports de Copenhague ou de Taipeh, les sociétés baleinières, pour savoir où auraient lieu les prochains massacres (ces premiers « écoterroristes » au grand cœur furent d'une efficacité si étonnante que des journaux comme le *Spiegel* allemand leur avaient alors consacré des séries entières). L'horreur aussi quand, après un travail de titan, vous vous retrouviez effectivement, à bord d'un canot pneumatique, au milieu d'un océan rouge de sang, sillonné par des baleines de toutes tailles, affolées ou hurlantes, avec, au-dessus de la tête, le harpon du gigantesque bâtiment russe, ou japonais, ou islandais, ou danois, qui, patiemment, attendait que la houle vous ait fait dériver de quelques mètres pour — baoum ! — harponner une nouvelle fois. Et qu'une fois de plus une géante bascule au jour pâle son immense ventre blanc strié, et que toute sa famille se précipite en vain, tournant autour d'elle en un cercle dément, hérissé de plaintes atroces.

Aventure très parallèle à celle de Jim. Tout aussi tragique et désespérée. Certes, la Commission baleinière internationale finira par voter un moratoire, renouvelable chaque année, interdisant la chasse des espèces les plus menacées, à savoir tous les très grands cétacés. Mais les baleiniers sont retors et le droit international facile à contourner. Il faudra attendre l'été de 1990 pour que commence à être remise en cause la notion de « chasse à la baleine scientifique » — au nom de laquelle, forts de certificats signés par des biologistes félons, les tueurs prétendaient pouvoir légitimement massacrer jusqu'à trente mille baleines par an !

« Dans ce combat, écrira Rex Weyler, la grande idée de Paul Spong fut toujours qu'on ne devait pas défendre les baleines parce qu'elles étaient en voie de disparition, mais en raison de leur nature profonde, prodigieusement intéressante. » (Spong se lancera dans une lutte aussi acharnée pour tenter de sauver les séquoias millénaires de la côte Ouest, menacés par l'avidité marchande des hommes — démence pure que de couper des arbres de mille ans pour fabriquer du papier-cul !)

« Vous comprenez, dit Paul en clignant des yeux dans le grand soleil de l'été canadien (avec sa tronche, lui aussi, d'intello européen), quand vous passez votre vie avec des baleines libres, à égalité, vous finissez vraiment par ressentir l'immensité du drame des êtres humains modernes : ils n'arrêtent pas de scruter le cosmos à la recherche d'on ne sait quelle « autre forme d'intelligence », et ne découvrent l'existence de l'intelligence fantastique des baleines *intraterrestres* qu'au moment où ils ont quasiment fini de les massacrer.

« Les baleines sont éminemment sociales, elles ne se déplacent qu'en famille. Quand les orques chassent le saumon, elles rabattent leurs proies à l'intérieur d'un gigantesque cercle qui peut compter jusqu'à trente individus. Par groupes de deux ou trois, les orques vont alors au centre à tour de rôle, mangent, puis retournent à leurs places dans le cercle. Elles sont extrêmement coopératives.

« Et puis, elles sont aussi curieuses de nous que nous le sommes d'elles ! C'est d'ailleurs ce qui m'intrigue le plus, chez elles ; qu'elles soient si spontanément intéressées par nous. Dès que j'emmène un nouveau visiteur sur l'eau, les orques se pointent à toute vitesse. Surtout si c'est un journaliste : elles raffolent des médias. »

A l'intérieur de son Orcalab, dont la grande baie vitrée domine les flots, Spong a accumulé au fil des ans une immense phonothèque baleinière. Tout comme Jim Nollman, et bien avant lui, Paul Spong s'est livré à d'innombrables échanges musicaux avec les tigres des mers.

Rex Weyler : « Le langage des baleines est comme un chorus de mémoires profondes qui s'exprimeraient au moyen d'un monumental saxo de jazz : *whaaaaaluup, waaaaaaaaaaaaaaoooup*. Avec des refrains qui reviennent, des jeux à plusieurs voix, des provocs, des réponses. »

(Plus tard, au milieu des années quatre-vingt, je tomberai sur une courte déclaration de Miles Davis dans *Time*, parlant du chant des baleines. Le jazzman révélait que, depuis quelque temps, il passait des heures à écouter des chants de baleines à bosse — ainsi que des barrissements d'éléphant. Il y trouvait, mieux qu'une inspiration, une immense connivence.)

A vrai dire, Paul Spong, pas plus que Jim Nollman, n'était le premier chercheur occidental à s'être intéressé à la musique des cétacés. Il avait, forcément, entendu parler des Payne. Tout comme vous-même, pour peu qu'il vous soit arrivé d'écouter les fameux « chants de baleines », dont on fit, dans les années soixante-dix, un fameux 33 tours, et dont une foule de musiciens a, depuis, fait usage, dans toutes sortes de montages.

Ce sont eux, les Payne, qui ont enregistré ces milliers d'heures de chants de baleines. Il était biologiste, elle était surtout musicienne. Ils étaient spontanément partis à la rencontre des monstres de la mer à la fin des années soixante. D'abord, ce fut avec des baleines droites *(rightwhale)*. Ils y étaient allés en petit Zodiac. Au milieu de ces monticules insensés, elles se prélassaient dans l'Atlantique tropical : la deuxième plus grosse bête de tous les temps (derrière la baleine bleue, dont la langue pèse aussi lourd qu'un éléphant).

Un de ces géants finit par s'approcher d'eux. Il se glissa sous eux, les souleva gentiment, sans faire pencher le petit canot d'un côté ni de l'autre. Roger et Kathy Payne se retrouvèrent à trente centimètres au-dessus de la mer des Bahamas. Pendant une soixantaine de secondes, ils sentirent sous leurs pieds, à travers le caoutchouc du Zodiac, une colonne vertébrale de trente centimètres de section. Une douche de miel nappa leur cœur. Hourra ! La baleine nous aime ! La baleine nous aime ! La troisième fois ils prirent peur, croyant tout d'un coup qu'en fait elle leur disait de ficher le camp, le plus vite possible !

Ils mirent en route le petit moteur et se hâtèrent vers la côte. La baleine les accompagna ; de temps en temps elle les soulevait comme une plume, et l'hélice de leur petit moteur tournait furieusement à vide dans l'air — mais la baleine, toujours aussi précise, contrôlait sa trentaine de tonnes de manière hallucinante : arrivée par le travers, pour éviter l'hélice, elle parvenait chaque fois à maintenir le Zodiac bien horizontal.

Plus tard, Roger et Kathy Payne visitent une base de la Navy. Un labo sous-marin. Ils tombent sur un chercheur très allumé. Sa mission est d'écouter les éventuelles explosions nucléaires sous-marines. Ce faisant, il est tombé sans le vouloir sur d'incroyables chants. Les Payne sont les premiers à lui faire suffisamment bonne impression pour qu'il décide de les faire entrer dans le secret : les fonds marins sont constamment en train de résonner de chants immenses.

Le chant des baleines.

D'abord et avant tout de la plus grande (!) musicienne de tous les temps : *Humpackwhale*, la baleine à bosse.

C'est ainsi que les Payne sont devenus les premiers grands imprésarii delphiniens. En voilier parfois, surtout vers la fin, quand ils se déplaçaient à bord d'un vieux trois-mâts. Mais le contact lui-même, l'écoute par tous les pores de la peau, ne se serait pas fait sans leur canot pneumatique. Ils ont enregistré pendant quinze ans. Leur disque a fait le tour du monde. Qui ne connaît *Chants de baleines*? Jazz qui s'élève directement de Gaïa, la planète Terre. Que nous saxophone-t-elle de si monumental? Quelque chose de trop beau, quelque chose de trop chaud, qu'il faudrait graver dans le platine et faire hurler très fort au-dessus des grandes villes.

On connaît moins les partitions de musique baleinière retranscrite par Roger et Kathy Payne, ni les tableaux comparatifs qu'ils ont constitués, année après année, sur les mélodies, les rythmes, les tons des baleines. Car les chants des grands cétacés ne sont pas figés; ils évoluent au fil des ans, différemment selon les groupes, comme des sagas marines rhapsodiées.

Roger et Kathy ont découvert des figures évolutives collectives. A chaque saison d'amour, on voit surgir des chants légèrement différents de ceux de l'année précédente, avec des cycles de plusieurs années, des rythmes de plus en plus rapides, ou de plus en plus lents, les phrases de plus en plus courtes, ou de plus en plus longues — cela de façon inébranlable, mais encore indéchiffrable pour l'homme.

L'exercice semble leur avoir fait du bien. Quand j'ai rencontré Kathy, en octobre 1989, elle débordait d'une joie vigoureuse et drôle, elle n'arrêtait pas de rire et savait hululer à la perfection un passage de musique de baleine. Entre-temps, ils ont entamé une seconde aventure : la communication avec les éléphants. En Afrique. Avec un couple de chercheurs plus jeunes qu'elle et des amis kényans, Kathy Payne a découvert que les éléphants chantaient, eux aussi, des sortes de mélopées, mais inaudibles pour les oreilles humaines, en infrasons. Un souffle étonnant, des volutes cuivrées qui traversent l'air chaud de la savane, et la terre sèche, surtout, et font résonner tout le corps des éléphants à plusieurs kilomètres (trois, quatre) à la ronde, pénétrant en eux par leurs gros pieds-tambours bien plats. Et des humains les observent, éperdument, micros à infrasons tendus, cachés dans la brousse. Dans combien de temps le dernier éléphant sauvage aura-t-il disparu ?

Les nouveaux chercheurs en communication animalière correspondent davantage à l'idée que s'en faisait Gregory Bateson qu'à celle de John Lilly. Ils se fondent dans le milieu où vit l'animal, interviennent le moins possible, essayent de se métamorphoser en lui...

Ainsi Joan McIntyre, amie de Paul Spong et animatrice du projet Jonah, qui lutte contre la chasse à la baleine et au dauphin :

> L'eau, quand on y pénètre, force la créature à rassembler corps et esprit en une seule entité. Le corps nu dans l'eau abandonne les outils qui, justement, l'avaient séparé de l'esprit. Là, le temps, le poids et le soi sont vécus de façon globale. Le monde peut alors être pensé et vécu en même temps, au lieu d'être cassé en catégories qui remplacent l'expérience, plutôt qu'elles ne l'aident.
>
> En général, la pensée humaine procède par réitération d'habitudes de parole — que dire à qui ? se rappeler de passer au pressing. La pensée créatrice exige une condition d'esprit plus ludique et ouverte. L'esprit d'un dauphin est un terrain de jeu plus libre que celui de l'homme. Plus plaisant. Quand on essaye de comprendre leur esprit avec nos méthodes scientifiques, il y a un problème : les scientifiques ne connaissent pas le jeu dans leurs méthodes.
>
> Peut-être la principale différence entre les peuples non technologiques et nous tient-elle à ce que nous avons abstrait de la nature animale toutes ses qualités contradictoires. Nous regardons les créatures comme des unités de propositions : ils font *ceci* pour *telle* raison. Les Indiens d'Amérique, les Pygmées du Congo, les chamans tibétains reconnaissent l'aspect contradictoire de la vie animale. Une bête peut être à

> la fois quelque chose à manger, *et* un être qui incarne une sagesse non humaine, *et* une force qui participe à la vie spirituelle de la communauté, *et* un ami, *et* un ennemi, *et* un esprit, *et*... Nous isolons, nous tenons à ce que la vérité soit sans cesse *prouvée*. Il y aura davantage de singes en labo pour *prouver* la vérité de leurs comportements qu'il n'y en aura dans les plaines africaines pour la vivre*.

Le 11 août 1971, Paul Spong travaille assis dans son lit, confortablement au chaud dans son Orcalab, quand il entend des cris stridents de marsouins. Il sort jeter un œil : il fait un tel brouillard qu'on n'y voit pas à dix mètres. Il hésite. Les cris redoublent. D'habitude, les marsouins ne l'intéressent pas beaucoup. Il décide tout de même d'aller voir, met son anorak, pousse son kayak à la mer, et se met à pagayer en direction des cris. Il n'a pas l'intention de s'éloigner plus d'une demi-heure et n'emporte avec lui que sa flûte.

Avant qu'il ait pu les voir, ils ont disparu. Mais, à leur place, Paul reconnaît le souffle des orques, vraisemblablement en train de chasser gloutonnement les petits marsouins. Il se dirige vers elles. Au bout d'un moment, n'entendant plus rien, il décide de s'arrêter et de jouer de la flûte, les yeux fermés. Quand il les rouvre, six jeunes orques sont là, à quelques mètres de lui, en train de l'écouter en silence. Il continue de jouer, referme les yeux. Quand il les rouvre à nouveau, il a juste le temps de voir les bébés géants disparaître dans le brouillard. Immédiatement, il se lance à leur poursuite.

A plusieurs reprises, il entr'aperçoit leurs sombres silhouettes, glissant dans la nappe laiteuse. Chaque fois il met le cap sur elles. Soudain, il se rend compte qu'il ne sait plus du tout où il se trouve. Il est totalement perdu dans le brouillard et n'entend plus le moindre bruit. Il s'arrête pour de bon, et joue pendant un long moment. Alors, lentement, il les sent arriver. Cette fois, elles sont des dizaines, de tous les

* *Mind in the Waters, op. cit.*

âges, de toutes les tailles. Il n'en voit qu'une petite partie, mais le souffle des autres lui parvient distinctement depuis l'épaisseur toute proche de la brume. Paul se rend compte qu'il est au beau milieu d'une énorme tribu. Et voilà que celle-ci se met lentement en route dans une certaine direction. Si lentement que Paul a l'impression de comprendre qu'on l'accepte : les orques s'attendent à ce qu'il vienne avec elles. Il se met donc à pagayer dans la même direction, avec énergie, et les orques se règlent sur sa vitesse.

Paul n'en croit pas ses yeux. C'est la première fois qu'une chose pareille lui arrive. Elles sont bien une cinquantaine, divisées en petits groupes. Il se demande en compagnie desquelles il ferait mieux de voyager, et choisit un groupe comptant beaucoup de bébés. Au bout d'un quart d'heure, ce groupe-là décide, visiblement, de le semer. Alors il se rallie à une petite bande de jeunes mâles, qui lui font bon accueil. Bientôt ils l'encadrent. Le kayak de Paul est flanqué de quatre orques de chaque côté !

Le gars se sent maintenant tellement à l'aise qu'il en devient quasiment ivre. Oubliant toute prudence, il se penche par-dessus le bord de son embarcation pour essayer de caresser son plus proche voisin et... manque chavirer. Dans le brusque mouvement qu'il fait pour se redresser, il manque enfoncer sa pagaie dans l'œil de l'animal qu'il voulait toucher. Instantanément, toutes les orques disparaissent.

Désemparé, Paul Spong n'a d'autre solution que de s'arrêter derechef et de se remettre à jouer de la flûte. En quelques minutes, ses compagnons sont de retour. Plusieurs marquent le coup en passant tout près de lui. Au bout d'un moment, le musicien cède à nouveau la place au pagayeur, et la course reprend. Paul pagaye le plus vite qu'il peut. Les orques restent tout le temps à la surface.

Finalement, la grande tribu se divise en trois groupes, qui partent chacun de son côté. Paul, plus perdu que jamais, tente de retrouver son chemin tout seul. En vain. Alors il se remet à jouer. Une sorte d'au revoir un peu triste.

Brusquement, toutes les orques sont de nouveau là. Elles lui font la fête, passent sous lui, sautent en l'air. Puis disparaissent pour de bon. Paul parvient malgré tout à suivre un instant un petit groupe. Suffisamment pour retrouver, au moins, le chemin d'une île, où il pourra attendre, à l'abri des arbres, que le brouillard se lève. Dix heures se sont écoulées depuis qu'il est sorti de son lit, appelé par les marsouins.

Depuis 1971, Paul Spong a vécu des dizaines de rencontres de cet acabit. « Certes, reconnaît-il, de nombreux êtres humains ont pu vivre des expériences similaires avec d'autres animaux sauvages, des loups notamment, et des chimpanzés. Mais au prix de quelles longues manœuvres d'approche ! Ces orques ne m'avaient jamais vu. Leur hospitalité fut instantanée. »

C'est la nuit, ou dans le brouillard, qu'il établit le meilleur contact avec elles, parce que alors ses yeux lui servent beaucoup moins que ses oreilles, en alerte constante. Ça le plonge dans une intimité extraordinaire avec les grands cétacés.

La découverte de Spong qui m'impressionnera le plus est respiratoire : quand elles se déplacent ainsi en groupe, les orques synchronisent leurs souffles. Quel que soit le rythme de chacune, toutes respirent en phase. Parmi tous leurs comportements de solidarité sociale, cette synchronisation collective de toutes les respirations est déterminante. Elles conspirent, au sens étymologique ! Respirer en phase est une technique essentielle du yoga tantrique. La « conspiration » des cétacés doit nous servir de leçon.

Imaginez maintenant à quoi doivent ressembler, de leur point de vue, les chants des orques ou des baleines. Un vrai swing collectif, où les respirations des différents musiciens du groupe et de toute l'assistance se mettent physiologiquement en phases les unes avec les autres. Elles ne font pas que « chanter » à tue-tête, elles respirent en chœur. En phase les unes avec les autres. Vous me direz que n'importe quelle chorale fait de même. Oui, voilà, les orques, les dauphins, les baleines vivent en permanence comme une chorale en plein gospel. Forcément, ça les met aussi en phase avec la respiration du monde entier !

Pareille coordination collective des moindres gestes de tout un groupe d'animaux hautement évolués fait résonner un sentiment infiniment nostalgique dans la mémoire profonde des explorateurs de l'ego que nous sommes. Les cétacés n'ont pas eu le choix. Dans l'océan, la solidarité devint aussitôt obligatoire pour les mammifères du grand retour (de manière autrement serrée que pour ceux qui sont restés sur la terre ferme). Résultat : le même tropisme collectif que les bancs de poissons (virant de bord en un millième de seconde, tous rigoureusement ensemble), le même tropisme mais vécu consciemment, comme un sentiment jubilatoire. Résultat : cette façon de vivre en chorégraphie permanente. Les dauphins sont littéralement imbibés du fameux « ma » des Japonais, qu'à mon avis les habitants des mégalopoles humaines retrouveront forcément, à leur façon.

Le « ma » des dauphins a plus de vingt millions d'années. Il module le moindre de leurs comportements. Un jour, tandis qu'il plongeait, en combinaison autonome, parmi ses amies orques, Paul Spong assista, de loin, à une naissance.

A peine le petit sorti du ventre de sa mère, une autre femelle vint le pousser du nez vers la surface (le petit cétacé ne contient pas d'air et risque de couler sans cette aide). Remonté à l'air libre, l'ex-zoopsychiatre assista à la première leçon que recevait la petite orque : une leçon de respiration dansée. Collée à sa mère, elle plongeait, et apprenait de la sorte à respirer en même temps qu'elle, tout en ondulant dans le même tempo qu'elle. Ainsi démarre, pensa Spong, la grande conspiration des cétacés, leur admirable coopération sociale et musicale commence dès la naissance, dans l'apprentissage de la co-respiration dansée.

En réalité, j'allais me rendre compte que l'Homme, ce « rêve encore assez endormi » dont nous avait parlé le chaman cherokee, savait cela depuis la nuit des temps. Mettre collectivement nos esprits en phase avec nos respirations, nos battements cardiaques, tous les rythmes secrets de nos corps, danser du plus profond de nous-mêmes, nous fut longtemps un mécanisme de régulation déterminant. Délicieux. Mais confondant. Pour gagner en liberté individuelle, l'homme moderne a dû payer de l'oubli quasi complet des résonances de son corps. Il nous faut les retrouver. Sans perdre en liberté. Il y a urgence.

Sans, plus jamais, me détacher de cette *conspiration* dansante, la suite de mon enquête sur les dauphins allait me ramener à l'aube du *petit* de l'homme. Sur une autre terre des origines, alors occupée par un empire finissant, l'URSS.

J'en étais à me demander dans quelle fantasmagorie américaine j'étais tombé, quand j'appris que des citoyens russes étaient eux aussi entrés dans la danse delphinienne. Aux marges extrêmes de la recherche, tout à l'avant du voyage terrestre, à la lisière des eaux.

Oui, le dialogue de l'homme tourmenté et de l'animal jovial frappait autant les illuminés des grandes plaines orientales que les Occidentaux. Chez les Américains, John Lilly m'avait intrigué, Jim Nollman convaincu et Paul Spong émerveillé. Chez les Slaves, le héros aquatique des mutants s'appelait Igor Tcharkovsky. Je ne savais pas, en partant à sa rencontre, dans quel vortex j'allais être aspiré. Appelé à devenir son « agent » à l'Ouest pendant quelque temps, je courais inconsciemment vers de grandes joies et de sévères casse-gueule. C'était, il est vrai, mon premier voyage chez les Russes.

Troisième leçon : Accoucher

Les mutants de la mer Noire

En ce temps-là, les étrangers n'avaient pas le droit de se rendre à Sudak, en Crimée. Je ne le compris qu'au dernier moment, quand, débarquant de l'overcraft *Kometa* à bord duquel nous avions embarqué à Yalta deux heures plus tôt, l'un de mes amis me murmura : « Il vaut mieux qu'on ne nous entende par parler anglais ici. Tant que nous sommes en ville, ne dis rien ! »

Il ne devait pas être loin de minuit. La petite ville balnéaire soviétique semblait profondément endormie. Empruntant une large promenade, ponctuée tous les cinquante mètres de réverbères qui grésillaient, notre petit groupe, chargé de gros sacs, longea la mer sur un kilomètre environ. Puis nous poursuivîmes notre marche dans l'obscurité, en direction d'une montagne dont la crête se découpait très vaguement sur le ciel noir.

Igor Tcharkovsky et son plus jeune fils marchaient devant. Puis venaient Volodia et Sacha, m'encadrant à droite et à gauche. Je n'étais pas le premier étranger à se rendre au camp des delphiniens russes. Marsden Wagner, à l'époque patron de l'obstétrique à l'Organisation mondiale de la santé, y avait fait un tour quelques semaines auparavant, et l'on m'avait prévenu de la présence au camp d'une doctoresse bavaroise du nom de Suzanna Kühnel. Soudain une lampe torche s'alluma, à une centaine de mètres devant nous.

A ma grande surprise, le groupe se figea sur place. Quelqu'un me chuchota dans l'oreille : « N'aie pas peur. Au pire, tu risques quoi ? L'expulsion, c'est tout. » Mais il ne s'agissait que de pêcheurs qui rentraient chez eux, et nous reprîmes notre marche.

Bientôt, le sentier se fit poudreux, grimpant au flanc abrupt d'une colline apparemment couverte d'une lande rase. Igor marchait vite et le groupe finit par s'étirer sur plusieurs centaines de mètres. Arrivés au sommet, nous croisâmes un homme et une femme, chargés de sacs à dos. Il y eut un échange à voix basse, quelques rires étouffés, et chacun repartit de son côté. « Ils viennent du camp de Leningrad, me dit Sacha, ils rentrent dormir en ville.

— Il y a donc plusieurs camps ? demandai-je.

— Celui de Moscou et celui de Leningrad. Nous allons au premier. »

Par un chemin escarpé, le long de ravins à pic, nous regagnâmes la mer. Je foulai le sable avec soulagement, m'imaginant arrivé, quand, à ma vive stupeur, une lumière aveuglante illumina la plage comme en plein jour. De nouveau, tout le monde s'immobilisa, mais cette fois en prenant soin de lentement s'accroupir. Le surpuissant projecteur surgi du néant balaya les environs, dévoilant, au bout de la plage, une falaise à pic. L'attente dura quelques minutes. Je n'en revenais pas. J'avais soudain l'impression d'avoir basculé dans un film d'Andrei Tarkovski ; plus exactement dans *Stalker* (le passeur). Et c'était moi, cette fois, le bourgeois qu'on faisait passer dans la *Zone*. J'étais parti pour un camp de nature, et voilà qu'il me semblait voir partout des barbelés dans le noir.

« C'est là-bas le camp, murmura Volodia en montrant la falaise de la tête.

— Mais que se passe-t-il ? m'inquiétai-je. Il y a un problème ?

— Juste les garde-côtes qui font leur boulot. La mer Noire, c'est la frontière ! En principe, à cette heure, on ne devrait pas se balader par ici. Allez, viens, ils sont repartis. »

Cette fois, je trouvai l'obscurité bienfaisante, et je suivis les autres vers les rochers, au pied de la falaise, que l'eau clapotante suçait doucement.

Au bout d'une demi-heure de marche, enfin, par un dernier bout de sentier grimpant brusquement vers un bouquet de chênes verts nains, agrippés comme par miracle à la masse de pierrailles, nous arrivâmes à destination. Un énorme bloc de granit protégeait le camp du vent de la mer et des guetteurs des garde-côtes. D'abord je ne fis que vaguement distinguer dans l'obscurité quelques vieilles tentes canadiennes, taches claires dispersées parmi les rochers. Puis j'achevai de contourner le bloc de granit, et ce que je vis resta à jamais gravé dans ma mémoire.

Ils devaient être une vingtaine, hommes, femmes, enfants, quasiment nus, la peau brûlée et les cheveux délavés par le soleil et la mer, assis autour d'un petit feu qui faisait rougeoyer la paroi rocheuse, donnant à la scène un air préhistorique. Au-dessus des braises, reposant sur trois cailloux, une théière déglinguée finissait d'agoniser dans un filet de vapeur. Leurs yeux et leurs dents blanches nous sourirent. Certains se levèrent pour nous embrasser. Et, fasciné, je vis cinq gros ventres de femmes enceintes luire dans la nuit.

Cinq gros ventres à cause desquels nous nous trouvions réunis là.

Jamais je n'aurais pu imaginer qu'un tel camp puisse exister. Deux femmes m'avaient déjà donné trois garçons. Chaque fois, cela avait été aussi fou. Aussi troublant. Aussi confondant. Et chaque fois, il m'avait semblé qu'il aurait fallu fêter l'événement avec infiniment plus de force, de panache, d'adoration aussi. La nature mystérieuse de la grossesse et de l'enfantement me semblait digne des plus grands cultes, et les explications scientifiques des médecins n'avaient fait que muscler, et finalement agrandir, le mystère. L'accouchement pratiqué dans les maternités occidentales n'en était que plus frustrant.

Alors, qu'un tel camp puisse exister...

Un camp plus que rustique, à la limite de la pauvreté. Genre camping de naturistes prolo du début du siècle, une expédition sauvage. Entièrement organisée autour de femmes enceintes !

Le lendemain, dans l'innocence rendue au décor par la lumière du matin, je les vis — Jésus Marie ! —, nues comme Ève, escalader la falaise, puis méditer, plusieurs heures durant, dans la mer, le plus souvent flanquées de leurs hommes. Puis, entourées d'enfants trempés et ravis, rejoindre le feu de camp et manger des patates à la cendre avec leurs doigts. Ensuite je les vis rire, leurs gros ventres en avant, en évoquant la possibilité, pour telle ou telle, d'accoucher ici même, sur place, dans la mer.

« En présence des dauphins ! » disaient-elles.

Bien que connaissant les idées d'Igor Tcharkovsky depuis plusieurs années, et l'ayant vu maintes fois pratiquer toutes sortes de bains et de manipulations sur des nouveau-nés, j'avais dû, jusque-là, me contenter de scènes urbaines, à Moscou. Et le rôle précis, objectif, des dauphins m'était toujours resté nébuleux. Accouchaient-elles *réellement* en présence de dauphins ? Ou s'agissait-il d'une simple vision poétique, d'un rêve un peu fou ?

Que des enfants puissent naître en pleine mer (c'était cette information qui m'avait, cette fois-ci, attiré en URSS) me paraissait déjà incroyable. Qu'ils y passent ensuite des heures, tous les jours, et s'y habituent au point de pouvoir tranquillement téter leur mère, la tête immergée dans les vagues, et que certains s'endorment même sous l'eau, rejetant juste, de temps à autre, leur petite tête en arrière pour respirer, dans une spirale étonnamment « naturelle »... il m'allait falloir le constater de mes yeux, pour commencer ne serait-ce qu'à le concevoir.

Mais que certaines de ces naissances puissent en outre avoir lieu en présence de « dauphins accoucheurs », là, il ne pouvait s'agir que d'un scénario de science-fiction. D'une farce rabelaisienne.

Certes, on pouvait sans problème faire accoucher une nageuse dans un delphinarium. Mais qu'une naissance humaine puisse, spontanément, attirer des dauphins sauvages vers la côte, je n'y croyais pas. D'ailleurs, hormis la beauté gratuite d'une telle présence, quel intérêt pouvait-elle représenter ?

Bien que connaissant par cœur la réponse, ou plutôt les réponses qu'aurait faites Igor lui-même, je posai la question aux femmes russes. Elles me demandèrent si je savais comment les femelles cétacés accouchaient. Je prétendis l'ignorer. Elles me rappelèrent qu'à quelques semaines de mettre bas toute femelle dauphin, ou baleine, se faisait forcément accompagner par une sorte de compagne « sage femelle » qui, au moment de la naissance, se tenait prête, en cas de besoin, à aider le petit à remonter jusqu'à la surface pour aller y prendre sa première goulée d'air. Ensuite, très vite, c'était la mère qui prenait le relais, et elle se mettait à enseigner au nouveau-né à respirer à l'unisson avec le groupe, en l'invitant à prendre systématiquement son souffle en même temps qu'elle. Grâce à Paul Spong, je savais tout cela, en détail. Mais de l'entendre exprimer dans ce cadre sauvage, par ces femmes enceintes, dans un rocailleux accent russe, me troubla infiniment.

« Respirer à l'unisson, demanda une rousse belle à réveiller un mort, sais-tu comment cela se dit ? » A nouveau, je fis semblant d'ignorer la réponse, poussé par un désir secret de me l'entendre dire par cette femme. « Cela se dit *con-spirer* ! s'exclama la rousse. Et voilà ce qui nous intéresse dans la présence des dauphins, lorsque nous accouchons : c'est leur pouvoir de conspiration ! »

Là-dessus elles éclatèrent toutes de rire, et partirent sans transition dans des récits de rêves, dont elles me montrèrent ensuite les icônes qu'ils leur avaient inspirées. Dans la plupart de ces icônes, revenait la figure étrange du dauphin. Obus de bonté mouillée. Souvent peint en or.

On était en 1987. Et je me demandai dans quel rêve étrange j'étais tombé, trois belles années plus tôt.

★

Pourquoi des dauphins sauvent-ils des hommes ? Pourquoi une louve accepte-t-elle de nourrir et d'élever un petit d'une autre espèce qu'elle, un petit humain par exemple ? Est-ce en raison de ce que certains historiens des sciences nomment l'« effet réversif » ? Phénomène curieusement peu remarqué par les scientifiques. Comme si, à la seule *sélection des plus aptes* décrite par le darwinisme orthodoxe, était venu s'opposer, naturellement, un mécanisme de défense des plus faibles et des petits. Comme si la nature s'était refusée, d'elle-même, à n'être que force brute et aveugle. Comme si les racines mêmes de l'éthique n'étaient pas une création humaine. (Contrairement à ce que l'on pourrait croire, Darwin avait d'ailleurs lui-même déjà identifié ce mécanisme dérangeant, sur lequel nous reviendrons dans la troisième partie.)

Lors de mon premier voyage à Moscou, en 1984, j'ignorais tout de l'« effet réversif » — dont l'épistémologue Guy Béney allait m'entretenir dans les années quatre-vingt-dix, l'empruntant, lui, en le détournant, à son aîné Patrick Tort. Mais à la façon dont Igor Tcharkovsky me raconta son sauvetage par les dauphins (cf. page 39), je n'avais nul besoin d'explication théorique pour plonger dans une vertigineuse méditation : il y avait là, à l'évidence, un de ces faits énormes et têtus comme l'Himalaya au milieu de la figure du monde, bien qu'apparemment invisibles pour la grande science. Un de ces faits qui pourraient faire s'écrouler des tas de dogmes, et que, pour cette raison, on se garde « sagement » d'intégrer à la cosmogonie officielle. Pourquoi une louve aurait-elle pitié de petits *Homo sapiens* ?

Récemment encore, durant les gigantesques tempêtes de l'hiver 1990-1991, au Bangladesh, des paysans ébahis ont vu des dauphins ramener vers une grève du golfe du Bengale un enfant que les vagues avaient happé, plusieurs dizaines de kilomètres plus loin. Pourquoi diantre ?

Aussi loin que remonte la mémoire des peuples marins, de la Grèce au Pays basque, du Mexique au Vietnam, on rapporte des témoignages de ce comportement extraordinaire, qui sauva aussi la vie d'Igor Tcharkovsky. Qui la métamorphosa.

Igor voulait mourir. En se réveillant sur la plage où l'avaient déposé les deux dauphins, il se découvrit soudain empli d'enthousiasme. Et de courage. Rétabli, il sut trouver la force d'achever son service militaire, puis, rentré chez lui, de résister à sa mère, de refuser les ambitions qu'elle nourrissait à sa place. Renonçant à la carrière d'ingénieur naval, il devint maître nageur.

Il faut croire qu'Igor était doué. En peu d'années, ayant passé différents certificats de gymnastique, mais aussi de biologie et de physiologie humaine, il se retrouva entraîneur à l'*Institut fédéral de recherche scientifique pour la culture physique*, l'instance de recherche de l'Académie soviétique des sports.

Les expériences qu'on y tentait n'étaient pas toujours avouables — les régimes communistes, plus que d'autres, avaient fait du sport une affaire d'État et n'hésitaient pas devant le dopage, les injections d'hormones et bien pire encore. Toutes sortes d'histoires circulent concernant le sort réservé aux nageuses enceintes de l'équipe olympique d'URSS. Difficile de vérifier toutes les rumeurs. Une chose, en revanche, semble établie : l'empire communiste d'après Staline devint l'un des plus grands avortoirs de l'histoire. On y supprimait les fœtus avec une facilité déconcertante (on parle de cent vingt avortements pour cent naissances). Ajoutée aux conditions exécrables des maternités soviétiques — peu de personnel mal qualifié, équipements désuets, déglingués, médicaments rares, état général de saleté, interdiction absolue de visite pendant tout le séjour, nouveau-né aussitôt enlevé à la mère pour être emmailloté comme une momie... bref, atmosphère de désarroi général —, cette facilité à avorter, ou à prescrire l'avortement, pesa lourd, par réaction, dans ce qui allait devenir la grande aventure d'Igor Tcharkovsky, père de l'accouchement dans l'eau.

Des accouchements sous l'eau ? J'y croyais à peine. Même si l'on avait vu des photos dans *Match*. J'ignorais que l'expérience était également pratiquée, à l'époque, en France, à l'hôpital de Pithiviers, sous la direction du docteur Michel Odent, et en deux ou trois autres endroits sur la Terre. J'ignorais surtout qu'après avoir frôlé l'à-pic vertigineux de la transcendance en m'aventurant dans la zone frontière de l'agonie et de la mort, un concours de circonstances malicieux allait m'en faire à nouveau sentir le souffle brûlant, dans la zone symétrique de l'accouchement et de la naissance.

Je ne saurais dire avec certitude quel rôle précis joua Igor Tcharkovsky durant toutes les années où il travailla pour le sport soviétique. Souvent, au fil des années, j'allais lui poser la question ; chaque fois, sa réponse fut différente. Non pas, je crois, qu'il ait cherché à dissimuler, mais parce que son esprit ne fonctionne pas comme celui d'un scientifique occidental : plutôt à la façon d'un charmant aborigène ou d'un guérisseur africain, suivant des itinéraires souterrains, qui lui font mêler, suivant une logique labyrinthique, la réalité physique, le monde onirique, les passerelles symboliques reliant ces derniers aux dimensions « éthérique » ou « astrale »... le tout traduit, pour tenter de se faire comprendre et accepter par le voyageur occidental, dans un discours pseudo-scientifique. A rendre fou un esprit cartésien. Très acceptable en revanche, j'en suis sûr, par, disons, un yogi indien, un lama tibétain, un samouraï.

N'étant rien de tout cela moi-même, je n'aurais vraisemblablement rien pu conserver de son discours, si Igor n'était pas avant tout un praticien. Un homme de terrain. Un magicien. Un chaman.

Il est né en 1937 dans l'Oural, mais passa la plus grande partie de son enfance dans l'Altaï, aux confins mongols de la Sibérie. Un pays encore habité par des chamans des temps anciens, que les staliniens n'avaient pas tous réussi à exterminer. Igor connut, tout enfant, ces féticheurs de son Afrique à lui. Sa mère, divorcée du chef communiste Tcharkovsky, s'était remariée avec un ingénieur amoureux de la nature sauvage, et Igor passait des journées entières à courir les bois avec son beau-père, son premier initiateur. C'était un gosse extrêmement sensible, facilement attiré par les animaux.

Un jour, vers l'âge de huit ans, rentrant de l'école sous la pluie, Igor trouva un chaton dans une poubelle au bord du chemin. Minuscule squelette poilu, tremblant et trempé. Sans hésiter le gamin ramena le chat chez lui et lui donna un bon bain chaud. Trempé pour trempé, le chat préféra le bain d'Igor à celui de la rue glacée. Il fut ainsi baigné tous les jours, et y prit goût. Une fois la peur atavique de l'eau désamorcée, elle ne revient pas. Le chat du petit Igor ronronnait dans son bain ! Ces naïfs trouvaient la chose on ne peut plus normale.

Plus tard, devenu chercheur à l'Académie des sports, Igor se souvint de son chat aquaphile. Mû par une intuition sûre, il entreprit de démontrer qu'on pouvait enseigner à n'importe quel animal terrestre à devenir aquatique, à vivre dans l'eau, à y manger, et même à y accoucher !

L'idée de l'accouchement dans l'eau lui serait naturellement venue, quand il s'était demandé si des mammifères devenus aquatiques sauraient transmettre leur adaptation à leurs petits. La solution la plus simple était en effet de faire commencer la possibilité de transmission dès la naissance.

Mais il ne s'agit là que de l'une des versions de cette histoire. Les autres versions démarrent d'emblée avec les humains. L'une d'elles relate qu'Igor aurait entendu raconter qu'en Mongolie les femmes entretenaient une tradition millénaire, oubliée ailleurs (après avoir été, selon certaines légendes, celle des initiées égyptiennes et des femmes de pharaons) : l'accouchement dans l'eau.

Une troisième version rapporte qu'ayant décidé de devenir accoucheur, Igor le serait effectivement devenu (sage-femme en version masculine). Parallèlement à ses activités d'entraîneur sportif, le jeune homme aurait lu, un soir, un livre sur la naissance, où il était question du bien-être extrême du fœtus baignant chaudement dans le ventre « aquatique » de sa mère. La merveilleuse douceur du liquide amniotique ! Quelques pages plus loin, on parlait de la non moins extrême souffrance du nouveau-né, brusquement projeté dans l'air libre, après le plus difficile des parcours de spéléologie. C'était une dizaine d'années avant que, frappé par le faciès terrorisé du nouveau-né, Frédérick Leboyer ne lance son appel pour une « naissance sans violence ».

Déjà, dans les années vingt, Otto Rank, élève rebelle de Freud, avait axé toute sa théorie sur le « traumatisme de la naissance ». Bientôt, il y aurait aussi Stanislas Grof, le psychiatre tchèque « psychédélique » qui, en faisant prendre du LSD à ses patients, allait leur permettre de se souvenir de tous les épisodes de leur naissance (ce que Freud avait cru impossible), prouvant que ce passage, ancêtre de tous les passages de notre existence terrestre, constituait un événement formidablement puissant, articulé en différents épisodes, comme des chapitres d'une mythologie primordiale, marquant la mémoire de l'individu à jamais (les fameuses « matrices périnatales »). Bref, l'idée était dans l'air : il fallait révolutionner notre façon d'appréhender accouchement et naissance.

Ce soir-là donc, raconte la troisième version de cette histoire, l'étudiant Igor Tcharkovsky aurait simplement griffonné en marge de son livre d'obstétrique : « Eh bien, qu'elles accouchent dans l'eau ! »

Cela lui avait paru immédiatement évident : le premier de tous les traumatismes pouvait être fortement adouci, si l'on aménageait une phase de transition. Outre les vertus thérapeutiques propres à l'eau (liquide encore éminemment mystérieux, semblable à un cristal déguisé, élément premier de toute vie, molécule dont nous sommes composés aux deux tiers), l'idée de faire naître l'enfant dans un liquide chaud devait permettre un dépaysement moins brusque, une sorte d'antichambre à la vie terrestre aérienne. Ainsi, l'ex-fœtus pouvait en quelque sorte se ressaisir un instant, se « recoiffer bio-énergétiquement », après sa très longue vie terrestre aquatique. Car la grossesse dure neuf mois vue du dehors, mais une éternité pour le fœtus qui, comme l'avait énoncé Haeckel, « répète la phylogenèse dans son ontogenèse », c'est-à-dire passe successivement par tous les stades qu'a connus le vivant à travers des milliards d'années de l'évolution, de l'être unicellulaire au vertébré mammifère hominien le plus complexe, en passant par le poisson, le reptile, le batracien...

Or, toute cette longue « première vie » — dont l'accouchement va représenter la fin, littéralement la mort —, le fœtus l'a vécue dans l'apesanteur d'une chaude flottaison — ce qui lui a permis, notamment, d'économiser les trois quarts de son oxygène pour bâtir ses organes. Ne serait-il pas cosmiquement élégant, se demandait l'étudiant Igor, d'accueillir le petit, à l'entrée de sa « seconde vie », dans un contexte d'apesanteur similaire — d'une part pour lui faire « savoir que nous savons » (d'où il vient et ce qu'il endure), d'autre part et surtout, pour aider son organisme, notamment son cerveau, à mieux supporter le choc, en lui permettant de demeurer économe en oxygène jusqu'à la fin du passage ?

En réalité, les différentes versions de l'histoire d'Igor ne se contredisent pas, elles se combinent, chacune est adaptée à un auditoire particulier. Voici une possible version de synthèse, qui n'engage que moi :

Désireux d'ouvrir la voie à une façon révolutionnaire d'accoucher, des chercheurs de l'Académie soviétique des sports, médecins, biologistes et bioénergéticiens (au sens vitaliste utilisé là-bas, pas tout à fait au sens de Wilhelm Reich), dirigés par les docteurs Mikhaïl Ivanitski et Nikolaï Bernstein, commencent par expérimenter sur des animaux. Ils font appel à un jeune homme particulièrement habile et influencé par les récits de réfugiés venus de

Chine mongole — il se trouve que ce jeune homme est un visionnaire, formé à l'école chamanique, ce qui n'a rien à voir, mais va tout bouleverser.

On est au début des années soixante. Dans les labos de l'*Institut fédéral de recherche scientifique pour la culture physique*, plusieurs animaux terrestres deviennent amphibies. En particulier des chats, des lapins (élevés, en fait, par des castors), des poules (élevées par une cane), des cochons (que les savants agronomes commencent à lorgner avec ivresse et stupéfaction : les porcelets nés dans l'eau sont presque deux fois plus costauds et plus vifs que leurs copains terrestres).

Comment Igor s'y prend-il ? Il y a mille astuces. Souvent à base de récompenses et de punitions. Un certain sadisme « neutre » n'est pas exclu — comme de contraindre des souris à fuir une punition en passant par un conduit inondé. Mais ce sadisme ne peut dépasser certaines limites, puisque le but ultime est d'amener la femelle à faire naître ses petits dans l'eau — or on sait que chez tous les mammifères (Michel Odent le montrera avec brio dans *Votre bébé est le plus beau mammifère*), la terreur, si elle peut en accélérer la conclusion, bloque totalement le début du « travail » de l'accouchement. Il faut donc, d'emblée, établir un minimum de paix dans l'atmosphère. La principale méthode d'Igor consistera à offrir aux différents cobayes leur nourriture sous l'eau.

Et ça marche ! Contre toute attente, une chatte met bas sous dix centimètres d'eau. Une lapine aquatique fait traverser une mare à ses petits, et ceux-ci finissent même par la téter en apnée. Igor jubile. Quand, en 1962, lui tombe sur le dos une épreuve inattendue.

Sa femme Natacha est enceinte et la grossesse se passe mal. Une toute petite fille, Veta, naît au septième mois, pesant à peine plus d'un kilo. On ne lui donne pratiquement aucune chance de survie. Tcharkovsky obtient des médecins de s'occuper lui-même de sa fille. Sans hésiter, il allonge le minuscule bébé dans un baquet rempli d'eau chaude. Pour éviter qu'elle ne se noie, il lui bricole un appui-tête, qui lui retient le nez et la bouche hors de l'eau. L'état de l'enfant n'empirant pas, il la laisse ainsi nuit et jour, le robinet d'eau chaude ouvert en permanence.

Et voilà que Veta se met à téter dans l'eau ! Natacha lui donne le sein dans une baignoire. Parfois, la tête du bébé se retrouve légèrement immergée et la mère stupéfaite remarque que la petite continue de téter sous l'eau sans problème de respiration. Logique : quand vous buvez, votre glotte bloque automatiquement la voie d'accès à vos poumons — cette « découverte » jouera un rôle important dans la méthode future d'Igor Tcharkovsky.

Et Veta grossit. Les médecins n'en reviennent pas. Ils sont presque effrayés par l'expérience. L'enfant gigote de plus en plus vigoureusement dans l'eau. Elle n'a que quelques jours. Quand sa tête glisse parfois un instant sous l'eau, elle ne semble guère effrayée. Elle garde les yeux ouverts et n'avale pas d'eau : son organisme connaît spontanément le réflexe de l'apnée.

Veta devient un bébé joufflu et finit par barboter comme un têtard. Igor doit remplacer le petit baquet par un aquarium. A six mois, tranquillement assise au fond de sa piscine, Veta joue sous l'eau avec des objets en pierre ou en métal. Quand elle est très occupée, elle peut faire des apnées d'une minute et demie sans problème. A huit mois, elle passe plusieurs heures par jour à nager dans la piscine, où Igor travaille à l'entraînement des athlètes olympiques. Mais cet aspect-là n'a rien d'unique. Dès les années cinquante, des « bébés nageurs » ont fait leur apparition en plusieurs points du globe, notamment à Dusseldorf, en RFA. En 1957, *Paris Match* a consacré un grand article à des bambins américains jouant au tricycle sous un mètre d'eau. Étapes spectaculaires de la grande *aquatisation* des humains au XXe siècle. Quarante ans plus tard, les propres enfants de ces bambins deviendront les plongeurs impossibles du *Grand Bleu*, les surfers hallucinants qui font des loopings en planche à voile dans les plus grandes vagues du Pacifique... ou les imprévisibles parturientes de l'océan, russes, américaines, européennes, brésiliennes.

L'originalité d'Igor tient à ce qu'il « voit » cette aquatisation depuis longtemps. Il la voit en rêve. Comme une vaste et fascinante migration, qui englobe tout. Cela a commencé avec son sauvetage par les dauphins. Il faut dire qu'Igor rêve beaucoup. Depuis l'âge de quatre ans, il a même des visions. Qui se sont souvent révélées prévisions. Ou prédictions. Igor a des dons. Quand il ferme les yeux, et pense à vous, il peut vous sortir des choses incroyables sur vous-mêmes, des besoins profonds, des paysages intimes.

En Russie, malgré la dictature matérialiste athée, on a toujours prêté beaucoup plus d'attention à l'invisible qu'en Occident — quand bien même cet invisible ne serait pas balisé par la science. Je m'en rendrais compte quand, visitant Igor pour la première fois, en 1984, mes nouveaux amis me trimbaleront à travers Moscou, d'appartement de guérisseur en cabinet de voyante, avec, partout, des foules d'artistes, d'écrivains, de visiteurs éminents venus des quatre coins de l'empire, ou d'Amérique, ou d'Australie, buvant du thé et de la vodka, riant aux éclats ou pleurant autour d'une expérience de guérison ou de télépathie.

Bref, Igor a un « sixième sens » développé. Les athlètes dont il s'occupe s'en aperçoivent vite. Ses massages sont incroyablement efficaces. Parfois, il ne touche même pas leurs corps. Ses mains grandes ouvertes, il palpe on ne sait quelle enveloppe invisible autour d'eux, et ça lui coule entre les doigts comme un fluide chaud.

Où a-t-il appris à « guérir » ? Deux ou trois fois, il me parlera d'un certain Ivanovitch, « grand maître » moscovite, récemment décédé à près de cent ans. Il y a aussi ce voyage en Asie centrale, vers le milieu des années soixante, quand Igor s'en ira, durant deux ans, suivre l'enseignement d'herboristes traditionnels.

Peu à peu, sa vie change. On le voit moins à l'institut, et davantage dans des appartements privés, où il soigne toutes sortes de maux. Le système de santé soviétique est, on l'a dit, terriblement mal fichu. Manque de moyens, bureaucratie, hôpitaux bondés, mauvaise ambiance. Un bon guérisseur a vite fait, dans ces conditions, de se créer une clientèle. Mais Igor a d'autres ambitions. La naissance, voilà ce qui l'attire.

Plus il voit de bébés naître, plus il en est sûr : il faut convaincre les femmes d'accoucher dans l'eau. Certains jours, sa certitude l'étonne lui-même. D'où lui vient-elle ? Régulièrement, il repense aux dauphins qui l'ont sauvé, persuadé que ce sont eux, ses inspirateurs.

Mais Igor va se heurter à une double résistance : celle des scientifiques, et celle du bon sens.

L'eau fait peur à beaucoup de gens. Une grande masse d'eau suggère la mort. On veut bien la contempler, mais du dehors, de loin, au sec. Il y a trois ou quatre cent millions d'années, nos ancêtres aquatiques se sont arrachés — avec quelle extrême difficulté ? — aux griffes de la mer. A ses dents ! On peut, certes, se dire que les batraciens étaient aussi très « curieux » de savoir ce qu'il y avait hors de l'eau. Mais l'au-delà du miroir argenté de la surface représentait surtout l'asphyxie. Nul doute : il a bien fallu qu'ils soient poussés aux fesses pour quitter le chaud giron et l'apesanteur du milieu marin. Les anthropologues, les ethnologues, les psychologues s'accordent généralement pour dire que la peur du requin ou du monstre caché sous l'eau est l'une de nos plus anciennes terreurs ; on pourrait dire qu'elle est gravée dans notre code génétique. Igor fait partie de ceux qui, comme Jacques Mayol, ont tout à fait perdu cette peur. Lui aussi se verrait bien vivre sous l'eau tout le temps !

Du coup lui viennent toutes sortes d'idées bizarres. Pourquoi, par exemple, ne pas transporter les grands blessés dans des « tubes d'eau » ? Pourquoi ne pas opérer les grands malades dans des bassins remplis de liquide physiologique, où les organes opérés, au lieu de s'écraser flasquement sur eux-mêmes, flotteraient telles des méduses, en épanouissant leurs corolles ? Mais quand il suggère aux patrons de son institut d'immerger tous leurs labos sous deux mètres d'eau, les pauvres se demandent si le jeune Igor ne commence pas à complètement dérailler.

Comme chez beaucoup de visionnaires, ouvreurs de voies de traverse, hérétiques, empêcheurs de tourner en rond, l'épreuve décisive va se jouer sur quelques cas désespérés, qu'on lui abandonne. Une forme de défi. Des gens, femmes ou bébés, pour lesquels on a vainement tout essayé, et auxquels la faculté a renoncé, voilà sa première clientèle de guérisseur. Par exemple, des prématurés jugés non viables. Igor va en sauver plusieurs, en les plongeant dans l'eau tiède ou, au contraire, les soumettant au traitement de choc des chamans de Sibérie : la voie du froid. Un bain glacé. De l'eau à 0° C.

Tâche particulièrement ingrate que de ne pouvoir travailler d'abord que sur ces cas extrêmes, où l'on n'aboutit, au mieux, qu'à tendre vers la normalité. Parvenir à ce qu'un nouveau-né, condamné à mort ou à la débilité, s'en sorte finalement et devienne « normal », voilà une très noble tâche mais ça ne marche pas forcément.

La première femme qu'Igor Tcharkovsky fait accoucher sous l'eau, en 1963, a déjà perdu deux enfants à la naissance. C'est une ancienne cancéreuse, dont la matrice a été ravagée par les rayons. Mais elle s'accroche, elle veut un petit, contre l'avis des médecins. Quand elle entend parler d'Igor, elle fonce le voir, et veut absolument essayer sa méthode. Igor finit par accepter. La femme accouche dans une baignoire... d'un enfant mort-né. Voilà notre ami soudain mal barré. Quoi ? Un fou furieux a fait accoucher une femme sous l'eau et le bébé est mort ?

La justice s'en mêle. Igor doit se battre pour prouver aux juges qu'il n'est pas un criminel. Non-lieu. Il a eu chaud !

Heureusement pour lui, le jeune guérisseur russe

obtient des résultats si frappants avec les prématurés que sa réputation s'étend peu à peu bien au-delà de Moscou. Et des tas de gens viennent le voir. Non plus seulement des désespérés, mais des gens en recherche, des artistes, ou des sportifs, souvent fils et filles de la Nomenklatura. On entre dans les années soixante-dix. Avec le lent pourrissement de la dictature brejnévienne, des lueurs de liberté commencent à poindre pour les privilégiés. Certains jeunes Soviétiques, osant afficher leur non-conformisme, accueillent l'idée de la naissance sous l'eau avec un enthousiasme très slave. Des actrices, des musiciennes, des peintres vont bientôt se passer l'adresse d'Igor. Elles désirent toutes accoucher chez ce Tcharkovsky, qui impressionne même Djuna Pougatchvili, la fameuse « guérisseuse du Kremlin ». Bientôt, le cinéaste Andreï Tarkovski, le réalisateur d'*Andreï Roublev*, de *Solaris*, du *Miroir*, de *Stalker*, va choisir Igor comme conseiller « extrasensoriel ».

Quand je débarquerai chez Igor, une quinzaine d'années plus tard — l'ancienne dictature vivant alors ses derniers mois, sous la conduite du fantôme Tchernenko — je découvrirai un athlète à l'air modeste, un brun à l'air très doux, presque timide. Je verrai aussi se presser autour de lui des jeunes femmes venues de tous les coins de l'immense empire, et parfois même de l'étranger, une Américaine, des Allemandes, une Néo-Zélandaise... les Françaises viendront plus tard. Toutes veulent « accoucher avec le docteur Tcharkovsky ». En réalité, il n'est pas docteur et elles n'accouchent jamais chez lui. Igor les aide seulement à se préparer, il leur fait faire toutes sortes d'exercices, physiques et mentaux, depuis le début de leur grossesse. Le jour de l'accouchement, il peut arriver qu'il soit là ; mais le plus souvent, la naissance a lieu loin de chez lui, clandestinement, dans une salle de bains emplie de bougies, d'icônes et de chants murmurés, en présence d'une des sages-femmes qu'Igor a lui-même formées. Il peut aussi advenir que, dans ce réseau parallèle où tout le monde est terriblement pauvre, la sage-femme ne soit pas là non plus, et l'accouchement a simplement lieu avec l'assistance du père, formé lui aussi, depuis le début, par le guérisseur Tcharkovsky...

Bien sûr, j'ignore tout cela quand, en 1984, débarquant de mon Occident douillet, je serre la main d'Igor pour la première fois.

L'homme ne me laisse guère le temps de me répandre en salamalecs. Trois minutes à peine après que nous avons fait connaissance, il se lance dans une explication de fond, sans jamais se départir d'un ton un peu traînant, oscillant entre l'amusement, l'humilité et la lassitude, il semble n'éprouver aucune gêne à ce qu'un monde fou s'agite autour de lui dans son appartement : femmes enceintes et leurs maris, mères tenant sous le bras des nourrissons nus encore dégoulinant d'eau, barbus plus ou moins illuminés installant d'étranges cordages pour acrobates au-dessus de la baignoire remplie de bambins plongeurs, grand-mère porteuse de plateaux lourdement chargés de victuailles, « secrétaire » à la Tolstoï, archisérieux, enregistrant la moindre parole sur son magnétophone, sans oublier un ou deux inévitables visiteurs étrangers — moi par exemple — à qui l'on traduit les propos du visionnaire, le tout dans un F4, au rez-de-chaussée d'une cité HLM, non loin de la grande tour de télévision de Moscou.

« Premier point, commence-t-il donc ex abrupto, la femme enceinte doit s'entourer de beauté. Ses neuf mois de grossesse doivent se dérouler dans un bain de musiques, d'images, de couleurs, de saveurs, de goûts, d'habitudes, de pensées, de relations... belles. Les plus belles possibles.

« Deuxième point, il faut que la femme enceinte connaisse l'enfant qu'elle porte. Qu'elle le connaisse du dedans. C'est d'abord à cela que nous pouvons l'aider. »

Je me permets de l'interrompre : « Vous ne croyez pas que toute femme enceinte connaît spontanément son enfant ?

— Oh pas toujours ! C'est souvent très flou. Nous

apprenons à la mère à rendre ce contact extrêmement substantiel. A le visualiser. D'abord elle visualise son bassin. Puis le bassin s'ouvre et, progressivement, elle *voit* son enfant. Physiquement, bioénergétiquement, mais aussi spirituellement. Elle le voit tel qu'il est, et tel qu'il fut, lors de ses autres incarnations. Vous savez, une grande partie de nos problèmes, de nos maladies, viennent de nos incarnations précédentes. Ou des incarnations de nos parents. Car il y a toutes sortes de résonances, dans l'espace et dans le temps. Ainsi, lorsqu'une femme accouche, elle entre essentiellement en résonance avec sa propre naissance. Et l'on voit ainsi, lorsque cela se passe mal, de longues suites de nœuds traversant les générations, des suites d'accouchements malsains, véritables chaînes, qui ne sont pas directement karmiques — vous connaissez les lois du Karma selon la tradition indienne ? »

J'acquiesce. Il reprend : « Ce sont des chaînes, disons à la fois karmiques et génétiques. »

Je brûle de poser d'autres questions. Sans m'en laisser le temps, il poursuit :

« Troisième point, le contact entre la mère et le fœtus doit se dérouler le plus souvent possible dans l'eau. Pourquoi ? Contentons-nous de répondre pour l'instant ceci : dans l'eau, la bioénergie circule avec infiniment plus de facilité que dans l'air — ceux qui inventèrent le rituel du baptême le savaient bien. Comment nous y prenons-nous ? Il s'agit d'abord, essentiellement, pour la mère, d'un travail de méditation. Dans les grandes villes modernes il faut entièrement rééduquer les gens. Il faut leur apprendre à ce calmer, à se concentrer, à faire le vide en eux, à visualiser... Ensuite seulement peut démarrer le travail télépathique entre la mère et l'enfant.

— C'est une sorte de yoga ?

— Les yogis ont des pratiques similaires. Eux aussi, depuis l'aube des temps, travaillent par le souffle à épanouir les potentiels humains endormis. Aujourd'hui, cette tâche est devenue urgente. Les hommes modernes sont plus inconscients et plus aveugles que les anciens, et leurs moyens de destruction sont devenus gigantesques. Nous allons tout détruire sur cette planète ! Bien sûr cela n'est pas évident pour tout le monde, surtout dans le monde occidental, mais nous l'avons maintes fois vérifié : contre l'esprit de destruction, la communion entre la mère et l'enfant qu'elle porte, ce contact télépathique est essentiel.

— Pourquoi ? Pour permettre l'éveil de ces fameux "potentiels endormis" ?

— En réalité ils ne sont pas endormis, mais détruits, saccagés, dès la naissance.

— Expliquez-moi. »

A priori, le raisonnement d'Igor est simple.

Nous aurions tous, potentiellement, toutes sortes de capacités sensorielles subtiles, appelées « extrasensorielles » par ceux qui ne les possèdent plus. Capacité à voir les champs bioénergétiques (ou auras), capacité à apercevoir à distance les états intérieurs, émotionnels, des autres (hommes, animaux, plantes), capacité à communiquer par la pensée, capacité à utiliser notre propre énergie vitale pour soigner, recharger, éveiller autrui, capacité artistique à créer, c'est-à-dire à saisir intuitivement les inspirations supérieures, capacité même à s'échapper de l'espace-temps, à « remonter le cours des vies antérieures », à communiquer avec tout un monde invisible jusque-là...

Malheureusement, chez la plupart d'entre nous, toutes ces capacités, nécessaires selon Igor à l'émergence de « l'homme écologique », seraient annihilées dès la naissance — comme si la brutalité du passage détruisait en nous d'immenses mais très fragiles antennes.

Sur un point au moins, pensais-je, les scientifiques seraient sans doute d'accord avec Tcharkovsky : l'usage que l'homme fait de son cerveau n'a pas fondamentalement changé depuis les temps néolithiques, il y a six, sept, dix mille ans. L'humain aurait connu une dernière mutation psycho-physique majeure en passant du stade de « chasseur-rêveur » au stade de « cultivateur-scribe ». Depuis, plus rien. Six à dix mille ans de conservatisme.

Or il semble que nous arrivions à un tournant, ou plutôt à une falaise, qui se dresse droit devant nous. Du jamais vu, depuis des temps immémoriaux : la techno-planétarisation. Toutes les cultures se rejoignent, se télescopent, s'entrechoquent, se fécondent parfois, se détruisent souvent. Et les experts se grattent la tête, inquiets : vu nos cerveaux et l'usage moral, éthique, que nous en faisons, nous, hommes de la fin du XXe siècle de l'ère chrétienne, semblons inaptes à affronter la falaise, sinon en nous exploitant, en nous excluant et en nous massacrant si bien les uns les autres que cela signifierait non pas une avancée en humanité mais au contraire une régression à quelque stade reptilien, verticalement régressif. Pourtant, la régression ne semble pas une loi naturelle inéluctable...

Certains scientifiques, ayant découpé et étudié notre cerveau dans tous les sens, ont fini par se dire qu'il y avait peut-être eu un accident, quelque part au cours de l'évolution. Les passerelles entre nos différents cerveaux (le droit, le gauche, l'antérieur, le postérieur, le néo, le limbique, le reptilien...) présenteraient peut-être un défaut, une sorte de goulot d'étranglement. Le résultat en serait un rendement terriblement médiocre, la machine tournerait à quinze ou vingt pour cent seulement de ses capacités. D'Arthur Koestler à Henri Laborit, toute une brochette de grands rhéteurs scientifiques sont arrivés à des constats désespérants. Les grandes cités modernes, en particulier, interdiraient tout fonctionnement harmonieux de nos cerveaux et de nos corps. Incapables de jouir, de lutter, de fuir, nous serions condamnés à stagner dans nos mortelles contradictions fantasmatiques.

A moins, bien sûr, que l'on puisse modifier le cerveau humain. On a bien essayé la chimie. Depuis un demi-siècle, nous avons absorbé un nombre de molécules inimaginable. Certains malades s'en sont trouvés fort aises. Mais les normaux ont, dans l'ensemble, conservé toutes leurs tares.

La psychanalyse? Intéressante plongée thérapeutique, mais qui n'a guère provoqué de « mutation ».

Le sport? Il a contestablement fait évoluer les corps — dans certains cas extrêmes (alpinisme sans corde, plongée abyssale, glisses diverses...), on pourrait même dire qu'il les a éveillés à une véritable mutation physique. Mais les esprits en ont-ils été métamorphosés pour autant?

Le yoga alors, les arts martiaux, les techniques spirituelles que charrient les grandes traditions?

« Oui, répond Tcharkovsky, mais ces techniques très saines ne peuvent réparer les dégâts terribles subis par nos *potentiels subtils* au moment de la naissance — à l'exception de quelques rares chanceux, passés indemnes à travers la tempête, ou illuminés dont les antennes se sont régénérées en atteignant le Samadhi... »

Ici Igor rejoint un certain nombre de chercheurs, pas forcément aussi téméraires que lui : la fameuse mutation (devenue vitale du fait de la planétarisation) serait rendue impossible très tôt dans le processus humain individuel. Dès le début de la socialisation; dès la prime enfance; peut-être même dès la naissance.

A mesure qu'Igor parlait, toute une fresque se déployait devant nous. Je tombais peu à peu sous le charme. La plupart des objections concrètes auxquelles je tentais de me raccrocher se trouvant facilement balayées.

Les risques de noyade du nouveau-né? Après des milliers de naissances, Igor pouvait l'affirmer avec certitude : risque nul, tant le réflexe d'apnée du nouveau-né est immédiat. « A moins, précisa-t-il, que l'on commette une erreur grossière, par exemple que l'on se lance dans cette aventure sans aucune préparation, ce qui serait évidemment stupide. Mais condamne-t-on le ski parce qu'un ignorant fou s'est jeté dans le vide? » Des expériences ultérieures en

Occident, notamment en Belgique et en France, allaient confirmer cette assurance, tout comme la suivante : les risques d'infection dans l'eau ? « Nullement supérieurs aux mêmes risques dans l'air, balaya Igor d'un geste lent. Si l'énergie vitale circule bien, pas de problème. Une maternité classique hyperdésinfectée, dont l'atmosphère humaine serait sombre, dépressive, ferait courir un risque beaucoup plus grand au nouveau-né qu'une clinique moins propre mais joyeuse. Or regardez, ne serait-ce que la *table de travail*, sur laquelle on oblige la femme moderne à accoucher en clinique classique. A elle seule, elle suffit à révéler l'aveuglement dont font preuve nos sociétés ! »

Tcharkovsky, comme l'accoucheur français Michel Odent, le Belge Hermann Ponette et bien d'autres, de plus en plus nombreux, se dit consterné par la bêtise de la position imposée à la parturiente de nos jours, depuis Louis XIV, dit-on, le roi ayant désiré assister, de loin, à l'accouchement de l'une de ses favorites : allongée sur le dos, facile à examiner certes, mais viscères et artères écrasés, impuissante, incapable de souplesse, ni de torsions dissymétriques — alors que l'enfant va naître en spirale. Depuis la nuit des temps, les femmes ont pourtant adopté cent autres positions, assise, accroupie, à genoux...

A en croire l'accoucheur russe, pour préserver les « potentiels subtils » du nouveau-né — dont il prétendait qu'ils sont ordinairement anéantis lors de l'expulsion de la matrice, après avoir été lentement rabotés et niés pendant toute la grossesse —, la posture d'accouchement optimale serait : accroupie dans l'eau.

« Ou bien, ajouta-t-il, en position de fœtus pour celles qui accouchent flottant en eau profonde.

— Vous voulez dire en piscine ?

— Ou en mer. Pour accoucher en présence de dauphins, c'est quand même l'idéal.

— De dauphins ? Vraiment ? Vous parlez sérieusement ? »

Nous en arrivions enfin à ce qui, au départ, m'avait poussé à prendre un billet d'avion pour Moscou. Et pourtant je ne pouvais y croire. Comment ça, « en présence de dauphins » ? Dans des bassins ? De quelle façon ?

Igor se lança alors dans un monologue de plusieurs heures, en russe, trop rapide parfois pour pouvoir être traduit. Je me laissai alors aller à contempler à loisir la fougue du visionnaire décrivant, dans cette langue admirablement musicale, tout un stratagème de métaphysique-fiction, dont voici l'essentiel de ce que j'ai retenu de la traduction.

La toute première réémergence des dauphins dans la vie d'Igor, des années après son sauvetage, lui est venue, curieusement, de son travail avec des femmes stériles. Il s'agissait de femmes que la mort d'un bébé précédent ou l'accouchement d'un bébé mort-né avait tellement bouleversées qu'elles en étaient devenues stériles — bien que physiologiquement capables d'enfanter.

Igor imagina un système de relaxation, qui mettait ces femmes dans un état de conscience spécial, quelque part entre l'hypnose et la méditation. Son but était de les faire entrer en contact avec l'image intérieure du bébé qu'elles avaient perdu, afin de leur faire accepter son départ. Revenues à un état de conscience normal, elles racontaient ensuite leur voyage. Or certaines disaient : « J'ai vu un dauphin ! »

Je pense qu'Igor, plus ou moins consciemment, les influençait. Il n'empêche que cette vision était d'excellent augure : la plupart de celles qui l'avaient eue spontanément s'apercevaient bientôt qu'elles étaient enceintes. Aussi le dauphin devint-il bientôt le porte-bonheur, le totem officiel de l'accoucheur-guérisseur Tcharkovsky.

Il s'agissait là d'un dauphin imaginaire, évidemment. Mais je m'aperçus bientôt que, pour Igor, il n'y avait pas de différence essentielle entre le dauphin imaginaire et l'animal de chair et d'os — juste des degrés différents sur une même échelle de forme, un même champ de forces spirituelles — ce qui, on s'en doute, allait parfois rendre le discours difficile à décrypter pour un Occidental.

Si j'essaie de traduire, en termes quelque peu rationnels, ce que me raconta Igor à cette époque, concernant le dauphin le plus matériel de son échelle, l'animal « réel » de chair et d'os, le visionnaire russe développait grosso modo la théorie qui suit.

Les cétacés communiquent donc par des sons, dans un langage ultrasonique sophistiqué, au moyen notamment de leur « sonar musical et émotionnel ». Telle une machine à échographier qui serait capable de sentiments, le dauphin *voit* le fœtus à l'intérieur du ventre de sa mère et en ressent les émotions. Ce faisant, le cétacé fait ressentir son fœtus à la mère — à condition que celle-ci soit en état de réceptivité, par exemple en train de méditer. Ainsi, Jim Nollman et John Lilly avaient-ils, chacun dans des circonstances propres, « ressenti l'intérieur de leur cerveau », au point d'avoir la sensation de le visiter, avec une force émotionnelle inoubliable.

Mis en présence d'une femme enceinte en méditation (se sentant sécurisée, celle-ci abaisse la barrière émotionnelle qui protège son enfant), un dauphin, ou plutôt dans tous les cas une dauphine amicale, provoquerait donc le double phénomène suivant : entrant en communication avec le fœtus, elle ferait non seulement ressentir à ce dernier sa propre existence, mais elle la ferait ressentir à la mère, créant ainsi une communication intérieure très forte, d'un genre totalement inédit. Un triangle magique. Une communication susceptible de provoquer, chez la mère, mais surtout chez son enfant, une véritable métamorphose intérieure, un changement du « métaprogramme » humain, pour utiliser le mot de John Lilly (qu'Igor Tcharkovsky a lu).

Pourquoi ? La seule *présence* des dauphins mettrait-elle la femme enceinte dans un état de conscience tel qu'il ferait disparaître la « barrière émotionnelle » autour d'elle, permettant ainsi au dauphin de communiquer avec elle et avec le fœtus ? Tout se passerait ? comme si, dans ces circonstances très particulières, la présence rassurante du dauphin, cette euphorie qu'il engendre s'intensifiait de manière si formidable qu'elle désamorcerait la très ancienne frayeur héritée de nos ancêtres, et enregistrée en quelque sorte « dans nos gènes ». Comme si, grâce au contact avec ce mammifère supérieur qui a si bien su se réadapter à l'océan, la peur de l'eau et de ses monstres, la peur atavique des « dents de la mer », c'est-à-dire la peur de la mort sous sa forme la plus archaïque, s'effaçait momentanément du champ de conscience de la mère, *et donc* s'effaçait définitivement de la « mémoire préhistorique » du fœtus.

Notons que cet effacement, ce désamorçage de peur dans la mémoire du fœtus ne se feraient pas dans une simple relation animal-humain, mais dans une communication triangulaire où, en même temps, la mère et l'enfant se reconnaîtraient intérieurement « en état d'imagination poétique ».

Un détail me chiffonnait cependant, dans cette fresque fantastique. Même à supposer qu'un contact d'un genre absolument inédit entre humain et animal puisse « désamorcer la peur de la mort » dans la « mémoire génétique » du fœtus, cette peur n'allait-elle pas aussitôt réapparaître puisque, le moment venu, le petit connaîtrait, comme tout le monde, le fameux « traumatisme de la naissance », le passage du paradis utérin à la dure réalité du monde terrestre ?

En guise de réponse, une assistante d'Igor me dessina un schéma triangulaire, censé décrire les trois états possibles de l'âme : cette dernière passait cycliquement du monde des esprits au monde des fœtus, puis à notre monde terrestre (trois *bardo* dans la terminologie tibétaine), pour s'en retourner ensuite au monde des esprits et ainsi de suite. A chaque pointe du triangle, c'est-à-dire à chaque passage d'un monde à un autre, la jeune femme plaça deux guides, l'un en amont du passage, l'autre en aval.

Igor me dit alors, avec un petit sourire en coin : « Tu t'es beaucoup intéressé aux gens qui accompagnent les mourants, n'est-ce pas ? Eh bien il s'agit de ces guides-ci (posant l'index sur l'amont du passage séparant le monde terrestre du monde des esprits). D'autres guides attendent l'âme du mourant de l'autre côté, en aval, pour l'aider à poursuivre sa route. Bien sûr, plus l'aide est forte, plus le passage est facile. Quand nous disons qu'un enfant naît, en réalité, il meurt au monde des fœtus. Et là c'est pareil : il a besoin de guides des deux côtés du passage. En aval, nous avons traditionnellement les sages-femmes. Eh bien, quand ce sont des dauphins qui ont préparé le travail en amont, c'est encore mieux. Le passage se fait quasiment sans traumatisme ! Et cette peur énorme de mourir, qu'éprouve le fœtus en cas d'accouchement difficile, cette peur est alors effacée. »

Que répondre ?

Pendant plusieurs heures, Igor allait me décrire ses visions, ponctuant son récit d'une myriade de telles affirmations fantastiques, dont je ne parvenais évidemment pas à savoir d'où il les tirait. D'un rêve ? D'une expérience chamanique ? De son imagination délirante ? Des phrases comme : « L'embryon comprend mieux le langage du dauphin que celui de sa mère » ; ou : « Dans ces conditions, même un fœtus qui a décidé de ne pas naître vivant peut changer d'avis » ; ou bien : « Alors le fœtus devient l'élève du dauphin » ; ou encore : « C'est un état qui ouvre à un monde très réel : celui où vivent les enfants quand on leur récite un conte », me laissaient sans voix. Quand je lui demandais ce qu'il en savait, Igor me répondait toujours : « Mais je vois cela ! Et toi aussi, tu pourrais le voir, si tu t'exerçais un peu. »

Un conte ?

Sauf qu'il s'agissait de vrais êtres humains, de vraies femmes enceintes, avec de vrais bébés.

Et de vrais dauphins.

Cette dernière question me tarabustait particulièrement.

L'Empire russe ne possède pas de côtes chaudes. Il y a bien quelques dauphins en mer Noire, mais ce sont les grandes troupes des Tropiques qu'il aurait fallu à Igor, pour réaliser son utopie ! Pourtant, au milieu des années soixante-dix, ses visions frappent suffisamment certains dirigeants sportifs soviétiques pour que notre ami soit autorisé à tenter quelques expériences en bassin.

Les delphinariums russes dépendaient tous de l'armée. Igor y eut accès avec des ordres de mission précis. Par exemple : faire nager des championnes olympiques enceintes avec des dauphins, puis vérifier si leurs enfants devenaient particulièrement performants. Mais Igor n'eut pas grand mal à détourner les programmes officiels. Deux choses le frappèrent surtout : 1. que les femelles dauphins se précipitaient sans hésitation sur les femmes enceintes, leur faisant une sorte de ceinture de tendre protection ; 2. que les dauphins semblaient immédiatement reconnaître les bébés avec lesquels ils avaient communiqué quand ceux-ci étaient encore fœtus. Les retrouvailles étaient quasi frénétiques.

« Cela ne faisait que confirmer, dit Igor, ce que nous avaient raconté certains parents revenant de vacances à la mer. Depuis, nous l'avons vérifié plusieurs fois : les enfants nés dans l'eau — même en baignoire, à Moscou — attirent les cétacés. Si, durant sa grossesse, la mère a spécialement utilisé l'image du dauphin pour soutenir sa méditation, ou, mieux encore, si elle a eu la chance d'entrer physiquement en contact avec eux, le résultat est époustouflant. Sur certaines plages, on a vu des dauphins braver leur méfiance bien compréhensible, et littéralement se frayer un chemin parmi les baigneurs, pour rejoindre un *bébé de l'eau* qui barbotait dans un coin. »

Extraordinaires *bébés de l'eau* !

A écouter Igor, on avait affaire à de véritables mutants.

Invité, dès le premier jour, à prendre un long bain quotidien — en apnée ! —, le bébé apprend à téter sa mère sous l'eau. Chaque fois qu'il a besoin d'air, il cesse spontanément d'aspirer le sein, et sa mère le remonte à la surface — et ça marche effectivement ! Ce qui me stupéfia le plus, la première fois que je vis Igor, puis des parents travaillant avec lui, se saisir de bébés et les plonger résolument sous l'eau, ce fut le calme de ces enfants. Alors que je m'étais attendu à les voir paniquer, gesticuler, s'étouffer, je les vis, au contraire, me scruter avec curiosité, les yeux grands ouverts, même sous l'eau ! (J'ignorais que ce calme était généralement le résultat d'un entraînement spartiate, tout à fait incompatible avec notre manière occidentale d'élever, pour le meilleur et pour le pire, les enfants. La suite de l'aventure, des années après, allait sévèrement m'informer de la difficulté de passer d'une culture à l'autre sans transition...)

Ainsi donc ces bébés étaient-ils censés apprendre peu à peu à se conduire comme des dauphins... Et ainsi s'épanouiraient en eux les fameux « potentiels humains » demeurés endormis chez la plupart d'entre nous.

Quels potentiels ?

Le portrait qu'Igor traça de ces enfants me fit rêver. C'était trop ! Comment y croire ? D'abord, il y avait les signes physiques. A trois mois, par exemple, les bébés de l'eau en paraissaient souvent le double. A six mois, ils pouvaient faire des kilomètres à la nage et marchaient sans problème. Ils étaient doués d'une souplesse et d'un sens de l'équilibre extraordinaires.

Avant même que j'aie demandé des preuves, on me fit une démonstration, sur un bambin de six mois. Un vrai petit athlète, que ses parents firent tournoyer dans les airs, en le tenant tantôt par les mains, tantôt par les pieds, tantôt même par une seule main ou un seul pied. Ou bien ils le jetaient en l'air, se faisant des passes, comme avec un ballon. J'en avais le souffle coupé. Les torsions, surtout, que l'on imposait à ses épaules et à ses hanches me faisaient mal. On eût dit qu'ils l'écartelaient! Mais lui, ou plutôt elle, car il s'agissait d'une blondinette, riait aux éclats, même aux moments les plus difficiles. Le clou de la démonstration consista, pour le père, à tenir les pieds de la gamine d'une seule main, et à la soulever le plus haut possible, dressée bien droite, comme une figure de proue, à la seule force de sa colonne vertébrale et de ses petites jambes. Puis, relâchant brusquement la tension par laquelle il la poussait ainsi vers le ciel, le père laissa tomber sa fille de toute cette hauteur, dans un large mouvement de bascule, qu'il amortit de justesse.

Manipulations d'une hardiesse choquante. Si le bébé n'avait pas bruyamment manifesté sa joie, j'aurais été bien en peine d'écouter plus avant le long discours de Tcharkovsky.

« En réalité, me dit-il une fois qu'un certain calme fut revenu dans la maison, les capacités des bébés sont, en général, bien supérieures à ce que s'imaginent les gens. Chez les bébés de l'eau elles explosent littéralement. Et leurs capacités purement physiques ne sont rien, comparées à leurs capacités spirituelles et psychiques. C'est d'ailleurs à éveiller ces dernières que je travaille depuis tant d'années; sinon, je serais juste un montreur de foire, un entraîneur de bébés acrobates comme on en voit dans certains pays pauvres. »

S'ensuivit une description hallucinante des capacités « psychiques et spirituelles » des bébés de l'eau. Aussi fantastique que celle que m'avait faite, quelques années plus tôt, le psycho-sociologue américain Kenneth Ring, décrivant l'*Homo noeticus*, notre proche descendant, que préfiguraient selon lui les *experiencers*, ces personnes revenues métamorphosées d'une mort clinique ou d'une expérience de grande proximité avec la mort*. Les bébés de l'eau seraient en effet non seulement plus vifs et plus cos-

* Ring en parle notamment dans *En route vers Oméga*, Laffont, 1991.

tauds que les autres bébés, mais aussi plus sociables, plus joyeux, moins égotiques, plus altruistes, plus « sensitifs », c'est-à-dire plus télépathes, plus visionnaires, plus aptes à la prédiction, à l'art de guérir, à la communication avec plantes et animaux...

Quand, par chance, grossesse et accouchement s'étaient déroulés en présence de cétacés, le miracle dépasserait toutes les bornes : les petits ressemblaient à de véritables bouddhas vivants ! Et Igor me raconta que les dauphins se comportaient alors avec les nouveau-nés humains comme avec de petits dauphins. Ils étaient, disait-il, d'une délicatesse inconcevable, sentant, grâce à leur « sonar », le moindre besoin du petit, et notamment à quel moment il avait besoin d'oxygène.

Cela dit, la seule présence mentale du dauphin, durant les longues méditations de la mère, pouvait suffire à faire de l'enfant un grand artiste. Ignorant spontanément le sens de la propriété, les bébés de l'eau devenus grands manifestaient un tel goût pour la liberté qu'aucune bureaucratie n'avait encore réussi à les enrôler.

« Ah bon, m'étonnai-je, quel âge ont donc les plus vieux ?

— Une vingtaine d'années », répondit Igor sans insister.

Je demandai aussitôt à rencontrer quelques-unes de ces incroyables merveilles, déjà presque parvenues à l'état adulte. Il promit d'arranger cela, et passa aussitôt au chapitre suivant, qu'il jugeait capital. Les bébés « mutants » présentaient hélas une immense faiblesse.

Ultrasensibles, ils l'étaient autant au mal qu'au bien. Les mauvaises émotions, les peurs, toutes les idées malades et angoissées que charrie le monde risquaient de les atteindre et même, si l'on n'y prenait garde, de les tuer. Cette faiblesse disparaissait heureusement au bout d'un an environ. Mais pendant ce laps de temps, les bébés devaient être particulièrement protégés. Par exemple, si un individu non averti passait près d'un bassin où l'on faisait vigoureusement nager un enfant à peine né, le visiteur risquait de s'effrayer et sa frayeur, percutant l'enfant de plein fouet, pouvait faire grand mal. Si l'individu en question était très angoissé lui-même, ou très offusqué — par exemple s'il s'agissait d'un obstétricien ou d'un pédiatre classique, persuadé de connaître, lui, les capacités et les besoins d'un nouveau-né —, l'émotion négative pouvait même, carrément, détruire l'enfant.

Ainsi selon Igor Tcharkovsky, la plupart des médecins contemporains étaient trop « négatifs » — à la fois trop sûrs d'eux et trop endormis spirituellement — pour qu'on puisse ne fût-ce que leur montrer les « nouveau-nés de l'eau ».

« Donc pas de contrôle officiel possible ? » demandai-je. Il répondit par une grimace, apparemment conscient de la difficulté énorme qu'il introduisait ainsi dans son jeu :

« Non, pas de contrôle officiel. Tant pis pour la promotion de ma méthode... C'est trop dangereux. A moins, bien sûr, que l'on n'ait affaire à un médecin particulièrement ouvert, ce qui, Dieu merci, existe de plus en plus. Tenez, regardez cette lettre. »

Elle lui avait été envoyée par le docteur danois Marsden Wagner, rien de moins que responsable du district gynéco-pédiatrique de l'Organisation mondiale de la santé. L'homme se disait enthousiasmé par ce qu'il avait appris d'Igor Tcharkovsky. Il désirait se joindre à la prochaine expédition que celui-ci organiserait en Crimée, au bord de la mer Noire.

Quelque peu rassuré sur la possibilité, malgré tout, d'un contrôle extérieur — auquel je me surpris à être attaché —, je me laissai aller à la beauté du gigantesque paysage que le visionnaire russe venait de peindre, en un après-midi, sur les cavernes de mon esprit.

D'incroyables scénarios y prenaient vie. Avec des porcelets aquatiques élevés par des phoques, des chatons entraînés par des loutres et des bébés humains conduits par des dauphins. Dans le genre ancienne science-fiction, il y avait la version politico-sportive, où les hommes-dauphins se bousculaient à la tribune, raflant toutes les médailles, mais la tête baissée, les nageoires nouées en signe de protestation contre le massacre des baleines. Ces montagnes de musique que nous sommes en train d'éliminer.

Le processus enclenché en moi un an plus tôt par Jim Nollman se trouvait brusquement accéléré, métamorphosant ma notion du sacré. Et celle du sacrilège. Je crus voir une vieille monstruosité mentale, glissée dans les tiroirs décadents du christianisme bourgeois — et jusque sous la casquette des intellectuels matérialistes : sous prétexte que ce serait « péché mortel » que de ranger l'homme au rang de l'animal, nous nous retrouvons, peinardement, dans la peau de fous furieux sanguinaires. Son Altesse l'Homme est à l'Image de Dieu, mais le tigre non, ni le cheval, ni l'éléphant, ni la baleine...

On s'était mis à parler de baleines. L'irruption du dauphin avait tout pulvérisé.

Les dauphins pourraient rééduquer nos enfants ? ! ?

L'aventure judéo-chrétienne elle-même, disait le rêve, ne pourrait que sortir nettoyée de ces retrouvailles avec l'antique adversaire égyptien — ne dit-on pas que les enfants égyptiens destinés à devenir prêtres ou pharaons devaient naître sous l'eau, en présence de quelque divinité animale ? N'est-ce pas l'origine du baptême ? Et ne retrouve-t-on pas dans cette fresque nos racines grecques ? Les devins des mystères d'Éleusis ne consultaient-ils pas le dauphin, figure totémique de la ville de Delphes ?

La nuit suivante, je rêvai d'une bande d'humanoïdes amphibiens, croisant dans une sorte de Delphes engloutie...

Mais la leçon la plus précieuse que je ramenais dans mes bagages, rentrant quelque temps plus tard à Paris — la quatrième leçon du dauphin —, était une idée beaucoup plus simple : la conception, la grossesse, l'enfantement sont décidément des actes sacrés. D'une force et d'une majesté inconcevables, avec lesquelles il nous faut explicitement, rituellement, spirituellement renouer. Sans perdre, comme nous avait dit Ray l'Africain, notre liberté. Pas question de retomber sous la coupe d'un ordre moral puritain. Conception sacrée ne s'opposait notamment pas à contraception, bien au contraire. Seul un libre épanouissement sexuel pouvait garantir ce « sacrement »-là...

Toutes ces visions me séduisaient beaucoup. Pourtant, je n'allais pas tarder à me rendre compte que pratiquer un accouchement naturiste sacré posait de légers problèmes à notre société occidentale « hautement civilisée », où rien n'est plus important que la liberté individuelle, mais où malheur à qui sortirait du chemin tracé par la science médicale officielle, hypertechnologique, matérialiste et athée dans ses croyances et dans sa pratique.

Ma rencontre avec Igor Tcharkovsky allait m'entraîner dans des mésaventures à rebondissements, de Moscou à Paris, d'Ostende à Recife. Elles pourraient remplir tout le livre — et m'emporter trop loin du fil principal de mon récit. Je n'ai pu cependant me résoudre à ne rien en dire : j'écris parallèlement à celui-ci un petit ouvrage, à paraître prochainement, intitulé *Accouchements delphiniens*, où seront racontés et la beauté et la folie et l'avenir des accouchements aquatiques en présence (physique ou symbolique) des dauphins.

En 1984, oui, j'étais totalement séduit. Avec toujours un doute. Peut-être à cause de la dichotomie de nos éducations, qui nous ont appris à toujours séparer la matière de l'esprit. « Ces petits humains qui vont naître, me demandais-je bêtement, seront-ils différents de nous physiquement, ou seulement dans leurs têtes ? » Une frontière mentale nous interdit souvent de saisir le continuum de la réalité. Et puis, bien sûr, dès que l'on parle de jouer sur l'évolution biologique de l'homme — ce qui semblait bien être le cas d'Igor Tcharkovsky —, de très anciens métaprogrammes de sauvegarde se mettent à klaxonner au fond de nous :

« Achtung ! Achtung ! Idéologie totalitaire en vue ! »

Mais Igor n'était pas seul en cause.

Jacques Mayol, lui aussi, était convaincu que l'évolution de l'homme allait se poursuivre dans l'eau. Or c'est un libertaire très têtu.

Quatrième leçon : Évoluer...

... *dans le calme du* Grand Bleu

Un visionnaire m'avait déjà presque tout dit sur l'homme et le dauphin, sur l'accouchement dans l'eau, sur l'évolution et les états de conscience modifiée, plusieurs années avant que je n'entame cette série de reportages ! Mais je n'étais pas prêt à avaler cet invraisemblable mélange. Drôle de chose que le *timing* d'une vie. Les Japonais disent « avoir le bon *ma* » — le samouraï qui ne l'a pas au moment du combat en meurt. Voilà pourquoi je me suis senti obligé de ne pas respecter la chronologie de mon enquête en plaçant ici la prémonitoire synthèse qui suit.

Cet homme, au demeurant étrange samouraï lui-même, c'était Jacques Mayol, « l'homme-dauphin ». A l'époque, il détenait le titre de recordman mondial de la plongée en apnée à grande profondeur et à poids variable (on descend entraîné par un poids que l'on laisse au fond pour remonter). Depuis, Jacques est devenu célèbre, grâce au film *Le Grand Bleu*, une version romancée de sa vie. Dans le monde delphinien, il était devenu un héros dès la fin des années soixante.

Défiant les sombres pronostics de tous les spécialistes de la physiologie humaine — qui le donnaient pour mort au-delà de cinquante mètres de profondeur —, Mayol avait prouvé, avec un courage illuminé, que l'humain possédait au fond de ses cellules des capacités de mammifère marin.

Je l'avais rencontré à l'île d'Elbe, en 1979, trois ans

après qu'il eut dépassé la profondeur mythique des cent mètres. Un vrai mur psychologique, ces cent mètres ! Comme si, au-delà, plus rien n'était interdit. Puis nous étions partis ensemble en Indonésie, en 1981, avec une expédition de scientifiques italiens bien particuliers.

Une drôle d'expédition. Ne comprenant pas comment les exploits de Jacques étaient possibles, malgré des années de recherche sur son cas (avec des machines inventées pour lui), les scientifiques se demandaient si son sang ne présentait pas une anomalie quelconque — se pouvait-il, par exemple, qu'il ressemblât à celui du fœtus, dont l'hémoglobine est spéciale ? Ces savants italiens avaient donc décidé de comparer son sang avec celui de pêcheurs d'éponges moluquois, habitués depuis des générations à plonger en apnée.

Le grand problème de la plongée sous-marine vient de ce que nous sommes, par nos poumons, des êtres gazeux. Or les gaz sont compressibles ; passé une certaine profondeur, la pression devient telle que nos gaz intérieurs se dissolvent dans notre sang, et alors, gare à la remontée : la pression baisse à nouveau, et les gaz dissous risquent de jaillir comme dans une bouteille de champagne que l'on ouvre, en milliers de petites bulles qui vous tuent net, par embolie gazeuse. Sans oublier que l'azote, passé une certaine pression, devient nocif et attaque le système nerveux.

Les scientifiques italiens rêvaient donc de créer un placenta artificiel, grâce auquel les plongeurs des industries off-shore du troisième millénaire pourraient plonger débarrassés de tout problème de gaz et de pression : leurs poumons seraient mis hors circuit, inondés d'un sérum neutre, et l'oxygène leur serait directement fourni dans le sang, à l'état dissous.

Exactement comme des fœtus !

Je trouvais l'idée d'autant plus intéressante que nous venions de perdre un ami plongeur, travaillant sur une plate-forme pétrolière au large du Ghana, et que les histoires de mélanges gazeux compliqués, respirés par les plongeurs industriels de grand fond (comprimés pendant des semaines à des pressions allant jusqu'à cinquante atmosphères), ne représentaient pas forcément la solution définitive. L'idée du placenta artificiel (porté sur le dos comme un petit sac tyrolien) avait quelque chose de génial — même si c'était, en réalité, beaucoup plus fou encore que les mélanges gazeux.

Jacques Mayol participait donc à ce type de recherche. On pouvait s'en étonner : son genre de « science-fiction » se situait tellement à l'opposé de tout ça ! Il plongeait quasiment tout nu, lui. Comparé aux harnachements cosmonautiques des plongeurs industriels, cela lui donnait une véritable force métaphysique. En discutant avec lui, je compris qu'il avait accepté de servir de cobaye à ces scientifiques, un peu à la façon d'un yogi indien sur lequel des savants fous essaieraient de drôles de machines.

Jacques s'était mis au yoga plusieurs années auparavant. Il se rendait régulièrement auprès d'un maître, en Inde, et je le voyais pratiquer ses exercices de respiration tous les jours, au bord de l'eau.

Dans l'ensemble, l'« homme-dauphin » s'amusait surtout beaucoup : les plongeurs-fœtus des professeurs n'étaient qu'une mauvaise plaisanterie. Partis comme ils l'étaient, jamais les scientifiques italiens, américains ou japonais qui l'avaient déjà testé ne trouveraient son secret.

Oui, Jacques rigolait bien :

« Tous ces savants qui me demandent comment je fais pour supporter une pression de dix atmosphères sans le moindre équipement, et qui me criblent de rayons X et de cathéters ! Que leur dire pour satisfaire leur esprit "scientifique" ? Quand je plonge, ce n'est pas compliqué, je suis en état d'amour de l'eau ! Mais cela se dit comment, l'amour, en langue mathématique ? »

Jacques Mayol, grand poète mystique de la plongée sous-marine. Son lyrisme n'avait rien de flou. Plutôt que de s'opposer à la science, il l'intégrait. Un soir, dans le grand hôtel de Djakarta où l'expédition faisait escale, il m'avait montré l'œuvre de sa vie : dans sa version originale italienne, un énorme bouquin, rempli de photos et de récits extraordinaires, une encyclopédie de l'apnée, dont le titre était à la fois son propre surnom et un additif hallucinant à la science darwinienne : *Homo delphinus** !

L'homme-dauphin ! Au sens propre.

Sur la couverture étaient représentés, moulés dans le carton, un fœtus et un dauphin lovés l'un dans l'autre. Je feuilletai l'ouvrage, plutôt interloqué. Tout y était : les origines aquatiques de la vie ; la cellule vivante considérée, depuis Claude Bernard, comme un micro-océan intérieur ; l'étude, depuis Paul Bert, des mammifères marins et de leurs capacités à observer de longues apnées, à lutter contre la pression et le froid ; la présence de capacités identiques chez l'homme — ce qui venait renforcer l'hypothèse du biologiste britannique d'Oxford, Sir Allister Hardy, selon lequel le « chaînon manquant » entre les primates et les premiers humains aurait été une sorte de singe aquatique, seule explication possible de notre absence de fourrure, de la forme de notre nez, de notre derme graisseux, de nos glandes lacrymales, du fait que nous nous accouplons plutôt face à face, etc. Jacques considérait qu'il était possible, grâce à des techniques précises, bien connues de certaines grandes traditions spiritualistes, de réveiller nos capacités de mammifère marin et d'éveiller d'autres potentialités endormies au fond de l'homme. Les thèses de Jacques s'appuyaient sur les travaux de quelques grands spécialistes de ces questions d'avant-garde : officiels comme le Français Émile Guillerm, qui travailla beaucoup sur la respiration cellulaire, l'un des premiers à avoir eu l'idée du « placenta artificiel » pour plongeur de grands fonds ; ou officieux, tel le « guérisseur soviétique » Igor Tcharkovsky, que Jacques venait de rencontrer pour la première fois au moment d'achever la rédaction d'*Homo delphinus*.

En un mot, c'était complet.

Mais à l'époque, toutes ces notions me semblaient impossibles à intégrer à l'intérieur d'une trame commune. Scientifiquement, je n'y comprenais rien. Et je

* *Homo delphinus*, Glénat, 1986.

ne voyais pas non plus quelle énorme mythologie était en train d'émerger du côté de la mer. La science nous fait approcher toujours d'un peu plus près... l'infini. L'approche scientifique est une histoire sans fin; au centre de toute nouvelle théorie, il y aura toujours un trou noir ineffable. Au bord de ce trou, là où les sciences de l'époque ne peuvent plus rien dire, commence le territoire des mythes, accessibles notamment par les rêves, et dont l'existence et la gestion sont largement aussi importantes que celles des sciences — les deux entremêlant leurs racines de manière inextricable. Si inextricable qu'à l'époque, dans le grand hôtel de Djakarta, j'avais refermé le gros livre de Jacques Mayol avec beaucoup de brouillard dans la tête.

Comment s'y retrouvait-il lui-même? Il ne ressemblait pas vraiment à un scientifique. Plutôt à un aventurier, à un personnage de Jack London.

Jacques avait flirté avec le fantôme de London, en refaisant, dans les mêmes conditions que l'écrivain, tout le parcours des chercheurs d'or du Klondike, en Alaska. Il travaillait à l'époque pour une radio canadienne. Avant cela, il avait vécu en Suède, où il s'était marié et avait exercé toutes sortes de métiers, dont celui de bûcheron. Comme si le fait d'être né en Chine, à Shanghai, où son père était l'architecte de la délégation française dans les années vingt et trente, avait donné à Jacques le goût de la bourlingue. Mais celle-ci, bien que l'entraînant dans mille directions, ne l'avait pas dispersé. Au contraire, par des chemins très buissonniers, il s'était peu à peu tracé un itinéraire précis, qui lui permettait, maintenant qu'il atteignait la cinquantaine, de parler à égalité aussi bien avec des scientifiques qu'avec des philosophes.

En réalité, je crois que ce drôle de bonhomme avait surtout trouvé d'excellents raccourcis. Le « raccourci cosmique », dont j'avais vaguement senti un avant-goût en me laissant parfois lentement couler au fond des piscines... L'eau peut, en soi, devenir un raccourci fabuleux. Pour ceux qui savent se fondre en elle — cela s'apprend — l'eau calme. Mais d'un calme immense!

Le calme aquatique a ceci de particulier qu'il s'autoengendre tout de suite : il faut être calme pour demeurer longtemps sous l'eau en apnée (impossible de tricher), mais cette situation elle-même vous calme énormément. Du coup, une certaine sagesse — mettons celle du yogi — peut s'acquérir plus facilement sous l'eau que dans l'air. Nous avons la terrible liberté, nous autres aériens, de pouvoir survivre stressés. Les aquatiques n'ont pas ce privilège. Et puis dans l'eau, vous pouvez rencontrer des dauphins, cela aussi représente un raccourci très direct. Car les dauphins sont obligés de respirer consciemment, même la nuit ! (si bien qu'ils ne peuvent jamais dormir que d'un demi-cerveau sur l'autre.)

La sagesse delphinienne est empirique, physique, érotique. Dans le cas de Jacques, l'aspect érotique allait jouer un rôle primordial.

Je n'ai jamais vu d'homme de son âge aussi vert ! A soixante-cinq ans, sa libido en a encore vingt ! C'est parfois horripilant — quand il est là, à se ronger les ongles en attendant que le téléphone sonne, tout en proférant des abominations d'une misogynie à la mesure de son ardeur. Quel macho ! C'est aussi l'une des raisons pour lesquelles ceux qui le connaissent ont ri aux larmes, en allant voir le film de Luc Besson. Le personnage du *Grand Bleu* est une sorte de chaste rêveur, qui passe à côté des jolies filles sans même les voir, ou en rougissant. Alors que Jacques est comme les dauphins : il ne pense qu'à ça !

Oui, les dauphins, les cétacés en général, sont très portés sur le sexe. Les singes et les chiens aussi, me direz-vous, mais la sexualité delphinienne est tellement plus érotique et non réglementée par des périodes de « chaleur ». Anthropomorphisme masqué ? Peut-être... Les dauphins, en tout cas, consacrent objectivement une énorme partie de leur temps à draguer et à faire l'amour. Et puis, très subjectivement, leurs manières et les nôtres ont quelque chose en commun. Pas seulement parce qu'ils s'accouplent face à face. Dans le pire des sens aussi : on a observé des femelles dauphins coincées par des bandes de jeunes mâles qui finissaient, littéralement, par les violer.

Imagine-t-on, quand on visite un delphinarium, les incroyables aventures amoureuses interespèces qui s'y déroulent ?

Jacques a assemblé une splendide collection d'histoires érotiques sur les dauphins et autres mammifères marins. Il vous racontera les plus triviales lui-même. Il y a les histoires rigolotes, comme celles de ce « dauphin ambassadeur » des îles Caycos, qui prend un malin plaisir à exhiber son sexe et à nager ventre en l'air, sitôt qu'une baigneuse (jamais un baigneur) se pointe dans son secteur. D'autres histoires sont plus romantiques...

Un jour, à l'époque où il vivait avec la danseuse aquatique Angela Brandini (qui, ensuite, lui a raflé son record du monde, en plongeant à cent huit mètres de profondeur, en 1990 !), Jacques avait eu maille à partir avec un dauphin qui s'était entiché de sa belle. Cela se passait dans un Marineland de la région de Rimini. Jacques venait de rejoindre Angela, qui avait passé quinze jours seule, à s'entraîner dans un bassin en compagnie d'un jeune dauphin mâle. A peine Jacques eut-il plongé dans le bassin que le dauphin, fou de jalousie, l'en éjecta, le soulevant littéralement jusqu'au bord de son rostre puissant. Et Angela, qui est la fille la plus gentille du monde, eut toutes les peines à convaincre son ami dauphin d'accepter que son ami homme se baigne aussi avec eux.

Sans cet aspect érotique de la relation avec les dauphins, Jacques Mayol ne serait peut-être jamais devenu le plongeur le plus profond de tous les temps. Son premier professeur d'apnée fut un dauphin femelle, dont il était tombé gravement amoureux.

Cela se passait en Floride, en 1957. Arrivé au Marineland de Miami pour son journal canadien, Jacques n'en était jamais reparti. Il était devenu entraîneur sous-marin et passait son temps à nourrir et à soigner les innombrables animaux du grand aquarium. Parmi ces derniers, six dauphins femelles, dont la meneuse lui avait aussitôt tapé dans l'œil.

Elle s'appelait Clown (prononcez claoun'). C'est elle, en fait, qui le dragua la première, en venant lui tirer les cheveux, ce qu'elle ne faisait jamais avec un inconnu. « Or, raconte Jacques, il se passa une chose extraordinaire : j'éprouvai immédiatement pour elle un coup de foudre "humain", comme si Clown avait été une femme ! En particulier, je ressentis cette impression très particulière, familière à tous les amoureux, de la connaître depuis longtemps. Et je jurerais qu'il en alla de même pour elle ! »

Au bout de quelques jours, ils étaient devenus très amis. Et Jacques eut bientôt l'impression que Clown lisait en lui comme dans un livre ouvert, « par télépathie », dit-il. Par exemple, quand il travaillait au fond de l'eau, la dauphine venait toujours le taquiner. Mais il suffisait qu'une pensée triste, ou soucieuse, lui traverse l'esprit pour qu'elle cesse immédiatement son jeu et se mette à faire d'étranges va-et-vient, comme pour lui demander de chasser sa tristesse.

Loin de constituer une forme d'innovation, propre à une espèce animale très évoluée, cette télépathie semblait plutôt s'enraciner dans une pulsion très ancienne, un lien collectif prompt à se tendre en cas de danger.

Un matin, le directeur du Marineland de Miami signala à Jacques qu'on allait leur livrer un requin-tigre dans la journée. Une bête de plus de quatre mètres de long que le capitaine Gray — fournisseur attitré de l'aquarium — venait de capturer dans la mer des Antilles. Le requin-tigre est un squale redoutable, mais celui-ci avait été sérieusement sonné lors de sa capture et le directeur craignait surtout qu'il ne survive pas longtemps prisonnier.

L'heure venue, avec une grue et de larges courroies, on fit descendre le fauve complètement groggy dans un petit bassin, où Jacques et trois autres entraîneurs se relayèrent pour le maintenir à flot dans le courant d'eau qui oxygénait ses branchies. Au bout de plusieurs heures, l'animal reprit peu à peu du tonus. Il commença à donner des coups de queue et les entraîneurs s'éclipsèrent avant qu'il ne se réveille tout à fait.

En principe, il aurait ensuite fallu ouvrir devant son

nez pointu la vanne communiquant avec le grand fossé aux squales. Mais ce requin-tigre était tellement beau et impressionnant que la direction décida de lui faire faire d'abord un séjour dans le bassin principal. Là où le public pouvait contempler, par de larges baies vitrées sous-marines, nageant ensemble dans un même aimable tumulte, des tortues de mer de toutes tailles, des raies, des poissons-lunes et toutes sortes d'habitants des mers, sur lesquelles régnaient, en souveraines incontestées et hautaines, les stars du show quotidien du Marineland, six jolies dauphins femelles, en tête desquelles Clown.

Le monstre ne risquait-il pas de dévorer tout ce petit monde ? En principe non, le requin-tigre captif n'a guère d'appétit — c'était d'ailleurs ce qui inquiétait la direction. Tout autour du bassin, entraîneurs et chasseurs sous-marins se tenaient néanmoins prêts à toute éventualité, avec piqûre anesthésiante et filet. Et l'on ouvrit la conduite menant au grand bassin.

L'attente dura encore quelques minutes. Jacques se demandait comment allaient réagir les locataires officiels des lieux, en particulier les dauphins. Pour l'instant, les six starlettes ignoraient totalement ce qui se tramait et faisaient les folles, bondissant et cabriolant dans tous les sens.

Soudain le requin-tigre revint à lui et il s'élança d'un coup de queue dans le grand bassin. Dans la seconde qui suivit, Jacques vit, stupéfait, les six dauphines farceuses se rassembler en une seule figure. Un seul être à six corps, vigilance à cent pour cent en alerte, qui se plaqua contre le fond de l'aquarium, observant par en dessous le géant mortellement dangereux, prêt à lui percuter le foie !

Une véritable métamorphose, exemple stupéfiant du comportement collectif, de la « conspiration » qui frappe tant Paul Spong, le savant aux orques.

Mais le pauvre requin-tigre se cogna immédiatement contre les murs et fit preuve de tant de désorientation et de maladresse que les dauphines s'enhardirent sans tarder à s'approcher de lui et à le sonder de près. En cinq minutes l'affaire fut entendue : le monstre était hors de combat, totalement inoffensif.

Alors, les six starlettes repartirent dans tous les sens, de nouveau tout à leurs folles cabrioles.

Au bout d'un certain temps, Jacques en eut assez de n'entretenir avec Clown que des rapports professionnels, tout chargé de son lourd scaphandre. Enfreignant le règlement, le Frenchy finit par se baigner dans le grand bassin en dehors des heures de service, vêtu d'un simple maillot de bain. C'est alors que l'enseignement de Clown commença pour de bon.

D'abord la respiration : elle reprenait son souffle deux ou trois fois en surface, à quelques secondes d'intervalle, puis Wouf ! plongeait pour une minute ou deux. Et Jacques se mit à la suivre, observant des apnées de plus en plus longues, ce qu'à l'évidence elle désirait qu'il fît.

Désirait-elle réellement lui enseigner quoi que ce soit ? On aurait plutôt dit qu'elle voulait jouer. Cela prit un drôle de tour. L'insolence des dauphins, leur effronterie à l'égard des autres animaux sont sans limites. Rien ne plaisait davantage à Clown et à ses sœurs que de bousculer les tortues géantes, ou les raies, et de chaparder la nourriture des requins-scies — pas pour la manger elles-mêmes, juste pour le plaisir d'emmerder le monde. Or donc, devenue l'amie de Jacques, elle voulut qu'il taquine les malheureux animaux, lui aussi. Elle fonçait sur un poisson-lune, puis se retournait, pour voir si son amoureux humain faisait bien comme elle. Jacques se retrouvait coincé : il ne voulait pas la décevoir, mais pas au prix d'importuner ses autres protégés. Aussi trouva-t-il une ruse, qui allait s'avérer très fructueuse : faisant mine de les embêter, il se mit à caresser tortues et poissons, y compris certains requins, le plus légèrement possible. Il fut surpris de découvrir que la chose ne les dérangeait pas. Il s'enhardit alors à les retenir du bout des doigts, par les bords de la carapace ou des nageoires, et à se laisser délicieusement remorquer à travers le bassin, ce qui, au fil des jours, l'aida à mieux sentir le rythme des êtres de la mer.

Par contre, chaque fois qu'il essayait ne fût-ce que

d'effleurer Clown elle-même, la dauphine allumeuse se dérobait prestement. Une garce ? Une vraie jeune fille de bonne famille, vous voulez dire ! Il fallut attendre qu'elle devienne mère pour que son attitude change. Clown venait d'accoucher, quand Jacques lui présenta son propre fils, Pedro, encore bambin, mais déjà bon nageur : avant qu'on ait pu faire quoi que ce soit, l'enfant s'était jeté dans l'eau à la rencontre de la mère dauphin et de son petit. Et Jacques vit avec stupeur que Clown acceptait de se laisser chevaucher par son fils alors que, de lui, elle avait toujours refusé le moindre contact. A partir de ce jour, elle accepta toutefois qu'il lui caresse la tête, mais jamais davantage.

Cette attitude de la « première dauphine de sa vie » resta pour Jacques une énigme. Par la suite, il en rencontra bien d'autres, qui acceptèrent de se laisser embrasser et le remorquèrent pendant des heures. Pourquoi pas elle ? Peut-être les dauphins exceptionnels ont-ils un problème avec les stars humaines. Mais ce que Clown lui avait appris allait s'avérer irremplaçable.

> Elle m'enseigna à me laisser couler, bercé par le mouvement de l'eau, à m'y fondre, à m'y intégrer totalement, en souplesse, sans efforts, avec le maximum d'économie de mouvements et d'efficacité. Elle m'apprit à me plier sous les flots, et à y être constamment en alerte. Elle m'enseigna à évoluer sous l'eau, en apnée, comme un félin évolue sur terre. Plus que tout, elle m'apprit à sourire intérieurement*.

D'une certaine façon, dans le monde de la plongée, Jacques, c'est l'Oriental.

Il vivait en Asie lorsque enfant, avec son frère Pierre, il plongea pour la première fois avec masque et tuba. Là-bas Jacques vit ses premières sirènes, lors d'un voyage au Japon : les fameuses Amas, qui pêchaient encore les éponges toutes nues, belles à faire bander les morts. Depuis le pont du paquebot qui les ramenait de Chine vers Marseille, berceau de

* *Homo delphinus, op. cit.*

la famille, les deux frères virent aussi, pour la première fois, des dauphins.

Trente ans plus tard, après ses aventures floridiennes, Jacques passa de longs mois au Japon, à suivre l'enseignement d'un maître zen, Yoshizumi Azaka Seneï. Il ne s'agissait, en somme, que de perfectionner ce que Clown avait commencé à lui apprendre. Le sourire intérieur. La non-pensée. Mais cette fois par la voie de la sévérité. Il fallait méditer, à genoux, durant des heures, la conscience pleinement en alerte, mais sans penser à rien. En face, le maître zen veillait : sitôt que la moindre pensée traversait l'esprit de Jacques, il lui donnait un petit coup de bâton, pour rappeler, en riant dans sa barbichette : « No thinkin', hi hi hi ! No thinkin' » (ne par penser). Et, de nouveau, notre homme-dauphin s'étonnait de la prodigieuse capacité « télépathique » de certains êtres ; car le maître zen ne se trompait jamais.

Jacques a ouvert la « voie orientale » de la plongée en apnée à grande profondeur.

Ça commence comme un jeu. S'étant exercé avec Clown à évoluer sous l'eau le plus longtemps possible, le joyeux Marseillais étonna tout le monde, à la piscine de Miami, en restant cinq minutes (chrono !) sous l'eau, Un exploit. Il devint ainsi ami avec toute la communauté delphinienne locale, un réseau amusant, déjà bien branché sur les médias. Il y avait là Richard O'Barry, l'entraîneur des différents dauphins qui jouaient Flipper pour la télé — qui allait trente ans plus tard devenir le grand champion de la libération des dauphins captifs. Il y avait aussi Tarzan-Johnny Weissmuller, qui allait faire partie du jury, lors du premier record du monde de Jacques, en juin 1966, aux Bahamas :

60,358 mètres de profondeur !

(A l'époque, on était tellement persuadé qu'il s'agissait des limites extrêmes de l'homme qu'on avait commencé à mesurer en millimètres !)

Mais ni l'Amérique ni la France ne remarquèrent l'exploit de Mayol. Soixante mètres en apnée, ça valait pourtant bien des records d'athlétisme ! Mais... c'était quoi ce sport ? Alors qu'Enzo était déjà connu dans toute l'Italie.

Qui est Enzo ?

Enzo Majorca, le Sicilien de Syracuse ! L'homme avec qui Jacques Mayol allait livrer un incroyable bras de fer pendant un quart de siècle ! Jacques l'Oriental contre Enzo l'Occidental.

Longtemps, le Syracusin avait mené. Attention, Syracuse est la capitale de la Sicile *de l'Est*. Ça la rend grecque. Enzo se considère comme un citoyen de la Grande Grèce antique, matrice de l'Occident. Quand vous débarquez chez lui, dans le vieux Syracuse, il vous dit : « Il y a deux Siciles, celle du nord-ouest, carthaginoise, phénicienne, mafieuse : Palerme. Et celle de l'est, amoureuse de la beauté pure : Syracuse. »

Enzo est le héros de Syracuse. Dans la sobriété. Pas d'attroupement, pas d'autographes, mais quand nous descendons au grand café, tout le monde se tait avec respect, et quand nous passons devant la fameuse fontaine aux papyrus — de vrais papyrus, que les Syracusins entretiennent depuis trois mille ans — j'entends les gens autour de nous raconter, à voix basse, tous les détails de ses exploits à des visiteurs ignorants.

Itinéraire du plongeur occidental :

Enzo Majorca est né à neuf kilomètres de là, dans un village de pêcheurs. Son père cultivait les citronniers. Enzo était le leader des gosses. Tous nageaient comme des poissons mais lui, à seize ans, plongeait à trente mètres, quand les autres s'arrêtaient péniblement à quinze. Leur grande joie, c'était la chasse. Palmes, masques, harpons et parfois fusils sous-marins. Ils passaient des journées entières à traquer les daurades, les rougets, les poulpes, les murènes. Et Enzo était le meilleur.

En ce temps-là, à la fin des années quarante, au début des années cinquante, ça demandait plus de courage qu'aujourd'hui. Les pêcheurs, qui ne savaient pas nager, racontaient encore des histoires de requins et de pieuvres diaboliques, tout juste s'ils ne ressortaient pas les cauchemars du Moyen Age, quand on croyait qu'au-delà de quinze mètres sous l'océan, commençait l'enfer.

Ces petits Siciliens grandissent. Un jour, un étudiant du village lit, à voix haute, un article où l'on raconte que deux Italiens viennent de battre le record du monde de plongée en apnée. Deux Napolitains, Falco et Novelli. Ils sont descendus à quarante et un mètres. Brouhaha. Enzo réfléchit et dit : « Je peux faire mieux ! » Silence. Il mettra quatre ans à relever son défi.

Quatre ans d'entraînement spartiate. On est en 1960. Il a vingt-neuf ans. La Fédération italienne de plongée et d'activités subaquatiques a accepté sa candidature et, en septembre, devant un juge descendu du Nord, Enzo Majorca bat le record du monde de plongée en apnée, atteignant la profondeur de quarante-cinq mètres.

Vingt-huit ans plus tard, il me dit : « Ce fut l'une des épreuves les plus pénibles de ma vie. Quarante-cinq mètres, c'est un immeuble de douze étages, et je peux vous dire que ça pèse sur votre tête ! »

A l'écouter raconter ses records successifs, une certaine peur semble ne l'avoir jamais quitté. Ni la rage de vaincre cette peur. « Quand je plonge, dit Enzo, je suis un homme, juste un homme. Je ne me fonds pas dans le cosmos, moi ! Je suis là, lucide. » Il a le regard bleu acier (comme ses filles, Patrizia et Rosanna, championnes du monde de plongée en apnée, elles aussi, jusqu'au jour où l'« ex » de Mayol, Angela Brandini, les dépassera d'un coup de plus de vingt mètres). Je ne perçois qu'une minuscule gouttelette narquoise au moment où Enzo parle de « fusion cosmique », c'est-à-dire quand il parle de Jacques Mayol.

Pourtant, il ajoute aussitôt : « Quand je suis passé de la chasse sous-marine à la plongée en profondeur, j'ai brusquement basculé dans un autre monde. »

Enzo a définitivement rompu avec la chasse en 1965. Ce jour-là, il venait de harponner un gros mérou qui s'était réfugié dans une caverne.

Enzo tire sur le cordon comme un fou : la flèche tient bon, mais le mérou ne bouge pas ; il s'est gonflé comme une outre et colle à la caverne tout autour de lui. Alors, le jeune homme s'approche et glisse sa main droite entre l'énorme poisson et le rocher, pour essayer de le déloger (les mérous peuvent peser jusqu'à trois cents kilos). Soudain, la main ouverte du Sicilien frémit : à travers l'épaisse peau, il sent battre le cœur de l'animal blessé. Un choc terrible, le temps s'arrête. Enzo retire sa main, dévisse la flèche et, abandonnant la pointe dans les chairs du géant, il épargne sa proie et file chercher de l'air à la surface. Ça sera sa dernière pêche.

Quelques mois plus tard, un agaçant Français à petite moustache de séducteur lui rafle le titre de champion du monde qu'il détenait depuis cinq ans.

Alors commence l'hallucinant duel, qui va durer un quart de siècle, année après année.

Enzo plonge à soixante-quatre mètres.

Jacques à soixante-dix.

Enzo à soixante-douze.

Jacques à soixante-quatorze.

Soixante-quinze, soixante-seize...

Et tout d'un coup, ça va trop loin.

Imaginez que deux sprinters se mettent à courir le cent mètres en huit secondes, puis en sept, puis en six, alors que tous les autres resteraient loin derrière, collés entre neuf et dix. Il y aurait un malaise. Le seul autre concurrent sérieux de Jacques et Enzo, l'Américain Robbert Croft, a été définitivement éliminé de la course en 1968, à soixante-treize mètres...

Les médecins sont complètement dépassés. Ils constituent autour de Mayol, comme autour de Majorca, de petites équipes de chercheurs de pointe, en avance sur la faculté de plusieurs décennies. Aux étudiants, on enseigne encore que la limite des cinquante mètres représente un plancher absolu pour l'être humain en apnée. Plus profond, c'est la mort garantie, cage thoracique enfoncée par la pression. On ignore délibérément les deux lascars qui se rient des lois physiologiques et descendent toujours plus bas.

Plus ils vieillissent, plus ils rient, plus ils descendent profond. C'est anormal. Ça fait presque peur. Mais ça finit par attirer des chercheurs de pointe, qui vont faire sur nos deux hommes-dauphins-cobayes des découvertes prodigieuses.

Quelles découvertes ?

Eh bien, sans rire : l'être humain possède en lui tous les réflexes d'un mammifère marin.

Deux sont particulièrement importants :

La *bradycardie*, c'est-à-dire le ralentissement du cœur. Quand il descendra à cent cinq mètres, en 1983, le cœur de Jacques Mayol battra à quelque vingt coups par minute, au lieu de soixante-dix à la surface. En fait, dès que vous immergez vos lèvres dans un verre d'eau, ce mécanisme se met imperceptiblement en marche; mais il a fallu le pousser très loin pour qu'on s'en aperçoive.

Le *bloodshift* ou, comme disait Émile Guillerm, « l'érection pulmonaire » : le sang quitte la périphérie et les membres, pour aller se concentrer dans le cerveau et dans le cœur, ainsi mieux alimentés en oxygène, et aussi dans les poumons, où il provoque une sorte de congestion momentanée, destinée à combattre la pression.

« La première fois que j'ai ressenti le *bloodshift*, dit Jacques, c'était pendant que je m'entraînais aux Bahamas, en mai 1966. Je devais être à cinquante mètres. Tout d'un coup, une étrange euphorie m'a gagné. Je sentais nettement que ça provenait de l'écrasement de mon corps par ces millions de tonnes d'eau, et surtout sur mon diaphragme.

— En quoi était-ce un *bloodshift*, un brusque changement sanguin ?

— J'avais des fourmis dans tous les membres et, en même temps, soudain, un extraordinaire "second souffle" : c'était l'oxygène stocké au fond de mes cellules qui se libérait et venait secourir mon cœur et mon cerveau fatigués. »

D'où nous viennent ces réflexes, que Paul Bert découvrit chez le phoque et la loutre il y a près d'un siècle ? Du temps où nous étions poissons ? Du temps où, fœtus, nous baignions dans le liquide amniotique de nos mères ? Mais tous les mammifères ne semblent pas disposer de ces mêmes réflexes. Alors... ?

Revenons au duel de l'Occidental et de l'Oriental. Quelle que soit l'explication du *bloodshift*, les deux hommes, désormais largement quadragénaires, continuent de plonger de plus en plus profond. Tellement profond, et ils sont tellement uniques dans leur genre, que la CMAS (Confédération mondiale des activités subaquatiques) décide de ne plus homologuer les plongées des deux hommes comme des records sportifs, mais simplement comme des « phénomènes d'ordre expérimental ».

Pourquoi ? Peut-être parce qu'Enzo a eu un accident. Ça s'est passé pendant l'été 1974. Énervé par une collision, sous l'eau, avec un cameraman de la télé, le Sicilien a dû repousser sa tentative sept jours de suite. Finalement, il a battu le record prévu (86 mètres), mais il s'est payé une syncope, sept mètres avant d'atteindre la surface.

La technique d'Enzo Majorca y était-elle pour quelque chose ? Avant de plonger, les pieds vers le bas (chose assez étrange), Enzo fait de l'hyperventilation. D'abord au sec, puis dans l'eau, il respire très fort et très vite, ce qui oxygène ses globules rouges, mais surtout fait chuter leur teneur en gaz carbonique. Or, c'est ce taux qui, à partir d'un certain seuil, déclenche en nous le besoin de respirer. Par l'hyperventilation, Enzo repousse le plus tard possible le moment où le réflexe « envie d'air » se réveillera en lui, mais sans être pour autant assuré d'avoir assez d'oxygène jusqu'au bout. Enzo joue le forcing.

Son principal entraînement consiste à monter et à descendre un escalier de trois étages, chargé de trois grosses ceintures de plomb, à pas lents, sans respirer.

« C'est encore plus dur que sous l'eau, me dit-il, car sous l'eau vous êtes bien obligés de tenir, tandis que là il suffirait d'ouvrir la bouche pour respirer. Une terrible tentation. Il faut tenir. C'est comme ça qu'on se forge la volonté. »

Alors que Jacques prétend : « La première grosse erreur à éviter est de lutter contre les secondes qui passent. Dès qu'il y a lutte, il y a conflit, et donc contraction physique et psychique. Ce qui provoque l'effet contraire à celui que l'on cherche, c'est-à-dire baigner dans le flot des choses, s'y laisser transporter, en toute détente. Pour bien retenir son souffle, aussi paradoxal que cela puisse paraître, il ne faut pas penser à le retenir. Il faut le faire sans y penser. Il faut devenir l'acte lui-même. Comme un animal. »

La non-pensée, il en parle peu.

« Au fond de soi, me dit Jacques un jour, il y a le calme. Au fond du calme, il y a l'amour. Ce sont les dauphins qui me l'ont appris. C'est grâce à eux que j'ai battu tous mes records. »

Je connais des gens que ce genre d'affirmation horripile. Prétendre que les dauphins sont « en état de méditation permanente », ou qu'ils peuvent « décider de nous enseigner la non-pensée », sonne à leurs oreilles comme des abus de langage. De l'intox. De l'anthropomorphisme pur. Selon eux, il faudrait se contenter de ce dont on est mathématiquement sûr : nous sommes des êtres pensants et parlants, les dauphins non. A moins de prouver, scientifiquement, le contraire, en leur enseignant un langage compréhensible — ce que des dizaines de delphinologues tentent sans succès, depuis trente ans. Là, évidemment, on n'est plus dans la non-pensée. Plutôt dans la pensée-pensée !

Au temps où il travaillait en Floride, Jacques avait souvent tourné en frissonnant autour d'un des temples de la pensée-pensée.

« Un endroit sinistre, dont toutes les vitres avaient été peintes en noir. Ça s'appelait *Underwater*

Research Laboratory. On m'avait dit qu'un certain groupe de chercheurs américains y pratiquait des expériences épouvantables sur les dauphins. Deux fois je m'y étais présenté en "free lance", expliquant ce que je faisais au Seaquarium, espérant pouvoir en apprendre davantage. Deux fois on m'en avait sèchement interdit l'accès. »

Le patron du « sinistre bâtiment noir » s'appelait John Lilly.

En 1984, lors de notre conférence à Paris, Jacques et John se serrèrent la main pour la première fois. Il faut dire que, depuis l'époque du bâtiment noir, le froid Lilly avait suffisamment changé pour écrire des choses comme :

> Les cétacés peuvent être suspectés de connaître ce que nous appelons spiritualité et d'atteindre très facilement l'état dit *de méditation*. Si vous allez dans une mer chaude, avec un masque et des palmes, vous pouvez trouver cette dimension en vous tout aussi facilement. La plongée sous-marine met en transe. Peut-être est-ce seulement que nous sommes des bipèdes à mains préhensiles, victimes de la gravité, et qu'entrant dans un nouveau milieu, nous réagissons de la sorte à ce nouveau milieu. Quoi qu'il en soit, vous pouvez vous attacher à ces sensations, comme les plongeurs et les surfers l'ont montré. Mais si vous combinez plongée sous-marine et voyage spirituel, vous pouvez faire de rapides transitions, et comprendre les dauphins et les baleines très vite. En fait, nous pourrions accomplir cette transition tout seuls, même si les cétacés n'existaient pas ; mais je pense que nous avons besoin qu'ils nous disent ce qui s'est passé sur cette planète depuis ces millions d'années qu'ils y vivent. Ils y sont depuis beaucoup plus longtemps que nous...*.

« Ce qui s'est passé sur cette planète depuis des millions d'années » est une question que Jacques se pose en permanence, mais surtout pour la retourner vers l'avenir.

* Joan McIntyre, *Mind in the Waters, op. cit.*

Jacques Mayol est un évolutionniste pratiquant.

Il sait, avec Claude Bernard, Émile Guillerm et tous les grands physiologistes, que nos ancêtres sont « sortis de la mer en emportant avec eux leur propre aquarium ». La preuve : le sérum qui baigne l'intérieur de nos cellules a la même composition chimique que l'océan. Cela n'est pas un hasard. Nous sommes restés, intérieurement, des êtres marins. Pourquoi ne le redeviendrions-nous pas extérieurement ?

Jacques Mayol croit à l'*avenir aquatique* de l'homme.

C'est fou ce qu'en un siècle déjà nous avons changé vis-à-vis de l'eau. Rares étaient nos arrière-grands-parents qui savaient nager. Les paysans craignaient le moindre étang — la mort s'y tapissait forcément. Aujourd'hui, dans le monde entier, nous assistons à une ruée vers le monde aquatique... alors que, justement, nous entrons dans une grave crise de l'eau. Eau polluée, eau gaspillée, eau raréfiée...

C'est que nous n'avons pas encore muté, estime Jacques. Nous nous comportons vis-à-vis de la nature comme des porcs ignorants. *Homo delphinus*, lui, ne sera pas comme ça.

> Il sera calqué, écrit-il, sur les différents modèles vivants que lui offrent la nature et particulièrement l'un de ses plus proches cousins : le dauphin.
>
> Chez *Homo delphinus*, pas question d'interventions chirurgicales, pas question d'insertion de mécanismes artificiels, pas question de toute cette quincaillerie dont s'encombre l'*Homo industrialis*, pas question de drogues à double tranchant, pas question non plus de richesses à « exploiter », de « frontières sous-marines nouvelles à conquérir » [...] Cet homme aura compris qu'il n'est pas « étranger » à la nature, à l'océan qu'il respectera comme sa propre mère, à l'univers entier qu'il reflète en lui, comme le microcosme reflète le macrocosme. Tout en continuant à être avant tout « terrien », *Homo delphinus* ira faire des incursions de plus en plus prolongées au sein des mers, comme les Pygmées du Congo qui vivent en symbiose totale avec la grande forêt.

Vision idyllique. Hélas — car Jacques Mayol a aussi les pieds sur terre — il y a une contre-évolution :

> Parallèlement à *Homo delphinus*, l'homme robot, respirant des gaz de plus en plus compliqués ou transformé en monstre physiologique, continuera à exploiter les fonds sous-marins jusqu'à ce qu'il n'y reste rien.

Alors ?

> Alors, conclut laconiquement Mayol, un cycle s'établira, et *Homo delphinus*, parti plonger avec les rares dauphins, dans les profondeurs marines du grand large, y trouvera sa place.

Concrètement ?

Eh bien l'homme-dauphin Mayol, dès qu'il le peut, encourage les aventures à la Tcharkovsky. Ensemble, en 1991, nous sommes partis au Brésil, avec les membres du groupe belge Aquarius, jeter les bases d'une future maternité océanique, sur une île fréquentée par les dauphins depuis la nuit des temps. C'est le projet Aqua-Natal. En France, Jacques a plusieurs fois aidé son ami Denis Brousse à organiser des accouchements aquatiques — notamment celui de l'extraordinaire Brigitte Monteil, donnant naissance à un petit Jonathan dans l'eau glacée de Palavas-les-Flots*.

Jonathan est-il un mutant ?

Jacques Mayol se garde d'en dire davantage...

Ils sont quelques-uns comme lui, notamment en France, l'architecte Jacques Rougerie, par exemple, et son ami l'écrivain Hugo Verlomme, à penser que nous allons réellement devenir des « mériens ». Rougerie ne cesse, depuis vingt-cinq ans, de dessiner les épures des cités sous-marines, où habiteront les mutants imaginés par Verlomme. Ensemble, ils ont écrit un livre magique, *Les Enfants du capitaine*

* Nous en parlerons dans *Accouchements delphiniens*.

Nemo, qui s'applique à nous convaincre, faits à l'appui, que nous sommes effectivement en train de basculer dans une civilisation radicalement nouvelle.

Hugo Verlomme s'était déjà fait connaître par son roman *Mermère*, un grand classique de la mer. Vision fantastique des humains d'après la catastrophe, devenus mériens donc. Utopie pure. Utopie vitale.

Les Enfants du capitaine Nemo porte deux citations en exergue. La première est de Jules Verne :

> Tout ce qu'un homme est capable d'imaginer, d'autres hommes sont capables de le réaliser.

La seconde est d'Einstein :

> L'imagination est plus importante que le savoir.

Pour des hommes comme Jacques Mayol, Jim Nollman ou Hugo Verlomme, l'hiatus entre mythique et physique, entre observateur et observé, entre animal et homme semble évanoui.

Seulement voilà...

Flairant peut-être un obscur danger de glissade, mon bio-ordinateur personnel affichait de plus en plus souvent, en lettres rouges sur mon écran intérieur, une question simple :

« Vous parlez d'humains mutants ? D'hommes aquatiques ? De Mériens ? Mais attendez : ça évolue comment, scientifiquement, un être vivant ? »

Oh, la légende du Cherokee ne m'avait pas libéré de son étreinte — « nous sommes, me chantonnait sa voix, le rêve du dauphin ! ». Mais malgré l'indéniable force des différentes *leçons delphiniennes* accumulées au fil des années, malgré la direction assez nette vers laquelle elles semblaient toutes tendre, j'étais soudain pris d'un doute immense.

Qu'est-ce que tout cela voulait dire ?

Que la réponse aux problèmes des hommes gît au fond de notre corps ?

Je pris peur.

Pas seulement des possibles dérives fasciantes, pathologies sectataires et autres miasmes « surhumains ».

J'avais peur, je crois, de ne pas être physiquement à la hauteur. Peur de l'immense responsabilité que cela supposait. De l'immense jouissance aussi.

Et puis peur de trop me couper de mes contemporains et de leur mythologie à eux, la mythologie scientifique, leur fameuse façon matérialiste de voir le monde.

Les choses sont ainsi faites : je ne pouvais faire l'économie d'un nouveau passage par la science. Non plus science du cétacé, mais science du vivant dans son embrasure la plus large : science de l'évolution.

La vie évolue, certes, mais comment ? Et quel humain pourrait avoir l'audace de se croire capable d'influencer cette évolution ? Je savais que la guerre faisait rage entre darwiniens réformistes, darwiniens intégristes, darwiniens humanistes, darwiniens machinistes et darwiniens sociobiologistes, sans parler des anti-darwiniens de tout acabit. Certains allaient jusqu'à prétendre que l'évolution du vivant se poursuivait désormais à l'intérieur des ordinateurs. Je ne pouvais me retenir d'aller faire une enquête sur cette guerre-là.

Voici donc, ramassés dans le gros chapitre suivant, les éléments qu'allait m'apporter une longue enquête sur les derniers avatars de la théorie scientifique de l'évolution.

Troisième partie

LE VERTIGE SOLAIRE

1

Comment la science explique l'évolution

RAPPORT D'ENQUÊTE

A en croire l'opinion intellectuelle courante, l'écroulement du système communiste et l'expansion victorieuse du capitalisme auraient obéi à la loi darwinienne de survie du plus adapté : *survival of the fittests*. C'est que Darwin est très en vogue ces temps-ci, toutes disciplines confondues. Même nos neurones sont censés se développer selon sa vision, et l'on invite les ordinateurs à en faire de même. Ce continuum théorique est commode. Il donne parfois des résultats paradoxaux : l'idée que l'économie de marché, grande génératrice de technologies, serait un « état de nature » ne choque plus grand monde. On ajoute : « Hé oui, Adam Smith (le grand penseur du libéralisme) avait bien vu que la somme des égoïsmes servait mieux l'intérêt général qu'une planification volontariste. C'est la loi de la jungle. »

Mais qu'est-ce que la loi de la jungle?

Charles Darwin disait que le concours du hasard et de la nécessité avait eu pour effet de sélectionner les êtres vivants les plus adaptés. Mais qui sont les plus « adaptés » ?

Les plus costauds? Les plus rusés? Les plus souples? La réponse la plus rigoureuse est : les plus adaptés sont ceux qui survivent. Autrement dit : les survivants survivent. C'est la plus méchante boucle d'une vieille vision géniale, mais salement en crise.

Pas besoin d'enquêter des années pour découvrir

que si, paradoxalement, il est possible que les ordinateurs obéissent bientôt aux lois darwiniennes, en matière d'évolution du vivant par contre, ces mêmes lois pédalent aujourd'hui dans la choucroute. C'est ainsi : la seule grande théorie scientifique actuellement disponible pour expliquer comment la vie a évolué depuis ses débuts sur terre ne parvient pas à répondre à 90 % des questions que l'on se pose sur le sujet. Des questions toutes bêtes, du genre : comment le poisson a-t-il fait, concrètement, pour sortir de l'eau ? A quatre pattes ? Ou : comment un reptile a-t-il pu devenir un oiseau ? Réponse darwinienne classique : par accumulation d'une myriade de microchangements, dus au pur hasard, et ayant traversé avec succès le tri implacable de la sélection naturelle. Or ça ne marche pas.

Responsable numéro un de la crise : le *gradualisme*. Selon ce principe, toute l'évolution se serait exclusivement faite par accumulation successive de millions de milliards de minuscules microchangements. Pour Darwin, il était radicalement exclu qu'un animal ou une plante ait brusquement « muté » en un autre animal ou une autre plante (ne parlons pas du passage d'un règne à l'autre !) ; car la mutation, en supposant une harmonie entre plusieurs transformations simultanées, impliquait automatiquement une sorte d'intelligence planificatrice de l'animal ou de la plante, donc une intention, fût-elle inconsciente, bref un finalisme de la nature... donc un esprit. Or cela, il n'en était pas question alors que devait régner sur la science le matérialisme déterministe le plus mécanique. Hypothèse a priori irrecevable. Il fallait donc bien que l'évolution des formes vivantes ait été, et soit encore *graduelle*.

Tout de suite, pourtant, un triple obstacle :

* *Obstacle mathématique :* pour que l'évolution des formes vivantes se soit faite « purement par hasard », il aurait fallu des centaines ou des milliers de fois plus de temps que l'âge de la Terre elle-même. L'idée de très lente et très progressive modification des espèces aurait, de plus, nécessité des contextes

(géologiques, atmosphériques, climatologiques, écologiques, etc.) stables pendant de très longues périodes (de l'ordre du million d'années au minimum); or on sait aujourd'hui que ce type de stabilité n'a jamais duré plus du centième, voire du millième de la durée nécessaire : la Terre n'a jamais cessé de changer de visage et d'humeur, à un rythme rapide.

* *Obstacle logique :* si l'on comprend bien comment l'explication darwinienne s'applique aux différences légères séparant des espèces proches, par exemple entre le chien et le loup, en revanche les fossés entre les grandes catégories vivantes (entre batraciens et oiseaux, ou entre champignons et végétaux, ou entre grandes familles de mammifères) sont si vertigineusement profonds que nul ne peut dire par quels êtres étranges, voire absurdes, ils auraient pu être franchis. Exemple : même si la logique du saut n'est pas du tout celle du vol propulsé, admettons qu'un lézard sauteur, sautant de plus en plus haut, se soit peu à peu transformé en oiseau; quelle logique étrange pourrait expliquer que sa « voile » de peau se soit peu à peu fendue pour donner cette structure invraisemblablement composite qu'est l'aile à plumes (sachant que chaque étape intermédiaire devrait nécessairement être opérationnelle) ?

**Obstacle pratique enfin :* on n'a jamais trouvé, parmi les fossiles, la moindre trace de ces mystérieuses espèces intermédiaires entre les grandes catégories connues.

En fait, la plupart de ces objections étaient déjà connues du temps de Darwin, qui les mentionne d'ailleurs régulièrement tout au long de *l'Origine des espèces*.

En soi, bien qu'elle ait fichu un souk incroyable dans la civilisation occidentale du XIXe siècle, l'idée évolutionniste n'était pas fondamentalement neuve. Plus d'un siècle avant Darwin, des tas de naturalistes, considérant la vision biblique comme un mythe, avaient déjà parlé d'évolution. Mais la plupart d'entre eux pensaient que le moteur de celle-ci était une mystérieuse « force vitale », dont nul scientifique ne savait rien dire. Ce que Darwin apporta de radicalement neuf — et de scandaleux, dans une société encore imbibée de religion —, ce fut justement de balayer la mystérieuse vision « vitaliste », et de la remplacer par celle, purement matérialiste, du jeu combiné du hasard et de la nécessité.

En réalité, même cela n'était pas nouveau — déjà les Grecs présocratiques, Démocrite, Épicure, pensaient que la vie était un phénomène purement matériel, aveugle, qui modelait toutes les formes suivant des processus de flux physiques. Mais Darwin reprit l'idée en biologiste moderne, expérimental. Des années d'observation sur le terrain, en particulier en Amérique du Sud, à bord du célèbre *Beagle*, lui avaient fait rejeter toutes ses croyances de jeunesse. A l'époque où Marx rédige *le Capital*, le biologiste anglais a soudain une vision matérialiste fantastique.

La vie est un grouillement inimaginable ! La nature est généreuse jusqu'au gaspillage fou ; ses manières sont totalement redondantes ; elle se répète à l'infini, habitée par une énergie prodigieuse. Si l'on pouvait vivre un million de fois plus vite, on verrait quel mouvement brownien agite en permanence toutes les formes vivantes, au gré de milliards de microchangements accidentels (un siècle plus tard, la découverte du code génétique ADN apportera un substrat matériel à cette vision, génialement prémonitoire). Dans l'écrasante majorité des cas, on verrait que ces microchangements ne donnent rien. Telle une verrue, ils sont rabotés ; ou bien l'individu concerné, animal, champignon, plante, est éliminé, à la façon du cancéreux dont un organe a poussé trop loin la mutation accidentelle. Parfois pourtant, rarement, très rarement même, on verrait un microchangement donner, par pur hasard, une forme viable — une oreille un peu plus longue, une antenne vaguement plus recourbée, une nageoire légèrement plus épatée... des petits riens, mais apportant à leur « propriétaire », et donc à ses descendants, un léger avantage.

Si maintenant on accélérait le jeu, pensait Darwin, en vivant un milliard de fois plus vite que la normale, et si, à cette vitesse, on parcourait l'histoire du monde, on verrait, de milliards de microchangements en milliards de microchangements, un lent mouvement d'ondulation métamorphoser les espèces les unes dans les autres. On verrait comment, peu à peu, les poissons sont devenus des batraciens, les reptiles des mammifères, ou des oiseaux, et comment, au travers d'un brouillard de trillions de millions de milliards de micromutations ratées, toutes les formes vivantes viables ont peu à peu émergé, liées les unes aux autres en un seul et vaste fleuve : la vie !

Phénomène majestueux bien que, selon Darwin, parfaitement dénué de sens — il avoua un jour, dans une note griffonnée en marge d'une lettre de sa femme, que cela l'avait beaucoup fait pleurer. (Le drame de M. et de Mme Darwin ferait un magnifique roman : Charles, ex-bon chrétien naïf, découvre une force matérielle colossale, qu'il voit à l'œuvre, une force terriblement aveugle. Du coup, il s'extirpe à grand mal du Disneyland créationniste qu'est devenu le judéo-christianisme de son temps, devient un athée radical. Sa femme, restée une chrétienne pratiquante, continue à l'aimer et à lui faire confiance, persuadée qu'au bout de sa route, il la rejoindra. Et lui, ému aux larmes quand il y pense, n'ose pas lui avouer que ces retrouvailles ne viendront jamais.)

Le problème — revenons-y — c'est qu'on devrait trouver, parmi les fossiles, au moins quelques tronçons de mes longues chaînes reliant les espèces les unes aux autres. Or rien du tout : les grandes familles vivantes sont séparées par de gigantesques chaînons manquants.

A cette objection, Darwin répond deux choses.

D'abord il considère que les fossiles mis au jour représentent une portion tellement infime de tout ce que la vie a produit qu'il ne faut pas s'étonner de ne pas trouver 99 % des pièces du puzzle de l'évolution.

Puis il explique que les mutations se produisent toujours dans des petites populations isolées, en marge des grands troupeaux. Tel groupe de gros tapirs-fourmiliers se retrouve coincé par un tremblement de terre au bord d'une lagune isolée, régulièrement recouverte par les flots. Luttant durement pour sa survie, ce groupe parvient, par une succession de hasards, à s'adapter aux nouvelles conditions et donne peu à peu, en plusieurs millions d'années, une autre espèce, capable de vivre dans l'eau. Lorsque, plus tard, les paléontologues fouilleront le sol, ils ne trouveront évidemment aucune trace de l'héroïque petit groupe de tapirs-fourmiliers marginaux, mais uniquement des fossiles de leurs descendants ultérieurs, devenus à leur tour un grand troupeau stable, les cétacés...

Malgré le triple obstacle mentionné plus haut, la mutation, c'est-à-dire l'idée que l'on puisse passer brutalement d'une espèce à une autre, sans une infinité d'étapes intermédiaires, faisait, nous l'avons dit, profondément horreur à Charles Darwin. Pourtant, même certains de ses proches, prêts à se battre pour ses idées, estimaient qu'il avait tort de s'attacher si passionnément au principe gradualiste. Aujourd'hui, le grand paléontologue darwinien d'Harvard, Stephen Jay Gould, raconte que la veille de la publication de *L'Origine des espèces*, le 23 novembre 1859, Darwin reçut une lettre de son ami Thomas Huxley, lui disant : « Votre théorie est magnifique, mais vous vous êtes encombré d'une difficulté inutile en adoptant le *Natura non facit saltum* (la nature ne fait pas de saut) sans la moindre réserve. »

Pourquoi, demande Gould, faudrait-il que la vie soit forcément un processus continu, alors que tous les phénomènes physiques sont aujourd'hui décrits comme fondamentalement discontinus ? Pourquoi ne pas plutôt chercher à adapter la théorie de l'évolution à la réalité biologique telle que nous pouvons l'observer ?

Mal lui en prend ! Gould est aussitôt accusé d'hérésie par les darwiniens purs et durs, en tête desquels caracole le jeune et brillant zoologue d'O[illegible] Richard Dawkins. Auteur du *Gène égoïste* [illegible] de *L'Horloger aveugle*, Dawkins proclame que le gradualisme constitue l'essence même du darwinisme. Jetez-le à la poubelle et c'est toute la théorie matérialiste de l'évolution que vous fichez en l'air !

Dawkins, très friand de démonstration mathématique, cite volontiers la biologie moléculaire au secours de sa thèse. L'apparition de cette nouvelle discipline peut devenir décisive : puisque tous les êtres vivants sont codés au fond de leurs cellules, suivant un langage unique, celui de l'ADN, et qu'on sait aujourd'hui décrypter une partie de ce code, pourquoi ne pas comparer leurs molécules respectives pour essayer de mesurer la distance qui sépare deux espèces ?

Il serait trop ardu d'expliquer ici la méthode permettant de comparer deux chaînes d'ADN. La technique semble au point. Elle a déjà provoqué des révisions déchirantes — notamment dans l'appréciation de nos différents cousinages avec les grands singes, dont nous sommes incroyablement proches d'un strict point de vue génétique (mais par exemple moins proches que prévu de l'orang-outan, ou du gorille, davantage du chimpanzé, etc.). Maintenant, si l'on s'amuse à comparer l'ensemble des espèces vivantes connues (travail herculéen), les premiers résultats semblent donner étrangement tort au gradualisme des darwiniens purs et durs tels que Richard Dawkins. En effet, du point de vue des molécules d'ADN, tout se passe comme si chaque grande classe vivante était isolée, radicalement coupée de toutes les autres...

Si cette information se confirmait, elle constituerait une révolution copernicienne dans notre vision de l'évolution. Elle signifierait en effet qu'il y a de véritables fossés entre les grandes catégories vivantes. Autrement dit, que *Natura saltum facit*, que la nature fait des sauts. Comment ? Le mystère demeurerait entier...

Expliquons un peu mieux.

D'après les premières études globales de comparaison moléculaire, donc, on ne trouverait pas de classe intermédiaire, aucune catégorie partiellement incluse dans une autre. Aucun crescendo ni decrescendo. Par exemple, comparées à celle d'un insecte, les hémoglobines respectives du cheval, du pigeon, de la tortue ou de la carpe seraient rigoureusement équidistantes. Pourquoi ? Parce que tous les vertébrés formeraient un groupe « parallèle » à celui des non-vertébrés (dont font partie les insectes). De même, tous les mammifères seraient à « distance moléculaire constante » des reptiles — aucun mammifère ne serait plus proche des reptiles qu'un autre. Et si vous considérez le groupe « reptiles + mammifères », tous ses membres se tiendraient à leur tour à égale distance des batraciens. O.K. ? Prenez les poissons : aucun poisson osseux ne serait « moléculairement plus proche » d'un poisson cartilagineux qu'un autre ; ils formeraient deux groupes parallèles.

L'un des grands experts ès comparaisons moléculaires qui disent aboutir à ces résultats, Michael Denton, dirige le Centre de recherche en génétique humaine de Sydney, en Australie. Denton est frappé par le fait que les « cercles » dans lesquels les comparaisons biomoléculaires regroupent les êtres vivants correspondent souvent aux grandes catégories que les collections des nomenclaturistes des XVIIIe et XIXe siècles (Linné, Cuvier, Goethe...) étaient en train de modestement dégager — en se basant essentiellement sur les morphologies — lorsque avait déboulé le typhon darwinien, qui avait relégué toutes ces catégories aux oubliettes.

En 1985, Michael Denton crache le morceau : Stephen Jay Gould a raison de dire qu'il faut revenir d'urgence sur le principe erroné du gradualisme. Mais il ajoute aussitôt : Richard Dawkins n'a pas tort non plus quand il prétend que le gradualisme constitue la clé de voûte du darwinisme.

En un mot, voici le darwinisme contesté dans sa légitimité centrale.

Le darwinisme est devenu une pure idéologie. S'il

> tient toujours le haut du pavé, c'est parce qu'il n'y a encore rien pour le remplacer. Nous nous trouvons, en biologie, dans la situation des astronomes du temps de Tycho Brahe, juste avant Copernic, quand la théorie officielle prétendait toujours que la Terre était le centre de l'univers, et qu'il fallait se livrer à des calculs de plus en plus tordus pour faire coller cette théorie avec les observations empiriques*.

Suivons Denton trente secondes. D'où pourrait arriver le « Copernic de la biologie », de quelle découverte ? Si la nature fait des sauts, c'est-à-dire si l'évolution opère par mutation, quelles lois les gouvernent ? Le généticien n'en sait rien. Il remarque simplement que la méthode de comparaison biochimique a tendance « à situer les espèces vivantes les unes par rapport aux autres dans un ordre circulaire plutôt que séquentiel ». C'est vague. Mais à la fin de son livre, quand il s'interroge sur « l'énigme de la perfection », c'est au fond de la cellule que Denton se retrouve :

> Imaginons que nous puissions visiter l'une de nos cellules. Nous serions les spectateurs d'un objet semblable à une immense usine automatisée, une usine plus grande qu'une ville et capable de remplir autant de fonctions que toutes les activités industrielles de l'homme sur la Terre. Ce serait cependant une usine dotée d'une capacité sans précédent, car elle serait capable de dupliquer sa structure entière en l'espace de quelques heures. Assister à une telle opération agrandie un milliard de fois serait un spectacle grandiose !

La théorie qui pourrait détrôner le darwinisme viendrait-elle de la microbiologie ? Peut-être bien. Mais là, surprise !

La nouvelle voie microbiologique de l'évolution a en effet déjà été ouverte. Mais par une darwinienne !

Lynn Margulis, directrice de recherche à l'univer-

* Michael Denton, *L'Évolution, une théorie en crise*, Champs-Flammarion, 1985-1988.

sité du Massachusetts, femme remarquable d'audace et même d'insolence, ne jure en effet que par le vieux Charles, dont elle se dit capable de totalement réinterpréter les grandes stratégies de l'évolution. Qu'a-t-elle donc découvert ?

La force de l'ex-épouse de l'astrophysicien Carl Sagan, c'est qu'au lieu de remonter, comme tous les spécialistes de l'évolution, à « l'explosion du Cambrien » (c'est-à-dire au démarrage de la plupart des grandes espèces connues, il y a six cent cinquante millions d'années), elle place d'emblée sa recherche trois milliards d'années plus tôt, à « moins trois milliards six cents millions ». Oui, carrément ! D'après elle, c'est là que se cache le secret de l'évolution.

Pendant vingt ans, des années soixante aux années quatre-vingt, Lynn Margulis a dû se battre contre un establishment féroce. Aujourd'hui, sa théorie de l'origine symbiotique des espèces est presque officielle.

« Traditionnellement, dit-elle, on passe rapidement sur toutes les formes de vie "inférieures", "sans intelligence", qui nous ont précédés dans l'évolution. Malheureusement, cette immense fierté humaine se révèle pure vanité à la lumière du chambardement qui a eu lieu, depuis trente ans, en microbiologie. »

Que s'est-il passé ? On a découvert, dans certaines roches d'Afrique du Sud ou du Canada, des fossiles de bactéries datant d'il y a trois milliards et demi d'années, donc beaucoup, beaucoup plus vieilles que prévu. Leur étude a confirmé que les bactéries sont non seulement indispensables à toute forme de vie, mais qu'elles nous constitueraient, de pied en cap. Oui, nous ! Nous serions en quelque sorte, vous et moi, des assemblages de milliards de bactéries ! Et Margulis en tire tout de suite une première provocante conclusion : tous les organismes qui vivent à une même époque sont pareillement évolués.

Comment cela ?

« Eh bien, dit-elle, le transistor est-il "plus évolué" que le poste de télévision qu'il permet de fabriquer ? Non, évidemment. Quand on réalise cela, on ne peut plus mesurer l'évolution de façon linéaire, du plus simple vers le plus complexe. En réalité, les organismes les plus simples et les plus anciens ne sont pas seulement nos constituants basiques, ils sont aussi parfaitement aptes à se développer et à transformer toute la planète dans une direction inédite, si jamais nous, "formes supérieures de la vie", étions assez fous pour nous éliminer nous-mêmes. »

Lynn Margulis est décidée à chambouler nos modes de pensée. Elle n'hésite pas à parler de la « sagesse » des bactéries. Selon elle, la vie ne se serait pas répandue sur la planète par la guerre, mais par le tissage de réseaux de coopération. Ainsi beaucoup de plantes ne peuvent pas vivre sans la présence dans leurs racines de bactéries, seules capables d'assimiler l'azote. Et nous, nous ne pouvons pas vivre sans l'azote de ces plantes.

Ni les vaches ni les termites ne sauraient assimiler la cellulose du bois ou de l'herbe, sans les communautés de bactéries qui s'en occupent pour elles, nichées à l'intérieur de leurs appareils digestifs.

Ou bien, prenez les membres d'une communauté végétale : ils dépendent énormément les uns des autres pour leur survie. Dans la forêt, par exemple, tous les arbres sont directement connectés aux champignons qui poussent à leurs pieds, en longs filaments très fins, étroitement entremêlés aux radicelles. Ces radicelles sucent les champignons et en tirent des tas d'éléments nutritifs, du phosphore, de l'azote ou du soufre. Sans les champignons, les arbres mourraient par manque d'éléments minéraux. En échange, les arbres nourrissent les champignons en eau sucrée. Mais si un arbre n'obtient pas assez de phosphore de ses filaments de champignons, il le signale en leur fournissant moins d'eau sucrée. Du coup, les champignons sont poussés à produire plus de phosphore et sont récompensés par davantage d'eau sucrée.

On peut multiplier les exemples à l'infini. Regardez un termite du désert. Dans son intestin vivent des millions de petites bêtes monocellulaires appe-

Trichonympha ampla. A la surface de chaque *Trichonympha*, vous avez des milliers de bactéries à fouet, des spirochètes. A l'intérieur de chaque spirochète, d'autres bactéries, plus petites, ont développé tout un univers... sans lequel le termite, incapable de digérer la cellulose du bois, mourrait de faim. Le termite est obligé de coopérer avec son zoo intérieur.

Les microbes utiles sont beaucoup plus nombreux que les néfastes. Les muqueuses de notre bouche et de nos intestins sont couvertes de bactéries sphériques et fibreuses qui vivent dans de microscopiques chaînes de montagnes et fabriquent des vitamines B et K dont nous avons grand besoin. En échange de leur coopération, ces « germes » flottent dans le fleuve incessant de nourriture délicieuse que nous leur fournissons à notre insu. Etc., etc.

Vous savez que ce type d'interdépendance entre deux ou plusieurs organismes ne formant plus qu'une seule communauté est appelé *symbiose*, et que les partenaires sont des *symbions*. Eh bien cette symbiose et ces symbions seraient beaucoup plus importants que ce qu'on imaginait autrefois. Lynn Margulis pense même qu'ils constituent la clé de toute l'évolution de la vie.

L'idée de Margulis fait grand bruit depuis quelque temps dans la communauté scientifique : le moteur de l'évolution ne serait pas tant la rencontre aveugle du hasard et de la nécessité, que la fantastique créativité de millions d'espèces symbiotiquement emboîtées les unes dans les autres et découvrant sans cesse de nouvelles manières de coopérer. De temps à autre, cette coopération deviendrait si intime et si vitale qu'elle déboucherait sur une fusion des cellules des deux espèces, donnant naissance à une nouvelle espèce, radicalement inédite. Une « chimère ». Le moteur de l'évolution ne serait pas tant une bataille sanglante, dans laquelle les plus costauds, ou les plus vicieux, survivraient sur le dos des autres : coopérer serait en réalité plus important que se battre.

On sait aujourd'hui, dans la théorie des jeux, que

ce sont les stratégies « douces », avec recherche sincère de coopération, qui l'emportent systématiquement sur les stratégies « violentes » et même sur les stratégies « rusées », dont les acteurs font semblant de coopérer mais au dernier moment trichent. Le politologue Robert Axelrod a simulé l'évolution en mettant en compétition toutes sortes de stratégies, et en augmentant à chaque génération le nombre de joueurs appliquant les stratégies les plus performantes. Au bout d'un certain temps, les stratégies les plus impitoyables s'étaient toutes fait éliminer. Axelrod en a conclu que, dans un jeu à somme non nulle (plusieurs gagnants possibles), la coopération augmente avec le temps. Eh bien, dans la nature, ce serait pareil : les organismes qui travaillent ensemble l'emporteraient toujours sur ceux qui se débrouillent tout seuls. Un organisme ultrapuissant qui détruirait tous ses voisins détruirait du coup son environnement et se détruirait donc lui-même. On sait qu'en écologie la « coopération » globale se fait par partage des *éco-niches*... Mais revenons aux bactéries.

En fait, les bactéries et leur évolution sont si importantes que les deux grands règnes du vivant ne sont pas, comme on le croit souvent, les plantes et les animaux, mais les *procaryotes*, organismes unicellulaires sans noyau, tels que les bactéries et certaines algues, dont le petit bagage génétique se balade en vrac dans la cellule ; et les *eucaryotes*, c'est-à-dire tous les autres êtres vivants (des amibes à nous), dont le gros matériel génétique est enfermé dans un sac spécial, le noyau.

Les océans de la Terre étaient encore acides et brûlants quand les premiers procaryotes y sont apparus. Pendant deux milliards d'années, il n'y a eu que ça : bactéries et algues bleues.

« Et elles ont tout inventé ! s'écria Margulis avec enthousiasme. Les bactéries ont créé l'atmosphère, modelé la surface de la terre, sur des kilomètres d'épaisseur. Elles ont mis au point des systèmes chimiques ultra-miniaturisés, inventé la fermentation, la photosynthèse, la respiration oxygénée, l'assimilation de l'azote... Des trouvailles géniales que l'homme est encore très loin de savoir imiter.

« A l'inverse, il faut avouer que toute cette créativité des procaryotes a également conduit à une série de crises mondiales terribles : famine, pollution planétaire, hécatombe...

— Provoquées par leurs activités ?

— Oui. Au départ, il y a deux sources de nourriture essentielle, le carbone et l'hydrogène. A partir du moment où tout l'hydrogène libre de l'atmosphère a été consommé, de très rusées bactéries bleu-vert se sont débrouillées pour utiliser l'énergie solaire à briser les molécules d'eau en hydrogène et en oxygène. Du coup, il n'y a plus eu de problème de nourriture hydrogénée. Mais il se trouve que l'oxygène libéré en même temps constituait, lui, un poison violent pour la plupart des bactéries (pensez à l'eau oxygénée que nous utilisons pour tuer les bactéries d'une plaie). Au bout de quelques centaines de millions d'années, cet oxygène a tout pollué, et provoqué un véritable génocide ! Les bactéries ont su s'en sortir de justesse. Mais pour ça, elles ont dû faire preuve d'une inventivité géniale.

— Concrètement ?

— Gouvernée par sa macromolécule d'ADN, la cellule vivante pouvait faire des copies d'elle-même, et ainsi défier la mort, en se reproduisant. Elle pouvait aussi s'adapter à de petits changements de contexte, en transformant certaines mutations aléatoires de cet ADN en potentiels de survie. Mais pour des changements de contexte importants, comme la terrible pollution oxygénée, ça ne suffisait pas. Il a fallu faire appel à une seconde dynamique d'évolution, fantastique, récemment découverte par la microbiologie. Une sorte de génie génétique naturel. »

Les bactériologues en avaient l'intuition depuis longtemps. Voilà cinquante ans qu'ils observaient, dans leurs laboratoires, des procaryotes en train de se transférer des bouts de matériel génétique les uns aux autres. A tout moment, une bactérie d'une espèce peut en effet se servir de gènes appartenant à une bactérie d'une autre espèce, pour remplir des fonctions que son propre ADN ne possède pas. Parfois, ces bouts de matériel génétique, provisoirement empruntés, ces « réplicons », se combinent avec les gènes propres de la bactérie, donnant naissance à une nouvelle espèce.

« C'est ce qu'on appelle, au sens strict, un processus sexuel, dit Margulis. Si nous étions dotés du même pouvoir, nous pourrions, en un clin d'œil, nous faire pousser des défenses d'éléphant ou dégager un parfum de rose, rien qu'en empruntant un gène à un pachyderme, ou à une rose ! »

On ne comprend pas encore bien les mécanismes de ces « échanges standards », mais leurs conséquences sont indéniables : on peut dire qu'à tout moment une bactérie quelconque de la planète dispose d'un gigantesque « pool mondial de mécanismes d'adaptation » dans lequel elle peut puiser à sa guise. Le règne bactériel fonctionne comme un seul et gigantesque réseau de solidarité mondiale. La vitesse à laquelle celui-ci permet à ses membres de recombiner leurs gènes est faramineuse.

Heureusement pour nous. Parce que, toujours à en croire Lynn Margulis, ce seraient les bactéries qui maintiendraient tous les grands équilibres de la biosphère : température, composition de l'air, salinité des mers, etc. Le réseau d'échanges « internationaux » ultrarapide des bactéries nous serait vital !

« Comment font-elles ?

— Prenez nos termites : après avoir digéré le bois, grâce à leurs bactéries, elles rejettent du méthane. Tout se passe comme si la "fonction" de ce méthane était de maintenir le taux d'oxygène de l'atmosphère à 21 % — vous savez que, s'il y avait 25 % d'oxygène dans l'air, tout brûlerait ; s'il n'y en avait que 17 %, aucune combustion, aucune respiration ne serait possible. On a découvert que l'oxygène atmosphérique de la Terre était "miraculeusement" maintenu en homéostasie à 21 %. Comment ? Grâce, pensons-nous, à l'activité incessante de millions de milliards de bactéries productrices de méthane... La vie n'est pas passive. Elle modifie sans arrêt son environnement pour conserver le système en homéostasie.

— Une régulation planétaire globale "inconsciente" ?

— Nous-mêmes, nous fonctionnons surtout de façon inconsciente, non ? Notre cœur bat, nos cellules respirent, sans que nous ayons à nous en préoccuper. De la même façon, "sans le savoir", les bactéries ont constitué entre elles les grands systèmes interconnectés qui gouvernent la planète. »

Lynn Margulis est coauteur, avec James Lovelock, de la célèbre *Hypothèse Gaïa*, selon laquelle la biosphère terrestre se comporterait comme un seul gigantesque être vivant. Un géant autorégulé par ses bactéries. Drôle de vision : entre le microcosme et le macrocosme, il y aurait une myriade de liaisons invisibles. Et nous, humains qui vivons juste entre les deux, nous serions nous-mêmes des colonies de bactéries.

Cependant, si géniaux soient-ils, les transferts génétiques bactériels ne suffisent pas à expliquer l'évolution de toutes les formes primitives de vie. Margulis fait alors intervenir une troisième stratégie d'adaptation, récemment découverte par la microbiologie.

Prenez les mitochondries. On trouve ces minuscules sacs à l'intérieur de toutes nos cellules. Bien que situées à l'extérieur du noyau, les mitochondries disposent de leurs propres gènes, composés de leur propre ADN. Elles ont aussi leur mode particulier de reproduction — par simple division — et s'en servent indépendamment de la cellule dans laquelle elles se trouvent. Bref, elles se comportent exactement comme si elles étaient des corps étrangers à l'intérieur de nous (nous n'héritons d'ailleurs que de celles de notre mère, ce qui est très commode pour retracer des généalogies). Pourtant, sans elles, aucune cellule de plante, ni d'animal ne pourrait respirer : dans la cellule, les mitochondries seules savent transformer l'oxygène en énergie.

Pour expliquer ce phénomène, les microbiologistes en sont arrivés à élaborer un incroyable scénario : les mitochondries de nos cellules pourraient être les descendantes des premières bactéries consommatrices d'oxygène, qui nageaient dans l'océan, il y a plus d'un milliard d'années. A un moment donné de l'évolution, elles auraient passé alliance avec d'autres micro-organismes et se seraient logées à l'intérieur de ceux-ci, les pourvoyant en énergie tirée de l'oxygène en échange du gîte et du couvert. De cette symbiose auraient émergé des êtres nouveaux plus complexes, fonctionnant à l'oxygène, dont nous serions les colonies des descendants de descendants...

« Il y a des tas d'autres exemples d'alliances devenues structurelles, poursuit Margulis. Les cellules qui tapissent notre rétine ressemblent étrangement à une certaine algue rouge monocellulaire des mers du Sud. Les cellules de notre gorge, dont le flagelle bat continuellement, ou bien les spermatozoïdes, présentent des ressemblances troublantes avec un groupe de microbes très connus... »

En France, le biophysicien Marcel Locquin compare nos neurones à certains champignons. Lynn Margulis pense pour sa part que l'ancêtre du neurone est une bactérie de la famille des spirochètes, des serpentins ultramobiles. On peut multiplier les exemples.

Il s'agirait d'un mécanisme d'évolution beaucoup plus rapide que la fameuse « mutation accidentelle » qui, à elle seule, avec sa grande part de hasard, a toujours été incapable d'expliquer comment on aurait pu passer d'une espèce à une autre, très différente. La nouvelle théorie nous indique donc comment une alliance symbiotique peut se stabiliser et déboucher sur un être nouveau, beaucoup plus complexe. Cet être serait plus que la somme de ses parties — il deviendrait plutôt quelque chose comme *la somme des possibilités de combinaisons de ses parties*. Ce genre d'alliance devenue définitive aurait poussé l'évolution dans des directions totalement imprévues.

Par exemple, donc, nous pourrions nous considérer nous-mêmes comme le résultat de milliards d'années de symbioses accumulées ! La vision est assez probante : notre corps contient toute l'histoire de la Terre ; à l'intérieur de nos cellules, nous avons un environnement, riche en carbone et en hydrogène, qui ressemble à s'y méprendre à celui qui régnait sur cette planète quand la vie y a commencé. De même, la composition aquatique salée du protoplasme cellulaire est précisément celle des premiers océans...

En écoutant et en lisant Lynn Margulis, je dois avouer que je pensais souvent, non sans une certaine délectation, à Rupert Sheldrake et à ses idées sur les champs morphogénétiques et sur la résonance morphique. Vous souvenez-vous de cette hypothèse révolutionnaire, qui a commencé à défrayer la chronique scientifique au début des années quatre-vingt ? Ce jeune biologiste britannique quelque peu hérétique avait été frappé par l'incapacité des sciences actuelles à expliquer les formes vivantes. Même les généticiens de pointe ne peuvent pas vous dire pourquoi votre visage conserve sa forme, alors que les cellules qui le composent changent sans arrêt. Programme génétique ? Sans doute, mais comment une cellule du bout de mon nez *sait-elle* qu'elle est au bout de mon nez, et non pas dans mon foie ou dans mon oreille ?

Ayant longuement traqué les alternatives possibles, Sheldrake avait abouti aux fameux « champs morphogénétiques » — jadis connus sous le nom d'ondes de formes, mais largement mises à jour et enrichies par le diplômé de Cambridge. Selon cette hypothèse, toutes les formes que la nature engendre — cristallines ou vivantes, aussi bien que mentales ou comportementales — devraient leur existence à des champs de nature transtemporelle et non énergétique, avec lesquels tout embryon de forme entrerait en résonance. En retour, plus une forme se matérialiserait, plus son champ serait puissant. Une correction très pragmatique, très british (« la lumière, dit Sheldrake, va à 300 000 km/s parce qu'elle en a pris l'habitude ») de la vision platonicienne, où les archétypes divins seraient sans cesse reprofilés par leurs manifestations terrestres.

Malgré plusieurs expériences probantes (sur les cristaux, sur les devinettes, sur les berceuses), l'hypothèse de Sheldrake n'a toujours pas été scientifiquement prouvée. Peut-être ne le sera-t-elle jamais, car on ne parvient pas à la « falsifier » — c'est-à-dire à trouver une démonstration dont l'issue négative prouverait qu'elle est fausse. Mais elle a, reconnaissent les chercheurs ouverts, une immense valeur *heuristique* : en d'autres termes, elle fait gamberger ! Appliquée à l'évolution des espèces, c'est un régal, en particulier dans le domaine des « chimères », où nous conduisent les recherches de Lynn Margulis. Si l'hypothèse du biologiste de Cambridge dit vrai, un embryon mutant pourrait « emprunter », par simple résonance morphique (trans-spatio-temporelle), toute une partie d'un autre être vivant, une paire de pattes, une paire d'antennes, un dessin d'aile, la morphologie d'un pistil, d'un œil, d'une graine, d'une nageoire, d'une trachée, d'un sabot... L'hypothèse de Sheldrake pourrait également expliquer le mystère des convergences de formes — pourquoi un puma et une panthère se ressemblent alors que leurs ancêtres sont différents... Mais revenons aux recherches de la microbiologiste du Massachusetts.

Aujourd'hui membre éminent de l'Académie américaine des sciences, Lynn Margulis n'en est pas moins restée rebelle, indépendante jusqu'aux limites de la dissidence. Provocatrice, elle aime dire que nous sommes les cités géantes des bactéries, dirigées par elles ! Ce seraient elles qui nous feraient construire nos machines dans le seul dessein de les servir — par exemple, nous construisons des fusées pour pouvoir un jour exporter la vie, c'est-à-dire des colonies bactérielles, vers d'autres planètes! Margulis a rédigé des nouvelles de science-fiction sur ce thème, consignés par Dorion Sagan — l'un des enfants qu'elle a eus de l'astrophysicien Carl Sagan.

Fabuleux scénario de SF, en effet. Mais que devient le vieux Darwin dans cette histoire? N'avons-nous pas largué sa théorie en route?

Lynn Margulis prétend qu'elle se situe toujours dans le cadre du darwinisme. Pourtant, elle parle de la « sagesse des bactéries », de leur « fonction respiratoire biosphérique », comme si toute l'évolution s'inscrivait dans un vaste plan intelligent, idée anti-darwinienne au possible. « Rien de mystique là-dedans, assure-t-elle, juste une très grande modestie vis-à-vis des bactéries. » En fait, la microbiologiste américaine vole au secours de la théorie darwinienne en l'affublant d'une innovation si énorme — la loi de la jungle, ce serait la coopération, les bactéries l'auraient compris trois milliards d'années avant les hommes! — qu'on peut se demander ce qu'en aurait pensé le vieux Charles.

Car s'il y a une notion à laquelle Darwin et tous les biologistes matérialistes s'opposent farouchement, c'est bien le finalisme, l'idée qu'une évolution quelconque puisse avoir lieu « dans l'intention » d'aboutir à tel ou tel but. Or, à écouter Lynn Margulis nous parler de la vie terrestre, il s'agirait d'un gigantesque être vivant, télécommandé par un inextricable réseau de bactéries...

Elle éclate de rire : « Darwin lui-même ne connaissait évidemment rien aux grands mécanismes génétiques et symbiotiques dont nous parlons, et il ignorait tout de la théorie des systèmes, qui n'est apparue qu'à la fin des années trente. Pourtant, un siècle avant qu'on ne découvre l'ADN, il avait eu le génie d'écrire des choses comme ceci :

> *Nous ne pouvons pas sonder la merveilleuse complexité d'un être organique. Selon mon hypothèse, celle-ci est beaucoup plus grande qu'on ne le croit. Chaque être vivant doit être considéré comme un microcosme — un petit univers, abritant toutes sortes*

d'organismes auto-propulsés, inconcevablement petits et aussi nombreux que les étoiles du ciel.

— Vous voulez dire qu'il n'était pas aussi mécaniste que ses disciples...

— Quand je préparais mon doctorat, deux théories étaient considérées comme totalement loufoques : la dérive des continents et l'origine symbiotique de la cellule vivante. Aujourd'hui, grâce au travail pratique, sur le terrain, ces théories sont devenues des évidences magistrales — ce qui n'est d'ailleurs pas sans danger : la microbiologie doit rester un art pratique, manuel, pas une science au sens de dogme. Darwin a développé sa théorie à partir de ce qu'il a vu sur le terrain. Mais ensuite, pour ses disciples (et jusqu'à nos ingénieurs généticiens), la tentation a été immense de tout figer et de placer l'homme au sommet d'une "échelle" évolutionniste linéaire, et même de croire qu'avec le langage et la technologie, nous avions en quelque sorte "échappé aux lois de l'évolution". D'éminents scientifiques, Francis Crick par exemple, sont persuadés que la vie est un phénomène si miraculeux qu'elle ne peut être d'origine terrestre, qu'elle doit provenir d'une autre région de l'univers. Ces gens-là sous-estiment considérablement les capacités de notre planète.

« Moi, je prétends que l'intelligence et la technologie sont des propriétés du microcosme. A mesure que les hommes abandonneront leur point de vue défensif et médical sur les microbes, ils les considéreront comme leurs ancêtres, leurs aînés planétaires : ils se mettront à les respecter. Les bactéries ont inventé la roue — et même le moteur rotatif protonique ! Elles se comportent non seulement comme des êtres hautement socialisés, mais aussi comme une sorte de démocratie mondiale décentralisée. Ce sont des cellules qui restent fondamentalement disjointes, mais qui peuvent aussi se connecter et échanger des gènes. Nous-mêmes, les humains, nous demeurons, par nature, séparés les uns des autres, mais nous pourrions nous relier et échanger des connaissances avec d'autres, très différents de nous-mêmes. En prendre conscience pourrait nous faire faire un pas de plus vers l'antique sagesse du microcosme. »

Anthropocentrisme délibéré? Ici, il devient carrément parabole. L'inventivité, la créativité, l'adaptabilité, l'esprit de coopération, voilà, nous dit Margulis, les caractéristiques de la vie. Une intelligence prodigieuse! (Un exemple parmi les dizaines qu'elle cite; le squelette et les dents sont composés de substances qui, à l'origine, étaient excrétés comme déchets. La vie les a recyclés!)

Alors, bien sûr, on ne sait toujours pas comment se seraient produits, dans ce contexte, les mystérieux grands sauts dont nous parlions plus haut — entre le poisson et le batracien, par exemple, ou entre le reptile et l'oiseau, ou entre le reptile théromorphe et le mammifère, entre le tapir-fourmilier et le cétacé, etc.

« Il y a un milliard d'années, se contente de répondre Lynn Margulis, les premiers animaux ont dû être des amas multicellulaires qui se distinguaient des autres par la coordination plus grande entre leurs cellules et leurs groupes de cellules, coordination qui a fini par atteindre une maîtrise telle qu'il est difficile d'imaginer que ces cellules provenaient en réalité, à l'origine, de populations de microbes étrangers les uns aux autres. »

Poussez le raisonnement quelques centaines de millions d'années plus avant, et vous débouchez sur une vision prodigieuse : *nous portons l'univers entier dans notre corps!* Ce n'est pas une allégorie, la formule est à comprendre au sens propre! Hormis l'hydrogène, matière primordiale de l'univers dont nous sommes faits en grande partie, nos atomes proviennent du cœur des étoiles (seules capables de transmuter l'hydrogène en d'autres corps par fusion thermonucléaire). Mais nous contenons aussi les océans de la Terre primitive. Les bactéries, première forme de vie, ont servi de patron aux briques élémentaires de nos cellules. Ces dernières sont bâties, tantôt comme des algues, tantôt comme des champignons, tantôt comme des protozoaires... Toutes les étapes du vivant survivent en nous, articulées en une fantastique combinaison, jusqu'à notre cerveau, stratifié, on le sait, en sous-couches « reptilienne », « mammifère » et enfin, tout au bout, superposée au reste, « néocorticale humaine ».

Bref, s'il reste de gigantesques fossés à enjamber pour expliquer comment ces combinaisons ont pu s'arranger, à des niveaux de plus en plus complexes, de plus en plus intégrés, il n'empêche que les découvertes de Lynn Margulis, les visions qu'elle en tire, sont impressionnantes. L'évolution met visiblement en branle des processus beaucoup plus fous, plus imaginatifs, plus drôles, plus généreux que tout ce que nous avions imaginé depuis Darwin.

Mais alors pourquoi prétendre rester fidèle au cadre darwinien, archi-réducteur, du hasard et de la nécessité ?

Pour ne pas se risquer hors du matérialisme classique ?

Par peur de donner des arguments aux créationnistes ultradébiles qui hantent l'Amérique, avec leurs schémas bibliques, dont ils ne comprennent pas qu'ils constituent le regard d'un enfant sur la création (voir toute l'œuvre de Dolte) ?

Surtout, je crois, par respect pour un état d'esprit scientifique alliant le génie visionnaire et une très grande rigueur. A l'époque de Charles Darwin, il fallait sans doute lancer le balancier vers la matière, et oublier un peu l'esprit. Darwin ne pouvait se douter que les lois scientifiques de la matière seraient elles-mêmes un jour aspirées dans un tourbillon immatériel vertigineux, aux antipodes des visions du XIXe siècle. Lui qui imaginait son « grouillement de vie » installé dans des contextes équilibrés pendant des périodes très longues, qu'aurait-il pensé des *structures dissipatives*, c'est-à-dire de la théorie de l'auto-organisation spontanée du monde, dont la thèse centrale tient en ces mots : quand règne le chaos, l'ordre jaillit spontanément du désordre ; le chaos, le non-équilibre, l'aléatoire, l'imprévisible constituent l'état normal de l'univers ?

Si ces mots ne vous disent rien, sachez qu'ils figurent aujourd'hui au centre de la plupart des grandes disciplines scientifiques, de l'astrophysique à la théorie des jeux, de la cardiologie à la météo. On ne compte plus les colloques interdisciplinaires sur *le désordre et l'auto-organisation*. Leur grand penseur s'appelle Ilya Prigogine. Prix Nobel de chimie en 1977, c'est l'un des chercheurs les plus remarqués de cette fin de siècle.

★

Ilya Prigogine, sexagénaire souriant et calme, nous reçoit sous un impressionnant totem primitif, dans son grand bureau de l'université de Bruxelles, en compagnie de sa jeune complice Isabelle Stengers, effrontée docteur en philosophie des sciences. Ensemble, ils ont consigné *La Nouvelle Alliance*, qui fit grosse impression, en 1979. La science officielle, représentée dix ans plus tôt par le biologiste Jacques Monod, autre brillant prix Nobel, y était accusée d'avoir tristement admis le « désenchantement du monde », alors que tout, dans les découvertes de la physique comme de la biologie, autorisait au contraire la reprise d'un « dialogue enchanté » avec la nature et le cosmos.

Au moment où nous les rencontrons, Prigogine et Stengers viennent de publier un second ouvrage commun, *Entre le temps et l'éternité*, où ils défendent une thèse brutale : de Galilée à Einstein, la physique classique a tout simplement nié le temps. Or il faut corriger cette vision : le temps existe bel et bien. Il est irréversible. Et la loi du monde est l'aléatoire, l'imprévisibilité absolue. Tout est toujours radicalement nouveau.

« Albert Einstein, commence Prigogine avec l'accent russe conservé de son enfance, disait ne pas faire de distinction entre passé, présent et avenir. Il croyait sincèrement que le temps était une illusion, persuadé du triomphe de la géométrie, du continuum espace-temps, de l'intemporalité de l'univers. J'ai toujours considéré cette vision comme une entreprise de déification de la raison, qui aurait ainsi accédé à l'éternité. Je dois dire que, dans les années trente, cette négation du temps fichait un malaise à pas mal de gens. Elle contredisait le sentiment profondément humain du "temps qui coule", du temps qui permet de se réaliser. "Le temps est construction", disait Valéry. Pour moi, la question se posait de la façon suivante : sommes-nous vraiment condamnés à choisir entre cette déraisonnable négation du temps et la vision classique de la thermodynamique régie, comme vous le savez, par la loi d'entropie ? Selon cette dernière l'univers vit forcément un déclin perpétuel, brûlant ses ressources jusqu'à l'assèchement et l'impuissance.

« Face à ce malaise, vous aviez deux types de réaction. Les uns, derrière le philosophe Heidegger, en concluaient que, si la science ne savait pas nous parler du temps existentiel (celui que nous subissons chaque jour dans notre chair, et qui nous apporte tragédie et renouvellement), eh bien, c'est qu'elle était globalement incapable d'appréhender le réel. Donc *exit* la science ! Moi, je préférais l'autre réaction, celle qui proposait de reformuler la science, d'inventer une nouvelle manière de penser le temps, de trouver un nouveau point de départ. C'était la vision de Whitehead, de Valéry, de Proust aussi, ou de Pierce, c'était surtout celle d'Henri Bergson. Bergson et ses idées si originales sur la durée, sur l'intuition... Il disait qu'il fallait inventer une science qui mettrait le qualitatif, et non pas le quantitatif, à la base de la compréhension. Ce en quoi Bergson fut un grand précurseur, puisque les mathématiques modernes sont devenues beaucoup plus qualitatives, justement.

— Pour un physicien classique, pourtant, l'entropie, l'idée que le temps conduit irrémédiablement à la dégradation, au froid et à la mort, devait s'imposer, non ?

— Oui mais j'avais étudié l'histoire ! Je savais bien qu'avant le déclin de l'Empire romain, il y avait eu la fondation de l'Empire romain, et qu'on n'écrit pas l'histoire d'une civilisation comme étant celle de sa décadence. De plus, je suis né optimiste. Je soutenais l'idée que la science devait être libératrice pour l'homme, et qu'il fallait, pour cela, s'orienter vers le complexe : la biologie, la climatologie, l'écologie. Je me disais qu'en travaillant sur la physique du complexe, on ferait réapparaître le sens du temps en physique.

— Quelle forme cela prenait-il, concrètement ?

— Vers 1941, j'ai commencé à écrire des livres, à faire des exposés de thermodynamique. Mes premières contributions portaient sur la notion d'équilibre. Je suivais la méthode de mon maître, de Donder, qui nous disait toujours : "Faites d'abord comme si tout était en non-équilibre, puis prenez le cas particulier de l'équilibre." Mais sa théorie était alors la risée universelle ! La méthode classique défendait en effet le point de vue juste contraire : "Il ne faut jamais sortir de l'équilibre, qui constitue la règle", disait-on. Ces questions ont toujours soulevé des passions incroyables.

— Pourquoi ?

— Mais parce que, intervient Isabelle Stengers, définir l'équilibre comme un simple cas particulier de non-équilibre semblait une offense odieuse à la rationalité !

— Et parce qu'ainsi, poursuit Prigogine, on réintroduisait le temps dans une physique qui se voulait intemporelle.

— Comment cela ?

— Suivez mon itinéraire. Première phase, j'apprends et je comprends un peu l'équilibre. Seconde phase, je m'intéresse au "non-équilibre au voisinage de l'équilibre", et là, j'établis le théorème de *production d'entropie minimum*...

— Pardon ?

— Pour la première fois (c'est Isabelle Stengers qui vole à notre secours), on considérait la production d'entropie, l'accroissement du désordre si vous préférez, comme provenant d'une activité, et non pas simplement comme quelque chose qui augmente quand on va vers l'inerte.

— L'entropie vue comme le symptôme d'autre chose... comme le "déchet" d'un processus de structuration...

— Voilà ! Phase suivante, je vois que le théorème est vrai au voisinage de l'équilibre, mais que se passe-t-il si on s'en éloigne ? Nous cherchons, et la réponse de nos calculs est : loin de l'équilibre, le non-équilibre devient source d'organisation. On passe à l'opposé du mouvement brownien, qui avait permis de dire qu'à l'échelle du microcosme, la flèche du temps est indifférenciée. Ce que le monde aurait pu trouver depuis longtemps si l'on ne s'était pas accroché, par peur du chaos, à l'idée que l'univers devait sans cesse demeurer en équilibre.

» En 1968, nous publions des articles qui montrent qu'un système s'auto-organise loin de l'équilibre, qu'il peut se comporter comme une horloge, développer des structures spatiales, que le désordre sait s'ordonner. Au même moment, en Union soviétique, on découvre une réaction chimique célèbre, la réaction de Japutinsky, qui démontre tous ces phénomènes. Depuis, le mouvement n'a fait que s'amplifier. C'est en 1967, je crois, que j'ai utilisé la notion de *structures dissipatives* pour la première fois. Depuis, ces notions ont fait leur chemin dans beaucoup de domaines et sont même devenues des lieux communs : toutes nos images de l'écologie, discipline devenue décisive, mais aussi de la sociologie, et même de l'économie, sont désormais dominées par les idées d'instabilité. »

La révolution du « chaos générateur d'ordre » et des « structures dissipatives » touche en effet tous les domaines. Le non-équilibre, l'aléatoire, l'imprévisible deviennent la règle de notre nouvelle vision du monde. Climatologie, dynamique des fluides, chronobiologie... on n'a pas idée du nombre des disciplines qui, du coup, ont dû être révisées. Même la course des planètes autour du soleil s'avère, observée de près, pleine d'imprévu ! Toute la pensée scientifique du XIXe siècle, magnifiquement représentée par Pierre Simon de Laplace, l'auteur du célèbre *Traité de mécanique céleste*, s'écroule : on pensait qu'il suffirait de connaître toutes les causes pour pouvoir prédire tous les effets, c'est totalement faux. Le réel est ra-di-ca-le-ment imprévisible.

Et voilà que les logiciels d'ordinateur basculent dans la logique du vivant. On voit des informaticiens, comme le célèbre Tom Ray de Santa Fe, bâtir des métaprogrammes ultra-simples (comme les règles du jeu de *go*) dont émergent, spontanément, des formes extraordinaires. On voit, sur l'écran, apparaître des entités qui se structurent, se protègent, s'attaquent, se détruisent, se métamorphosent, mutent, ou meurent... pour ressusciter éventuellement un peu plus tard. L'auto-organisation des êtres digitaux va actuellement (nous sommes en 1992) si vite et si loin, que les informaticiens d'avant-garde prennent peur : et si aux « virus informatiques » (qui peuvent détruire des banques de données entières) pouvaient succéder des « bactéries », puis des « amibes informatiques », contre lesquelles on ne pourrait plus rien ! L'hypothèse est si sérieuse que les créations de métalogiciels les plus audacieuses se font, non pas directement dans les mémoires, mais dans des « espaces virtuels » inventés pour les besoins à l'intérieur desdites mémoires. Le jeu promet d'aller beaucoup plus loin, comme si l'on inventait un imaginaire à l'intelligence artificielle... !

Pour en revenir à la théorie de l'évolution, il apparaît donc, à écouter la nouvelle grande théorie de la matière, que si la nature n'avait pas sans cesse chamboulé les conditions de la vie sur terre, si les climats, les accidents géologiques, les irruptions solaires, les combinaisons écologiques, la composition de l'atmosphère, etc., n'avaient pas sans cesse changé, *de manière totalement chaotique et imprévisible*, il n'y aurait sans doute pas eu apparition de nouvelles « structures dissipatives », c'est-à-dire de nouvelles espèces vivantes (émergeant en « dissipant de l'énergie »). Autrement dit, non seulement les conditions requises par la vision darwinienne (une immense stabilité pendant de très longues périodes) n'ont pu être remplies, mais si elles l'avaient été, il n'y aurait pas eu évolution.

Alors ?

On peut évidemment aimer la vision prophétique du « fabuleux grouillement de vie » du jeune Darwin découvrant les Galapagos, respecter l'intelligence et la rigueur prodigieuses du Darwin mûrissant, et admirer le courage du vieux Charles face à la nostalgie romantique de sa femme. La théorie sourde et aveugle qu'il en a tirée semble, elle, caduque.

En revanche, la vision de l'*Univers bactériel* de Lynn Margulis — le même grouillement placé dans une perspective symbiotique, brassé par une permanente recomposition *intelligente* des entités vivantes — correspond beaucoup plus à la nouvelle vision « auto-organisationnelle » des processus matériels. Notre vision du monde en ressort infiniment plus folle, plus complexe, plus enchanteresse.

Le monde s'auto-organise spontanément. C'est son irréductible nature. Rien ne peut l'empêcher de se structurer à des niveaux toujours plus complexes.

Dans ces conditions, la biosphère terrestre peut fort bien constituer une seule gigantesque entité vivante autorégulée, comme le propose l'hypothèse Gaïa de James Lovelock. La nouvelle logique scientifique, inaugurée par Ilya Prigogine et Isabelle Stengers, ne s'y oppose pas. La vie a spontanément émergé de la matière inerte, avec d'emblée une intelligence, une imagination, une force créatrice considérables. Pourquoi ? Au nom de quelle nature immanente ? Le mystère, loin de se dissiper, s'est agrandi démesurément !

Et l'homme ? A-t-il pareillement émergé du « chaos » animal ?

Et l'homme, bon sang ?

Qu'émergera-t-il du chaos humain ?

« Dans cette nouvelle vision, nous dit Isabelle Stengers tandis que nous prenons congé des savants bruxellois, on ne peut plus séparer comme avant la connaissance de l'éthique. Autrefois on disait : "La connaissance nous montre tous les possibles, l'éthique nous indique lequel choisir." C'est fini. Dans un monde instable, en permanent devenir, ni l'éthique ni la connaissance ne savent a priori ce dont la nature est capable, ni ce dont les hommes sont capables, ni même ce dont les molécules sont capables. La connaissance positive n'est donc plus en mesure de nous dire : voilà ce qui va arriver, choisissez. Il faut donc désormais qu'interminablement il y ait un échange : les préoccupations éthiques doivent aviver certaines questions de connaissance et, à l'inverse, les scientifiques doivent pouvoir tirer des sonnettes d'alarme.

— C'est très curieux, conclut Prigogine à son tour, il y a comme une interconnexion entre les problèmes d'instabilité, d'imprévisibilité et d'amplification que nous avons découverts en physique, et la période d'instabilité et d'imprévisibilité et d'amplification que nous vivons en politique (songez à la fin de l'URSS !). C'est curieux, parce qu'entre deux phénomènes comme le lundi noir boursier d'octobre 1987 et la découverte du rayonnement résiduel (qui a permis de déduire l'existence du Big Bang), il n'y a pas de lien évident. Nous en arrivons donc à une nouvelle conception du monde, qui engage à la fois l'humain et le scientifique, et c'est au fond une surprise. Un nouveau sentiment de responsabilité existe. De plus en plus de gens s'intéressent aux interactions entre l'homme et la nature, entre l'homme et l'homme. Nous avons la vision d'une cohérence, d'une responsabilité planétaires. Je dirais presque un nouveau panthéisme. Un sentiment d'appartenance au monde, une nouvelle mythologie : à la place d'une divinité *extérieure* au monde, une divinité qui *émane* du monde. Et ce sentiment joue un rôle important dans l'inconscient de chacun d'entre nous. »

★

Je croyais arriver à la fin de mon enquête sur l'évolution (pauvre de moi). Je regrettais un peu que le hasard des rencontres et des interviews ne m'ait pas fait rencontrer de spécialiste de l'évolution originelle des dauphins ou des baleines... Mais, après tout, c'était l'évolution humaine qui me préoccupait et m'avait poussé à m'informer sur ces questions. Vers où se dirige l'homme ?

En savais-je davantage ? Deux réponses de Lynn Margulis me restaient en mémoire.

La première, cynique et drôle, ne m'émouvait guère :

« Il semble, disait la microbiologiste, que les espèces vertébrées durent en moyenne un million d'années. L'espèce *Homo sapiens sapiens* existant depuis environ cent mille ans, nous avons du temps devant nous. Mais rien ne pourra empêcher notre espèce de disparaître à son tour et d'être remplacée par d'autres espèces. Bien sûr on pourrait dire que nous sommes particuliers parce que nous avons créé les peintures de Lascaux et que nous nous sommes tenus debout sur le sol de la lune. Mais c'est de l'anthropocentrisme. Car on pourrait raconter la même histoire différemment : des communautés de microbes, munies de mitochondries respiratoires et d'agents secrets spirochétaux divisant leurs cellules, se sont posées sur la lune ! Quant au fait que nous nous soyons répandus sous toutes les latitudes, au point de grouiller désormais partout, c'est un très mauvais signe : celui des espèces qui vont bientôt disparaître. Darwin notait déjà que celles qui ne savent pas réguler leur nombre, ni freiner leur tendance à croître de façon illimitée, s'éteignent rapidement. »

La seconde réponse de Lynn Margulis, en revanche, me touchait de plein fouet. C'était l'idée de *coévolution* : nous en serions arrivés au point où, par notre expansion mondiale et nos technologies, nous pourrions volontairement coopérer à la suite de l'évolution. Au point où, par l'ampleur de nos pollutions, nous n'aurions plus le choix : la *coévolution* devenait même un impératif vital. Ça ou rien.

N'était-ce pas une folie, un orgueil dément ?

Y réfléchissant, je m'aperçus qu'en fait je connaissais déjà des tas de « coévolutionnaires », et dans des genres très différents. Les uns s'imaginent que l'avenir de l'homme se joue essentiellement du côté des machines. Pour les autres, les « boucles cybernétiques » dont dépend notre accomplissement font plutôt entrer en jeu une irruption de la transcendance en nous. Les premiers auraient tendance à professer un humanisme agnostique ou athée. La vision des seconds tend vers un mysticisme radical. Commençons par ces derniers.

2

Pris dans le grand jeu coévolutionnaire Teilhard, confirmé

Il y a de multiples façons d'être « coévolutionnaire ». Beaucoup essaient, sans toujours le savoir, de mettre en pratique une idée très darwinienne : l'évolution se fait aux marges. Ce ne sont jamais les grands troupeaux qui mutent, mais de tout petits groupes marginaux, soumis à la pression de conditions nouvelles. Disons tout de suite que, telle quelle, cette vision est aujourd'hui caduque, car elle suppose que le petit groupe reste isolé pendant des millénaires. A moins de considérer qu'avec l'homme on soit entré dans une phase radicalement nouvelle et que la « pression des conditions nouvelles » s'exerce, non plus sur les corps, mais sur les croyances, les comportements, le langage...

On songe tout de suite à une foule de sectes, de communautés, de confréries ou de « minorités agissantes » qui, sans rien savoir de la théorie du marginalisme évolutionnaire, en ont pourtant été au fil de l'histoire les croyants zélés. Dès l'aube des civilisations, des hommes ont voulu créer un « Homme nouveau » en tentant d'en inventer le germe, dans le creuset d'un petit groupe, d'une caste, d'une famille. Quelques-uns ont réussi à influencer la culture de toute l'humanité — et certains, en effet, l'ont fait en vivant isolés dans le désert, comme les tapirs-fourmiliers rencontrés plus haut !

Certes, aucune minorité humaine, du moins

depuis cent ou deux cent mille ans, n'a donné naissance à une autre espèce — d'après les plus récentes recherches en génétique, remontant notamment la piste matrilinéaire de nos mitochondries, tous les humains vivant aujourd'hui sur cette planète descendraient d'une même femelle, qui aurait vécu en Afrique il y a quelque deux cent mille ans. Depuis, il n'y a pas eu de bifurcation, au sens de l'évolution biologique. Même si, du fait de conditions de vie variées, différentes races ont surgi d'une même population d'origine, l'humanité actuelle, exclusivement composée de descendants de l'*homme de Cro-Magnon*, est biologiquement une et unique.

Mais avec l'homme, le jeu évolutif est passé à un autre niveau. La pression et la créativité de la « sélection naturelle » ne s'exercent plus tant sur les gènes que sur les mots, les images, les symboles, les mythes, bref sur tout un univers « intérieur ». Sur les gènes aussi bien sûr, mais l'effet « intérieur » est tellement plus rapide, et avec des conséquences matérielles tellement plus fulgurantes (rien de moins que l'invention des civilisations), que l'évolution biologique naturelle paraît, en comparaison, comme arrêtée.

Le problème, c'est que, depuis Darwin, beaucoup de minorités agissantes, négligeant cette spécificité radicale du symbolisme humain, ont voulu inscrire leurs actions dans le cadre du jeu évolutionniste décrit par la science à propos des êtres pré-humains. Ce désir de s'inscrire sans discontinuité dans l'évolution du vivant a donné naissance à différentes sortes d'engagements, souvent terribles.

Le plus terrible fut sans doute, dès la seconde moitié du XIXe siècle, le mouvement eugéniste. Pour ses adeptes, le mécanisme de sélection naturelle décrit par Darwin s'appliquait directement aux humains. Il fallait le laisser librement abattre sa dure mais nécessaire besogne d'élimination des races et des classes « non adaptées ». Le pire, c'est qu'il s'agissait évidemment de la version « hard » de la loi de la jungle, celle dont Lynn Margulis nous a montré qu'elle n'existe pas dans la nature. Un pur fantasme humain donc, mais venant à point nommé pour légitimer le néoesclavagisme de la Révolution industrielle et des empires coloniaux.

Contrairement à ce qu'on pourrait croire, ces idées ne se développèrent que tardivement en Allemagne, au contraire : c'est de Berlin que, dans les années dix, vint l'une des plus remarquables attaques *contre* les idées eugénistes qui, parties d'Angleterre à la fin du XIXe, ravageaient alors les universités américaines : je veux parler de la critique de Franz Boas, dont la plus brillante élève allait être, dans les années vingt, à New York, une certaine Margaret Mead.

Les anti-eugénistes développaient évidemment la thèse dite de la « culture contre la nature » : ce qui différencie les humains entre eux, disaient-ils, ce sont leurs façons de croire, de penser, de s'organiser, d'agir. Biologiquement, ils sont tous pareils. En s'emparant du sujet, les nazis allaient, à leur façon, clore tout débat pour un bon moment (le docteur fou Mengele se croyait, sincèrement, le plus grand écologiste de tous les temps, celui qui allait rétablir « la loi naturelle d'élimination des inadaptés et des faibles », que le judéo-christianisme avait sottement tenté d'éluder).

Certains philosophes prudents auraient préféré que ce débat restât clos à jamais. Il resurgit pourtant depuis la fin des années soixante-dix, et d'autant plus vivement que l'on découvre une toute nouvelle version de la « loi de la jungle » : la sélection naturelle serait beaucoup moins régie par la violence que par la symbiose, la coopération, l'entraide... Il y aurait donc tout de même continuité entre le biologique et le culturel ? Et puis, l'*Homo sapiens sapiens* de la fin du deuxième millénaire s'aperçoit qu'il avait oublié son corps, son animalité, tous ses liens avec la nature, et que cet oubli lui devient écologiquement fatal. Les « cultureux » purs réalisent avec angoisse qu'il va falloir en passer par des retrouvailles avec le corps. Ainsi l'exige la nouvelle culture.

Aussitôt, des chercheurs en « sociobiologie », honnis par tous les humanistes, profitent de ces idées pour venir proposer leur propre version des choses : la plus sublime poésie, la plus géniale invention, la plus compatissante sollicitude, disent-ils, ne seraient que paravents, destinés à masquer ce que nous sommes réellement : des léviathans inconscients, des Golems téléguidés par l'égoïsme strictement expansionniste de nos spirales d'ADN. (Parce qu'il faut aller vite, je caricature évidemment un peu ; un sociobiologiste comme Edward Wilson n'est pas si grossier : dans *Le Feu de Prométhée*, il dessine une « courbe de liberté de choix » qui, de la bactérie à l'homme, obéit à une équation exponentielle. Mais, chez lui aussi, il y a continuité entre le biologique et le culturel.)

Évidemment, à l'extrême inverse des sectes et des délires eugénistes, on pourrait dire qu'au pôle positif de l'engagement, tout mouvement d'éducation physique de masse, toute campagne médicale, tout courant sportif visant à améliorer la santé de l'humanité participe au vaste chantier de l'évolution génétique. Vacciner tous les enfants du monde contre la variole est un acte évolutionnaire important. Mais jamais autant qu'alphabétiser ces mêmes enfants...

Notons que, spontanément, je parle d'enfants.

Selon Stephen Jay Gould, le grand biologiste-géologue-épistémologue d'Harvard, l'un des paradoxes de ce désir d'influer sur l'évolution par le biais des enfants tient au fait que l'humanité doit son génie à l'incroyable immaturité de ses nouveau-nés. Or, dit-il, si l'on réussissait à faire énormément mûrir ces nouveau-nés, ils pourraient devenir... des animaux ! Voici pourquoi.

C'est la notion de *néoténie* (étymologiquement « conservation du nouveau »), qui désigne le fait que, par rapport aux autres mammifères, nous naissons complètement prématurés et mûrissons si lentement qu'en réalité, comme dit Lynn Margulis, « même vieux, nous demeurons tels des bébés singes qui n'auraient jamais mûri ».

Si vous comparez l'embryogenèse de dix espèces, du poisson à l'homme, pendant les premiers jours, tous les embryons se ressemblent. Puis l'embryon de poisson se détache du peloton, puis le reptile, puis l'oiseau... Les fœtus de singe et d'homme restent similaires jusqu'au cinquième mois, puis le singe se détache à son tour, le bébé humain restant bloqué là.

« Ce développement retardé, explique la microbiologiste américaine, nous donne le temps d'apprendre à devenir intelligent. A la différence du petit cheval qui sait courir presque tout de suite, ou du petit dauphin qui nage immédiatement, nos petits humains naissent totalement vulnérables et inaptes à la moindre indépendance. L'avantage de cette faiblesse notoire est que le cerveau du bébé peut continuer à se développer, jusqu'à quintupler de volume, en relation avec le milieu extérieur.

« Comment cela a-t-il pu se passer ? » demande Margulis. Des singes ont pu engendrer des petits prématurés — ça rendait la naissance plus facile, puisque la tête était plus petite. Ces petits, plus malléables, en auraient profité pour mieux s'adapter. Or la naissance prématurée peut très bien être en partie congénitale, on peut imaginer que les couples de singes nés prématurés, devenus adultes, aient donné naissance eux-mêmes à des petits prématurés et ainsi de suite. Au bout d'un moment, vous avez une pression sélective qui favorise les lignées de singes à bébés prématurés. Ceux-ci ont pu naître de plus en plus glabres : beaucoup mouraient, car trop fragiles, mais ceux qui survivaient devenaient des adolescents éduqués dans le monde extérieur et pourvu d'un cerveau plus gros que les autres singes.

« Ici, poursuit la grande dame de Boston, on peut imaginer une "boucle de rétroaction" intéressante. Les bébés prématurés étant très fragiles, leurs mères devaient choisir des mâles particulièrement intelligents, qui les protégeraient pendant l'enfance des petits; donc elles séduisaient les mâles à gros cerveaux. Et ces derniers, cherchant eux-mêmes à engendrer des petits à grosse tête, étaient attirés par les femmes à hanches et bassin les plus larges possible, pour permettre un tel enfantement.

« Autre hypothèse frappante sur l'hominisation, propose-t-elle dans la foulée, pourquoi sommes-nous droitiers ? Parce que les femelles hominiennes tenaient leurs bébés prématurés sur leur sein gauche, afin qu'ils se rassurent en entendant les battements du cœur maternel*. Du coup, ces femelles ne pouvaient utiliser que leur bras droit, par exemple pour jeter des pierres et tuer de petits animaux, ou cueillir des fruits. Ainsi se serait développée la latéralisation de notre cerveau : l'hémisphère gauche, correspondant anatomiquement à la main droite, serait devenu la zone du calcul des trajectoires des pierres ! »

Deux millions d'années après ce fantastique événement, certains « fœtus de singes maintenus » — nous, Occidentaux de la fin du deuxième millénaire après J.-C. — décident que leurs enfants doivent apprendre les langues étrangères, les maths, le tennis et le piano dès l'âge de trois ans, que dis-je, dès un an, et même dans le ventre de leurs mères pour certaines « écoles fœtales » des États-Unis (*sic !*). Mais tous ces éducateurs coévolutionnaires plus ou moins excités ne risquent-ils pas, se demande le pauvre enquêteur submergé, de rigidifier cette *néoténie*, dont nous parlent Gould et Margulis ? Le simple désir d'influer sur l'évolution par le biais de jeunes enfants ne va-t-il pas amorcer le début d'un lent mouvement d'abêtissement ?

Non, répondent les nouvelles sciences, à condition que l'on maintienne à un très haut niveau l'imprévisible, l'aléatoire, le non-équilibre... c'est-à-dire, parlant d'enfants, si l'on maintient à un très haut niveau l'importance du jeu, le verbe *jouer* doit conserver son caractère sacré.

Bien sûr, à ce stade de l'enquête, je ne pouvais m'empêcher de penser sans cesse à mes amis delphi-

* Idée qui conforte les travaux de Marie-Louise Aucher, d'Alfred Tomatis, de Jean-Pierre Relier et de tous ceux qui étudient l'influence des sons et des rythmes sur le fœtus.

niens, aux bébés de l'eau, à l'*Homo delphinus*. Je les percevais comme dans un rêve. Quel rapport y avait-il entre eux et toutes ces grandes théories ?

Le fait que des femmes enceintes méditent en compagnie de dauphins, puis présentent à ces derniers leurs nouveau-nés, ne me pose pas de problème. Loin de rigidifier la belle élasticité de la *prématurité naturelle* des petits humains, il me semble qu'au contraire cela ne peut que la fortifier — à la condition expresse que la relation enfants-dauphins soit laissée la plus libre possible, la plus ouverte au jeu et aussi dépourvue d'a priori que celle souhaitée par Gregory Bateson entre les delphinologues et les cétacés. Mais du coup, le forcing à la Tcharkovsky ne pouvait-il, lui, devenir extrêmement dangereux ?

A mesure qu'avançait mon enquête, je me rendais compte — puisque j'ouvre une parenthèse aux pratiques delphiniennes — à quel point celles-ci avaient intérêt à s'inscrire avec lucidité dans les champs mythologiques, culturels religieux..., bref au sein d'une grande tradition, et à se méfier comme de la peste de toute dérive pseudo-darwinienne.

Dans le genre irréprochable, vous avez par exemple le Britannique Horace Dobbs. Cet ingénieur chimiste pratiquait depuis des années la plongée sous-marine quand un jour, au début des années 70, il entendit parler de l'amitié extraordinaire entre un « dauphin ambassadeur » (animal sauvage, mais avide de contact avec l'homme) et une plongeuse de la petite île de Man, entre l'Angleterre et l'Irlande. En peu de temps, Horace devint à son tour ami avec le dauphin en question, un gros *Tursiops*, baptisé Donald. Il s'aperçut alors d'une chose étrange : le simple fait d'approcher ce dauphin provoquait chez les humains une euphorie telle que les plus dépressifs (au sens médical du terme) pouvaient guérir — ce qu'aucune thérapie classique ne savait obtenir. Du coup, la vie d'Horace Dobbs se métamorphosa. D'ingénieur, il devint « delphinothérapeute » — et ami de la famille royale. Il ouvrit plusieurs « centres de thérapie delphinienne » — dans son pays ainsi qu'en Australie, et même au Japon. Il défend une thèse très hardie : une « boucle co-évolutive » serait apparue entre le dauphin et l'homme. Une boucle en pleine accélération...

Depuis l'aube de l'humanité, toutes sortes d'alliances avec l'animal ont influé sur l'évolution de l'homme — et de l'animal. Ces alliances, avec le chien, avec le cheval, le buffle, le chameau, le mouton..., ont littéralement engendré des civilisations. Aujourd'hui, tout se passe comme si c'était au tour du dauphin de nous proposer son aide pour inventer la suite du programme.

« Il est remarquable, avance Horace Dobbs, que les contacts avec les dauphins sauvages se multiplient brusquement. En quelques années, des milliers d'humains et des milliers de dauphins ont fait connaissance — chose impensable dans les années 50 ou 60 ! » Ce que confirme Wade Doak, un Néo-Zélandais ami d'Hugo Verlomme, qui a lancé au début des années 90 une véritable chaîne de *human-dolphin spots* sur les côtes de son pays. Comme si le rêve de John Lilly se réalisait !

Un autre vieux plongeur confirme par défaut l'idée qu'il y aurait soudain accélération d'une « bouche co-évolutive » entre le dauphin et l'homme. Il s'agit du Belge Robert Stenuyts, auteur, dans les années 60, de *Dauphin mon cousin* : dans cet ouvrage par ailleurs prémonitoire, on ne cesse de rencontrer des plongeurs frustrés de ne « jamais pouvoir approcher des dauphins sauvages de près », car « dès qu'on se met à l'eau, ils disparaissent ». Trente ans plus tard, cette frustration nous semble bien étrangère. Il ne s'écoule pas de mois, en effet, sans que soit rapporté le récit d'un contact — généralement décrit comme éblouissant — entre représentants des deux espèces. Parmi les plus récents de ces contacts, le plus spectaculaire est peut-être celui qui a mis en présence des dauphins tachetés et quelques-uns des meilleurs nageurs olympiques américains...

On est au large des Bahamas, dans une transparence de paradis sur six à huit mètres de fond maxi. Un homme nage en direction d'un dauphin. Celui-ci plonge à pic, l'homme le suit. Le dauphin fait une cabriole, l'homme aussi. Deux cabrioles, l'autre ne décroche pas. Un looping arrière vers la surface miroitante, immédiatement suivi d'un grand huit vers le fond, l'humain suit toujours, jusqu'au moment où, à bout, il doit remonter prendre une goulée d'air. Alors le dauphin s'arrête net : il attend, à mi-profondeur, regarde vers la lumière... et fuse à nouveau vers le fond dès qu'il voit le bipède revenir vers lui. Ou LA bipède. En l'occurrence une fille dorée, en maillot largement échancré, belle à faire défaillir un troupeau de cachalots. Maintenant, ils sont plusieurs, de chaque espèce, et chacun — hommes, dauphines, femmes, dauphins — épouse le mouvement de celui qui lui fait face, dans des circonvolutions d'une grâce et d'une synchronicité telles qu'on ne sait plus à la fin lequel, du cétacé ou de l'humain, mène la danse et lequel suit. Le jeu est si prenant qu'on en oublie littéralement de respirer. Parfois, c'est le dauphin qui s'essouffle le premier et doit remonter chercher de l'air, tandis que l'humain l'attend au fond. Il est vrai qu'il ne s'agit pas de n'importe quels humains.

Les hommes s'appellent Matt Biondi ou David Berkoff, les femmes Tracie Ruiz-Conforto ou Karen et Sarah Josephson. Ils font partie des tout premiers nageurs du monde. Matt Biondi emporta sept médailles à lui seul aux J.O. de Séoul en 88. David Berkoff est ce garçon qui emporta une médaille d'or aux mêmes jeux en démarrant sa course (de crawl) par un bon demi-bassin sous l'eau en ondulant tel un dauphin (entre-temps, cette technique a été interdite en compétition). Quant aux jumelles Josephson et à Tracie Ruiz-Conforto, ce sont des championnes du monde de « natation synchronisée », cette étrange chorégraphie aquatique qui rappelle un peu les majorettes, mais sous l'eau et avec un souffle autrement impressionnant. L'idée vient d'Albert Stevens. Avec les années, cet ancien entraîneur de l'équipe olympique américaine de natation et de water-polo, spécialiste de l'analyse gestuelle (à partir de films au ralenti), a passé de plus en plus de temps en compagnie des baleines de Basse-Californie ou des dauphins des Bahamas. Frappé par le peu de progrès réalisé dans notre compréhension du « langage » des cétacés après tant d'expériences scientifiques, Stevens s'est dit que la méthode classique — consistant à emprisonner de jeunes dauphins et à les soumettre à des tests intellos inventés par des hommes — ne devait pas être la bonne.

Albert Stevens entraîne des athlètes. D'où son idée : pourquoi ne pas proposer à ces champions toutes catégories que sont les dauphins de rencontrer ce dont nous, humains, disposons de meilleur dans le genre ? Pourquoi ne pas déléguer nos médaillés d'or olympiques de natation comme ambassadeurs auprès des cétacés ?

Albert Stevens a rêvé d'un échange de corps à corps.

Matt Biondi fut le premier à relever le défi.

D'autres les ont rejoints, Dave Berkoff, Tracie Ruiz-Conforto, etc. ou des chercheurs comme le psychiatre californien Oscar Janiger. Ensemble, ils ont fondé l'association Delphys qui, de 1988 à aujourd'hui, a déjà organisé douze expéditions auprès des dauphins sauvages — généralement des *Tursiops* ou des « tachetés ».

L'objectif principal de Delphys est d'utiliser l'immense prestige de champions tels que Matt Biondi pour sensibiliser des millions de jeunes à la cause environnementale. Les océans sont menacés d'asphyxie et leurs habitants d'extinction, notamment les cétacés, on le sait bien. Aux États-Unis, il existe certes, par exemple, un véritable mouvement de boycott des marchands de thon massacreurs de dauphins, mais cela ne suffit pas. Pour sauver les cétacés — et notre âme avec ! , — il faut un changement de conscience beaucoup plus radical. Comment faire ?

Albert Stevens fait partie des gens qui pensent

qu'établir une communication directe avec les dauphins pourrait aider. Voilà plus de trente millions d'années que ces intelligences règnent sur les océans (2/3 de la surface planétaire), elles connaissent la mer mieux que nous, c'est sûr. Albert a donc proposé à Matt le marché suivant : « Tu nages avec les dauphins, nous filmons la rencontre et nous la montrons à cent millions d'enfants. Des milliers d'entre eux auront envie de t'imiter. Sur le tas, je suis sûr qu'en vingt ans il s'en trouvera quelques-uns qui sauront entrer en contact direct avec les dauphins, décrypter, enfin, leur mystérieux langage et accéder à leur sagesse ».

Matt a accepté. Après les jeux Olympiques de Séoul, il s'est mis à refuser des compétitions pour pouvoir partir à la rencontre des cétacés. Je lui demande : « Ça vous a fait quoi, la première fois ? »

— Je me suis senti tout petit. Cette force ! Cette vitesse ! Bien sûr j'étais fou de dauphins depuis mon enfance, mais là c'était différent : je nageais tout près d'eux ! Ça m'a d'abord obligé à me demander précisément ce qu'ils pouvaient ressentir en nageant — vous les avez déjà vus foncer devant l'étrave d'un bateau, n'est-ce pas ? En les approchant de près, j'ai tout de suite beaucoup appris. De même qu'ils sont toujours conscients de leur respiration (ils ne peuvent pas se mettre en "respiration automatique" comme nous, ce qui leur interdit en particulier de dormir de leurs deux demi-cerveaux à la fois), de même les dauphins sont totalement conscients du jeu de l'eau sur leur peau. Nous n'avons pas leur peau magique, mais je me suis aperçu que je pouvais joliment améliorer mes performances en "conscientisant" moi aussi ma peau.

» Cela dit, avec les dauphins, les performances ne m'ont bientôt plus intéressé. Eux, tellement plus forts que moi, ils jouent ! Et ils vivent en harmonie avec leur environnement. Ils ne polluent pas. Ils tuent juste ce qu'il leur faut pour manger... Alors j'ai commencé à emmener des groupes d'enfants pour voir ces merveilles, aux Bahamas. Ce fut fantastique ! Je veux monter une école de natation auprès des dauphins.

— Le contact avec les dauphins tachetés des Bahamas s'est-il établi tout de suite ?

— Non, ça nous a pris des semaines, intervient Albert Stevens. Aujourd'hui, nous pensons pouvoir dire comment les choses se passent. C'est chaque fois la même chose. Phase un, nous approchons des dauphins sauvages qui jouent trente secondes avec nous et s'en vont. Il ne faut pas les poursuivre, mais toujours revenir au même endroit et se comporter de manière singulière, différente des baigneurs ou plongeurs habituels, une manière intrigante.

— Exactement ce que fait Jacques Mayol : il plonge en apnée à trente mètres et reste en bas, agrippé à un rocher, ça fascine les dauphins.

— Les athlètes de Delphys, eux, se sont livrés à toutes sortes de chorégraphies sous l'eau. Au bout de quelques jours (phase deux), nous remarquons qu'un dauphin, toujours le même, observe notre manège avec énormément de curiosité, s'approchant de plus en plus près. Le premier dauphin curieux qui nous a épiés, nous l'avons appelé Stuby. C'est devenu un grand ami. Il nous a progressivement ramené tous ses potes dauphins. Alors (phase trois), les interactions les plus inespérées peuvent démarrer.

— Quel genre ?

— Un dauphin et une femme virevoltent en faisant des loopings magnifiques tandis que deux hommes et trois autres dauphins observent la scène, immobiles, inclinés à 45°, depuis le fond. Soudain l'un de ces dauphins rejoint celui qui danse, formant avec lui un couple enlacé. L'un des hommes rejoint à son tour la femme et, ensemble, ils imitent les animaux, qui s'en aperçoivent et forment bientôt avec les humains un ballet à quatre... »

Commentaire de la nageuse-danseuse Tracie Ruiz-Conforto : « Je tournais en rond avec un dauphin et d'un seul coup un second s'est joint à nous. Nous sommes remontés tous les trois ensemble respirer à la surface, et au moment où nous avons replongé vers le fond, un troisième dauphin est entré dans le cercle. J'étais collée à eux. On se regardait droit dans les yeux. C'est l'expérience la plus limpide de ma vie.

— Sous l'eau, reprend Matt Biondi, toute ma vision du monde a changé. J'ai appris à être attentif, vigilant. Avec une intensité que quinze ans d'entraînement sportif ne m'avaient pas donnée. L'eau est une substance magique, pas de doute, mais ce sont des animaux sauvages qui ont guidé ma transformation !

— Pas sauvages, corrige Albert Stevens, mais libres ! On ne peut pas utiliser le mot « sauvage » avec les dauphins, c'est impossible.

— Mille pardons, oncle Albert, rigole Matt. En tout cas, je crois sincèrement que les humains peuvent apprendre beaucoup au contact des dauphins, de leur système social non agressif, de leur esprit de coopération, de l'attention absolument ininterrompue qu'ils se portent les uns aux autres.

— Mais, sauvages ou pas, au début il faut quand même beaucoup de patience pour les approcher, non ?

— Il faut surtout assez de créativité et de générosité sous l'eau pour éveiller la curiosité d'un dauphin particulier, peut-être plus éveillé que les autres. Une fois que vous avez réussi à bien intriguer un individu-dauphin plus curieux que ses copains, le tour est joué. Mais attention, pas de stress, pas de fébrilité et surtout, ne pas essayer de les attraper, ça les ferait fuir à l'horizon ! Même dans l'effort, il faut être le plus relax possible, le plus calme, le plus fluide. »

Cette conversation avec Matt Biondi, Albert Stevens et plusieurs autres membres de l'association Delphys ne se tient pas aux Bahamas, mais sur un atoll de la barrière de corail de Belize, où frayent habituellement une centaine de dauphins. A bord d'un canot à moteur « cigare », nous passons des heures à les repérer. Dès qu'un aileron luisant émerge, nous coupons le moteur et Matt plonge. Mais la « communication » ne dure jamais plus de quelques secondes. Le dauphin s'en va. Matt nage des kilomètres pour rien. Il faudrait revenir plusieurs jours de suite, jusqu'à ce qu'un « individu-dauphin plus curieux que ses copains » nous remarque.

Et que se mette en place une « boucle co-évolutive » entre humains et dauphins. Mais nous n'avons pas le temps. Nous ne somme ici que pour quelques jours. Nous représentons auprès de Delphys l'association Aquanatal, consacrée aux accouchements sous eau, sujet qui passionne les amis des dauphins américains. D'ici quelque temps, des bébés humains naîtront peut-être dans les eaux tropicales américaines... Les athlètes de Delphys en rêvent ! Les scientifiques (nos hôtes) de la Planetary Coral Reef Foundation aussi. Les vidéos que nous rapportons d'Europe les laissent bouche bée.

Matt Biondi : « Créez vite votre maternité océanique ! Les bébés qui y naîtront seront nos meilleurs élèves. Avant de devenir nos maîtres. Je suis sûr qu'ils découvriront ce qui nous est encore inaccessible. Ce sont eux qui réussiront la percée vers les dauphins ! »

Après le chien, le cheval, le buffle, le chameau, le mouton... le dauphin va-t-il vraiment entrer dans la danse évolutive des hommes ? Sans doute pas en se laissant domestiquer de la même manière que les autres, dans la mesure où son intelligence est telle que c'est à l'état quasi sauvage qu'il prend l'initiative de contacter les humains. Mais il semble clair qu'une « boucle » et même, pourrait-on dire, une spirale relationnelle soit en train de se mettre en place entre nos deux espèces. Cela signifie-t-il, du coup, que toutes les histoires delphiniennes (dont les quelques-unes relatées dans le présent ouvrage) ont un sens ? Un sens global ? Mais alors le monde aurait vraiment un sens — une direction ?

Le monde a-t-il un sens ?

Cela a-t-il simplement un sens de se poser la question ?

Me posant ces questions pseudo-naïves, j'ignorais qu'une réponse très forte allait m'arriver, presque du tac au tac, d'une jeune scientifique française, aussi brillante que Lynn Margulis, bien que diamétralement opposée à la vision matérialiste de la Bostonienne.

Chercheur en paléontologie humaine (c'est-à-dire travaillant sur les origines de l'homme) au CNRS, Anne Dambricourt-Malassé, secrétaire générale de la Fondation Teilhard de Chardin, est une jeune femme enthousiaste et révoltée, qui propose une thèse hardie sur l'évolution du vivant à partir de son travail sur les crânes des hominiens. Son engouement pour les fossiles date de ses jeunes années, quand son grand-père l'avait emmenée visiter une carrière du Bassin parisien. L'idée que l'on puisse contempler le temps dans son épaisseur vivante, dans sa durée, l'avait fascinée. Elevée dans une famille catholique, elle rejeta classiquement, à l'adolescence, le credo religieux de ses parents, dont elle ne voyait pas du tout le rapport avec sa vie quotidienne. Les grandes questions métaphysiques n'en demeuraient pas moins lancinantes, à commencer par celle, entre toutes maltraitée dans le monde moderne, de la recherche du sens de nos existences. Finalement persuadée que c'était par la recherche scientifique qu'elle trouverait les meilleures réponses à ses questions, elle s'engagea dans cette voie rigoureuse, à pas prudents, mais sans trop se soucier de sa carrière — ce qui lui a donné une grande liberté, valu de sérieux déboires professionnels et permis de retrouver Pierre Teilhard de Chardin... qu'elle avait essayé de lire à quatorze ans, mais sans le comprendre, et sans se rendre compte que ce jésuite visionnaire allait devenir le maître spirituel de sa vie. Elle avait du flair : pour un esprit scientifique, Teilhard ouvre un boulevard de lumière au cœur d'un troisième millénaire aux prémices très officiellement « chaotiques ». Mais justement, Anne Dambricourt-Malassé trouve que la théorie du chaos aujourd'hui à la mode manque singulièrement de rigueur quand on la généralise à l'évolution du vivant, et qu'il devient urgent et vital de savoir percevoir, derrière cet épais brouillard, les formes de l'avenir de l'homme, forcément fantastiques, en train de se dessiner.

C'est au laboratoire de Paléontologie humaine du Museum d'histoire naturelle de Paris que je l'ai rencontrée, au milieu de crânes d'hommes de Neandertal et de Cro-Magnon. Voici l'essentiel de notre conversation.

« Comment peut-on trouver la sagesse en passant sa vie à étudier des petits bouts d'os ? »

Anne Dambricourt, qui semble toute jeune, me répond avec simplicité, comme si nous étions deux étudiants :

« Aussi loin que je me souvienne, j'ai toujours voulu faire de la paléontologie humaine, et cela passe d'abord, bien sûr, par la recherche de squelettes fossiles, notamment des vestiges de crâne. Cela ne partait pas d'une curiosité, ni d'un besoin de "culture", mais de la conviction qu'en remontant aux origines de l'homme on avait une chance de comprendre ce que nous faisons ici, sur terre. Selon la thèse officielle qui découle de la théorie darwinienne, la question ne se pose pas. L'évolution, régie par le pur hasard du début jusqu'à la fin, ne saurait avoir la moindre direction, le moindre but. Pour les partisans du paradigme aujourd'hui en place, prétendre que l'évolution qui à engendré la pensée réfléchie serait contrôlée par autre chose que le hasard tient du sacrilège. Cet a priori matérialiste s'est trouvé récemment renforcé par l'arrivée de la théorie du chaos, qui se fait fort d'expliquer comment le désordre engendre spontanément de l'ordre et comment, dans des conditions d'instabilité limite, un système ouvert à l'énergie peut créer des formes totalement inédites. On appelle cela le "chaos créateur", ou "chaos déterministe". Idée de base :

par définition, la forme que prendra la vie — comme tout système instable à long terme — est rigoureusement impossible à prédire. Ainsi aurions-nous été, humains, totalement imprédictibles à l'origine. Ainsi notre avènement n'a-t-il, en soi, strictement aucun sens.

» Il se trouve qu'en comparant les os crâniens des singes, petits et grands, archaïques et contemporains, ainsi que ceux de l'Australopithèque, de l'*Homo erectus*, de l'*Homo habilis*, du Néandertalien... et de nous-mêmes, hommes de Cro-Magnon, on tombe sur un processus d'une logique implacable et continue, s'étalant sur soixante millions d'années, et qui, loin de donner la primeur au chaos, relativise énormément son rôle créateur, pour laisser la fonction fondatrice de l'évolution à ce que Teilhard appelait la "loi de complexité-conscience".

— De quel processus s'agit-il ?

— On connaissait déjà ce qu'on appelle la "bascule occipitale de la base du crâne" : au cours de l'évolution le système nerveux s'est encéphalisé et a eu tendance à s'enrouler sur lui-même, à l'arrière du crâne, ce qu'on retrouve dans la forme des os. Mais on ne faisait pas le rapprochement entre ce phénomène et ce qui se passait du côté du visage, où, progressivement, la mâchoire diminuait et s'élargissait, tandis que l'ensemble de la face se verticalisait et se glissait sous le front.

» En réalité, ces deux phénomènes obéissent à un processus unique, que j'ai appelé "contraction cranio-faciale", et dont je pense avoir trouvé l'une des clés centrales, de nature fractale, en étudiant les sutures de la base de tous les crânes d'hominiens disponibles. Cette base, quasiment plate chez les premiers singes comme chez les mammifères quadrupèdes, a eu tendance à se plier au centre, à s'enfoncer de plus en plus vers l'intérieur du crâne, comme sous la pression de deux gros pouces invisibles, contraignant celui-ci à une double rotation, l'une vers l'avant (bascule occipitale), l'autre vers l'arrière (retrait de la face), et provoquant donc la contraction cranio-faciale en question.

— Vous parlez de fractale à propos d'os... comment fait-on ce genre de découverte ?

— L'explication mathématique serait trop complexe, mais je peux apporter quelques commentaires. D'abord, j'ai été aidée par ma formation en géologie : quand vous étudiez la tectonique des plaques, vous prenez l'habitude de réfléchir à toutes les déformations de matériaux en trois dimensions. Là-dessus, on cherche, on cherche, et puis tout d'un coup, au moment où l'on s'y attend le moins, pris par tout à fait autre chose, clac ! l'intuition jaillit, on ne sait d'où. En l'occurrence, je me suis souvenue de la couverture d'un magazine scientifique, vieux de plusieurs années et consacré aux fractales, où figurait exactement la même figure géométrique, en losanges masqués, que sur les bases de crâne que j'étudiais. Coïncidence fructueuse, qui m'a aussitôt mise sur la bonne piste.

» Et puis il faut rendre hommage aux orthodontistes. Ce sont en grande partie eux (je pense à Marie-Joseph Deshayes et au Pr. Gudin) qui, sur le terrain clinique, à force de soigner des enfants aux mâchoires dysharmonieuses, nous poussent à mettre en évidence le mécanisme global de contraction de la base du crâne. Ces enfants semblent d'ailleurs de plus en plus nombreux. L'idée court que ce qu'on appelle "l'agénésie" qui touche la dernière molaire, la deuxième prémolaire et la deuxième incisive, ne s'observait pas autant autrefois. Un nombre croissant de nos contemporains vivent désormais avec deux, quatre, parfois six dents en moins. Ce qui pose d'intéressantes questions : est-ce simplement dû au fait que l'on prête aujourd'hui plus d'attention à nos dents, ou bien assistons-nous à une continuation, voire à une accélération du processus d'hominisation ? Si la seconde hypothèse se révélait la bonne, on retomberait sur notre question centrale : peut-on dire quelque chose de la direction dans laquelle se fait cette hominisation ? Celle-ci a-t-elle un sens ? Lequel ?

— La "contraction crânio-faciale" dont vous parlez a-t-elle été admise par les autres scientifiques ?

— Pas par tous. Nous n'en sommes qu'au début. La question est évidemment de savoir s'il s'agit d'une élégante illusion, d'une vue de l'esprit, ou si l'on a affaire à un phénomène réel, quantifiable, testable, etc. Bien sûr, si j'ai rencontré de nettes résistances de la part de confrères (moins nombreux aujourd'hui), c'est que pour moi la démonstration est faite, et qu'elle remet en cause toute la vision "chaotique" des sciences de l'évolution.

» La plupart des paléontologues aiment bien la théorie du chaos. Elle leur permet d'affirmer que, depuis quatre milliards d'années que la vie existe sur cette planète, l'apparition des espèces vivantes successives s'est faite de manière rigoureusement imprédictible. Que l'on puisse supposer que l'arrivée de telle ou telle famille vivante était prédictible, leur est inconcevable. Appliquée à l'homme, la supposition leur devient même insupportable. Pour eux, notre apparition est le fruit accidentel d'une confluence d'événements à cent pour cent indépendants les uns des autres, provoqués par des mutations génétiques aléatoires, se combinant de façon viable par pure coïncidence. Cela fonde une certaine idée de la liberté, certes... Mais j'arrive, quant à moi, à des conclusions diamétralement contraires, porteuses d'une liberté très différente. Il y a une logique qui se déploie imperturbablement à travers le halo du hasard — on pourrait même dire : une logique qui se nourrit du hasard. Il y a quelque chose de très stable, de très persistant, de très têtu tout au long de l'évolution. Quelles que soient les dérives de continents, les crises climatiques, les disparitions ou les apparitions d'espèces, quels que soient les aléas chaotiques — régis, en effet, par un hasard imprédictible —, on voit, sur soixante millions d'années, la base du crâne des grands singes, puis des hominiens, des hommes archaïques et des hommes modernes, imperturbablement se contracter, suivant une logique explicite, autorisant des prédictions dans la genèse des formes.

» Je cite la contraction crânio-faciale parce que

c'est le domaine que j'ai étudié, mais je suis sûre aujourd'hui que l'on retrouve le même type de processus dans tous les grands flux du vivant. Et cela semble logique. Car enfin, aujourd'hui, les scientifiques sont d'accord pour dire que, du Big Bang à l'apparition de la vie (c'est-à-dire pendant onze milliards d'années), il y a eu déploiement d'un monde prédictible : les quarks pouvaient difficilement ne pas donner des protons, les nuages d'hydrogène pouvaient difficilement ne pas s'effondrer sur eux-mêmes pour donner des étoiles et des molécules, les molécules allaient donner des acides aminés et, finalement, l'ADN — voilà ce qu'on nous dit. Et puis tout d'un coup, la logique des scientifiques se rompt. A partir de l'apparition de la vie, on ne pourrait plus rien prévoir. Le grand chaos prendrait la gouverne.

» Je ne peux m'empêcher de constater qu'il n'y a rien de scientifique dans cette rupture du discours, et quelque chose me dit que la véritable raison en est philosophique : c'est l'homme que l'on vise, c'est lui dont on ne veut surtout pas qu'il soit prédictible — car il se pourrait alors, oh scandale, qu'il ait une raison d'être au monde ! J'insiste : la rupture du discours contemporain quant à la prédictibilité des grands plans de l'évolution n'est étayée par aucun argument scientifique sérieux. Surtout quand on parle de l'homme. L'hominisation demeure un phénomène mystérieux.

— Pourquoi ?

— Parce qu'on ne sait même pas comment un embryon de grand singe a pu devenir un embryon d'Australopithèque. Lorsqu'on étudie des fossiles, on a l'habitude de comparer des formes adultes, mais ça n'est évidemment jamais un adulte qui s'est transformé en un autre adulte. Un adulte se reproduit, mais ce n'est pas lui qui évolue, c'est l'embryon. Pour changer la forme adulte, il faut d'abord changer l'embryon, donc l'embryogenèse. C'est pourquoi je dis que notre ancêtre était un embryon. Or on est incapable de dire comment l'embryon de grand singe est resté un embryon de singe depuis vingt millions d'années, en dépit de toutes sortes de bouleversements du milieu, incapable d'expliquer cette "stabilité structurelle", comme dit René Thom (qui m'a beaucoup soutenue dans ma démarche). Et à l'inverse, on est tout aussi incapable de dire comment, vers moins cinq millions d'années, des femelles de grand singe ont engendré des embryons d'Australopithèque, c'est-à-dire un être totalement inédit, restructuré de la tête au bassin et du bout des mains au bout des pieds.

— La question se pose pour tous les grands sauts du vivant...

— Oui, la microévolution darwinienne explique en gros comment on se promène, d'une variété à l'autre, à l'intérieur d'un même plan. Mais comment passe-t-on d'un plan d'ensemble à un autre plan d'ensemble ? Quel est le facteur qui ordonne la morphogenèse et sa métamorphose ? Qu'est-ce qui dirige le développement de la forme d'un os suivant une trajectoire qui, d'espèce en espèce, va dévoiler une logique à long terme ? Voilà les questions auxquelles on se trouve confronté.

— Que pensez-vous de la théorie de la résonance morphique de Rupert Sheldrake ?

— Il ne faut pas la rejeter a priori. Le problème est de savoir si l'on se trouve toujours dans la science, ou dans une extrapolation. Mais je préfère certainement la notion de champ morphogénétique à celle de chaos déterministe comme concept intelligible pour l'émergence du sens ! Il faut oser pour avancer.

— Pourtant, on ne peut nier que ce "chaos créateur", qui enchante Ilya Prigogine et tous les tenants de l'auto-organisation, soit porteur de tendances fortes et explique beaucoup de phénomènes. Pourquoi notre cœur bat-il de manière chaotique, pourquoi la lune tourne-t-elle chaotiquement autour de la terre, pourquoi la météo est-elle chaotique et les cours de Wall Street ?

— Je ne nie pas la réalité du chaos. Je dénonce sa généralisation abusive. Car qu'est-ce qui fait que vos cellules cardiaques, qui pulsent chaotiquement, se trouvent tout de même corrélées dans un tout qui s'appelle un cœur et remplit une fonction vitale ? Ce qui est important, c'est la reproductibilité de la fonction, au-delà du hasard. En matière d'évolution, on voit très bien quand le chaos déterministe intervient. C'est par exemple quand apparaît le Néandertalien.

» Cela se passe il y a quelque cent vingt mille ans. Brusquement survient un être totalement imprédictible. La base de son crâne, au lieu de prolonger et d'accentuer le mouvement de flexion cranio-faciale des hominiens et hommes archaïques qui l'ont précédé, eh bien cette base au contraire s'allonge. La contraction ralentit. Donc, logiquement, le cerveau devrait ralentir son développement... Mais non, son cerveau grossit. En écho, la face se projette vers l'avant et le front adulte s'affaisse. Parallèlement, le drainage sanguin du cerveau régresse. Il a une énorme langue et pousse sans doute des cris puissants qui lui permettent de communiquer à grande distance, mais le Néandertalien ne peut vraisemblablement pas articuler de mots clairs. Bref, toutes les corrélations se sont rompues entre les tissus. Le chaos s'est introduit dans le jeu. Le Néandertalien disparaîtra sans descendance et sans sortir du plan d'organisation des hommes archaïques.

— Une fluctuation chaotique.

— Oui mais remarquez bien : chaotique par rapport à une logique qui, elle, est prédictible. En effet, on pouvait prévoir que si une ontogenèse nouvelle (un nouveau plan, un nouveau "modèle") devait émerger, elle aurait une contraction cranio-faciale intensifiée, un front haut au stade adulte, des lobes frontaux plus développés, des méninges mieux oxygénées, un appareil phonatoire favorisé par la verticalisation de l'ensemble, une meilleure capacité à prononcer des phrases (ce qui consomme beaucoup d'oxygène), une conscience symbolique plus élevée, une meilleure maîtrise de son milieu... Voilà ce qu'on aurait prédit. Et c'est ce qui est arrivé : notre ancêtre Cro-Magnon était donc attendu.

»Chaque fois que l'on franchit une étape au cours

de l'évolution, c'est que l'embryon a su intégrer un flot d'instabilité de façon harmonieuse et non chaotique, en conservant la logique de la refonte embryonnaire.

— Quelle sera la suite du grand Jeu ? Comme dit Satprem, le poisson ne pouvait pas imaginer le reptile, ni le singe l'homme. Sans doute ne pouvons-nous pas non plus rationnellement définir l'homme accompli. Pouvons-nous le rêver ?

— Que font les prophètes ? Qu'est-ce que la révélation monothéiste ? Et l'attente du Messie ? Qu'est-ce, sinon le grand rêve de l'accomplissement et du dépassement de l'homme ? Je commence enfin à le comprendre. Pour Teilhard de Chardin, la grande nouveauté du Sapiens, c'est-à-dire de l'homme moderne, c'est sa conscience, sa quête du sens, sa capacité et son empressement à se poser des questions. Logiquement, ces "propriétés émergeantes" appartiennent au processus et devraient s'intégrer à notre embryogenèse, afin que le processus évolutif se maintienne et débouche sur un nouveau palier de conscience. Et si c'est vrai, alors il ne faut surtout pas étouffer, censurer, écraser la quête du sens. Celle-ci devient au contraire essentielle à la poursuite du grand jeu cosmique.

— Que la légende indienne dont je suis la trace appelle "l'accomplissement du cinquième rêve"...

— Comme si le fait même de se poser des questions remplissait une fonction essentielle — une fonction que nous ne connaissons pas encore et que notre liberté consiste à trouver.

» Or que voyons-nous autour de nous ? Jamais une société n'a été aussi négative, aussi déstructurante pour la pensée que la civilisation du XXe siècle, qui nie contre toute nature humaine, sans démonstration, la signification de son existence. Beaucoup de leaders intellectuels et scientifiques vont jusqu'à nier la possibilité même de se poser des questions sur le sens ! Comme si l'on pouvait nier cela rationnellement ! Le sens qui nous habite et nous meut n'échappe-t-il pas, par définition, à notre emprise ?

» Aujourd'hui, je crois à la nécessité des prophéties et des prophètes — c'est-à-dire d'une information qui vienne d'une conscience supérieure à nous, qui contienne à la fois l'homme et sa signification. L'observateur seul ne peut pas s'abstraire de lui-même et s'observer du dehors, c'est impossible. Donc le Sens ne peut être que dévoilé et intégré dans un stade de conscience supra-humain. Les directions d'avenir nous sont accessibles, le Sens pas encore. Sa négation est une très grave mutilation de la nature humaine.

— Teilhard parlait de point Oméga. Voyez-vous cela comme une sorte d'attracteur étrange (Prigogine se sert beaucoup de ce concept inventé par Lorenz dans sa théorie de l'auto-organisation) ?

— Il y a plusieurs sortes d'attracteurs. Vous avez le pendule isolé qui s'épuise. Ou bien l'oscillateur cyclique, qui reçoit de l'énergie extérieure et revient proche de sa position de départ, à l'intérieur d'un même bassin d'attraction. L'attracteur étrange, lui, amène irréversiblement un système aux limites de son bassin d'attraction, sans que l'on puisse prévoir dans quel autre bassin il risque de basculer. De bassin en bassin, on se retrouve alors dans le chaos déterministe. Mes recherches me poussent à croire en l'existence d'*attracteurs harmoniques*. Pourquoi "harmoniques" ? Parce qu'au-delà du seuil de bifurcation, si la forme change, la dynamique et sa logique, elles, ne changent pas. Les systèmes qu'elles influencent mémorisent les nouvelles corrélations, acquises quand on passe d'un plan d'organisation à un autre. Le point Oméga, c'est Le grand attracteur harmonique de cette évolution.

— Et comment définissez-vous la fameuse *noosphère* ?

— Teilhard avait la vision d'une planète « phosphorescente de pensée ». De même, disait-il, que les quarks ont été poussés par une force colossale à converger, sans s'effondrer les uns sur les autres (évitant en quelque sorte le trou noir), permettant l'émergence du plan atomique ; de même que des masses inimaginables d'hydrogène ont convergé sans s'effondrer non plus, pour donner naissance au plan stellaire et à la matière ; de même, aujourd'hui, des milliards de psychismes humains peuvent converger... et vont peut-être — sans s'effondrer les un sur les autres, espérons-le — nous faire déboucher sur le plan suivant : la noosphère. Pour Teilhard, il s'agit d'un plan majeur, aussi important que la vitalisation (apparition de la vie) ou que l'hominisation (avènement de la pensée réfléchie).

— Vous y croyez autant que lui ?

— Ah, il faut le lire et le relire ! Il est à la fois si profond, si logique, si poétique ! Plus le temps passe et plus ses arguments s'avèrent féconds et sa transdisciplinarité prémonitoire. Même si les risques d'avortement me semblent de plus en plus grands aussi. On a l'impression d'une gigantesque partie de bras de fer entre la possibilité d'émergence du plan suivant et le risque de voir s'éteindre le fantastique processus qui nous habite. Les Australopithèques ont survécu quelque temps aux côtés des premiers hommes, sans se "rendre compte" que ces derniers allaient leur survivre alors qu'eux s'éteindraient. Même chose pour les Néandertaliens...

— Vous voulez dire qu'il existe peut-être en ce moment même des humains porteurs d'une embryogenèse nouvelle, inédite, et d'autres voués à s'éteindre ?

— Si une telle éventualité se présentait, nous ne pourrions rien en dire, elle échapperait par définition à notre entendement. La mise en évidence du processus est de plus en plus fine concernant la forme. En revanche, je crois que, en ce qui concerne le psychisme, nous allons vers des bonds spectaculaires quant aux capacités de perception du Sens.

— Et que penser des généticiens qui tentent d'améliorer l'espèce humaine, voire de créer de nouvelles espèces ?

— Ils prennent "Ah vous dirais-je maman", comme Mozart, touillent dedans et en ressortent des variantes, mais ils ne créent pas de nouvelle symphonie. Bien sûr, on se dit que le décryptage du génome va permettre de supprimer des maladies. Mais tout se passe comme si l'émergence d'un nouveau plan, l'avènement d'une nouvelle embryogenèse, dépassait largement la génétique. Les généticiens peuvent bricoler un plan, le recopier, le ralentir, l'activer, ou alors le détruire, mais je les sens bien incapables de créer un embryon débouchant sur un adulte radicalement inédit. Et quelle inutilité, puisque le phénomène se produit de lui-même ! L'important n'est pas de jouer, piètrement, les apprentis-sorciers, mais d'être extrêmement attentif, extrêmement vigilant : nul n'a idée de ce à quoi peut ressembler le plan suivant. Il y a fort à parier qu'il nous choquera. Envisageons une éthique évolutionniste !

— Et que pensez-vous du fait que Teilhard de Chardin soit devenu une star du New Age, notamment chez les Anglo-Saxons ?

— On critique beaucoup ce mouvement, mais s'il n'existait pas, on le regretterait. Dans ce monde où tout est brisé, où les traditions disparaissent, où l'interdisciplinarité continue à être difficile, le New Age constitue visiblement une quête légitime de spiritualité. C'est comme un enfant coupé de sa mère et qui cherche partout une réponse... Cherchent-ils aux bons endroits ? Je n'en sais rien. Que Teilhard les inspire me semble une très bonne chose. Sa pensée est l'une des plus aptes à nous sortir de là.

— Comment, concrètement ?

— En nous faisant renouer avec l'Alliance que l'Absolu avait passée avec le peuple hébreu, et que l'homme moderne a rompue. Il faut qu'à nouveau la révélation résonne entre Dieu et les hommes. Il nous faut passer une Nouvelle Alliance.

— Ah, mais c'est le titre du livre le plus fameux d'Ilya Prigogine, encore lui !

— L'alliance proposée par Prigogine est illusoire, parce que c'est une alliance passée avec soi-même, dans la spirale sans fond de l'interrogation *qui suis-je ? qui suis-je ?* Prigogine dit que l'homme se découvre poussière d'étoiles et que cela réenchate sa vision du monde, mais il s'agit d'un homme totalement seul. Sans transcendance, sans Dieu. La Nouvelle Alliance dont je parle est double : elle nous réconcilie avec la nature mais aussi et surtout avec ce Tout Autre à qui s'adressent nos prières. Pourquoi prie-t-on ? Parce que, malgré tout ce qu'on perçoit d'absurde et de laid dans le monde, il y a toujours une résonance entre nous et cette beauté absolue que l'on perçoit derrière le moindre brin de vie, derrière le moindre amour, et qui nous donne envie de continuer malgré tout.

— Et malgré votre sévérité à l'égard des humanismes athées, n'avez-vous pas l'impression parfois qu'ils ont été bien utiles ?

— Oh, ils ont certainement rempli d'importantes fonctions. Au moins une : celle d'avoir placé extrêmement haut la barre de la liberté individuelle — au risque de confondre celle-ci avec un insupportable caprice infantile, suicidaire et terroriste. Car finalement, quels sont les fruits du matérialisme ? Crise générale, pollution planétaire, difficulté de se poser publiquement des questions sur le Sens en science... Mais j'ai grande confiance dans les jeunes des nouvelles générations. Et je crois que ça va exploser ! »

Mais exploser sur quel terrain ? Dans quelles directions peut s'emballer la logique co-évolutive du règne humain — avec la bénédiction des jeunes générations ? Quand on parle de la noosphère, par exemple, certains imaginent aussitôt le gigantesque "cerveau planétaire" dont chacun de nous ne serait qu'un neurone. Un cerveau prodigieux, entièrement créé par la technologie industrielle et dont Marvin Minsky (qu'on appelle le "pape de l'intelligence artificielle" au MIT de Boston) proclame qu'il nous succèdera — l'homme n'ayant finalement été qu'un maillon entre l'animal... et la machine.

Un autre genre de co-évolution, entièrement fondée sur cette découverte prodigieuse : l'information n'est pas soumise aux lois de l'énergie. Elle échappe notamment aux limites de la rareté et peut tendre, quantitativement, vers l'infini.

Du coup, l'homme qui la manipule a toutes raisons de croire qu'il est devenu le Créateur suprême.

3

La maya s'appelle désormais « réalité virtuelle » Échappée hors de l'espace-temps

Vendredi soir, tard, sur le périphérique parisien. Des milliers de voitures slaloment les unes avec les autres, se suivent, se frôlent, se doublent à cent trente à l'heure. Fabuleux ballet de dauphins d'acier, inimaginable pour nos ancêtres, qui nous paraît tellement banal. Nous sommes devenus des hommes-machines. Certains penseurs d'aujourd'hui prétendent qu'il ne s'agit que d'une étape vers un autre genre de ballet, encore plus fou : celui des machines vivantes.

« Jusqu'où, selon vous, l'avenir de l'homme s'imbrique-t-il dans la machine?

— Nous sommes bien trop médiocres et sentimentaux, les machines nous élimineront tout simplement de cette planète! » s'esclaffa le chauve à grosses lunettes à qui je venais de poser la question.

C'était sans appel. Ce chauve est censé être l'un des hommes les plus intelligents de la terre. Marvin Minsky, titulaire de la chaire d'intelligence artificielle du Massachusetts Institute of Technology, était venu faire un tour à Linz, en Autriche, où se tenait comme chaque année *Ars Electronica*, l'un des festivals mondiaux des images de synthèse.

Il y avait là Jaron Lanier, William Gibson, John Barlow, Derrick de Kerckhove, le vieux Timothy Leary et plusieurs autres stars de ce qu'on appelle communément, depuis la fin des années quatre-vingt, la « réalité virtuelle » — VR en anglais, pour *virtual reality*.

Vous rappelez-vous *Tron*, l'un des premiers films mi-réalité mi-images de synthèse, dont le héros se retrouvait prisonnier à l'intérieur d'un logiciel d'ordinateur ? Vieux fantasme de la littérature SF : on décompose numériquement les traits propres d'un individu — ses programmes génétiques et psychiques — et on le recompose à l'intérieur d'un ordinateur. Eh bien, ce fantasme est en train de devenir réalité. Vous êtes vous-même déjà, pour une part, intégré aux programmes de réalité virtuelle. Comment ? Les exemples ne manquent pas. Où se trouve votre argent ? Sur un compte en banque ? C'est-à-dire où, physiquement ? Nulle part ; dans une réalité virtuelle ! Quand vous téléphonez à quelqu'un, où se tient, physiquement, votre conversation ? Nulle part ; dans une réalité virtuelle ! Et quand vous appelez une messagerie par minitel ? Ou quand vous participez à une téléconférence reliant plusieurs points de la planète par faisceaux hertziens ? Où retrouvez-vous vos partenaires, sinon dans une réalité virtuelle ? Et vos enfants, ne jouent-ils pas, de plus en plus, à des sports virtuels, sur leurs consoles japonaises ?

Des pans entiers de nos vies sont engloutis, sous nos yeux, dans une réalité radicalement nouvelle, à mi-chemin entre le monde physique et le monde des idées pures, et nous ne le réalisons pratiquement pas. Pourtant, selon beaucoup de grands experts, l'avenir même de l'humanité se joue là ! C'est à Linz, en Autriche, que j'ai découvert cette vertigineuse perspective.

Les halls, les escaliers, la cafétéria, les vestiaires du Brucknerhaus, qui domine le Danube de sa lourde rotonde vitrée, bruissaient de mille conversations étranges.

« Ce qui manque à la réalité virtuelle, disait quelqu'un, ce sont des artistes, sinon, comment voulez-vous recréer le monde de zéro ?

— Mais Jaron Lanier EST un artiste ! répondait quelqu'un d'autre. Le bout de squelette qui se balade dans le dernier clip du *Grateful Dead*, c'est lui !

— Alors, s'esclaffait un troisième, elle lui a dit : Inondez-moi de papillons ! L'autre a sorti son saxon virtuel et lui a dit : Désolé, il ne joue que des mammifères marins.

— Et celle du type qui croit s'être acheté un programme de VR-party avec Kim Basinger et qui se retrouve dans un ring face à Tyson !

— Tom Zimmerman a inventé le *dataglove* parce qu'il voulait créer de vrais sons à partir d'une guitare imaginaire.

— Vous me faites rire : on se retrouve tout simplement dans l'espace du *Livre tibétain des morts* !

— D'ici à deux ans, les multinationales sont dans le coup. La compétition avec la NASA risque de devenir serrée. Avez-vous senti l'assurance de leur délégation ?

— Et vous, avez-vous essayé leur dernier Cyb'system ?

— La société du spectacle produit désormais une aliénation telle que ses esclaves se délectent à y devenir, littéralement, des personnages de bandes dessinées.

— Nous nous prolongeons de plus en plus loin à l'extérieur de nous-mêmes. Dire *J'ai mal à la Bosnie*, ou *à l'Afrique du Sud*, a un sens neuronal. McLuhan n'avait-il pas prédit que la planète allait se recouvrir d'un gigantesque système nerveux électronique ? »

Souvent, pour prendre conscience d'une réalité nouvelle, nous avons besoin d'un spectacle, d'une manifestation tangible, voire d'un gadget. Le gadget de départ de la *Réalité virtuelle* ? Vous enfilez des lunettes spéciales, genre masque de plongée sous-marine, reliées à deux gros ordinateurs. Puis vous chaussez un gant très particulier, tout couvert de boutons, et hop ! vous basculez *à l'intérieur* de la télé, au beau milieu d'un paysage synthétique, entièrement créé par ordinateur. Un paysage dans lequel vous pouvez non seulement vous déplacer dans toutes les dimensions (vous levez la tête, un ciel de synthèse vous apparaît ; vous regardez sous la table, les jambes d'une androïde de rêve vous font loucher), mais où vous pouvez également toucher les objets fictifs en 3-D, les saisir, les déplacer, changer leurs formes.

Je m'étais d'abord imaginé qu'il s'agissait d'un grand joujou pour fin de millénaire. Alors qu'il y allait tout bonnement de notre avenir. De notre avenir privé et public, industriel et artistique, marchand et guerrier. Quelle hallucination !

Imaginons-nous en 2010.

Driiing ! Qui me réveille à cette heure ? Ah oui, j'avais oublié : la VR-conférence avec les Japonais ! Pas le temps de m'habiller. Vite, je mets mon *eyephone*, j'enfile juste mes gants, et blop ! je me retrouve dans un salon de thé fictif, avec mes interlocuteurs asiatiques qui me sourient déjà, depuis l'autre côté de la planète, sous des apparences stylisées par un artiste zen. On dirait des chats. Je leur apparais moi-même avec le visage d'un vieux personnage de Crumb. Au travail ! Sans dire un mot, je fais apparaître sous leur nez, en trois dimensions, suspendu en l'air dans l'espace du salon de thé, les épures du village sous-marin que j'ai conçu pour eux. A peine le temps de caresser mon travail du bout de son doigt virtuel, et plouf ! le patron japonais change le décor. Nous voilà au fond de la baie d'Osaka. Maintenant que le projet repose dans son vrai contexte, mes clients se lancent dans la visite du village sous-marin et l'examinent sous toutes les coutures en hochant virtuellement du bonnet.

En soi, les processus impliqués ne sont pas neufs, même en 1991. Il s'agit plutôt de l'assemblage inédit de plusieurs technologies complexes qui, pendant des années, ont évolué lentement : 1° des ordinateurs graphiques très puissants capables de produire des images complètes en 3-D au rythme de trente et bientôt soixante à la seconde (ce qui représente quelque quatre-vingts millions d'opérations par seconde) ; 2° des lunettes s'ouvrant sur deux écrans à cristaux liquides, présentant chacun une image légèrement différente, pour donner le relief ; 3° des censeurs magnétiques, attachés au casque (*eye-phone*) et au gant (*dataglove*), indiquant à l'ordinateur avec précision et au millième de seconde la position de la tête et de la main (ou de n'importe quelle partie du corps équipée à cette fin).

De cet assemblage inédit, nous annonce-t-on, va jaillir une véritable mutation neuroculturelle. Un truc aussi important que l'invention de l'écriture !

N'ayant pu essayer moi-même qu'un modèle primaire d'équipement VR, à définition faible, vitesse lente et décor pauvre, j'ai eu d'abord quelques difficultés à me figurer la fulgurante mutation. Puis j'ai vu un film tout simple, un document sur l'état actuel des équipements, et j'ai senti le sol s'ouvrir sous mes pieds.

Premières images : un ingénieur, équipé des lunettes et du fameux gant, fait des gestes étranges, dans le vide d'une salle anonyme. Brusquement vient s'ajouter, en surimpression, le décor dans lequel le bonhomme évolue : sur fond de ciel étoilé, le voilà à l'intérieur d'un gigantesque dessin 3-D de vaisseau spatial, dont il parcourt les coursives dans tous les sens, selon l'orientation qu'il donne à sa tête et les consignes qu'il pianote sur le revers de son gant. A mesure qu'il avance, il modifie certaines structures, change un hublot de place. S'il touche un objet virtuel, un son synthétique lui parvient immédiatement de l'objet en question. A-t-il besoin de faire un calcul ? Un pupitre virtuel apparaît instantanément devant lui, sur lequel il pianote de sa main virtuelle. Les résultats s'affichent dans une fenêtre fluorescente flottant dans le vide. De temps en temps, il décide de se rapprocher d'une pièce précise, mettons d'un injecteur : la pièce devient gigantesque, il pénètre à l'intérieur de cet objet qui, quelques instants plus tôt, mesurait un millimètre. Tout lui semble permis. Une science-fiction devenue réalité.

On n'a pas idée du nombre d'applications déjà à

l'étude de ce procédé fantastique. L'université de Caroline du Nord utilise déjà la VR dans son labo de biochimie, dont les chercheurs, équipés de lunettes et de gants tout à fait spéciaux, se rapetissent fictivement et prennent la taille des molécules qu'ils essaient de combiner, manuellement, dans de nouveaux arrangements. La même université est fière d'avoir choisi l'architecture de son nouveau bâtiment d'informatique à partir d'un modèle VR — la direction, toujours chaussée des fameuses lunettes, a pu visiter l'édifice grandeur nature dans sa version virtuelle, s'apercevoir que le hall d'entrée était trop petit, et le faire modifier à temps. Les grands cabinets d'architectes seront sans doute les premiers privés à systématiquement s'équiper en VR — on fera monter les futurs clients à bord d'une gondole volante virtuelle, qui survolera toutes sortes de maisons, et quand l'une d'elles plaira, de loin, au client, le gondolier l'y fera descendre pour une visite fouillée.

Les grands hôpitaux universitaires aussi veulent être de la partie : les étudiants pourront y opérer des malades virtuels, qui ne risqueront pas grand-chose à décéder virtuellement. Quant à la NASA, elle espère avoir ainsi trouvé le moyen, non seulement de télécommander depuis la Terre des réparations dans l'espace, ou la conduite de robots, mais, plus surprenant, d'exploiter enfin la gigantesque montagne de données reçues du cosmos depuis les années soixante-dix — et dont 10 % seulement ont été examinés et 1 % à peine analysés : le service « Visualisation pour l'Exploration Planétaire » estime en effet qu'une fois disposées en 3-D et observables en VR (éventuellement depuis un simulateur de vol pour parfaire l'illusion), ces millions de données seront plus faciles d'accès ; l'astrophysicien aura l'impression de se promener à la surface d'une planète, il en verra le relief, le grain du sol, la taille des rochers...

Mais la VR n'est pas une exclusivité spatiale. Les premières applications japonaises sont commerciales : on fait déjà visiter des cuisines tout équipées à des couples nippons ébahis. Le service des communications du port de Seattle — grand bâtisseur d'installations portuaires dans le monde — va transposer tous ses dessins et maquettes en VR, et compte s'épargner ainsi d'innombrables tracas dus à des difficultés de traduction, en particulier avec les Asiatiques. On touche ici à l'une des clés de la « mutation neuro-culturelle » dont parlent les fans de la VR : on s'exprimera directement par des formes. Au lieu de dire : « Le pont central fera un kilomètre de long et reposera sur des pilotis disposés, etc. », on montrera le pont directement, en relief.

La parole, court-circuitée par les images, deviendra-t-elle inutile ?

L'avenir de l'homme est-il une image en 3-D ?

Le vrai Danube coulait physiquement sous mes yeux. Des centaines d'Autrichiens et d'Autrichiennes se bousculaient devant les stands de démonstration. Allais-je offrir un *Powerglove* à mes enfants pour Noël ? Certes, les vrais équipements VR étaient encore hors de prix — le Dataglove de Lanier coûte, au moment où j'écris ces lignes, 8 800 dollars, et son fameux RB2 (*Reality Built for Two*) 450 000 dollars ! On en est encore aux prototypes, mais, on le sait bien, ce genre de prix baisse à toute allure.

« Le drame, m'apprit un directeur commercial, c'est que les médias excitent le public trop tôt. Les gens vont être déçus, nous ne sommes pas prêts. »

Étrange capacité que nous avons d'être déçus par des technologies à peine existantes. Déçus, par exemple, d'apprendre que les équipements VR actuels ne permettent pas encore vraiment de *sentir* les objets virtuels touchés. Gros problème : comment faire pour que votre main soit stoppée par un objet virtuel ? La solution est lourde : un exosquelette, genre carapace de homard, vous retient, au dixième de millimètre, à l'endroit où vous êtes censé toucher la chose fictive. C'est encore très grossier.

« Pourtant, m'expliqua Warren Robinett, de l'université de Caroline du Nord, la VR, même simplement audiovisuelle, renforce incroyablement le retour au toucher que la contre-culture des années soixante avait amorcé et que les microcomputers ont accéléré. La distance entre soi et le monde disparaît — on "sent" le monde, c'est le toucher qui devient métaphorique. Si l'on trouve de plus en plus de plaisanteries très grasses sur la "pornographie virtuelle", c'est que le toucher est peut-être notre sens le plus important — le plus difficile à simuler — mais nous l'avions oublié.

— On pourra vraiment "toucher" des objets fictifs dans la réalité virtuelle ?

— Il existe déjà toutes sortes de vibrateurs microscopiques qui, glissés dans le gant, donnent à chaque doigt une sensation tactile. La pionnière du toucher électronique est Margret Minsky, la fille de Marvin Minsky, le gourou du MIT. Elle est en train de mettre au point un "virtual texture simulator" qui permettra carrément de ressentir le grain d'une surface fictive. Couplées à des simulateurs de mouvement, de gravité et de densité, tels que ceux dont disposent les aéronautes, ces techniques vont considérablement muscler la VR. Avec la sensation tactile appliquée à des combinaisons couvrant tout le corps, c'est un véritable vortex virtuel qui va nous aspirer ! »

Ainsi donc, nos descendants seraient bientôt capables de se créer des mondes à 100 % synthétiques !? Comme si l'idée hindoue de « maya » — selon laquelle le monde est fondamentalement une illusion — se mettait au carré d'elle-même, devenant du coup compréhensible par tout le monde : si je peux vous promener dans un monde artificiel si bien fait que l'on peut y toucher les mirages, j'aurai moins de mal ensuite à vous convaincre du caractère illusoire de quelque monde que ce soit. Aurai-je raison pour autant ?

Cela dit, je ne voyais toujours pas pourquoi, ni comment, concrètement, cette réalité virtuelle pouvait être en train de susciter l'émergence d'une véritable mutation culturelle.

Au quatrième jour du festival de Linz, un drôle de type, habillé comme Elvis Presley dans sa période la plus clinquante, monta à la tribune principale du festival. John Barlow, premier parolier du *Grateful Dead*, diplômé en philosophie, rancher dans les Rocheuses et « hippy mystique devant l'éternel », me fit aussitôt comprendre que cette Réalité Virtuelle, aussi appelée *Cyberspace*, nous y baignions déjà jusqu'au cou.

« La VR ! s'exclamait-il, mais des pans entiers du monde moderne, de la spéculation boursière aux messageries sexy, ont déjà basculé dedans ! En Amérique c'est d'ailleurs une vieille tradition : Las Vegas est une pure simulation. Et Disneyland, c'est quoi ? »

Là-dessus il se mit à citer Virilio et Baudrillard : « L'Amérique, en soi, est une fiction. » Tous les intellectuels américains intéressés par la VR vous citent Baudrillard à tout bout de champ. La plupart le font à l'appui de thèses pessimistes, genre : virtualité = fiction = faux = mensonge = tromperie = frustration = castration = homosexualité refoulée = agressivité = boucherie = mort... Comment John Barlow s'y prenait-il pour rebondir sur une utopie positive de la VR ?

« La télévision et les restaurants McDonald's, nous expliqua-t-il, ont transformé les Américains en zombis paranoïaques, passifs et coupés les uns des autres. Notre seul espoir est de civiliser ce *Cyberspace* qui grandit à vue d'œil et où une part grandissante de nos vies va se dérouler. Je crois que la VR va réussir là où le LSD avait échoué : initier les masses à l'épistémologie.

— Comment cela ?

— Les gens vont comprendre que ce que nous appelons “réel” n'est qu'une opinion, un consensus, et non un fait. Comprendre ça vous rend tolérant ; et on va avoir besoin de tolérance, croyez-moi ! Et puis ça va tellement élargir le champ de nos expériences. On n'achètera pas de programmes VR tout faits, on se les programmera soi-même. On pourra décider de sentir l'odeur des nuits de Beethoven, ou de voler dans un ensemble de Mandelbrot ! Comme dit Jaron Lanier, ce qu'on appelle "information" n'est que de l'expérience aliénée. La VR donne tout le contraire de l'information : c'est de l'expérience vécue et partagée ; ça ressemble plus au téléphone qu'à la radio, plus à l'ordinateur individuel qu'à la télévision ; ça pourra recréer les communautés que la télévision a détruites. L'homme ne peut pas vivre sans communauté. C'est dans ses gènes. »

Plus tard, Barlow me dira : « Avec la VR, on bascule carrément dans l'immatériel, c'est-à-dire dans des domaines où les anciens rituels, par exemple le *Livre tibétain des morts*, peuvent nous donner de sérieux coups de main. »

Voilà donc LA nouvelle grande utopie made in USA ? Venue, franchement, d'où on ne l'attendait pas. Les cyberpunks ? Des hippies qui croiraient à la techno. Le plus atteint d'entre eux est un rasta blanc. Un barbu aux yeux bleus sous ses dreadlocks, la dégaine d'un lutin géant. Le fameux Jaron Lanier.

Sa mère, qui jouait à la Bourse, mourut jeune. Son père était écrivain de science-fiction. Père et fils s'installèrent sous un dôme à la Buckminster Fuller dans le désert du Nouveau-Mexique. Déjà des hippies techno, équipés d'ordinateurs et de synthétiseurs. A dix-huit ans le fils voulut devenir musicien, remonta à New York et trouva bientôt son premier job comme designer de sons digitalisés pour jeux vidéo. Depuis, passé sur la côte Ouest, il a inventé le plus performant des gants virtuels. Jaron est l'un des plus prodigieux *hackers* de sa génération. Le Jobs/Wozniak (les fondateurs d'Apple) des années quatre-vingt-dix.

Lanier aime donner ses propres définitions : « La VR est une communication post-symbolique. Jusqu'ici nous avons vécu sur cette planète dans le monde physique. La caractéristique la plus intéressante du monde physique c'est qu'il est partagé : chacun de nous y a sa propre perspective mais celle-ci s'inscrit dans un ensemble commun, qui nous permet de communiquer — ce qui est en soi tout à fait extraordinaire et inexplicable. Malheureusement le monde physique a une autre caractéristique, il est très difficile d'y agir. C'est l'une des premières choses qu'apprend le bébé : il ne peut pas s'envoler comme il le voudrait, ni se saisir des immeubles pour les renverser, ni changer la couleur du ciel. Le nouveau-né ne peut même pas se nourrir lui-même! L'un des plus anciens sentiments d'enfance : être comme enfermé dans une prison.

— La "castration" freudienne! Et les *hackers* là-dedans?

— En grandissant, nous découvrons ce que les programmeurs américains d'ordinateur appellent un "hack" : un truc pour contourner une difficulté. Le "hack" que les humains utilisent pour échapper à la prison du monde physique est appelé "symbole". Un symbole est essentiellement une partie du corps que nous parvenons à bouger aussi vite que nous pensons et ressentons, pour faire référence au reste du monde physique si lourd. Cela peut être la langue, les yeux, les mains, n'importe quelle partie du corps. D'ailleurs qu'est-ce que le corps, sinon cette partie du monde physique que nous pouvons utiliser directement comme un outil de communication.

— Par exemple?

— Si je remue mes cordes vocales et ma bouche et que je vous dis : "Je vais chevaucher un ver géant jusqu'aux anneaux de Saturne", vous visualisez illico ce que je veux dire, OK? S'il fallait que je me livre à la transformation physique correspondant à mon idée, et que je doive réellement inventer génétiquement un ver géant capable de survivre dans le vide spatial et de me conduire jusqu'à Saturne, cela me prendrait dix mille ans! Donc user de symboles est un truc, un *hack*, qui nous permet de partager des choses qui, sinon, seraient inaccessibles du fait de notre impuissance dans le monde physique.

« Bien sûr, ces limites ont leur bon côté. Usant de symboles nous avons développé de merveilleuses facultés. Et les symboles eux-mêmes ont pris leur autonomie et ont engendré une vie extrêmement belle, pleine de poésie et de plaisanteries qui n'auraient jamais existé si nous avions été puissants comme des dieux et capables, sur-le-champ, de créer des vers géants volant à travers l'espace. Il n'empêche que nous voilà à l'orée d'une nouvelle époque, où la réalité virtuelle va nous fournir la possibilité de revenir en arrière et d'explorer ce qui se serait passé si nous avions eu ce pouvoir quasi divin de développer une forme de communication radicalement différente, que j'appelle post-symbolique.

— Je connais pas mal d'humanistes qui vont hurler. Se passer de mots, n'est-ce pas renoncer à l'essence même de l'humanité ?

— La VR ne s'oppose en rien aux symboles ! Ils sont précieux. Ce serait absurde, nous avons évolué de façon telle que nos cerveaux sont justement des machines à symboles. Mais maintenant, nous allons acquérir des dimensions supplémentaires.

— Lesquelles ?

— La première caractéristique de la VR, c'est qu'il s'agira d'une réalité partagée : on y rencontrera d'autres gens, pas des robots, voilà pourquoi elle aura du succès. La seconde, c'est qu'elle nous permettra de créer des mondes rapidement et facilement. Cette possibilité n'existe pas encore techniquement, mais je sais qu'elle viendra très vite. Cela signifie que nous aurons une méthode pour créer et transformer un monde virtuel aussi vite que nous pourrions en parler. Autrement dit nous nous retrouverons dans une sorte de rêve lucide collectif où tout sera possible, facile et partagé. Au lieu de mots, on utilisera des transformations de formes ; par exemple, au lieu de dire : "Tu sais où j'aimerais aller ?" et de se lancer dans une description, on sculptera instantanément le décor désiré. Et l'autre pourra, tout aussi spontanément, y apporter les modifications qu'il, ou elle, voudra. C'est ça, la communication post-symbolique. Et puis, dans la VR, la propriété n'existe pas. Le mec qui s'attacherait à ses "richesses" virtuelles serait immédiatement considéré comme un malade, un timbré. Cette situation n'a encore jamais existé.

— Une façon, aussi, de fuir le réel.

— Au contraire, les expériences physiques, dans leurs limites, n'en apparaîtront que plus précieuses, plus savoureuses. On fera enfin attention aux détails.

— Il pourrait y avoir des "bad trips", comme quand on prend des hallucinogènes. Les autres, c'est aussi parfois l'enfer, non ?

— La différence avec le LSD, c'est que, dans la VR, ce ne sont pas des forces inconscientes intérieures qui surgissent à l'extérieur, parfois avec violence. Toute l'aventure virtuelle se situe à l'extérieur de soi, dans l'espace de la création, du partage. Et puis (il se marre), ce trip-là, on peut l'arrêter quand on veut : il suffit de retirer ses lunettes. »

Ce type-là, pensais-je, vous y ferait presque croire ! Pourtant, je sentais en moi des tas de résistances, de réticences, de frayeurs. Chuck Blanchard, un des informaticiens géniaux qui travaillent avec Lanier, m'apporta des précisions importantes, notamment sur le fameux *échange* virtuel : « Beaucoup de gens, dit-il, s'imaginent que la VR n'est qu'un grand jeu vidéo en relief. Rien à voir. Quand, à l'intérieur d'un paysage virtuel, vous tombez nez à nez avec un être étrange (deux yeux et une main suffisent à créer une identité) derrière lequel se cache un humain, vous sentez immédiatement la différence : ce n'est pas un personnage créé par ordinateur. C'est infiniment plus fort. Mais il faut l'avoir vécu pour comprendre. »

Je songeais à toutes les recherches thérapeutiques sur la « psyché groupale », imaginant les incroyables jeux de rôles que la VR allait permettre. On pourrait plonger dans *Donjon & dragon* en trois dimensions, au jeu de la vérité sans masques de chair... Et Timothy Leary, que venait-il faire dans cette galère ?

Ce vieux freak rusé, ex-pape de la révolution psychédélique, dirige aujourd'hui, à Los Angeles, une entreprise de software essentiellement axée sur la VR. Il estime que, d'ici à l'an 2000, l'essentiel du nouveau jeu social se jouera dans la « ponction individuelle et modulée que chaque gamin cyberpunk opérera sur les banques de données mondiales brutes ». Autrement dit, tous les médias actuels (journaux, télés, vidéos, CD, logiciels, etc.) ne fourniront bientôt plus que de la matière première, au même titre que le pétrole ou le fer. Les plus grandes stars de la société du spectacle ne seront plus que des manouvriers ! Les gamins du cyberspace, eux, se serviront à leur gré dans l'énorme magasin mondial de données digitales, prélevant une minute de tel film, trente secondes de tel disque, quatre lignes de tel bouquin — « sampleront » le tout pour s'en faire un décor strictement original et s'enverront virtuellement en l'air, ensemble, d'un bout à l'autre de la planète en communiquant les uns avec les autres sur les réseaux d'Internet. Le seul vrai problème technique restant celui de la mise à la disposition du public des données mondiales (!), si possible depuis l'intérieur du cyberspace, ce à quoi *Upside*, l'entreprise de Leary, s'est hardiment attaquée.

Un monde libertaire idéal. Dont l'éthique actuellement en vigueur sur les réseaux du système Internet donne à penser qu'il pourrait réellement exister.

Seulement voilà...

Sur cette nouvelle grande scène de la VR, on peut aussi entendre un autre genre de discours. Tenu par un autre genre de star. William Gibson, par exemple, ou Bruce Sterling, les auteurs de science-fiction qui ont lancé le mythe littéraire du Cyberspace, dans les années quatre-vingt*. Leur vision ? Ils sont très amis avec Lanier, Leary et compagnie qui, « tels les premiers explorateurs français de l'Afrique, ont ouvert des voies dans l'inconnu ».

« Mais il ne faut pas être trop naïf, annonce soudain Sterling d'une voix monocorde et ironique. Une fois leur mission accomplie, les explorateurs seront violemment écartés du jeu, éliminés, ou domestiqués, et les majors (multinationales) entreront dans le jeu. Alors vous comprendrez que la *Virtual Reality* peut aussi devenir quelque chose d'épouvantable.

* William Gibson, *Le Neuromancien*, J'ai lu, 1988.

— Quoi ?

— Imaginez le pire des bureaux informatiques, beige et gris-bleu, rigoureusement anonyme, simplifiez-le, digitalisez-le, refroidissez-le, voilà où nous allons travailler dans l'avenir : dans d'horribles bureaux virtuels ! "Au revoir chérie, je vais au bureau", le mec s'assied juste sur place et met son masque : il ne quitte plus son bunker. Et pendant ce temps, sa femme fera ses courses depuis sa chambre, en allant visiter un centre commercial virtuel, avec des boutiques synthétiques, remplies de robes et de chaussures virtuelles, que des robots-coursiers lui livreront plus tard — la chose est déjà à l'étude.

— Si on vous présente une nouvelle technologie, déclare ensuite William Gibson, calme et souriant derrière ses petites binocles, essayez immédiatement d'imaginer ce qu'un escroc ou un criminel pourrait en faire. Ma propre science-fiction consiste moins à flasher sur les nouvelles techniques que de prévoir les différents usages que l'horrible être humain va en faire. Espérons que les squatters, les aborigènes, les cyberpunks de la VR garderont encore quelque temps l'initiative. Pour le moment, en face, les promoteurs de l'immobilier virtuel, les bureaucrates et les militaires sont encore en attente. »

La réalité virtuelle à la William Burroughs, l'une des trois références littéraires de ces nouveaux visionnaires sceptiques, avec J. G. Ballard et Philip K. Dick. Le grand cauchemar des circuits neuronaux définitivement intégrés à l'apparent chaos de l'ordre.

A mesure que s'écoulèrent les journées de ce festival d'« art électronique », un goût âcre s'insinua lentement dans ma gorge. Le goût de la cité monstrueuse de *Blade Runner*, le film tiré de K. Dick justement, où une mafia bionique a définitivement pris le pouvoir sur les humains. On eut beau m'apprendre que le fameux William Gibson n'avait pratiquement jamais touché un ordinateur de sa vie, n'y connaissait rien, physiquement, et passait son temps dans une petite maison en bois à Vancouver, le mal était fait. Son poison m'avait atteint. Comment avais-je pu être assez naïf pour gober tout ce catéchisme techno-positiviste ? J'errais dans les couloirs du festival autrichien, quand je croisai une bande de joyeux Italiens : toute l'équipe d'une coopérative littéraire underground milanaise, résolument spécialisée dans la VR.

« Le cyberpunk, me dit Raffaele Scelsi, leur leader, a investi et libéré la science-fiction, comme le punk avait investi et libéré le rock devenu trop élégamment symphonique. Le retour aux racines, à l'alliance mécréante entre la techno et les dissidents. En fait, le nouvel espace où tout se joue, le cyberspace, avait déjà été, grosso modo, défini par Ballard, dont les héros désespérés basculaient dans des "espaces intérieurs" sans espoir de retour. Mais c'est aussi dans ces espaces que s'organisent les Robin des bois du futur. »

Pour ma gouverne, le Milanais passa systématiquement en revue tous les héros du cyberspace libertaire, du mythique Captain Crunch des années soixante, le détourneur de téléphone qui forma Wozniak et Jobs, au génial Wau Holland du Chaos Computer Club d'Hambourg, en guerre permanente contre le BTX/IBM, la centrale policière de renseignements de Wiesbaden, en passant par Fraser Clarke, l'éditeur britannique de l'*Encyclopaedia psychedelica*, sans oublier toutes sortes de nouveaux venus de l'Est, notamment des Hongrois.

Selon Raffaele Scelsi (s'inspirant lui-même de l'Américain Lee Felseinstein), les *hackers*, pirates informatiques et autres cyberpunks parfois sublimes ont réussi à démontrer aux multinationales qu'elles ne pourraient jamais monopoliser à 100 % l'information, parce que l'ordinateur s'était définitivement démocratisé. Mais cette lutte elle-même serait déjà d'arrière-garde. L'essentiel, désormais, est de lancer une offensive contre l'appauvrissement social et culturel consternant provoqué par la télévision. Pour rétablir la communication, une seule solution s'impose : le modèle rhizomatique, le réseau planétaire, sans tête ni carrefour, insaisissable et gratuit. Et là, on retrouve Lanier et Leary, dont les visions virtuelles viennent se lover sans problème dans ces « réseaux informatiques libres ». La grande fraternité d'Internet, le réseau créé par les militaires, récupéré par les universités puis squatté par des coévolutionnaires du monde entier.

Le tonus de ces Italiens provocateurs me revigora quelque peu. Pourtant, je gardai une gêne, qu'une journaliste allemande me résuma en ces termes : « Toute cette histoire me fait peur. Je ne suis pas *hacker*. L'idée que notre avenir humain puisse se jouer, physiquement, à l'intérieur de ce bordel machinique me fait épouvantablement peur. A la rigueur, je pourrais me raccrocher à l'image de ces cyberpunks Robin des bois. Mais... Je suis archaïque. J'ai soif de nature naturelle, de vraie pluie, de vraies amours. Vous allez vous nourrir de pain virtuel, vous ? »

C'est un Belge canadien qui m'a le mieux aidé à sortir de l'impasse. Universitaire imbibé de culture classique, Derrick de Kerckhove, animateur du projet McLuhan de l'université de Toronto, considère la VR comme un moment clé de la civilisation humaine.

« Le dataglove, s'écrie-t-il, est une sorte de "main de l'esprit". Ne vous méprenez pas : en fait, le but plus ou moins conscient de la réalité virtuelle est de nous permettre de commander la technologie par la pensée sans intermédiaire.

— Vous croyez, comme Marvin Minsky, qu'on va nous greffer des ordinateurs dans la tête ?

— C'est peut-être plus subtil. La VR va nous faire franchir un troisième seuil d'accélération dans l'évolution "neuroculturelle" commencée à l'aube des temps historiques.

— Troisième ?

— Le premier accélérateur (d'un processus d'intégration peut-être démarré avec le langage) fut l'écriture, et singulièrement l'écriture grecque, la première à s'être sérialisée entièrement. Si je lis la série de signes abstraits "a-r-b-r-e", j'ai immédiatement une image dans la tête. Un arbre virtuel. Cela vous semble évident ? Il a fallu des millénaires pour en arriver là. Cette première vague a connu son apogée à la Renaissance, quand les Européens ont "définitivement" perçu le monde comme un espace immobile, où l'individu se déplaçait librement en ouvrant des perspectives, des *points de vue*.

— Il le fait toujours.

— Non. Ce monde-là a été fichu en l'air par un deuxième grand accélérateur neuroculturel : l'électricité, matrice du téléphone, de la radio, de la télé. L'information s'est mise à nous arriver de partout. Nous nous sommes retrouvés reliés au monde entier. L'espace est devenu mouvant, presque liquide, et nous avons perdu notre capacité à y développer des *points de vue*. Du coup, c'est nous qui peu à peu nous sommes immobilisés. Aujourd'hui, avec ce troisième accélérateur qu'est la réalité virtuelle, la fluidité du monde devient totale, et l'homme, définitivement immobilisé, ne peut plus que *ressentir des points d'être*. Exactement comme l'homme primitif. Savez-vous que, pour les Amérindiens par exemple, nous ne bougeons pas, c'est le monde qui bouge autour de nous. Un jour, un chasseur blanc dit à son guide indien : "Nous sommes perdus, nous ne trouvons plus le village." L'Indien répond, étonné : "Mais non voyons, c'est le village qui est perdu ; nous, nous sommes là !" Dans ce sens, les cyberpunks sont de nouveaux primitifs.

« Il faut dire que certaines cultures, qui n'avaient jamais quitté le stade neuroculturel des Indiens, vont se sentir particulièrement à l'aise dans la VR. Les Japonais, par exemple, à qui notre "perspective Renaissance" avait toujours paru étrange, sont déjà entrés de plain-pied dans la VR. C'est maintenant aux Occidentaux de se familiariser avec des notions radicalement nouvelles pour eux, comme le *ma* japonais — mot intraduisible, signifiant vaguement *capacité à sentir l'intervalle spatio-temporel qui sépare le sujet du monde.* »

L'une des démonstrations les plus convaincantes de mon interlocuteur est celle où les frères Stephen et Rob Kline, du Media Analysis Lab de Vancouver, le placent devant un écran avec une manette destinée à signaler s'il aime, un peu, beaucoup, pas du tout, ce qu'il voit. Au préalable, on a couvert le chercheur d'électrodes, pour mesurer ses réactions inconscientes. Que découvre-t-on ? Le corps (inconscient) réagit aux stimuli télévisuels cent fois plus fort et plus vite que la tête commandant la manette. D'où la notion de « felt meaning », c'est-à-dire de « concept ressenti » (et non plus compris). Autrement dit, dans le monde à venir, le processus mental individuel serait carrément court-circuité. On se retrouverait avec des émotions physiques individuelles ultrarapides alimentant un vaste réseau mental collectif (assez rudimentaire...) — argument de plus pour ceux qui pensent qu'un « cerveau planétaire » est en voie de constitution.

« Cela dit, conclut de Kerckhove, la VR crée aussi une situation inédite, même pour les Japonais : plusieurs personnes peuvent y interagir simultanément sur le même objet virtuel. C'est comme si le cubisme — qui éclate le monde en une myriade de points de vue différents simultanés — était devenu notre façon normale de percevoir le monde. C'est un processus cognitif dont nul ne peut dire quels seront les résultats. La VR est probablement la plus puissante machine pensante jamais mise au point par l'homme. »

L'enthousiasme de Derrick de Kerckhove était tel qu'il finit par me remonter le moral. Son discours éveilla en moi des images fantastiques. De l'invention du langage parlé à celui de la VR, nous avions lentement intégré le monde à l'intérieur de nous, et maintenant, c'était à nous d'être phagocytés par une gigantesque œuvre... d'art ? La VR préfigurait-elle l'embryon d'une perception neurosensorielle collective, un système nerveux planétaire, passage obligé d'une véritable conscience de l'humanité ?

Mais... il s'agissait là de mots. Comme nous dit en

riant le *provo* hollandais Willem de Ridder : « Elle n'est pas née, la machine qui surclassera la puissance évocatrice du récit. »

Cette dernière phrase tourna dans ma tête longtemps après avoir quitté le festival électronique de Linz. Il me semblait que c'était cela que je préférais dans cette étrange VR : ce qu'on en disait, le récit qu'on en faisait.

Je finis par me dire que la légende du Cinquième Rêve pouvait dire vrai : nous serions, nous humains, une réalité virtuelle créée par quelque intelligence « delphinienne », habitée par le désir de verbe — la spécificité de cette virtualité-là étant précisément d'être dotée du pouvoir de manier le verbe. Et de transformer celui-ci en matière.

Quelques mois plus tard, un autre acteur de la scène virtuelle, Philippe Quéau, directeur d'*Imagina*, le festival français des images de synthèse, allait faire progresser ma réflexion.

A la fois polytechnicien et philosophe, Quéau nourrit un indéniable optimisme... à très long terme. « La réalité virtuelle, reconnaît-il, peut paraître effrayante. Je crois pourtant qu'elle constitue un extraordinaire outil d'investigation philosophique. Un outil d'anamnèse : qui aide à se souvenir. Quand vous êtes sorti du ventre de votre mère, il y a eu un brusque changement de monde. Les mondes virtuels vont nous apprendre à nous souvenir de ce changement. Attention : le moment important ne sera pas celui où l'on enfilera son casque, ou sa combinaison virtuelle, ce sera celui où on l'enlèvera ! Le virtuel va nous réapprendre l'importance et le goût des choses réelles.

— Mais nous sommes désormais tellement bombardés d'images, que nous ne distinguons plus rien. Tout devient image, donc tout semble faux. Et Baudrillard peut s'amuser à dire que “la guerre du Golfe n'a pas eu lieu”.

— Cette phrase, je ne l'aime pas du tout, parce que la guerre a vraiment eu lieu et parce qu'on s'est fait doublement manipuler : tout en bombardant l'Irak, on nous a bombardés d'images... sans strictement rien nous montrer de la réalité. Mais attention : le réel peut aussi *être* une image. La réalité cachée de la guerre du Golfe, par exemple, c'était les milliers d'Irakiens tués, enterrés dans le sable, mais c'était aussi, du point de vue américain, la *war-room* du général Schwarzkopf, aux écrans couverts nuit et jour d'images de synthèse ultra-condensées, synoptiques, panoptiques, émises par les Awacs ou les satellites-espions, les appareils d'observation optique à infrarouge, les radars, les avions, les hélicoptères... toute l'imagerie de synthèse qui a permis aux Américains de mener la "guerre chirurgicale". Ces images, pourtant virtuelles, ils ne nous les ont jamais montrées. Elles nous auraient rendu la situation intelligible, or tel n'était pas leur but. Alors que les scènes "vraies", "live", que CNN nous montrait — même quand ils ne trichaient pas —, le ciel de Bagdad troué de tirs éclairants, ou des oiseaux tombés dans du mazout, ces scènes étaient non intelligibles, non lisibles, inefficaces, donc mensongères.

— Vous voulez dire que des images de synthèse peuvent être plus "vraies" que le réel ?

— Tout le problème de la modernité est là. Parce qu'en réalité n'importe quelle image est plus ou moins fausse. Comme disaient les scolastiques du Moyen Age, la vérité n'est pas dans les choses, et encore moins dans les images : elle est dans l'intelligence, plus précisément dans l'adéquation entre notre intelligence et les choses. Et donc, dès que nous sommes dépossédés de notre intelligence, des moyens de juger de cette adéquation, nous sommes trompés. Le problème, c'est que nous n'avons pas, aujourd'hui, les moyens de juger du niveau de manipulation, de vérité ou de fausseté des images. Nous sommes encore des analphabètes de l'image.

— Comment s'alphabétiser ?

— Il faut se débrouiller tout seuls, en attendant que nous viennent de nouveaux Jules Ferry. Il faut nous doter de nouveaux hiéroglyphes, de nouveaux schémas, de nouvelles cartes.

— Vous parlez de hiéroglyphes ? Traditionnellement, les humanistes ont peur de voir cette marée d'images peu à peu recouvrir et remplacer les signes abstraits des livres. Comme si nous allions y perdre notre âme, régresser à je ne sais quel stade bestial, d'"avant le Livre".

— Ce qu'on craint, c'est la fusion dans l'image, l'idolâtrie, c'est-à-dire le refus de se penser comme sujet, la perte du code, de la représentation symbolique à laquelle le livre et sa culture alphabétique nous avaient habitués. Ce danger existe. Mais je pense qu'il y a aujourd'hui, dans les images dont nous parlons, des structures de langage qui émergent. Donc je ne m'inquiéterais pas trop. Vous savez, ce qui fonde notre compréhension du monde, c'est notre goût de l'intelligible ; or les images de synthèse, les images virtuelles, sont des images essentiellement intelligibles, parce que créées à partir de modèles mathématiques, d'intelligence artificielle. Pour échapper à l'idolâtrie, il nous faut donc ressaisir tout ce qu'il y a d'intelligent dans les images qu'on nous montre. »

Avançons-nous ? Reculons-nous ? Les horreurs se multiplient de par le monde. Dans le même temps, le tissu connectique qui nous relie à toute la planète se densifie. Par procuration télévisuelle, nous mourons donc dix, vingt, cent fois par jour, torturés, assassinés, brûlés vifs, nous crevons de froid, de honte et de faim... S'il y a manipulation, où est-elle ?

Que ressentez-vous devant votre téléviseur, lorsque les chevaliers humanitaires, Abbé Pierre ou Bernard Kouchner en tête, s'adressant à nous depuis le dernier front de l'horreur, chez les Biafrais jadis, chez les Kurdes hier, chez les Bosniaques au moment où j'écris ces lignes, nous rappellent à notre vital devoir d'ingérence — parce que ce serait chaque fois une partie de nous-mêmes qui mourrait et qu'à défaut nous risquerions d'y perdre tout bonnement notre humanité ? Quelle humanité ?

L'avenir de l'homme se joue-t-il réellement dans

les images ? De quel rêveur fou sommes-nous la réalité virtuelle ? Que savons-nous de la réalité ? Et si la suite du jeu débouchait sur un chaos absolu, introduit par ce fou cosmique qu'a « rêvé » le dauphin : l'homme ?

Ma raison me propose une solution de repli simple : la découverte des *structures dissipatives* de Prigogine, louées et commentées par des esprits aussi libres qu'Edgar Morin ou Henri Atlan ou Francisco Varela. Elles, au moins, ne nous apportent que du positif : il n'y a pas de souci à se faire, puisque, par essence, « le monde s'auto-organise » ! Formidable certitude ! Tout le reste, des connexions informatiques aux futures biosphères artificielles, n'est que gentil tourbillon dans l'irrésistible spirale auto-organisationnelle du monde ! Dansons les amis ! puisque, de toute façon, le monde se complexifie et tend inexorablement vers une *noosphère*, une humanité cosmique !

C'est alors que j'ai entendu un hurlement :

« Au fou ! criait quelqu'un, à l'assassin ! »

Il s'appelle Guy Bény. C'est un biologiste. Il a abandonné sa profession pour se consacrer à la critique des théories auto-organisationnelles. Son réquisitoire va me glacer. Il est terrifiant.

4

Le blues de l'apprenti sorcier

EXTRAITS D'UN JOURNAL DE BORD

11-11-1989. — Ai fait le voyage à Berlin avec André Glucksmann. Les illusions « alternatives » des Grünen et ex-dissidents, qui s'imaginent le territoire d'Allemagne de l'Est bientôt transformé en terrain de jeux utopiques, l'ont stupéfié. Mais les idéaux auxquels je suis abonné le laissent tout aussi sceptique. Quelques petites discussions avec Glucksmann m'avaient déjà, à plusieurs reprises, mis le doute au ventre — la lecture de son livre *La Bêtise*, dont tous les paranoïaques prennent forcément ombrage, m'avait mis mal à l'aise (*sic !*). Dénonciation du totalitarisme potentiel d'un certain nombre de mes sujets préférés : le mondialisme, le culte de la nature, l'attente d'un *Homo ecologicus*, ou *Homo noeticus*, ou *Homo delphinus* (ce « régressif thalassal » bien décrit par le psychanalyste Ferenczi), mais aussi la soif d'adorer l'Unique, l'élan de fusion dans le « Tout » pour dépasser la mort, la croyance dans les vertus salvatrices d'une jonction science-spiritualité, le vitalisme... autant de preuves de bêtise, dit-il. Ou suis-je complètement parano ?

De manière générale, pour André qui a été des plus ardents gauchistes soixante-huitards, il semble désormais que tout mouvement désireux de « transformer le monde » camoufle, derrière beaucoup d'idéologie, un fanatisme de Khmers rouges, ou de Khmers verts (l'écologie étant à la mode), ou même de Khmers bleus (puisque je lui ai parlé de delphineries). Glucksmann m'a expliqué que l'Histoire était jalonnée de flambées « New Age » — au XVIe siècle déjà, les rois de Bohême, Rodolphe, puis Frédéric, qui croyaient pouvoir changer le monde en alliant science et alchimie (en souvenir du grand roi bohémien Charles IV), avaient conduit leur pays à la débâcle. D'après Glucksmann, mes coévolutionnaires d'avant-garde rejoignent *quelque part* les réactionnaires intégristes de la pire espèce.

Plonger ses interlocuteurs dans une déprime carabinée — telle est explicitement sa difficile tâche de philosophe. Heureusement que son traducteur allemand était là pour soutenir avec moi que les rosicruciens peuvent aussi être des gens intéressants. En fait, ma grande réticence à son discours tient à la morale « par défaut » à laquelle Glucksmann a finalement abouti : une conduite à la Winston Churchill — l'homme qui disait que la démocratie parlementaire était « le pire des régimes à l'exception de tous les autres ». Selon Glucksmann, la volonté de changer le monde étant toujours lourde d'effets effroyablement pervers, il vaut mieux ne pas s'engager « pour » (pour des idées, pour des idéaux, pour un monde meilleur), mais plutôt « contre » (contre les tyrannies, contre les injustices, contre l'illusion de monde meilleur, etc.).

Je ne peux me résigner à ce scepticisme de base. Est-ce la bonne manière de redonner aux gens le goût de la politique? Bien sûr, ce que les marxistes avaient appelé avec mépris les « libertés formelles » (liberté de penser ce qu'on veut, liberté de le dire, de l'écrire, d'en parler en libre association, de le manifester dans la rue...), cet « État de droit » des grandes démocraties bourgeoises, est un bienfait. Mais comment se contenter de *ce qui est* dans le monde? Exemple récent : s'il n'y avait pas eu d'idéalistes s'engageant « pour un monde plus écologique », la prise de conscience *verte* de ces dernières années aurait-elle eu lieu? Aurait-il suffi d'être « contre les pollutions »? Ou bien les choses s'arrangeront-elles d'elles-mêmes, en vertu du principe d'auto-organisation ?

La force de ce dernier principe en fascine plus d'un (certainement pas Glucksmann). Finalement, se disent-ils, après tous les avertissements ultracatastrophistes qu'on nous a assenés depuis 1968 (grosso modo depuis le rapport du Club de Rome sur la « Croissance zéro »), le monde tient toujours debout, non ? Il se modernise même à toute allure, se couvre d'un filet connectique dense ! Qui aurait cru que le stalinisme s'évanouirait sans coup férir ? Et que l'apartheid refluerait d'Afrique du Sud avec l'assentiment des Blancs ? Vraiment, soupirent-ils d'aise, cette planète s'autorégule admirablement.

20-9-1991. — Je rentre tout juste du Brésil, où vient de s'achever une expédition destinée à jeter les bases d'une « maternité océanique », sur l'île de Fernando de Noronha, déjà décrite comme l'« île aux dauphins » par les plus anciennes cartes du XVIe siècle. L'accueil des Brésiliens (y compris de leurs obstétriciens officiels) a été grandiose. Celui des dauphins promet de dépasser les plus grandes espérances. Une aventure au paradis. Pourtant, je reviens de là-bas avec une sourde angoisse.

Dans chaque ville brésilienne traversée, on nous a parlé de milliers d'enfants abandonnés, parmi lesquels chaque année des centaines de petits délinquants sont flingués à bout portant par d'ex-escadrons de la mort anti-indiens reconvertis. On nous a parlé de centaines de syndicalistes agricoles assassinés. De millions de paysans nordestins affamés. De dizaines de millions de gueux des mégapoles du Sud, vivant dans des cloaques à côté desquels les classiques favelles paraissent luxueuses. On nous a parlé aussi de la corruption effrénée de la classe dirigeante, de la politique ultraréactionnaire des hommes du Vatican contre les prêtres de la *zone* (j'ai vu un prêtre à la solde du pape, dire la messe à l'abri des mitraillettes !). On nous a parlé de la pollution, de la déforestation, de la misère, de la mort... Sur les dix-sept millions de personnes vivant à São Paulo, douze millions n'ont ni eau courante, ni W.-C. La légendaire insouciance des Cariocas elle-même commence à s'effriter...

Rentré en France, je n'en ai été que plus réceptif aux cris d'un imprécateur de talent, qui m'a vivement apostrophé en raison de plusieurs articles chaleureux, que j'ai écrits à la louange du « chaos réenchanteur », des biosphères artificielles, de l'autorégulation de Gaïa, etc.

« La planète, proclame cet homme, s'auto-organise peut-être spontanément, mais il s'agit d'un processus sauvage, terrifiant, inhumain, fondé sur l'exploitation et l'exclusion. Ceux qui dansent autour sont des criminels ou des idiots ! »

21-10-1991. — Il s'appelle Guy Béney. Biologiste, il a frayé avec un certain « New Age » à la fin des années soixante-dix — il a notamment traduit en français la fameuse « Conspiration du Verseau » de Marilyn Ferguson. Il a aussi été secrétaire général du GRIT (groupe de réflexion inter- et transdisciplinaire), où il a fréquenté des célébrités comme Edgar Morin, Joël de Rosnay, Henry Atlan, etc., tous passionnés par l'univers conceptuel de l'auto-organisation. Au bout d'un moment, cette passion l'a effrayé. Elle se présentait pourtant sous des dehors très naturels et écologiques. Seulement voilà : « Le problème majeur du XXIe siècle, s'est mis à penser Guy Béney, risque justement de devenir le conflit fondamental entre écologisme et humanisme. » Comment cela ? Il est très difficile de résumer la pensée touffue de cet homme révolté.

« Ce qui est "naturel" à notre époque, dit Béney, ce qui s'organise spontanément à l'échelle planétaire, c'est quoi ? Outre le développement démographique du Sud, c'est le développement techno-économique du Nord. D'où, d'ailleurs, la récente victoire par K.-O. du capitalisme sur le communisme. Allons au fond : qu'est-ce que l'écologie, sinon l'entre-dévorement obligé, organisateur, au travail dans la biosphère depuis plus de trois milliards d'années ? Certes, des auteurs comme Lynn Margulis ou même le libertaire Murray Bookchin, mettent l'accent sur la "coopération" ou la "symbiose". Mais il s'agit avant tout de stratégies de survie. En réalité, y a-t-il coopération ou asservissement ? Pensez à cette magnifique "symbiose" qu'a pu être le marché triangulaire des XVIe-XVIIe siècles : négociants européens/esclaves africains/planteurs américains. Tout ça avec, en plus, la bénédiction des courants marins et des alizés ! »

10-11-1991. — Finalement, Béney écrit un article dans *Actuel*. J'en tire quelques extraits :

« Soyons clairs : nous, hommes du nord de la planète, avons accédé à la "conscience planétaire" et découvert ses contraintes environnementales — d'ailleurs suscitées en grande partie par nous-mêmes. Or, sans délai, nous entendons transformer ce handicap en nouveau défi. Le libéralisme économique adore ça. Il en vit même. Il se verdit déjà, assurant ainsi sa survie et son développement ! [...]

« Analysons, poursuit-il, cette super-théorie redoutablement efficace qu'est la systémique, et plus généralement le nouveau *paradigme* des théories de l'auto-organisation. Ces sciences voient la planète se complexifier au fil du temps de manière continue, passant de la matière inerte au vivant, puis à la société, à la technique, etc. La systémique dissout la distinction classique entre nature et artifice dans la vaste notion de "système". Tout devient système, de l'étoile à l'entreprise, de la cellule à la planète, etc. De cette façon, on réduit l'humain au biologique et l'on peut tranquillement affirmer que *nous sommes tous en train de devenir les neurones d'un gigantesque cerveau.* »

Pourquoi l'humaniste Béney bondit-il en l'air quand il entend parler de « cerveau planétaire » ? La comparaison biologique ne tient-elle pas la route ?

« Mais si, réplique-t-il, cette comparaison pourrait même être poussée plus loin. Prenons l'aspect énergétique : un cerveau a un poids et un volume relativement réduits par rapport à l'ensemble de l'organisme qui le soutient. Mais il a un métabolisme bien plus élevé. Exactement la relation entre le nord et le sud de la planète aujourd'hui. Un "nordiste" peut consommer plusieurs centaines de fois plus d'énergie qu'un "sudiste" ! D'autre part, physiologiquement, maître Cerveau sur son corps perché a besoin de s'en séparer par une barrière spécifique, dite hémato-encéphalique. Lors du développement embryonnaire, cette barrière coévolue nécessairement avec la substance nerveuse en formation. »

Quand on lui demande où il veut en venir, Béney se lance dans une tirade enflammée sur les structures dissipatives :

« Il faut introduire ici une propriété des systèmes auto-organisateurs, qu'a bien mise en évidence Francisco Varela, et appelé "clôture opérationnelle" : la cellule (par sa membrane), l'organisme (par sa peau), l'homme social (par ses langues, ses normes...), tous les grands systèmes complexes n'ont pu s'auto-organiser que grâce à des barrières spécifiques qui, à la fois les structurent et les protègent. Alors, au cours de la nouvelle étape évolutive que nous vivons en ce moment, le "cerveau planétaire" doit nécessairement coévoluer avec sa propre barrière, qui correspond en gros avec le fossé croissant entre Nord et Sud. »

On a compris : si l'Occidental moyen s'active à connecter ce noble organe qu'est le *cerveau planétaire*, le tiers monde, lui, se spécialiserait plutôt en une forme d'*intestin mondial* ! Notre imprécateur ne nie pas que nous assistions en ce moment à un saut vers un nouveau niveau de complexité, mais il s'effraye du peu de lucidité de tous ceux qui applaudissent l'inexorable processus.

« Pour applaudir à cette nouvelle science, dit-il, il faut une bonne dose d'inconscience, et surtout se sentir assuré de rester du bon côté de l'organisation en cours ! Quand on sait que nombre d'entre ses tenants enthousiastes se disent socialistes, chrétiens, soucieux d'éthique ("responsables" d'entreprises), ou mystiques (mouvance New Age), on pourra apprécier le pouvoir d'illusion que peut susciter l'instinct de survie.

« Il y a, explique Béney, une face noire de l'auto-organisation. Pour s'en rendre compte, il faut descendre au niveau énergétique. De tout temps et à toute échelle, des îlots d'ordre s'organisent sur fond de désordre. Mais à quel prix ? Dans l'ancienne conception thermodynamique, celle du "tout se dégrade, l'univers va vers son entropie maximale", vous aviez une vision ultra-pessimiste, qu'on retrouve aussi bien chez Beckett que chez Lévi-Strauss. C'était désespérant mais, du moins en apparence, tout le monde était logé à la même enseigne et se dégradait de concert. Tout change dans les années soixante-dix, avec les travaux d'Ilya Prigogine et de quelques autres, qui montrent que, dans certains systèmes ouverts, des îlots d'ordre peuvent localement s'organiser, à contre-pente de cette tendance généralisée.

— Où est le problème ?

— Ces îlots d'ordre se structurent à partir de leur environnement, qu'ils dégradent — d'où leur nom de "structures dissipatives". Ces îlots peuvent aussi bien s'appeler : la Terre, plongée dans le flux solaire, qu'elle absorbe ; la vie, qui s'alimente de toute la sphère énergétique terrestre ; l'animal, qui vit des plantes ou des animaux herbivores ; l'homme, surtout après le néolithique, qui met son environnement en coupe puis en exploitation réglées ; l'Occident, qui généralise cette prédation/exploitation des ressources et des populations du globe. Et cette poussée énergétique organisationnelle se poursuit... Le dernier-né de la série est l'Occident "branché", organisé en réseaux, qui s'engouffre dans les nouvelles niches "éco-techno" (informatique, robotique...), disqualifiant peu à peu l'homme manuel et l'humanisme. Aujourd'hui, le processus s'apprête à plonger dans le génome humain, dans le monde "virtuel" des images de synthèse, ou à s'enfermer dans des biosphères artificielles, en vue de coloniser Mars ou Titan. »

Ainsi, selon Guy Bényey, le projet arizonien *Biosphère 2* serait condamnable, non pour sa forfanterie, son incapacité technique à fonctionner, mais, presque au contraire, en raison du profond élitisme qui l'animerait. Il s'agirait de la dernière trouvaille des riches du Nord, creusant toujours davantage le fossé qui les sépare du Sud. « Ce projet est pervers, parce qu'il légitime le fait qu'au lieu d'être vraiment "tous dans le même bateau", et d'essayer, ensemble, de gérer la Terre en bons pères de famille, certains (comme John Allen ou Lynn Margulis) risquent la fuite en avant, dans un remake de l'Arche de Noé et du *Mayflower* : on quitte une Terre corrompue pour des mondes meilleurs. » Et tant pis pour les damnés de la Terre !

Les écolos d'Arizona se défendent en répondant qu'ils mettent justement au point des assolements, des engrais et pesticides naturels qui permettront aux paysans pauvres du Sud d'échapper à l'emprise des multinationales agrochimiques. Ils projettent aussi la construction d'une biosphère artificielle dans chaque grand pays du tiers monde — « pour y servir de laboratoire transdisciplinaire par excellence ». Cela dit, il est clair que *Biosphère 2* va devenir un énorme business (Hewlett-Packard, qui s'occupe de la chaîne de micro-ordinateurs gérant le monstre, ne donnera pas ses logiciels gratis !).

Bref, à en croire mon épistémobiologiste, le prochain grand dilemme sera d'avoir à choisir entre, d'un côté, l'*énergétique* (vivre signifiant en ce cas « s'organiser en dégradant, en exploitant, en excluant » — comme par exemple respirer, digérer, grandir), ou alors, de l'autre côté, l'*éthique* (vivre signifiant alors « se soucier de l'autre qui souffre »). Au lieu de nous aider à penser ce drame concrètement, la plupart des théoriciens de l'auto-organisation, suivis avec enthousiasme par le monde de l'entreprise et les médias, nous présenteraient le nouveau paradigme comme un réenchantement du monde. Pure intox, dit Béney.

23-11-1991. — Nous vivons dans un tourbillon pervers, où toute résistance, finalement, semble vaine. Pourtant, de façon surprenante, tout au fond du blues de Guy Béney j'ai vu s'ouvrir une lucarne d'espoir, par laquelle, à mon immense surprise, j'ai aperçu, derrière l'humain éthique et lui faisant comme une escorte... des dauphins !

Comment diable ?

« Il n'y a donc plus grand-chose à faire ? avais-je demandé à l'ex-biologiste, pour le pousser au bout.

— Attends, m'a répondu Béney, un phénomène mérite attention. L'historien des sciences Patrick Tort appelle ça l'"effet réversif". Globalement, il s'agit du processus de renversement de l'efficacité sélective au cours de l'évolution biologique.

— Pardon ?

— Comme si, à la sélection des plus aptes, la nature avait en quelque sorte "décidé" d'opposer, une fois de temps en temps, la défense des plus faibles, surtout des petits, mais aussi parfois des laissés-pour-compte.

— On a des exemples concrets de ce principe ?

— Eh bien c'est ce qui pousse, par exemple, une louve à allaiter le petit d'une autre espèce, ou un dauphin à aider un congénère blessé, mais aussi parfois un individu d'une autre espèce, à rester en surface pour respirer.

— Tu veux parler de Mowgli ? De Romulus et Remus ! Sauvés, comme Igor Tcharkovsky, par des animaux que motive Dieu sait quelle pulsion ?

— L'effet réversif a peu à peu émergé dans le monde animal, prenant tout son développement chez les mammifères. Darwin lui-même avait déjà identifié cette tendance à l'avènement progressif des instincts sociaux antisélectifs.

— Une sélection antisélection ! Voilà une loi naturelle que n'auraient pas aimée les nazis ! Eux qui prétendaient que la défense des faibles était une invention dégénérée du judéo-christianisme !

— Alors que l'*effet réversif* est la résultante du combat, sur des millions d'années, de myriades d'êtres sensibles. En définitive, c'est la nature elle-même qui, de l'intérieur, se refuse à n'être que force brute, marâtre inflexible. Comme si le comportement éthique, le souci de l'autre, précédait de beaucoup l'arrivée de l'homme. L'erreur de nos vulgarisateurs de la fresque évolutive, ce dernier "Grand Récit" de nos origines, est d'avoir oublié cette tendance naturelle, intime, de l'évolution, dès lors qu'elle met à mal un être sensible.

— Mais ne tombes-tu pas toi-même dans le scientisme, en cherchant à trouver des racines biologiques à l'éthique ?

— On n'a pas besoin, et c'est heureux, de connaître l'effet réversif pour être éthique. Mais mettre en lumière cet effet permet d'échapper à l'idolâtrie de la force organisante.

— Comment se manifesterait cet "effet réversif" chez l'homme, aujourd'hui ?

— Regarde cette nébuleuse d'associations et d'organisations non gouvernementales (ONG), nées de coups de cœur face à la misère, et qui lancent leurs réseaux partout : assistance aux blessés ou aux handicapés, aux réfugiés, l'accompagnement des mourants, jusqu'aux campagnes pour les animaux de boucherie ou les espèces en voie de disparition, contre la torture des animaux en laboratoire, etc. Crois-moi, il n'est plus temps de se dire naïvement écologiste. "Il faut savoir changer de camp comme la justice, cette fugitive du camp des vainqueurs", disait Simone Weil, eh bien l'écologie ne peut être éthique, réversive, qu'en tentant de se mettre à contre-pente des processus d'organisation spontanée par exploitation/exclusion, en se faisant attentive aux démunis, aux laissés-pour-compte, surtout du Sud. La complexité de l'analyse globale renvoie à la perplexité du choix intime. Individuellement, le problème se pose ainsi : à qui vais-je donner mon énergie ? »

23-12-1991. — Les imprécations de Guy Béney ont cristallisé en moi des tas d'impressions vagues. Des malaises morcelés se sont regroupés dans le faisceau de son inquiétude. On ne pourrait donc pas impunément s'adonner au Grand Jeu de la coévolution ? Quiconque s'y attellerait n'aurait guère d'autre choix qu'entre l'errance délirante (où se retrouverait sans doute la majorité des pseudo-démiurges évolutionnaires) et le *globalitarisme* (pour reprendre le mot de Béney, qui entend par là un totalitarisme biopolitique, à côté duquel le Goulag serait d'une simplicité d'enfant) ?

Tout le problème ne tient-il pas au grand mystère de la « nature de l'homme », dont j'ai trouvé l'une des formulations les plus lapidaires, et les plus suggestives dans ce verset du Coran :

> *Nous avions proposé le dépôt de nos secrets aux cieux, à la terre et aux montagnes. Tous ont refusé de l'assumer, tous ont tremblé de les recevoir. L'homme seul a accepté de s'en charger. C'est un violent et un inconscient.*
>
> Sourate 33, verset 72.

Ainsi a parlé la Voix à l'oreille du Prophète.

Mais ce que les pessimistes entendent comme un blâme, une malédiction, me semble plutôt l'aveu qu'il fallait un acte de sublime folie pour accepter le destin humain. L'homme est « fou » de naissance. Cet inaccompli cherche la voie de son accomplissement de façon souvent inconsciente et violente. Pas moyen d'échapper à cette liberté. L'une de ses « folies » actuelles s'appelle coévolution. Elle peut devenir sanglante. Alors apparaissent des hommes comme André Glucksmann ou Guy Béney — qui sont les Job, les Jérémie, les Daniel de notre temps —, pour nous sermonner, nous avertir, secouer nos mémoires, tenter de prévenir de terribles fléaux...

Si je ne puis me résoudre à condamner les grandes utopies coévolutionnaires, la meilleure solution personnelle à la question *comment vivre ?* me semble résider, en effet, dans la mise en pratique de ce que Guy Béney appelle l'*effet réversif* : aller à rebours de l'évolution « normale » des choses, résister à la pression globale, à la « sélection naturelle », refuser de s'intégrer sans broncher à un énorme « cerveau global », tenter d'aider les faibles, les petits, les nuls, les largués, les inadaptés, les malades... tout le boulot qu'abattent chaque jour des millions de gens dans le monde, que l'imprécateur a sommairement regroupés sous le terme d'ONG.

Pourtant...

Pourtant, en cette veille de Noël, je ne peux empêcher mon esprit de s'en aller folâtrer dans quelques directions nouvelles, implicitement ouvertes par toutes ces critiques. La première m'a été indiquée par l'exemple spontanément cité pour illustrer le fameux « effet réversif » : une louve sauve un bébé humain, un dauphin sauve un homme ! Pourquoi ? Pour servir de soupape à une sélection naturelle trop étouffante ?

18-4-1992. — De nouveaux enfants naissent dans l'eau toutes les semaines. Cela rime-t-il à quelque chose ? Mes amis belges, russes, brésiliens en semblent vraiment persuadés. Je fais maintenant partie de l'association Aqua-Natal, qui doit monter une maternité aquatique au large du Brésil. Au moins, là-bas, on est sûr de trouver des dauphins et de pouvoir tester toutes les illuminations de Tcharkovsky et des autres.

Plus le temps passe, plus mon approche du dauphin se métamorphose. Ne s'agit-il pas finalement surtout d'un dauphin intérieur ? Mais le dauphin extérieur n'a pas fini de me troubler pour autant.

L'étrange notion d'« effet réversif » pose bien des questions. Quel rapport entre un dauphin qui sauve un homme, et un homme qui sauve une baleine échouée ? Aimer serait-il une dimension naturelle ? Y aurait-il réellement, en dehors de toute projection anthropomorphique, possibilité de dialogue égalitaire entre les espèces ? Et même entre règnes ? Parce que enfin, cette cloison entre biologique et culturel, qu'est-ce, sinon un fossé interrègnes ?

Et comment passe-t-on d'un règne à un autre ?

Comment s'expliquent les incompréhensibles « sauts » de l'évolution ?

Eh bien ce sont des rêves !

Des rêves qui rêvent qu'ils rêvent...

La légende du Cherokee n'a pas fini de me hanter.

Une drôle de solution (de continuité). Une solution non plus scientifique, mais poétique.

Et pourquoi pas ?

Qui oserait protester : « Poétique ? Arnaqueur ! »

N'aliénons pas tout notre entendement à un seul regard. Rappelons-nous ce que disait le grand physicien Heisenberg : la science n'est jamais qu'*un* regard sur le monde. Il y en a des tas d'autres.

Ce qui déprime l'homme blanc moderne, c'est son incroyable arrogance. Croire qu'il est le seul à réellement comprendre le monde ! Croire que, depuis deux ou trois millions d'années que l'homme existe, personne encore n'avait compris quoi que ce soit sur le réel ! Croire que nos prouesses technoscientifiques constituent une preuve irréfutable de notre supériorité sur toutes les autres cultures et civilisations !

Je ne crois pas à ce progrès.

La foi dans le progrès ressemble à la science de l'évolution entre espèces cousines : on voit comment on passe du loup au chien. C'est intéressant, mais ça ne dit rien sur la manière dont on passe du reptile à l'oiseau. Le « progrès » ne dit pas comment on passe de l'Égypte à la Grèce. Sans doute parce qu'on *ne passe pas logiquement de l'Égypte à la Grèce* — comme on ne passe pas logiquement de la judaïté au christianisme, ni de l'Inde à la Chine.

Je crois à l'évolution énigmatique de l'homme.

Un puzzle étrange qui se joue dans l'intemporel.

Et qu'André Malraux avait intimement compris...

Pour la seconde fois, l'espoir fou que j'avais mis dans la science pour me sortir du doute s'est soldé par un blues carabiné. Pour la seconde fois, une vision mythique va me rendre la sérénité.

5

L'intemporel d'André Malraux
Un mythe vient fonder la mosaïque humaine

L'obscurité a rêvé la lumière, et la lumière s'est accomplie dans la couleur.

La couleur a rêvé la matière, et la matière s'est accomplie dans le cristal.

Le cristal a rêvé l'herbe, et l'herbe s'est accomplie dans l'arbre.

L'arbre a rêvé le ver de terre, et le ver de terre s'est accompli dans le dauphin.

Le dauphin a rêvé l'homme, et l'homme s'accomplit dans... dans quoi ?

Énigme de l'inaccomplissement.

D'un côté tout se passe comme si l'humanité avait traversé différents âges : mettons une très longue petite enfance préhistorique, des bouffées d'âge de raison antiques, une puberté moyenâgeuse, une adolescence moderne... Autant d'âges qui se seraient succédé au gré d'un lent et inexorable mécanisme d'intégration et de maturation — et l'on devrait pouvoir extrapoler de cette série linéaire la suite logique du programme, inscrire l'accomplissement du Cinquième Rêve dans une trajectoire scientifique.

Mais d'un autre côté, que tout cela ait abouti, au XXe siècle, moment d'orgueil mental suprême, aux hécatombes, boucheries, perversités et débilités que l'on sait, fait s'écrouler par terre le savant pudding. Adieu progrès ! Adieu illusions humanistes. Et nous voilà emportés dans un nihilisme total... Quand soudain résonne la voix d'un mythologiste inattendu. André Malraux.

Tout le débat est faussé, dit Malraux en substance, parce que nous avons une conception linéaire du temps. Nous croyons que l'homme se construit par couches sédimentaires. Après la préhistoire serait inéluctablement venue l'histoire ; après la Grèce, Rome ; et après l'art roman, le gothique. Mais non ! l'homme est une œuvre d'art dont l'essentiel s'accomplit hors temps. Dans l'intemporel. Telle civilisation a dessiné l'œil de l'homme, telle autre son pied, telle troisième sa hanche. L'essentiel de ce que nous ont apporté les « inventeurs » du feu d'il y a cinq cent mille ans est toujours valable aujourd'hui. L'essentiel se joue hors temps.

D'ailleurs, il suffit de tourner le bouton de la télé pour s'apercevoir que coexistent sur cette planète, en même temps que nous, des représentants d'« âges » extrêmement différents — les aborigènes d'Australie ou les Yanomamis d'Amazonie vivent encore parfois comme des hommes du paléolithique, beaucoup de paysans d'Afrique, d'Amérique latine ou d'Asie connaissent le sort de nos ancêtres du Moyen Age, la Renaissance démarre ailleurs... Or tous ces gens s'avèrent résolument aptes à passer brutalement, en une seule génération, à l'âge moderne. Mieux, qu'un individu moderne absorbe la moindre plante hallucinogène, il se retrouve plongé dans une aventure archaïque où la présence d'un guide-chaman du temps des chasseurs lui serait, à l'expérience, beaucoup plus utile que celle de tout thérapeute formé par la faculté de médecine ou de psychologie. La méthode (datant du paléolithique) des aborigènes d'Australie pour décrypter les rêves et s'en servir utilement dans la vie quotidienne nous apporterait autant qu'à eux. Les découvertes médicales des Chinois d'il y a trois mille ans résonnent encore en nous aujourd'hui et peuvent être appliquées à tout moment. Même chose pour les inventions musicales de l'Afrique... Les exemples sont légion.

Dans le même temps, prétendre que l'homme n'a

strictement pas évolué au fil des millénaires sonne faux. Quelque chose évolue bien, mais quoi, où, comment ?

Qu'on me permette de citer ici un long passage du livre de Claude Tannery, *Malraux, l'agnostique absolu, ou La Métamorphose comme loi du monde**, qui fut pour moi magnifiquement éclairant.

Tannery évoque d'abord deux personnages des *Noyers de l'Altenburg*, écrit en 1948 :

> Pendant le colloque de l'Altenburg, Möllberg racontait qu'après avoir passé des années et des années à réunir une vaste documentation pour préparer son ouvrage sur la continuité historique, il avait dispersé au vent tous les feuillets de son livre pendant un voyage en Afrique qui lui avait fait comprendre que cette continuité n'existait pas. Ulcéré, Stieglitz, un des participants au colloque, s'était levé et avait interrompu Möllberg : « Mais permettez ! quand même permettez ! La grande ligne de l'hégélianisme demeure intacte ! Il s'agit d'intégrer au *Weltgeist* les faits apportés par les nouvelles connaissances, et je ne vois pas du tout pourquoi ce que vous appelez l'aventure humaine ne deviendrait pas une histoire, comme l'histoire de l'Allemagne est une histoire, bien que formée d'éléments hétérogènes. » « Avec la sourde violence des incurables à qui l'on parle imprudemment de leur maladie », Möllberg avait répondu à Stieglitz que lui-même avait affirmé cette continuité pendant des années mais que, maintenant, il avait compris combien « les états psychiques successifs de l'humanité sont irréductiblement différents parce qu'ils n'affectent pas, ne cultivent pas, n'engagent pas la même part de l'homme ».
>
> Dans sa conférence à la Sorbonne pour l'Unesco, Malraux avait repris ce thème et il avait souligné, de nouveau, que les systèmes de valeurs des civilisations ne se continuaient pas ni ne progressaient. Dans le premier tome de *la Métamorphose des dieux*, Malraux précise sa pensée sur ce point et emploie pour la première fois l'expression « histoire discontinue ». Il nous invite ainsi à abandonner une vision continue

* « NRF », Gallimard, 1985.

d'une histoire ordonnée par un concept, quel qu'il soit, et à accepter une vision discontinue de l'histoire soumise à la métamorphose. « Une histoire "continue" postule une progression, fût-ce à travers de tragiques reculs » mais nous savons maintenant que les statues des cathédrales « n'aboutissent pas » à *La Nuit* de Michel-Ange, que Villon n'aboutit pas à Rimbaud, ni Van Gogh à Braque et qu'Athènes n'est pas l'enfance de Rome. « L'histoire "discontinue", l'histoire des civilisations née avec notre siècle, répond à un sentiment profondément différent du passé : pour l'histoire continue, l'Égypte est une enfance de l'humanité; pour l'histoire discontinue, l'Égypte est une humanité révolue. »

Une vision continue de l'histoire est satisfaisante pour un esprit rationnel, mais elle ne correspond à aucune réalité. Dans une interview citée par Walter G. Langlois dans *Être et Dire*, Malraux rappelle ce que nous savons tous : « Les moments de la vie d'un homme ne s'ajoutent pas les uns aux autres dans un ordre régulier. Les biographies qui vont de l'âge de cinq ans à l'âge de cinquante ans sont de fausses confessions. » *Le Musée imaginaire* a montré combien « la continuité de l'individu n'était qu'illusion ». La psychanalyse aussi. L'homme accepte facilement qu'il n'y ait pas de continuité dans l'individu, et même il y trouve une certaine satisfaction, mais il refuse encore cette discontinuité à l'histoire des individus et il invente un moloch pour lui attribuer la continuité historique dont il croit avoir besoin. Cette volonté illogique de plaquer une continuité sur le discontinu conditionne et influence encore bien des comportements : le goût des Mémoires, par exemple, s'inspire d'une vision continue et chronologique de l'aventure humaine. Ce que Malraux note au sujet de la poésie — « l'étudiant sensible à la poésie ne découvre pas les poètes des origines à nos jours, il les découvre dans une chronologie discontinue, gouvernée par leurs affinités, et qui ne commence pas aux origines mais précisément à nos jours; de Verlaine à Villon et non de Villon à Verlaine » — est valable pour la littérature, pour la musique mais aussi pour les événements historiques. Le divorce entre la continuité et la discontinuité, que chacun porte en soi, apparaîtra vraisemblablement comme l'une des explications du profond malaise des jeunes de la seconde moitié du xxe siècle dans leurs écoles, dans leurs lycées et dans leurs universités. D'un côté, leurs magazines, leurs télévisions et leurs micro-ordinateurs leur offrent le moyen d'acquérir des connaissances par une succession d'affinités discontinues, de l'autre côté les programmes scolaires et universitaires leur imposent le respect d'une continuité artificielle et conventionnelle. Le divorce ne peut être que total. (...)

L'attaque du temps chronologique est commencée, car le temps chronologique ne pouvait usurper très longtemps le statut d'interlocuteur privilégié que lui avaient donné la science puis l'histoire. Tôt ou tard, son usurpation devait éclater au grand jour puisque, comme l'écrivait Bergson que cite Malraux : « L'intemporel est en nous, et nous trouvons en lui une conscience moins faussée, plus réelle de nous-mêmes et du monde. » Cette phrase est essentielle, et Malraux ajoute : « C'est sans doute pourquoi nous avons concédé aux images appelées aujourd'hui œuvres d'art la vie étrangère au temps chronologique qui fut celle du surnaturel, de l'éternité, de l'immortalité. » Mais alors, si nous portons réellement l'intemporel en nous, pourquoi a-t-il fallu attendre si longtemps pour qu'il émerge ? Il a fallu attendre parce que le propre de l'intemporel est la « mise en question du temps » et parce que toutes les cultures et toutes les civilisations avant les nôtres avaient confié aux religions le soin de mettre en question le temps. Par un formidable transfert collectif, les hommes avaient confié aux dieux l'intemporel qu'ils portaient en eux et que la vie porte en elle. (...)

Aujourd'hui, l'homme peut accéder à l'achronisme en prenant conscience de l'intemporel qu'il porte en lui.

Admettre qu'un homme formé par une conception linéaire du temps puisse entrer en communion à la fois avec une *Nativité* peinte par un artiste qui vivait dans une notion cyclique du temps et avec une tête de Bouddha dans laquelle un artiste a placé toute sa conception d'un temps presque immobile, oblige à admettre également que tous ces temps, bien qu'irréductibles entre eux, sont des temps qui peuvent, eux aussi, entrer en communion. Et nous cherchons alors l'*englobant* qui les contient tous.

Quel est cet « englobant » ?

Est-ce l'ineffable accomplissement du « Cinquième Rêve » des Indiens Cherokee ?

L'homme est une œuvre d'art, pas un objet industriel. Il s'accomplit à travers les différentes civilisations humaines, mais de manière non linéaire. Une civilisation crée l'œil de l'homme, répète Malraux. Une autre crée son pied. Une troisième sa hanche. Ou sa capacité immunologique. Aucun lien logique ne fait se rejoindre les pièces du puzzle. Entre elles, des gouffres. L'énigme de la création.

L'Occident ? Tout se passe comme si son destin consistait à développer les flux planétaires — faut-il appeler cela le « système nerveux central », que les matérialistes occidentaux ont vite fait de confondre avec l'esprit et l'âme ?

★

Une fascination pour une possible communication avec le plus intelligent des animaux m'a amené à m'interroger sur l'évolution de l'homme, et je suis tombé dans le puzzle des civilisations. Aucune civilisation ne vient *avant* les autres, nous dit Malraux. Le Cinquième Rêve s'accomplit en dehors du temps.

Pour les cinq cents tribus des déserts australiens, la réalité temporelle linéaire n'existe pas. C'est un rêve. Nous ne sommes que les rêves de nos ancêtres mythiques. Ceux-ci, hommes, animaux, végétaux ou minéraux, énergies pouvant se transmuter les unes dans les autres, ne vivent pas dans notre espace-temps, mais dans celui que nous appelons le rêve. La réalité fondamentale, c'est eux. On pourrait penser : « Quelle idée farfelue ! De grâce, restons concret. » Eh bien non : les farfelus irréalistes, ce sont les modernes qui, coupés de leurs rêves, ont lentement transformé la biosphère en enfer... en moins de cinq siècles. Alors que, pendant des centaines de milliers d'années, nos ancêtres aborigènes ont réglé toute leur vie terrestre (manger, boire, résoudre les conflits) en s'inspirant de leurs rêves, tous les jours. Leurs leaders étaient forcément de « grands rêveurs » qui inventèrent d'incroyables cosmologies.

Selon les aborigènes d'Australie, nos ancêtres, sous leurs différentes formes, ont chacun rêvé un voyage, et l'espace tel que nous le connaissons n'est que l'ensemble des traces laissées par ces voyages. Nous pouvons rejoindre nos ancêtres, après la mort. Mais nous pouvons aussi communiquer avec eux dès à présent. Il suffit de nous endormir et de rêver à notre tour.

Aujourd'hui, un maelström fou mêle toutes les cultures du monde en un vaste tourbillon. Nous sommes emportés dans une turbulence où toutes les civilisations constituantes de l'Homme se télescopent avec violence. Nous pouvons en mourir. Nous pouvons aussi en jouir, profitant de l'aubaine insensée pour oser pré-sentir l'aube de notre accomplissement. Lequel de nos ancêtres aurait pu imaginer quels rapports nous aurions le loisir d'entretenir avec les autres âges de l'homme, les autres civilisations? Poussés d'un côté par la nécessité écologique de retrouver nos racines animistes, notre chamanisme — base de toutes les religions —, nous redescendons tous les courants depuis la préhistoire et, tour à tour, découvrons la poésie fusionnelle du taoïsme chinois, pratiquons la fleur des arts martiaux japonais, nageons avec stupeur dans le fleuve des hindouismes, nous laissons entraîner dans les roues rythmiques africaines, inclinons islamiquement nos colonnes vertébrales devant la clarté solaire de l'Innommable, dont l'Égypte nous a appris qu'une portion brillait au fond de chacun de nous, offrant au plus petit une possibilité de ne pas perdre, dans ce dédale, la flamme de son individualité.

Lecteur, à chacun son ricochet à travers les siècles. Je t'en propose un afro-sino-nippo-arabe. A la fin de son rebond, mon galet se retrouvera sur le même sable que le tien.

Quatrième partie

QUATRE LEÇONS HUMAINES

1

Le plus beau cadeau de l'Afrique au monde : la roue rythmique

Les journalistes qui ont la chance de parcourir la terre dans tous les sens courent le grand danger de tout survoler sans rien connaître. Heureux celui qui, traversant les frontières, bascule un jour dans un autre monde et s'y laisse prendre. Pour moi, ce fut l'Afrique. Par la musique.

J'ai fêté ma première rencontre avec la musique africaine en 1978, dans le tourbillon fou de Lagos, capitale du Nigeria, où régnait le musicien rebelle Fela Anikulapo Kuti. Dans sa musique, toute tendue vers la renaissance de l'Afrique ancestrale, ma surprise fut d'abord de découvrir une apparente violence urbaine. Lagos, la plus grande cité nègre du monde (à l'époque, sept millions d'habitants), s'étire sur vingt kilomètres depuis trois îles plates sur la mer. Un mélange de cabanes en tôle nageant dans la boue, d'usines, de vieilles églises portugaises, d'entrepôts remplis de trésors, de tours en béton enlacés d'autoroutes aériennes encombrées du matin au soir de monstrueux *go slows*, embouteillages les plus agressifs qu'on puisse imaginer. En plein jour une bande de types peut vous assaillir, balancer une planche à clous devant vous, débouler armés jusqu'aux dents pour vous crever les pneus, les valises et les yeux. Mais ça ne sera pas grave, deux morts et dix blessés. Quelques cris, quelques rires, et la course reprendra tandis que les marchands de cacahuètes, d'oranges épluchées, de bibles et de journaux, se faufileront entre les tôles froissées.

En réalité, un charme étrange se dégage de l'imbroglio. Nulle tristesse. Les regards brillent. Partout on bondit. Je suis venu pour tenter de rencontrer des pirates, dans le port tout embouteillé de cargos débordant de marchandises — le pétrole nigérian, après avoir partiellement provoqué l'horrible guerre de Biafra, corrompt dix ans plus tard tout le pays jusqu'à la moelle. Dans certains coins, on ne cultive même plus, on importe du pain blanc d'Europe ! Certains « observateurs » veulent pourtant croire à un capitalisme à l'africaine — dix ans plus tard, toute la belle illusion retombera lourdement dans la vase tropicale.

En guise de pirates, je ne suis tombé que sur le menu fretin. La vraie mafia est inapprochable, évidemment. Mais je m'en fiche, j'ai trouvé tellement mieux.

Il est minuit. Au tréfonds de la banlieue de cette cité folle, au coin d'une ruelle minable vous arrivez au *Shrine*, le night-club de Fela.

Toute la journée, vous vous êtes trimballé dans la furie lagosienne, et tout d'un coup, un choc, non, un *antichoc* : un havre de calme vous happe dans sa bouche sombre.

Shrine signifie temple. Un hangar très propre. Les murs illuminés de néons jaunes, verts, rouges. Des tables, un bar, des allées, une piste de danse. Sur les murs, de grandes photos : la fin tragique de la première communauté où vécut la bande à Fela, fièrement baptisée « Kalakuta Republic », clichés noir et blanc montrant une bâtisse en ruine, incendiée par la soldatesque alors au pouvoir.

Au fond du *Shrine*, au-dessus de la scène qui s'avance comme dans un music-hall, une carte de l'Afrique, nue et rouge, derrière laquelle on peut lire, en lettres découpées dans le métal, ces mots : « Blackism = A Force of the Mind. »

Mais rien ne frappe davantage que la qualité du calme. Impensable dans une boîte de nuit européenne. On est vraiment dans un temple. Un temple étrange.

Lentement, les cuivres s'ajustent aux guitares.

Depuis le début des années soixante-dix, Fela a déjà épuisé plusieurs orchestres. Seul le chef des musiciens est resté : Animasaun, le saxophoniste ascétique, au visage de lune noire, qui passe en premier, pour chauffer la salle. Ses chants semblent droit sortis de la forêt. On a l'impression de le voir danser autour d'un feu. Pourtant, il dégage une impression de modernité étrange.

Un grand silence se fait. Aussitôt suivi d'acclamations. Une à une entrent dans le *Shrine* les huit *queens* qui vont danser ce soir. Huit femmes-panthères superbes, parmi les vingt-sept épouses de Fela. Oui, vingt-sept !

Pour lutter contre la lente désagrégation de l'Afrique, Fela Anikulapo Kuti (Anikulapo, son nom de guerre, veut dire « celui qui porte la mort dans son carquois »), fils d'un pasteur protestant et d'une militante féministe, a en effet opté, après un long séjour en Europe et en Californie, pour un retour radical à la tradition. Dans sa tribu (d'importants notables progressistes, son frère aîné deviendra ministre de la Santé, son frère puîné leader du mouvement des Droits de l'homme), il passe un peu pour le dingue. Mais sa ténacité, face à la malchance, aux corrompus et aux militaires, en impose à tous. Il est l'idole des jeunes Nigérians, surtout des Lagosiens.

Dans leurs tenues afro-cosmiques — tantôt robes à plumes et fanfreluches, tantôt sobres et sublimes jupes-fourreaux de toile bariolée de couleurs primaires —, les *queens* évoluent réellement comme des reines vénusiennes. Puis vient Fela lui-même.

Plutôt petit, le cheveu ras, marchant d'un pas élastique marsupial, un visage rond de lutteur rusé et hilare.

Puis viennent le garde du corps, le secrétaire-vizir, les courtisans, le manager. Ils ont tous une noblesse redoutable dans la démarche. Je n'ai jamais ressenti cela de ma vie. Il y a de la lumière d'or dans l'air.

Après un court entracte, Fela monte sur scène. En tenue brodée, partiellement phosphorescente, comme importée d'une Asie imaginaire. Tout de suite, de sa voix rauque, il balance deux ou trois plaisanteries cinglantes sur le dernier scandale politico-financier de la grande cité — il y en a tant. Les gens s'esclaffent, sifflent, la foule est fantastiquement présente, attentive, enthousiaste.

Puis la voix rauque lance un cri : « One, two, three ! » Et la musique se déploie. Se déchaîne. Et commence la magie. Comment dire ? Une étrange structure musicale s'empare de nous... A la fois martiale et vénusienne.

Une fois cette structure en place, Fela démarre à son tour. Sans jamais cesser de danser, il se met à jouer. Tour à tour du saxo et du piano électrique. Il joue d'une façon fébrile, saccadée, plaquant ses accords de ses bras tendus. De temps en temps, il se retourne vers son groupe, pour sourire parfois, hilare, mais le plus souvent pour aboyer férocement contre un musicien trop mou. Femi, son fils aîné, accompagne parfois Fela au saxo. Quant au préposé aux instruments du maître, il est également chargé d'allumer ses joints — un travail harassant, qui dure toute la nuit.

Fela se contorsionne, mimant tous les gestes de l'amour avec une démesure qui fait pousser des cris de joie à l'assistance. Le corps de cet homme étonnant — la fois musicien, agitateur politique, prophète, prêtre — danse sans arrêt. A presque cinquante ans, il est d'une souplesse de jeune acrobate.

Aux quatre coins de la scène, dans des cages recouvertes de voiles roses très fins, quatre *queens* se sont mises à danser, les yeux fermés.

Elles sont belles à mourir.

L'homme blanc s'envole.

L'esprit du Blanc monte, monte.

Fela joue. Un mélange de tous les tempos. Python ondulatoire, panthère au galop, singes tapageurs dispersés par des charges de camions. Derrière le maître, qui se déhanche et saute en l'air avec parfois le visage sévère d'un moine tibétain, les quatre autres *queens* chantent en chœur. Elles ont le visage couvert de peintures de guerre.

Les *queens* ondulent.

Fela joue, joue, pendant des heures. De temps en temps, il fait une blague. Il essaye par exemple de jouer le plus longtemps possible sur un seul pied. La foule applaudit. Toutes les dix minutes on lui allume un nouveau stick. Il semble infatigable, quitte son saxo pour aussitôt courir derrière son piano électrique, prendre les commandes du vaisseau afro-spatial.

Ce jazz — car j'ai bien l'impression, finalement, d'entendre un étrange jazz brut — est le plus viscéral qu'il m'ait été donné d'entendre. Brut de brut. De la musique expressionniste. Est-ce cela, l'Afrique ? Les sons africains que je connaissais jusqu'ici me semblaient nettement plus ronds, chaloupés, gentils. Là, c'est d'une violence urbaine de l'an 3000.

Les banlieues nigérianes auraient-elles un rapport secret avec l'avenir ?

Mais si ! Et soudain j'en suis sûr : nous allons devenir africains ! A notre insu. La musique afro-urbaine va nous sauver.

Mais alors, le jeu commence à devenir vraiment trop fort pour le pauvre Blanc, aveuglé par la vision d'un monde vibrant au rythme de l'affectivité africaine, et non plus à celui de la rationalité industrielle.

Mais aussitôt il déchante. Une voix lui souffle : « Te fatigue pas, mec, t'auras jamais une tronche comme eux. »

Une parano monstrueuse me remonte des entrailles. Je sens mes lèvres se gonfler. Un gigantesque désir de bouche nègre me boursoufle les chairs. Et voilà que Fela descend de la scène. Le silence se fait.

Là, sur la gauche, se dresse un petit autel, avec deux portraits : celui de N'Krumah, le leader ghanéen qui lança l'idée du panafricanisme dans les années cinquante, et celui de la mère de Fela, Funmilayo Kuti, une Gandhi femme qui organisa d'immenses manifestations pacifistes en 1947, obtint le droit de vote pour les femmes nigérianes, devint ministre, avant de participer, sur le tard, à la rébellion de son fils et de se faire sauvagement tabasser par les militaires du général Obasanjo — elle en est morte un an après.

Fela allume quelques herbes sur l'autel des ancêtres, verse des liqueurs en offrande, mange une noix de kola. Au-dessus de lui se balance un petit squelette blanc — jadis, les Noirs pensaient que les Blancs étaient des morts-vivants car les cadavres noirs blanchissent aussi.

Ma parano redouble. Ces Africains me font soudain peur. Au secours ! Ils vont me dévorer ! Une peur absurde, ridicule, atroce. Je transpire à gros bouillons. Mais la musique repart.

Se produit alors un phénomène stupéfiant.

Pour la première fois de ma vie, je *vois* les humains noirs. Je *vois* leurs visages : l'immense variété des visages humains m'apparaît pour la première fois dans sa version noire.

J'en avais pourtant connu, des Africains, et dès ma prime enfance. J'en connaissais plusieurs de près. Mais voilà que je découvre soudain, à mon immense stupeur, qu'au fond de moi les visages noirs se ramenaient tous à un très petit nombre de catégories — ce qui, en fait, me les rendait théoriques, non humains, étrangers. Là, soudain, dans le *Shrine* de Fela, c'est comme si une cataracte monstrueuse me tombait des yeux, dans un grand fracas intérieur.

Je *vois*, pour la première fois de ma vie, sous leur masque noir, les plus subtiles nuances de la physionomie humaine. Cet imperceptible mélange de traits qui vous fait passer sur le visage une nuance rusée, ou naïve, ou navrée, ou sévère, ou énamourée, ou joviale, ou concentrée, ou perdue, ou mélancolique, ou amusée, ou indifférente, ou attentive, ou roublarde, ou vexée, ou affamée, ou perplexe... et toutes les combinaisons entre elles.

Une joie sans nom m'envahit. J'ai la poitrine qui

éclate. Tous les visages de ces Nigérians en train de danser ou de boire semblent me sourire. Un mot résonne dans ma tête :

« Humain ! Humain ! Humain ! »

Par quel extraordinaire mystère vivons-nous, pour l'essentiel, strictement la même condition ? Alors qu'il suffit d'un millième de décalage dans les gènes pour différencier un humain d'un animal.

Qu'ils sont beaux, doux, généreux ! Un énorme caillot de racisme ignoré me bloquait le cœur. Sa dissolution m'a instantanément rendu tout un pan de moi-même. C'est fabuleux. Le meilleur remède contre la dépression : ingurgiter un psychotrope végétal puissant, quelque part sous les tropiques, en milieu ami. Une fois bien parti, seul un sorcier « primitif » pourra vous servir de guide dans des royaumes fabuleux — les « grands experts » blancs ne sauraient, tout au plus, que vous injecter un calmant.

Et voilà que la musique de Fela monte de plusieurs crans. Il y a toujours du guerrier en elle, du désir amoureux aussi, de la conquête. J'ai l'impression qu'une bataille se livre sous mes yeux, dans mes oreilles, au fond de mon ventre. Laquelle ?

Adolescent, quittant le Maroc pour la France, je m'étais cru définitivement débarrassé de tout risque raciste, du fait d'un engagement politique en faveur de la décolonisation et du tiers monde. Mais c'était pour mieux défendre une autre idéologie européenne : le marxisme-léninisme ! Et même après l'écroulement de celui-ci dans nos têtes — tardive découverte de Soljenitsyne oblige — l'idée que les « superstitions du Sud » finiraient forcément par céder la place à la pensée « normale », la nôtre, rationnelle, scientifique, profane, continua longtemps de tapisser nos esprits d'un racisme insidieux.

« *Music is the weapon of the future* », m'a dit Fela — la musique est l'arme de l'avenir. Quelle Jéricho vient de s'écrouler au fond de moi ?

Un irrésistible mouvement de danse s'empare de mes jambes, de mon bassin, de mes épaules. Un mouvement circulaire — comme avec le houla-hop de mon enfance, ce cerceau venu d'Amérique que l'on s'amusait à faire tourner autour de sa taille. Sauf qu'ici le jeu est inversé : c'est le cercle de musique qui m'attire les hanches !

Je gesticule comme un malade. Le cercle de musique qui m'entoure me paraît quasiment palpable. Et voilà que je sens, ô miracle, qu'il s'articule à d'autres cercles, entourant les autres danseurs. Et tous ces cercles s'inscrivent à leur tour à l'intérieur d'une roue surpuissante provenant des musiciens !

La grande roue tourne de plus en plus vite. Elle semble faite d'un fluide très chaud, dont la pression augmente et m'atteint en plein cœur...

Mais voilà : je réalise que, de tous les danseurs, je suis le seul à extérioriser de la sorte, dans le moindre de mes gestes, sans pudeur, l'ensemble de mes impressions. Les autres sont infiniment plus sobres. Élégants. Leurs roues tournent donc *à l'intérieur* de leurs bassins !

Ma parole, je gesticule comme un pantin !

Une honte sans nom me fige sur place.

Mais jamais je n'oublierai.

Nous sommes devenus amis.

C'était bien avant les dauphins. A cette époque, j'entrais dans une autre aventure. La zone terminale, l'accompagnement des mourants, le grand départ...

Mais la musique africaine n'allait pas me lâcher. Pour découvrir Fela, il m'avait fallu chercher loin, très loin de chez moi. Comment aurais-je pu deviner que, quelques années plus tard, sous un autre visage, la musique africaine débarquerait dans ma propre maison ? Et que je pourrais alors mettre des mots, des concepts, sur ce que m'avait fait ressentir le flux de la musique du *Shrine* ? !

★

Le concept de *roue rythmique* est récent, même si

la réalité qu'il tente de décrire régule la vie de la forêt depuis (peut-être) l'aube des temps. Le père de ce concept s'appelle Ray Lema. C'est un Zaïrois.

★

Ray gratta son crâne crépu. Pour la troisième fois, un vieux lui faisait la même remarque :

« Je suis bien triste, mais dites au petit que ça ne tourne pas. »

Le petit, c'était lui, l'envoyé spécial de la présidence auprès des musiciens de la forêt. Le vieux ne parlait ni lingala, ni congo, ni a fortiori français, un interprète était nécessaire pour comprendre son dialecte. Et la traduction ne semblait faire aucun doute : une fois de plus « ça ne tournait pas ».

Quoi ? Qu'est-ce qui ne tournait pas ? Tous les membres de l'expédition musicologique se regardèrent à nouveau, vaguement embarrassés.

Ray décida alors de retourner à la Land-Rover et choisit parmi ses bandes quelques-uns des morceaux de jazz les plus chers à son cœur : du Coltrane, du Count Basie et du Miles Davis. Puis il retraversa le village et rejoignit l'arbre géant sous lequel le vieux passait sa journée accroupi.

Longuement, le maître-tambour écouta ce que l'envoyé de la présidence lui faisait écouter. Puis, après avoir observé cinq minutes de silence, le vieux demanda :

« Qui sont ces enfants ? »

Ray, désarçonné, tenta d'expliquer qu'il ne s'agissait pas d'enfants, mais de grands jazzmen. Les mots lui manquaient. « Pourquoi diable, fit-il demander, le grand-père a-t-il appelé ces musiciens des “enfants” ? »

De sa bouche tout édentée, le vieux sourit de la naïveté presque incompréhensible de la question :

« Vous entendez bien, non ? Ça ne tourne pas ! »

Puis, voyant que Ray ne semblait toujours pas

comprendre, il ajouta : « Ils sont très doués, ces petits. Pourquoi ne leur a-t-on pas donné un maître ? »

Il y eut un moment de silence.

« A l'évidence, pensa Ray, il veut dire un maître qui leur aurait appris à faire une musique "qui tourne" ! Mais ça veut dire quoi ? »

Le vieux souriait toujours. Mais il ne trouvait plus de mot. Quelle malédiction était donc tombée sur les gens de la ville pour qu'ils posent des questions aussi bêtes ?

Ray et le vieux restèrent un long moment silencieux au pied de l'arbre géant. Il allait falloir encore bien des mois dans la forêt, pour que l'envoyé spécial de la présidence comprenne, et qu'il devienne un « vieux » à son tour.

★

A peu près à la même époque, vers le milieu des années quatre-vingt, Miles Davis commença à s'acheter des enregistrements de chants de baleines et d'éléphants. Pour s'inspirer, déclara-t-il, de leur jazz monumental. Savait-il que ce jazz-ci avait quelque chance de « tourner » ?

★

Cela faisait des années que le Zaïre rêvait de s'offrir un orchestre national. Pris dans des frontières souvent totalement artificielles, les jeunes États africains ont grand besoin de symboles forts pour cimenter leur unité. L'orchestre national est un symbole privilégié : à condition bien sûr que toutes les grandes tribus y soient représentées. Pas une ne doit se sentir lésée. Mais au Zaïre, il y a un hic : l'*éléphant de l'Afrique* est si grand, les tribus et les langues si éclatées et différentes qu'elles ne parvenaient pas à jouer ensemble. Toutes les tentatives de faire jouer en chœur des musiciens venus des quatre coins du pays s'étaient soldées par d'humiliants échecs.

A tous les coups, vous aviez un type qui venait maugréer à l'oreille du chef d'orchestre :

« Hé, patron, il joue faux, celui-là ! »

Ils jouaient toujours tous faux les uns pour les autres. Et rien ne semblait pouvoir les réconcilier.

Un jour, en 1974, quelqu'un, au palais, suggéra que l'on fît appel à l'intello. Le plus mental des musiciens zaïrois s'appelait déjà Ray Lema.

Né en 1946, en pleine gare de Lufu-Toto, dans ce qui était encore le Congo belge, Ray a grandi dans la ville de Kinshasa, un pied dans le monde africain, un pied dans le monde occidental. A onze ans, élève chez les pères blancs, il donne son premier concert : la *Sonate au clair de lune* de Beethoven. Les pères le trouvent si doué qu'ils lui offrent un régime spécial : au lieu de suivre les cours comme les autres, il pourra jouer de l'orgue autant qu'il voudra. Le voilà toute la journée plongé dans Bach.

Il veut devenir prêtre... et devient musicien. Il joue dans les groupes à la mode de la capitale zaïroise, en particulier celui du célèbre Tabu Ley. Peu à peu, sa réputation se forge : au Zaïre, il devient « l'intello » des musiciens. Celui qui gamberge tellement que sa tête chauffe. Attention, parfois on dirait presque un Blanc ! Mais on ne se moque pas, on admire.

Et voilà que l'État fait appel à lui pour s'offrir l'orchestre national qui manque à sa mégalomanie.

La mission est simple. Gigantesque.

Du jour au lendemain, Ray se retrouve avec plusieurs centaines de personnes, hommes, femmes, citadins, paysans, vieux, enfants, venus de tout le pays, qui le regardent sans broncher. Et Ray, comme les autres, commence par échouer. Chaque fois qu'il essaie de faire jouer ces citoyens ensemble, ça recommence :

« Hé, chef, il joue faux celui-là ! »

Il n'y a pas deux ethnies qui jouent pareil ! Ray s'arrache les cheveux. Pourtant, il sait que la chose est techniquement possible. Ou plutôt, il le sent.

Une nuit, l'évidence s'impose, assez vertigineuse : la seule solution serait qu'il aille sur place, dans la brousse, et jusqu'au fond de la profonde forêt où vivent les Pygmées, pour y chercher des musiciens, mais surtout pour y apprendre à jouer lui-même tous ces rythmes qu'il se propose de marier.

Tous !

Commence alors un long voyage initiatique.

Ray est un citadin. Tout d'un coup, il découvre le Zaïre. Une forêt aussi épaisse que l'Amazonie où, vus d'avion, les villages sont comme de petits trous dans un interminable tapis vert.

« Quand tu descends là-dedans, me raconte Ray, tu découvres pour la première fois la nuit. L'obscurité. Jamais, je n'ai vu une obscurité pareille ! Là-bas, dès que la nuit tombe, tu ne vois plus tes mains ! »

Une obscurité qui fait apprécier la lumière, les petits feux dans les cours des maisons. Tout d'un coup, les visages réapparaissent et l'on découvre qui joue quoi depuis un moment. Oui, parce qu'à aucun instant le battement rythmé ne cesse. *Tou-bou-toum, Tou-bou-toum, Tou-bou-toum* ! Ray s'aperçoit que les villageois, eux, n'ont pas besoin de voir. Ils savent reconnaître à distance l'identité d'un musicien, c'est-à-dire d'un villageois ! Ils sont tous musiciens. Telle est la première chose que découvre Ray, quand il débarque dans les villages de la forêt, à la tête de son expédition musicologique : tous les gens de la forêt savent jouer un rythme. Chacun, du plus petit gamin à la plus vieille grand-mère, a sa façon propre de jouer...

Au début, ils sont étonnés, lorsque Ray leur demande de jouer :

« Pourquoi ? demande le gamin ou la grand-mère. Que va-t-il se passer ?

— Rien, juste comme ça.

— Juste comme ça ? »

Perplexe, le ou la villageoise s'exécute d'abord avec une nonchalance incrédule. Et puis tout d'un coup, crac : *Tagada boum, tagada boum*, avec une facilité déconcertante, le plus simplet peut vous embarquer dans un rythme formidable d'énergie et de précision.

Très vite, Ray s'aperçoit que chaque village a son rythme. Ou plutôt son jeu de rythmes. C'est sa seconde découverte, la plus importante : la « signature rythmique » d'un village s'appuie, à la base, sur le croisement de deux rythmes différents, très rapides, joués sur les instruments à percussion les plus variés (du tambour à la boîte de conserve), par des « petits ». C'est-à-dire par des enfants ou par des adolescents — « car les enfants, lui disent les vieux, sont bavards, et ils ont besoin de se muscler ».

Ce jeu rythmique résonne le plus clair du temps dans l'espace du village, par-delà la forêt et les champs, avec des moments creux dans la journée et des moments forts, chaque fois notamment qu'a lieu une fête, une cérémonie. Quand on joue de cette musique, les gens disent simplement : « Ça tourne. »

« Qu'est-ce qui *tourne* ? » demande Ray.

Mais les gens ne lui répondent pas, le dévisageant de manière étonnée. C'est alors qu'il a l'idée de leur faire écouter des morceaux de musique occidentale moderne. Stupeur. Ils sont unanimes à répondre, avec une grimace : « Ça ne tourne pas ! » Et Ray s'interroge : qu'est-ce qui « ne tourne pas » ?

A mesure que l'expédition avance dans la brousse et les forêts zaïroises, une constatation s'impose : il faut deux « petits » pour lancer la « chose qui tourne » (c'est lui qui éprouve ainsi le besoin de la nommer, sans cela, son esprit rationnel se sentirait perdu).

Frappant sur son tambour, le premier « petit » fait, mettons *Kiticlop, Kiticlop, Kiticlop*. Assis en face de lui, son comparse s'en va dans un autre rythme, *Tac-tac, Tac-tac, Tac-tac*. Le *Kiticlop* et le *Tac-tac* s'entremêlent alors en une tresse dont on ne sait plus où elle commence ni où elle finit. Ce jeu rythmique — dont le résultat est un battement d'interférences — constitue apparemment la base élémentaire de tout l'édifice musical. Quand deux « petits » croisent ainsi leurs rythmes, les villageois disent : « Ça tourne »*.

Or Ray finit par se rendre compte que, dans le village, chacun, de la plus petite gamine au plus vieux grand-père, a sa façon propre d'entrer dans ce jeu rythmique — en cognant sur un tambour, un tronc d'arbre creux, une bouteille, en claquant de la langue, des doigts, ou en jouant de quelque autre instrument, à cordes, ou petites guimbardes résonnant dans la nuit très noire jusqu'au sommet des arbres géants. Comme si les deux « petits », qui donnent sa base au jeu rythmique, faisaient tourner une gigantesque corde à sauter sonore...

Vous savez, quand les petites filles font tourner une très grande corde et qu'après s'être donné un élan balancé elles plongent à la queue leu leu dans la ronde commune. Les débutantes suivent exactement le mouvement de la corde, mais il y en a d'autres qui ne sautent qu'un coup sur deux, les plus fortes un coup sur trois — il faut savoir sauter haut, pour rester longtemps en l'air. Les plus douées se trouvent des séquences sophistiquées, suivant le mouvement alternativement un coup sur deux et un coup sur trois.

Eh bien là, c'est comme si tout le village s'amusait à sauter à l'intérieur d'une gigantesque corde sonore.

Chacun « saute » suivant son rythme propre, c'est-à-dire suivant son humeur du moment, mais aussi selon sa personnalité, son tempérament, son âge...

« Suivant l'âge de son âme ! » dit un vieux à Ray. Plus l'âme est jeune, plus elle est bavarde, plus elle saute vite dans la corde rythmique. Les vieux maîtres du village ne sautent (c'est-à-dire ne frappent sur

* Cette découverte me fera très grande impression lorsque Ray Lema me la racontera. Le jeu rythmique de base des villages africains serait donc un battement d'interférences ? Un hologramme sonore ! Les hologrammes m'impressionnent depuis belle lurette ; certains pensent qu'ils contiennent un concept clé du prochain millénaire. L'idée que le son puisse s'y trouver mêlé ouvre des perspectives grisantes.

leurs tambours) qu'un coup sur dix, ou sur quinze, ou sur cent...

A vrai dire, les vieux maîtres n'ont pas accepté de parler tout de suite à l'envoyé spécial de la présidence. Il a d'abord fallu qu'il fasse ses preuves. Qu'il apprenne à frapper sur un tambour.

Pour Ray Lema qui se croit déjà musicien chevronné, quelle baffe ! Au début, ils ne lui ont rien dit, mais il a senti à leurs moues que sa façon de jouer leur faisait de la peine. Il avait « les mains mouillées ». Comme un Blanc — quand bien même se serait-il agi d'un batteur professionnel ; en Afrique, on joue, au sens propre, *des nuits durant*, et sans changer de rythme ! une épreuve paraît-il insupportable pour quiconque n'a pas été habitué dès l'enfance... Ray essaye quand même. Il s'entraîne intensivement. Quatre heures par jour, à frapper comme un perdu sur ces peaux vibrantes, à en perdre la tête de fatigue. Jusqu'à ce qu'un soir, au bout de plusieurs mois d'exercice, un vieux vienne le voir : « Eh chef, tu sais, je voulais te dire : on est fiers de toi. Maintenant tu as les mains sèches ! »

Peut-être le plus beau jour de sa vie.

Il avait ainsi passé une première épreuve dans sa quête des secrets de la forêt. Désormais, il allait savoir faire parler un tambour. Parler, presque au sens propre. Les langues africaines et le son du tambour sont cousins. Quand le guetteur annonce — *Kitikatsboum, Kitikatsboum* — que le Blanc arrive, c'est beaucoup mieux que du morse : *Kitibatsboum*, ça sonne réellement comme la phrase « Le Blanc arrive », dans la langue du pays. Mais laissons les tambours parleurs — c'est une autre histoire, que Ray Lema n'a pas spécialement explorée. L'important, maintenant qu'il a « les mains sèches », c'est qu'il va recevoir une foule de confidences de la part des vieux, rassurés sur la nature profonde de son âme.

Peu à peu, Ray bascule dans un monde qu'il ne soupçonnait pas. Un monde purement acoustique.

Quand la nuit tombe et qu'il fait totalement noir, cela l'impressionne parfois terriblement : les villageois semblent se voir dans l'obscurité et se reconnaître les uns les autres, de loin, rien qu'à la façon dont ils interviennent dans le jeu rythmique. Mieux : suivant la manière dont tel ou telle joue, les autres, à distance, peuvent vous dire : « Désiré est fatigué aujourd'hui », ou : « Adèle m'a l'air en colère », ou encore : « Non mais quelle pêche il tient, ce matin, Max ! »

Ray est tellement frappé par ce qu'il découvre qu'il en rêve ! Il finit par visualiser cette « chose qui tourne ». De façon géométrique.

Il décide de la nommer « roue rythmique ».

Cette « roue » peut tourner plusieurs jours et plusieurs nuits sans interruption. Les villageois, selon l'humeur et l'ambiance du moment, y entrent ou en sortent — jouant ou cessant de jouer. Quand ils sortent, c'est pour aller manger, ou travailler, ou faire l'amour. Puis ils reviennent.

Tiens, voilà grand-père : Pam, —, —, —, Blop, —, —, —, Pam, —, —, —, Blop, —, —, —. Grand-père est un bon : là où un enfant a besoin de cent coups, lui, pour dire la même chose, il en utilise cinq. Mais cinq coups rudement bien placés dans la roue. Comment expliquer ? Dans la forêt, tout le monde le sent « spontanément ». Grand-père, en plaçant ses cinq coups, impressionne tout le monde. C'est une implacable mathématique des sensations.

Schématiquement, on pourrait dire : plus on est vieux, ou sage, plus on est capable d'entrer dans la roue avec sobriété. A la périphérie, dans le plus grand des cercles, au maximum de la vitesse, les gamins s'éclatent. Ils entraînent leurs muscles. Au centre (sonore), les vieux maîtres jouent les rythmes les plus lents, les plus sophistiqués. Mais ils peuvent aussi jouer très vite, pour accompagner un plus jeune. Ou pour l'imiter, se moquer de lui. Les vieux maîtres savent jouer « à la manière de » n'importe lequel des villageois. Et quand un jeune fait trop le malin et se pavane devant les filles, ils savent aussi le taquiner et « couper » son rythme de telle sorte que le malheureux a beau s'esquinter sur son tam-tam, personne ne l'entende.

Ce qui frappe peut-être le plus l'Africain de la grande ville dans les pratiques rythmiques de la forêt c'est qu'elles interdisent le baratin, le mensonge social. Vous êtes qui vous êtes, votre rythme le dit, impossible de frimer. Si vous tentez de jouer un rythme qui ne vous correspond pas, en particulier s'il est trop sophistiqué pour vous, vous ne tiendrez pas une nuit durant.

Dans la roue, chacun a sa place. Même quand il y a cinquante participants, personne ne bouscule les autres. Comme si quelque part, dans une dimension essentielle, chacun avait effectivement sa place et que la roue rythmique permettait de retrouver cette dimension-là. Imaginez un peu cela : régulièrement, plusieurs fois par mois, vous et tous les gens de votre quartier, vous vous retrouveriez en train de frapper sur des tam-tams, formant une seule vaste roue. Le boulanger serait un « maître » : quand le barman, le pompiste et le gérant du supermarché frapperaient cent coups, il suffirait au boulanger d'un coup de gong pour tous les remettre à leur place...

La roue tournait depuis des heures. La plupart des villageois étaient allés manger en se dandinant en cadence, et le lieu entier menaçait de s'assoupir. Sur son gros magnétophone, Ray n'enregistrait plus qu'un mince *Kiticlop, Kiticlop*. La roue était en train de mourir. Alors un groupe se forma autour du maître-tambour : « Hé, vieux, relance-nous un peu ça ! » Un maître-tambour doit pouvoir faire face à toutes les situations. Il n'y a qu'un maître-tambour par village, une seule personne qui sache s'oublier elle-même au point de pouvoir entendre tous les autres musiciens à la fois. Le garagiste traîne la patte ? Il fait pencher la roue à droite ? Le maître-tambour sait exactement où il faut placer son coup, pour contrebalancer le défaut du garagiste en renforçant telle vibration de la peau de buffle tendue sur le tronc creux. Juste à la pression convenable...

Ainsi, peu à peu, passant près de deux ans à explorer la brousse et la forêt du Zaïre, Ray finit par accéder aux grands secrets de ce qu'il va bientôt appeler la *roue rythmique*.

C'est elle véritablement qui module la vie du village. Elle qui décide de la hiérarchie sociale. Elle aussi qui sert d'instrument de médecine. Le maître-tambour fait office de kiné, de psychiatre, de juge, de prêtre... La boulangère a le cou tordu vers la gauche ? Le maître-tambour sait ce que cela signifie, et où, et quand il faudra frapper sur son instrument pour le lui redresser. Mais ça peut aller beaucoup plus loin. Voilà que Boniface, l'aide-forgeron, a besoin d'un bon shampooing mental. Le maître-tambour le connaît suffisamment, rythmiquement, pour pouvoir emprisonner son corps dans la roue rythmique. Celle-ci le prendra entièrement en charge. Le corps de Boniface entrera en transe. Et son esprit en profitera pour aller visiter les royaumes ancestraux.

Plus le temps passe, plus Ray *voit* la roue, en comprend géométriquement le fonctionnement. Il noircit des piles de cahiers, fait des tas de graphiques.

Quand finalement, réinstallé à Kinshasa, il reprend en main le ballet national, il agit en véritable maître-tambour fédérateur. Lorsque les musiciens de tribus différentes se disputent, il sait leur expliquer comment jouer. Pas avec des mots. Il montre lui même l'exemple. La solution n'est pas forcément compliquée. D'un village à l'autre, il suffit parfois de décaler une roue de quelques degrés « vers la gauche ou vers la droite », pour qu'elle s'encastre dans une autre roue, à jeu rythmique différent...

Ainsi naît enfin le vrai Ballet national du Zaïre.

Ray Lema connaît la gloire.

On est en 1977. Il n'a que trente ans. Il n'est pas du genre à s'arrêter en si bon chemin. Son apprentissage dans la forêt lui a appris d'où les Africains tiraient ce truc étrange, dont tout le monde parle mais que personne, au fond, ne comprend : *ils ont le rythme dans la peau*. Eh oui ! C'est qu'ils viennent d'un monde où la musique, obéissant aux grandes ondulations naturelles, gouverne la vie des hommes. Pour de bon.

Seulement voilà : l'exode rural frappe, et dans les villes, les vieilles roues meurent. Que de terrain perdu, déjà, à Kinshasa ! Les Zaïrois modernes ont deux visages, un africain et un occidental ; et celui qu'on affiche le soir, quand on sort en boîte, tout gracieux qu'il soit, n'est pas le moins occidental. Heureusement, la vie traditionnelle, l'éducation des enfants, les cérémonies, une façon générale d'être au monde demeurent profondément imbibées du savoir millénaire de la forêt. Néanmoins, dans ces immenses bordels que constituent les nouvelles mégalopoles, les vieilles formes s'éteignent de plus en plus vite...

« Nous n'avons pas le choix, m'avait dit Fela un jour de grande colère. Pour retrouver notre véritable indépendance, il nous faut passer à travers le chaos absolu. Casser, quoi qu'il nous en coûte, le moule européen. Il n'y a RIEN à réformer dans vos putains d'écoles ! C'est pourquoi l'Afrique anglophone est en avance sur l'Afrique francophone : avec leur humanisme, les Français ont bloqué les habitants de leurs colonies pour plus longtemps. Abidjan commence à peine à s'anarchiser. Chez nous, la confusion s'est installée dans les têtes dès le début des années soixante-dix. Dans un brouillard pareil, tu es obligé de tout réinventer, même la roue ! »

La roue !

Je n'avais pas compris, à l'époque, de quelle roue il voulait parler...

Pendant ce temps, à Kinshasa, devenu un personnage officiel, Ray Lema en profite pour proposer au pouvoir zaïrois de monter un centre de recherche musicale. L'équivalent africain des institutions créées en Europe par Boulez ou Stockhausen, ou en Amérique par John Cage. Le pouvoir n'est pas contre — ça ferait chic —, mais pense en fait surtout à la première grande œuvre internationale que pourrait interpréter le Ballet national du Zaïre : pourquoi pas un opéra à la gloire du président ?

Ray est à mille lieues de là : « Il faut absolument, se dit-il, créer l'équivalent moderne de la vieille roue rythmique villageoise. L'essentiel de l'héritage africain est en jeu. Dans les grandes villes, les gens ne vivent plus auprès de leur tribu ; créons donc de nouvelles tribus. »

Aussitôt il veut passer à la pratique. Hélas ! sa réticence à se lancer illico dans la création d'un opéra présidentiel est mal vue. Au point que la « tribu de Verseau » doit s'exiler de l'autre côté du gigantesque fleuve Zaïre, à Brazzaville. C'est là, dans la capitale du pauvre mais fier petit Congo marxiste-léniniste, que Ray fonde, avec plusieurs dizaines de disciples, une communauté radicale : la tribu du Verseau.

Mélange total : un directeur commercial, un coiffeur, des petits musiciens des rues, quelques Blancs... Ray les soumet à un régime impitoyable : quatre heures de tambour par jour en plein soleil. Il veut pouvoir disposer de quiconque à n'importe quelle heure du jour ou de la nuit. Pouvoir dire quand ça lui chante : « Viens, petit, lève-toi ! On va essayer un nouveau rythme. »

On y pratique aussi avec fougue les arts martiaux et la méditation sur les chakras. La musique y devient, comme à la même époque dans la « Kalakuta Republic » de Fela, à Lagos, « l'arme du futur », l'épée de feu qui, un jour, libérera de l'égoïsme mortifère les corps et les esprits des hommes de la Terre.

Dans un premier temps, c'est le miracle. Une inspiration géniale tombe sur le pavillon. La « tribu du Verseau » s'envole avec Ray Lema parmi les étoiles. Des centaines de gens viennent y danser tous les soirs. Ray est transfiguré.

Mais la température monte trop vite. Et Ray finit par se faire impitoyablement critiquer. Le traitant de *dictateur*, de *manipulateur* et de *charlatan*, ses musiciens, amis et disciples finissent tous par le quitter. La tribu du Verseau s'est consumée comme une torche. Pas un seul de ses membres n'y a échappé :

ils en sont tous sortis, soit radicalement transformés, soit brisés. Ray lui-même tombe si gravement malade qu'il manque en mourir.

Convalescent, il traîne un moment avec un petit orchestre pour boîte chic. Certes, dans toute la ville, on l'apprécie toujours. Il a sa place désormais aux côtés de Tabu Ley, de Franco ou de Seigneur Rochereau, les grands de la musique zaïroise. Lui, c'est le plus éclectique. Pianiste de blues, guitariste de rumba, organiste jouant Bach les yeux fermés... Mais quelque chose est cassé. Quand il essaye de reformer un groupe avec ses anciens musiciens, ceux-ci le « mitraillent de musique », comme il dit, à bout portant. Il réalise avec stupeur quelle rage il a fait naître dans leurs cœurs. L'histoire tourne court. Il faut prendre le large.

C'est alors que, par chance, la fondation Rockefeller, toujours en quête de talents de par le monde, le remarque et l'invite à venir passer un an aux États-Unis, tous frais payés. Il accepte aussitôt.

Cela fait un moment qu'il attend l'occasion d'aller présenter ses découvertes. Pour lui, nul doute : la roue rythmique — la preuve vivante que certaines sociétés humaines savent entièrement s'autoréguler par la musique — constitue le plus beau cadeau de l'Afrique au monde. Or il ne se leurre pas : l'Afrique traditionnelle, à moyen terme, est condamnée. Les roues de la forêt vont s'évanouir à jamais. Il faut absolument les communiquer au reste du monde.

Le retour à la culture africaine traditionnelle pure, à la manière des rêves de Fela, Ray n'y croit pas. « Les cultures pures m'emmerdent, déclare-t-il. Les cultures pures seront impitoyablement broyées. Moi, je vais profiter de cette invitation américaine pour parfaire mon métissage. Le métissage est la seule chance de l'humanité. L'Homme n'existe pas encore. Il se crée lentement. Dans le métissage. »

L'offre Rockefeller tombe donc à pic. Mais le malheureux ne se doute pas de ce qui l'attend en Amérique.

Le premier contact est cordial. A peine débarqué

aux *States*, le musicien zaïrois est pris en main par ses « brothers » de couleur, qui lui font la fête. Mais dès qu'il entreprend d'expliquer ce qu'il a découvert dans les villages de brousse, on lui ferme le clapet :

« La musique africaine traditionnelle ? Oh mais nous connaissons très bien ! » s'exclament les Noirs américains, qui entraînent Ray Lema à quelques lamentables parties de tam-tam pour touristes. Il n'en revient pas : s'imaginent-ils sincèrement connaître les secrets rythmiques du continent de leurs ancêtres ? Ray découvre que, pour être noirs, ses frères d'outre-Atlantique n'en sont pas moins furieusement américains. *The best in the world !*

Finalement, le Zaïrois insiste tant que certains musiciens de Washington finissent par l'entendre. Mais c'est pour le soumettre aussitôt à une redoutable épreuve :

« Fais-nous donc écouter, lui demandent-ils, tes enregistrements. »

Or les disques produits par l'Afrique à la fin des années soixante-dix ne valent pas tripette. Posés sur la platine d'un grand studio moderne, ceux que Ray a emportés avec lui produisent un son minable. Ses bandes magnétiques ne valent pas mieux. Pour les musiciens américains, a priori déjà sceptiques sur les prétentions de ce brave cousin d'Afrique, l'obstacle est rédhibitoire. Ils n'écoutent carrément pas. Et offrent généreusement à Ray Lema de lui apprendre les *vrais* rythmes : ceux du jazz.

La gifle. L'échec.

Mais Ray comprend que, si les musiciens occidentaux doivent descendre de leur piédestal, et s'ouvrir au reste du monde, les Africains, de leur côté, ont à parcourir l'autre moitié du chemin : apprendre les techniques hypersophistiquées de l'acoustique moderne.

Ray refuse donc de rentrer au Zaïre comme prévu. Il veut maîtriser les nouvelles techniques, en particulier le son digital. « Seule la magie des ordinateurs, se dit-il, et de l'incroyable technique du *sampling* pourrait permettre à la roue rythmique africaine de passer à la postérité universelle. »

Le fondateur du Ballet national du Zaïre accepte donc de redevenir un élève. En Amérique d'abord, puis en Europe, où le journal *Actuel*, à son tour, l'invite pour quelques années.

Ainsi aurai-je la chance de le rencontrer. Mieux : de vivre dans la même maison que lui, ses enfants et les miens partageant le même toit. Ainsi passerons-nous des nuits à discuter. De temps en temps, il m'offrira une petite démonstration.

Comment tenir sur un même rythme pendant toute une nuit ? J'essayai... Mais même avec un tempo hypersimple, *ta-ka, ta-ka, ta-ka*, je trébuchai en dix minutes.

« C'est grave, me disait-il. Le mal consiste à ne plus entendre les battements de son cœur, ce métronome qui bat dans nos poitrines. Ce qui revient à ne plus être tout à fait présent. Les Occidentaux n'habitent plus complètement leurs corps. Le corps est pourtant le plus bel instrument de musique qui existe sur terre. Une caisse de résonance sublime ! Vous avez oublié que le simple fait de dire *A* ou *O* faisait résonner tout le corps jusque dans ses profondeurs abyssales. Du coup, vos instruments sont désaccordés. Si tu te mettais à jouer régulièrement de ton instrument corporel, à expérimenter les rythmes et les sons sur ton corps, tu t'apercevrais que la vie est une spirale.

— C'est-à-dire ?

— Pour agir, tu tires sur certains muscles et tu en relâches d'autres, d'accord ? Mais tu les tires *à partir de quoi* ? Si tu agis, il doit bien y avoir un point d'appui, un centre quelque part. Le problème, c'est que si tu places mal ton centre, malgré tous tes efforts, tu n'arriveras pas à grand-chose. Quand tu regardes des Blancs danser, ou même seulement évoluer dans la rue, tu as parfois l'impression d'enfants apprenant à marcher ! Certains de ces enfants roulent des mécaniques, l'air de dire : "Oh mais je sais marcher, moi !" Ils sont fiers ! Et ils partent gaillardement dans l'aventure de la vie. Mais savent-ils marcher ? »

Il poursuit :

« Ce centre, qu'il faut absolument apprendre à repérer au fond de son ventre, avant de s'élancer tout seul comme un grand, ce petit point d'où part le moindre de tes gestes, c'est le cœur de l'énigme. On l'appelle "je", mais encore ? Les Blancs s'imaginent qu'ils portent la responsabilité de tout ce qu'ils font : "Moi je" par-ci, "c'est moi qui" par-là... Mais où cela commence-t-il ? Parce qu'avant d'être un point de conscience, un point spirituel, ce "je" est d'abord un point physique, puisque ce sont des actes physiques que nous posons.

« Pourtant, si tu t'observes bien, tu t'apercevras qu'il y a en toi mille (faux) points d'appui, mille "je", mille personnalités dont chacune prend une décision mal centrée, en s'imaginant, souvent le temps d'un éclair, d'une pensée, qu'elle est le seul "je", le seul maître à bord. C'est très drôle ! »

Il devient pensif :

« C'est vraiment une question cruciale. Car nous sommes tous construits sur le même schéma. Et là le jeu devient trouble, car si tout le monde dit "je" en même temps et que tous ces "je" changent sans arrêt, tu vas immanquablement finir par te demander quel est le grand "Je" de tous ces petits "je". Ah je t'assure, le jour où les Occidentaux se poseront vraiment cette question, ils se retrouveront tout d'un coup dans la position du mille-pattes à qui on demande : "Par quel pied tu commences ?" Et pour faire de la musique mondiale, il est important de régler ça. S'il vous plaît, mesdames et messieurs, accordez vos instruments ! Accordez-vous sur le *la-440*, dzing ! Mais où est l'étalon, la constante sur laquelle on va pouvoir travailler ? »

Ray dit enfin :

« Maintenant, j'aimerais acheter des tas de tambours et essayer avec vous, Européens. Je ne parle pas de donner des "cours de rythmes africains". Plutôt des cours de... comment appeler ça ? Des cours de mise en place, voilà ! Savoir se mettre en place. Ha ha ha ! C'est cela qu'il vous faudrait apprendre des

Africains, car c'est cela que leur ont enseigné les roues rythmiques depuis des siècles : toi, tu es ici, et l'autre, il est là, vous n'êtes pas à la même place, mais ça va, quoi ! On ne se piétine pas. C'est un art. Et j'aimerais tant que l'Afrique enseigne cet art aux gens d'ici ! Et que ces derniers relèvent le défi.

« On constituerait une roue rythmique européenne ! Vous apprendriez des tas de choses sur vous-mêmes. Vous vous sentiriez mieux, plus calmes. Tu ne peux pas jouer si tu n'es pas calme, au fond de toi. Le jour où brusquement tu découvriras ta vraie place dans la roue, là, crois-moi, tu prendras ton pied. Tu verras, c'est... c'est tout simplement beau. Tu sauras enfin comment placer le rythme de ton corps par rapport à ceux des autres et comment, avec eux, former une belle figure. Si belle que tu te tairas. »

★

Et les dauphins ?

Ils n'étaient pas loin. Après ma dernière traversée africaine, il me semblait que l'essentiel de ce que les cétacés nous apportaient, par l'entremise des découvertes musico-respiratoires de Paul Spong notamment, consistait tout simplement à nous rappeler notre nature profonde, à nous replonger dans notre propre état d'humains : la roue rythmique, je m'en suis rendu compte depuis, est un outil universel*.

Depuis l'aube de l'homme, dirait-on, nos ancêtres ont su *conspirer*, telles des orques ou des baleines à bosse. Les modernes l'ont juste oublié.

Certes, comme l'avait dit Ray Lema dans l'une de nos premières conversations (rapportée dans l'Introduction, p. 27), « en Afrique profonde, quand la musique se met à tourner, l'individu n'existe plus ! »

* J'ai réalisé l'universalité de la roue rythmique, notamment en lisant *Voyage dans la magie des rythmes*, de Mickey Hart, le batteur de rock devenu ethnomusicologue (Laffont, 1993).

« Or ça, avait-il précisé, nous n'en voulons pas. Nous voulons à la fois cette chose tranchante, aiguë, que vous, Occidentaux, avez affûtée à la limite de l'impossible, et qui s'appelle la conscience individuelle, mais sans perdre pour autant nos liens au monde et aux autres. »

J'avais pensé : le lait et l'argent du lait.

Il avait répondu : l'individualité dans la fusion.

Mais alors, nom de nom, c'est quoi, un individu ?

Est-ce à cela qu'ils rêvent, les dauphins ? Au mystère absolu de l'ego, au paradoxe de l'in-di-vi-du, personne humaine des milliards de fois unique ?

Qu'est-ce qu'une personne ?

Après l'Afrique, la deuxième civilisation à me faire poser cette question fut la Chine. Cette fois de manière très humble. A deux pas de chez moi.

Une rumeur circulait dans nos banlieues parisiennes, selon laquelle les enfants de culture chinoise seraient systématiquement des cracks à l'école, sauf si on leur demandait leur avis personnel. De jeunes artistes d'origine extrême-orientale nés en France confirmaient cette rumeur, allant jusqu'à prétendre que la culture de leurs parents n'était qu'une vaste machine à tuer l'originalité individuelle. Cela m'intriguait beaucoup.

2

La fleur de l'individualisme chinois : les sculptures de l'âme

En fait, les premiers à m'en parler furent des profs canadiens de passage en France. Selon eux, la poussée asiatique dans les écoles et collèges de Toronto ne connaissait plus de bornes : ils raflaient systématiquement toutes les premières places. « C'est fou, s'esclaffait l'un des profs, les élèves jaunes passent même leurs vacances dans des cours de perfectionnement ! L'autre jour, j'en vois un. Je m'étonne : "Que fais-tu là, Chang, tu as pourtant eu 90 sur 100 toute l'année." Il me répond : "Justement, monsieur, mes parents sont furieux. Ils veulent que j'aie 100 sur 100." »

Les Canadiens se marraient. Pour eux, on ne pouvait pas lutter contre une pareille motivation. A les entendre, toute l'élite des universités américaines serait bientôt asiatique. Ce que confirma bientôt un rapport du Bureau fédéral des statistiques, à Washington. L'enquête avait été menée de façon exhaustive, nationalité d'origine par nationalité d'origine. Ainsi apprenait-on par exemple que 98 % des Américains d'origine japonaise et 94 % de leurs camarades d'origine coréenne terminaient leur *high school* (équivalent du lycée), contre 87 % seulement pour la moyenne des Blancs et 74 % pour les Noirs. Le rapport précisait que la biologie n'y était évidemment pour rien : seuls les enfants originaires de régions de l'ex-empire chinois étaient concernés par ces performances.

Vrai ? Pourquoi ? Comment ?

Je pose la question autour de moi. Naïf, tout le monde sait cela !

Intrigué, je décide de mener une enquête à Paris.

Grosse différence avec l'Amérique : l'administration française affirmant des principes antiracistes, les papiers d'identité du citoyen français ne disent rien de la couleur de sa peau, ni du pays de ses ancêtres. Du coup, impossible de dresser des statistiques. Il faut enquêter de manière plus subjective, en allant voir sur place, dans les *Chinatowns*. Les notes qui suivent sont extraites d'un journal tenu durant cette enquête, pendant un an environ.

8 septembre 1985. Diamond Yuan, la rédactrice en chef du *Long Pao (Le Journal du Dragon)*, a une quarantaine d'années et me fait penser à Cory Aquino. Née en France, elle a le look sage d'une mère de famille de province, mais le ton amusé et tranchant d'une Parisienne. Enceinte de son troisième enfant, ce docteur en économie demeure étonnamment actif. L'essentiel de sa vie se déroule dans sa famille, rue de Cîteaux, dans le XIIe arrondissement. Étrange endroit : à la fois école idéographique, atelier de laques chinoises et siège du *Long Pao* (quinzomadaire de petites annonces et de conseils pratiques, rédigé un tiers en français, deux tiers en chinois), dont j'apprends qu'il est essentiellement écrit et fabriqué par des bénévoles, encadrés par la famille Yuan.

Sous le regard rigolard d'une divinité taoïste ventripotente, Diamond répond paisiblement à mes questions :

« Bien sûr que j'ai toujours été parmi les premières en classe. Mes deux sœurs et mon frère aussi.

— Comment expliquez-vous cela ?

— Les enfants français sont trop gâtés ! Ils ne travaillent pas ! Pour les enfants chinois, systématiquement accablés de corvées ménagères à la maison, c'est un plaisir d'aller à l'école, et une douce libération d'avoir le droit de faire ses devoirs après avoir aidé à l'atelier, à l'épicerie ou simplement à la cuisine.

— La réussite des enfants asiatiques serait donc simplement une question de labeur?

— Et de discipline! Et de respect! Si vous saviez combien j'étais choquée de voir mes camarades français fumer, ou arriver en retard, ou dire du mal de leurs professeurs. Ce laisser-aller donne ensuite des adultes invertébrés, qui râlent sans cesse, alors qu'ils habitent un des pays les plus cléments du monde. »

Elle avait le regard clair. Je n'ai pas su quoi répondre.

21 octobre. Dans la rue, les Chinois n'aiment pas se faire accoster par des inconnus. Mais à force de traîner dans le XIIIe, je noue quand même des contacts fugitifs. Un restaurateur, arrivé il y a six ans de Cholon, me parle de la consternation des Chinois lorsqu'ils apprennent qu'en France on n'a pas le droit, en principe, de travailler plus de quarante heures par semaine.

« Pour nous, les vacances représentent une perte de temps et d'argent. Je ne me repose personnellement qu'un ou deux jours par an. Pour le Nouvel An.

— Mais pourquoi?

— Surtout pour que mes enfants puissent étudier. »

30 novembre. J'ai rôdé aux sorties de quelques collèges. Pas évident. On passe vite pour un satyre. Une chose est sûre : en France, l'immigration massive en provenance d'Asie ne date que des années soixante-dix — alors que les Américains utilisaient dès 1880 des dizaines de milliers de coolies chinois pour construire leurs chemins de fer. De ce côté-ci de l'Atlantique, je ne pourrai observer le comportement et les résultats que des plus jeunes, dans le primaire et au lycée, pas en fac.

10 décembre. Les premiers enseignants contactés sont unanimes : quel plaisir d'avoir des élèves asiatiques ! A la fois forts en thème et modestes. Pourquoi ? « Oh mais c'est toute une conception du monde, monsieur. Les Asiatiques, vous savez, se dévouent entièrement à leurs familles ! »

Ou bien : « Ça tient à leur religion, monsieur, chez eux, le respect du maître est d'essence divine. »

Ou encore : « Sachez, monsieur, que les Chinois transportent partout avec eux leur système d'organisation sociale avec, tout en haut, les lettrés, par opposition aux illettrés. Ainsi, ne verrez-vous jamais de Chinois dans les associations de parents d'élèves : ce serait une insulte pour le professeur. »

Mais, chaque fois, la conclusion a été la même : « En un mot comme en mille, le confucianisme, monsieur. »

Confucius ! Vous voulez savoir pourquoi les enfants asiatiques sont premiers à l'école ? Avalez vingt-cinq siècles de civilisation chinoise.

21 janvier 1986. Je découvre le Cefisem, un organisme chargé de la formation des enseignants qui ont beaucoup d'enfants immigrés dans leurs classes. On s'y montre très prudent : « Que signifie *être bon en classe* ? Les enfants d'origine asiatique sont, par exemple, bien meilleurs à l'écrit qu'à l'oral, même quand ils maîtrisent parfaitement notre langue. »

On me donne les coordonnées de deux chercheurs vietnamiens, que ces questions passionnent. Lê Huu Khoa est un sociologue qui travaille sur les « stratégies d'insertion des communautés asiatiques ». Tanh, lui, vient de signer un article dans la revue *Migrants formation*, intitulé « Le mythe du bon élève asiatique ». Je suis intrigué.

10 février. De prime abord, Lê Huu Khoa ressemble à un moine dans sa cellule, rue du Faubourg-Saint-Martin. Des piles de livres, un lit en fer, un gros réveil et une théière, voilà toute sa richesse. Mais en deux secondes, l'austérité est oubliée. Il me mitraille de données :

« Chez nous, on dit : "Un qui devient mandarin,

toute sa famille en profite." Dans l'esprit des exilés asiatiques — dont la plupart savent qu'ils ne retourneront jamais chez eux —, l'avenir entier repose sur la réussite scolaire des enfants. Ce sont eux qui devront nourrir les parents, mais aussi assurer le contact avec la société d'accueil, et défendre l'honneur de la famille. »

« Les Vietnamiens, dit Huu Khoa, sont encore plus acharnés que les Chinois, et avec des objectifs précis : il faut absolument que l'enfant devienne médecin ou ingénieur, à la rigueur informaticien. Hors du médico-technico-scientifique, point de salut ! Si vous saviez combien j'ai été mal vu quand j'ai décidé d'étudier la sociologie ! Quant à ceux qui veulent faire les Beaux-Arts, devenir écrivains, ou cinéastes, c'est carrément la honte ! »

La conversation prend un tour inattendu. Le chercheur se met à me parler de la « violence intolérable » du système confucéen, et du manque de créativité de ceux qui en sortent. « Regardez la peinture, s'écrie-t-il, soudain empourpré, écoutez la musique, observez toutes les créations artistiques asiatiques d'aujourd'hui : c'est nul ! Ça n'existe pas ! L'artiste chinois imite toute sa vie son maître et si, à la fin de sa carrière, il se permet de rajouter une virgule, une goutte, une larme, on le jugera formidablement audacieux. L'invention, l'innovation, la création, ces mots-là sont étrangers au modèle confucéen qui gouverne l'Empire chinois depuis plus de deux millénaires. »

Brusque renversement de situation. Ce n'est plus l'Occidental qui fait des complexes devant la formidable rigueur du « sage » asiatique, c'est l'Asiatique qui envie la non moins redoutable audace du « fou » occidental.

20 février. Le sens de mon enquête se modifie peu à peu. Discutant avec de jeunes Asiatiques, les allusions à « l'impossibilité de créer », voire simplement de s'exprimer à l'intérieur du modèle chinois, se multiplient. Comme si l'immense civilisation chinoise s'était érigée sans le moindre créateur !

Depuis la nuit des temps, une idée semble s'être imposée à travers les montagnes de Chine : il n'est rien de supérieur à l'acquisition de la connaissance. La « religion chinoise » elle-même, subtil mélange de chamanisme taoïste, de morale confucéenne et de métaphysique bouddhiste, ne fut jamais fondée sur une brusque révélation transcendantale, mais sur un lent approfondissement de la connaissance. Conséquence sociale : au sommet les lettrés. Juste en dessous de l'empereur régnait une cour, non pas de privilégiés héréditaires, mais de bûcheurs fous, les mandarins. Étrange comme le sens des mots a dérivé. Dans nos esprits, le mot mandarin représente des pontes indéboulonnables. A l'origine c'est tout le contraire : le mandarinat fut l'un des premiers systèmes de promotion sociale démocratique. Tout lettré avait une chance d'accéder aux plus hautes fonctions de l'Empire, celles-ci étant exclusivement réservées aux lauréats des concours.

La littérature chinoise est remplie d'histoires de jeunes gens très pauvres qui réussissent grâce à ces concours triennaux. Étonnants concours, sur lesquels reposa durant des siècles toute l'administration de l'Empire céleste, du nord de la Mandchourie à la pointe tropicale du Viêt-nam. Quand les Français débarquèrent en Indochine, le système fonctionnait toujours. Il nous reste quelques photos, prises en 1897, de l'un des derniers concours de mandarins organisés au Tonkin. Les candidats, en tenue noire, passaient une semaine à plancher sous de petites tentes, surveillés par des jurés en grand apparat sous leurs parasols. A la fin, les résultats étaient affichés sur d'immenses panneaux de bambou, et les lauréats allaient respectueusement festoyer avec leurs maîtres.

19 mars. Tanh est un rebelle aux cheveux longs et au visage à la fois juvénile et profondément marqué. Fils de fonctionnaires français, il est arrivé du Viêt-nam en 1960, à l'âge de dix ans. Devenu linguiste, il a commencé par enseigner le français. Un jour, il s'est interrogé sur le destin étrange qui l'amenait à raconter aux enfants toutes sortes d'histoires, sauf celles de son pays d'origine. Il s'est mis à rassembler des contes vietnamiens et, peu à peu, il est devenu conteur. Aujourd'hui il en vit modestement. De bibliothèque en MJC, il parcourt l'Hexagone en racontant ses histoires et en les faisant mimer par les écoliers. Son vœu intime : que les Asiatiques de France s'expriment. Il rêve d'aider à monter un groupe de rock laotien, ou une école de peinture khmère, ou une maison d'édition vietnamienne. Mais il y a, dit-il, un terrible obstacle : le confucianisme.

« Le système confucéen, dit-il, bride tout élan spontané.

— Pourtant, les gestes héroïques des révolutionnaires ont souvent été décrits comme inspirés par la morale confucéenne, qui exige par exemple que l'on s'insurge contre la tyrannie...

— Je vous parle de ce que je connais. En France, pour les enfants de culture asiatique, jusqu'en classe de sixième, pas de problème. Mais à partir de la troisième, dès que vous leur demandez leur avis, ils sont perdus. Or le système d'éducation français consiste justement — c'est son génie — à inciter les enfants à penser par eux-mêmes. J'ai eu énormément de mal, arrivant du Viêt-nam, à me faire à cette sorte d'incroyable gymnastique qui, pour vous, semble si naturelle. »

Tanh m'explique qu'il semblerait impensable à un enfant grandi dans le modèle chinois de donner un avis personnel, sans aussitôt citer un maître.

« Voilà pourquoi, continue-t-il, les Asiatiques exilés choisissent des métiers techniques ou scientifiques : on n'y demande aucune originalité. Mais faites un tour dans la recherche fondamentale, personne ! »

Cette limitation le désole, et l'inconscience de certains enseignants occidentaux l'exaspère : « Bien sûr, ils sont ravis de leurs élèves asiatiques “sages comme des images”, mais se rendent-ils compte du calvaire qu'endurent la plupart? Travailler, travailler, nos familles n'ont que ce mot à la bouche, et jamais la moindre récompense. En ce moment, je m'occupe de deux petites Chinoises cambodgiennes, c'est épouvantable. Leur immense famille vit entassée dans un trois-pièces, les petites sont obligées de faire leurs devoirs par terre, et après, elles se tapent les courses, le ménage...

— Elles parviennent quand même à suivre?

— Euh... elles sont en tête. »

18 avril. Je fais la connaissance d'un autre Huu Khoa, de la tribu des Nguyên, celui-là. Il vient de publier un étrange roman : *Le Temple de la Félicité éternelle*. Une sorte de conte chinois touffu, impossible à résumer, contenant toute la sagesse du Yi-king, bien que directement écrit en français. A chaque page il est question des rapports entre maîtres et disciples, entre pères et fils, entre grands frères et petits frères, entre maris et femmes, entre moines et paysans, toutes ces relations que le confucianisme s'est évertué à polir et à équilibrer.

Je demande au jeune romancier comment son père, à la fois vieux mandarin ami de la Chine et haut fonctionnaire français, a réagi en apprenant que le jeune homme se lançait dans la littérature.

« Très mal, répond Huu Khoa n° 2, ou plutôt comme s'il s'agissait d'une plaisanterie, parce qu'à côté je suis en cinquième année de médecine. »

Un crack. Lui aussi a toujours été parmi les premiers en classe. Je lui raconte mon enquête. Lorsque les « bons élèves » asiatiques veulent s'exprimer artistiquement, ou simplement de façon personnelle, on les dirait contraints de rompre avec quelque chose d'archi-ancien en eux. Comment diable s'y prend-on pour *créer* au sein de la civilisation chinoise?

Huu Khoa n° 2 sourit et, avec un calme extraordinaire, me raconte la petite histoire suivante :

« Un soir, au bord d'un lac, un musicien solitaire jouait une très ancienne ode à la lune. Soudain, une corde de son luth cassa. Il se retourna et vit que quelqu'un l'écoutait, dissimulé derrière un buisson. Il lui fit signe d'approcher, répara son instrument, et joua pour l'inconnu. Ce fut le plus beau concert de sa vie. Quand le jour vint, l'étranger remercia et repartit. Alors, le musicien brisa son instrument, et plus jamais il ne joua.

— Pourquoi ?

— Peut-être parce qu'il avait frôlé la perfection, cette nuit-là.

— Il avait donc *créé* quelque chose, c'est ça ? Quelque chose d'unique ?

— D'unique, oui.

— Vous voulez donc dire qu'il avait improvisé, inventé un air nouveau, et que cette inspiration sublime...

— Oh non, pas improvisé ! Il tenait ce morceau très ancien de son maître qui, lui-même, le tenait du sien, et ainsi de suite depuis plusieurs générations, à la note près.

— Pourtant vous m'avez raconté cette histoire pour me parler de création !

— Très juste, très juste ! »

Il sourit et se tait. Je n'en tirerai rien de plus.

28 mai. La violoncelliste Cecilia Tsan est venue me voir au journal. Cette jeune femme représente la quintessence de tout ce qui m'intrigue depuis le début de cette enquête. Chinoise d'origine, née en France, excellente en classe, artiste de talent... Son père, étudiant pauvre en exil, mourut quand Cecilia avait un mois. C'est donc sa mère qui les éleva, sa sœur et elle.

« Ma mère m'a surtout appris à concentrer mon énergie, et à la canaliser vers un pôle donné. C'est, je crois, typiquement asiatique. Elle m'a appris à ne jamais travailler en force, mais plutôt à jouer de la musique comme on pratique le taï-chi. Souvent, les gens m'ont dit : “Le violoncelle n'est pas un instrument de femme. Il faut des muscles !” Erreur. L'important, c'est de trouver la véritable énergie, que tout le monde porte en soi, et de la canaliser avec le maximum d'économie dans le geste.

— Je suppose que, même dans les écoles chinoises, ce genre de discours ne doit pas être courant.

— Mais si ! C'est très proche de la calligraphie justement. On ne revient jamais en arrière quand on trace un trait au pinceau. Il y a une concentration au départ, et après le geste est d'un seul tenant.

— Connaissez-vous des musiciens occidentaux qui aient compris cela ?

— Pablo Casals avait fait ce rapprochement entre l'archet et la calligraphie. Mais l'Occidental qui, à mon sens, l'a le mieux compris, c'est un violoncelliste d'origine chinoise. Un ami qui a grandi à Paris et vit maintenant à Boston. Pour moi, il représente la synthèse parfaite de l'esprit asiatique et de l'éducation occidentale.

— Qu'a-t-il de particulier ?

— Il y a chez lui une intériorisation que je ne retrouve chez nul autre. »

6 juin. Le mot intériorisation me trotte dans la tête depuis des jours. Pour nous, la création consiste forcément à exprimer une intuition sous une forme extérieure. Et s'il n'en allait pas de même pour les Chinois ? Vus du dehors, ces derniers semblent arrimés les uns aux autres en un vaste collectif efficace (travail, famille, copie) qui peut impressionner, voire effrayer les Occidentaux. Ces soi-disant individualistes d'Occidentaux. C'est vrai que, du dehors, nous nous présentons, à l'Ouest, comme autant de personnes originales, avec chacune son ego et son génie spécifiques.

Mais que l'idée vous vienne de basculer dans l'univers *intérieur*, et tout s'inverse. Les Asiatiques croient au Tao, ou au Karma, dont la voie d'accès est individuelle et ineffable. A chacun la sienne, et vous ne pouvez pas énormément pour celle du voisin — un jardin tellement privé qu'il ne peut se dire, même en famille. Tandis que, chez nous, tout le monde est à la même enseigne : à l'image d'un Dieu explicite et unique, grand horloger de l'univers, dont Il accepte de nous révéler les rouages secrets. Comble de ce collectivisme intérieur des Occidentaux : la fin du monde, le « Jugement dernier » qui, même s'il doit finalement séparer les « bons » des « méchants », commence par faire poireauter tout le monde dans la même salle d'attente pendant plusieurs millions d'années !

Vus du dedans, ne serait-ce donc pas plutôt nous, les collectivistes ? Et les Asiatiques, contre toute attente, feraient figure, eux, d'individualistes forcenés. Et ce serait grâce à ces collectivismes-là que nous pourrions, à l'Ouest, nous permettre de pousser nos enfants dans la voie de la création échevelée de nouvelles formes extérieures. Et ce serait dans cet individualisme insoupçonné que les Asiatiques viendraient puiser leur gigantesque patience. Chez eux, la créativité porterait sur la nature même des émotions. Dans le moule apparemment immuable d'une répétition des mêmes formes, ils vous sculptent l'âme !

5 juillet. Lumineuse rencontre avec Jean Cureau, professeur de langue au lycée Voltaire. Il a eu beaucoup d'élèves asiatiques et les a attentivement observés. « Ils ont aussi des problèmes, me dit-il, en particulier dans leurs relations avec leurs camarades asiatiques, qui les trouvent soit trop timides, soit trop fiers. Mais ils savent aussi admirablement s'en sortir. Mieux que bien des petits Français, souvent en plein désarroi eux aussi.

— Quelle différence ?

— Les enfants asiatiques replongent tous les soirs dans un milieu dont les valeurs sont restées intactes. Ils en tirent une formidable armature morale.

— Vous regrettez les temps de certitudes religieuses ?

— Oh, personnellement, vous savez... ni Dieu ni maître ! Le verbe "croire" m'est totalement étranger. Pourtant, je dois reconnaître que leur *foi* joue un rôle crucial chez les Asiatiques.

— On dit que les Chinois ne croient à aucune transcendance.

— Leur divinité est intérieure ! On le retrouve partout dans leur vie quotidienne. Tenez, j'ai remarqué que le silence occupait une grande place dans l'art de vivre des Asiatiques, y compris dans leur façon d'enseigner et d'apprendre. J'ai d'ailleurs une collègue qui essaye de lancer une recherche sur le silence en pédagogie : c'est parce que nous aurions désappris le silence que nous ne saurions plus apprendre. Voyez la panique que provoque chez nous la moindre minute de silence à la radio ou à la télévision, ou même dans une conversation entre amis ! C'est presque un symbole de mort. Pour les Asiatiques pas du tout : le silence est symbole d'ouverture, d'épanouissement, de montée vers quelque chose de supérieur. Si nous savons entrer en contact avec eux, les Asiatiques nous apporteront énormément, à nous et surtout à nos enfants.

— Quoi donc ?

— Une redécouverte de notre vie intérieure. Je ne suis pas pour le réarmement moral. Mais pour le réarmement intérieur de l'individu. C'est la condition sine qua non de la liberté. »

26 juillet. On le sait bien, l'heure est aux grands brassages mondiaux. Les Asiatiques, ces *yin* tout repliés sur eux-mêmes, veulent devenir des businessmen *yang*, expansifs et téméraires comme les Occidentaux : ils veulent *exprimer, innover, produire, exporter, conquérir*... Alors que les Occidentaux, ces *yang* exorbités et fourbus, s'interrogent à nouveau sur ce qu'ils appellent pudiquement l'« hypothèse intérieure » : ils veulent *contempler, ressentir, méditer, se recentrer*... et beaucoup sont sérieusement engagés dans la pratique, qui du yoga, qui d'une discipline de visualisation tibétaine, qui d'un art martial extrême-oriental...

Depuis quelques semaines, je me suis laissé convaincre par mon ami Léon Mercadet de suivre des leçons d'un art corporel japonais appelé *shin-*

taïdo. Une école dérivée du karaté. Pour me convaincre, Léon m'a montré la photo d'un tigre franchissant un précipice d'un seul bond, le visage parfaitement calme et détendu : « Voilà justement, a-t-il dit, ce que nous enseigne le shintaïdo : l'épanouissement maximum dans la plus grande relaxation. »

J'ai regardé le tigre. Naturellement j'ai pensé aux dauphins. Quoi de plus extraordinaire que des dauphins nageant sans effort et quasiment en riant, devant l'étrave d'un bateau de course ? Et nous aurions, nous humains, la possibilité de nous comporter avec cette joyeuse insolence ?

3

L'irruption japonaise : le corps retrouvé

Pendant toute la première partie, la démonstration s'était déroulée sans la moindre anicroche. Vêtus de leurs *keïkogi* immaculés, les dix ou douze instructeurs du *shintaïdo* avaient donné au public parisien le meilleur d'eux-mêmes. Tantôt on aurait dit des derviches tourneurs en train d'adorer le soleil. Tantôt des sumotoris furieusement arc-boutés les uns contre les autres. A certains moments, ils faisaient penser à des clowns italiens, en train de mimer des poupées de chiffon. D'autres fois, on aurait tout simplement dit d'abrupts karatékas — à l'origine, le shintaïdo est un art corporel tiré du karaté.

Puis le principal instructeur français avait affronté le numéro deux japonais en combat singulier. Furieux ahanements de samouraïs, toujours à deux doigts de se trancher en rondelles de leurs sabres impassibles. Le public avait apprécié la sincérité crue de l'affrontement. Maintenant tout le monde était prêt. Le plat de résistance pouvait être avancé. Lentement le maître fondateur se leva. Les jambes légèrement fléchies sous son ample tenue, Hiroyuki Aoki Senseï prit place au centre du tatami et, sans transition, d'un air légèrement narquois derrière ses lunettes, demanda à un premier instructeur de bien vouloir l'attaquer.

Un brun costaud, légèrement plus grand que le

maître, se mit en position d'attaque et fonça droit devant lui. Mais son poing rata grossièrement la cible. Dix fois de suite, il refit son geste, mais chaque fois l'erreur de visée semblait plus grossière. Bientôt, il ne donnait même plus l'impression de viser : il gesticulait comme un dément autour du senseï qui demeurait, lui, parfaitement détendu au centre du tourbillon. Finalement, l'attaquant s'effondra au sol, épuisé.

Un deuxième instructeur fut prié de monter à l'assaut. Le scénario se répéta trait pour trait : en quelques secondes le bonhomme était hors de combat. Un léger malaise parcourut l'assistance. A quoi cela rimait-il ? Pourquoi n'attaquaient-ils pas vraiment ? Au troisième instructeur qui s'effondrait aux pieds du maître sans avoir pu, ne fût-ce qu'effleurer sa robe, quelqu'un lança : « Chiqué ! » Mais aucun des personnages en tenue blanche ne sembla y prêter attention. Et soudain le malaise changea de couleur.

Les cinquième et sixième assaillants avaient mis tant de fougue dans leurs coups que l'idée d'imposture finit par s'évanouir. Les instructeurs de « la nouvelle voie du corps » (traduction littérale du mot *shintaïdo*) essayaient donc réellement de cogner le Japonais à lunettes ? Ils ne parvenaient même pas à le toucher ! Les uns après les autres, ils se lançaient dans l'arène où les attendait ce torero amusé, des épées invisibles dans la paume de ses mains grandes ouvertes. A un moment, deux femmes l'attaquèrent en même temps ; elles finirent à genoux devant lui. Alors, brusquement, s'imposa une image révoltante : il s'agissait donc tout bonnement d'une secte ! Dont le maître faisait état de son pouvoir, bien réel mais exécrable, sur ses esclaves !

N'en pouvant supporter davantage, plusieurs personnes se levèrent et quittèrent bruyamment la salle. Parmi les grognements, on entendit ! « Ah la belle nouvelle voie ! », « Des fascistes oui ! », « Ils n'ont rien compris ! » D'autres, n'en pensant pas moins, restèrent sur place, par timidité, par égard pour ceux qui les avaient invités, ou simplement pour voir, de leurs yeux, jusqu'où pouvait aller cette nouvelle forme de domination de l'homme par l'homme. La plupart, cependant, étaient fascinés.

La dernière démonstration fut particulièrement saisissante. Le principal des instructeurs français ressemblait réellement à un taureau. Les doutes des derniers sceptiques s'évanouirent quand il attaqua, naseaux ouverts.

La corrida prit un tour sidérant. Les mains aux hanches, paumes toujours grandes ouvertes en avant, le Japonais donnait littéralement l'impression de le tenir par un lasso invisible au bout duquel il se débattait en écumant. Après dix minutes de cette lutte étrange, le maître poussa un cri retentissant : le « taureau » fut projeté en l'air, parallèle au sol, puis il s'effondra net, comme une masse morte, et demeura immobile un long moment.

Une chape de plomb invisible s'abattit sur l'assistance muette. Toujours aussi détendu, le maître se rassit. Son assistant invita, en anglais, ceux qui avaient des questions, à s'exprimer.

Il fallut un bon quart d'heure pour que les visages pétrifiés commencent à se décrisper. Peu à peu un brouhaha de questions fusa de toutes parts.

La conversation se prolongea fort tard dans la soirée. Certains buvaient les paroles assez austères, presque toujours elliptiques et un tantinet ironiques, du maître japonais. La plupart voulaient plutôt entendre le témoignage direct des pratiquants français.

« Que vous dire? grognait un grand costaud aux tempes grisonnantes. C'est comme si... comme si un torrent de... quelque chose de... de très dense, très dru, vous jaillissait du ventre (il faisait le geste de tenir, à deux mains, une grosse corde, un jet puissant qui lui serait sorti du nombril), et vous reliait à l'autre. C'est... une communication qui... Mais non, cela ne peut pas s'expliquer, il faut le vivre pour comprendre, sans ça... Je préfère me taire. »

Ailleurs, d'autres apprentis samouraïs tentaient

d'autres explications. Une jeune femme aux joues grenadine, entourée d'un petit groupe de journalistes ahuris, parlait en murmurant :

« Ce que je peux vous dire, c'est qu'il s'agit d'une relation très forte entre deux êtres. Une relation qui passe par le corps. La seule comparaison facilement compréhensible serait l'acte de faire l'amour — mais ne le prenez surtout pas à la lettre, cette relation-là ne se joue pas au niveau sexuel. Imaginez pourtant, à titre d'image, que vous n'ayez pas la moindre idée de ce que c'est que faire l'amour, et que, brusquement, vous découvriez un couple en pleine étreinte. Il y a des chances pour que vous pensiez qu'il s'agit d'un rapport très violent, peut-être entre un maître et un esclave... Imaginez qu'ensuite, après l'accomplissement, vous vous approchiez du couple écroulé et en nage et que vous demandiez : « Mais enfin bon sang, dites-moi un peu, c'était quoi, ce truc ? A quel jeu bizarre vous êtes-vous livrés ? » Que pourraient-ils vous répondre ? D'essayer vous-mêmes, non ? Ça serait l'unique solution. »

J'en ai souvent entendu parler depuis, parmi ses élèves, ou les élèves de ces derniers : en jetant sur la place publique, lors de telles manifestations, des techniques considérées jusque-là comme les plus secrètes du *budô* japonais, maître Aoki a choisi — sous des formes qui lui sont absolument spécifiques — de prendre un grand risque. Celui de passer de l'ésotérisme à l'exotérisme — ainsi que le fit Jésus, qui représente à plus d'un égard son modèle. L'échange de *kata* auquel nous avions assisté a été créé par maître Aoki, lors d'un passage paroxysmique de sa grande retraite du « club des optimistes » — cet échange, baptisé *hikari*, ou « jouer avec la lumière », symbolise sans doute ce qu'il y a de plus radicalement neuf dans l'apport du *shintaïdo* : le regard et le fond des tripes happés par l'horizon, le guerrier n'en oublie pas pour autant son « adversaire », mais celui-ci est devenu un partenaire et s'il le coupe, le « tue », ce sera pour l'aider à grandir; lui-même, quand vient son tour, s'ouvre à la coupe de l'autre, et cela ne l'affaiblit pas, bien au contraire. Des maîtres de karaté spirituel mais dur, de l'école shotokaï, ayant réussi à ouvrir leur cuirasse musculaire à la coupe d'un partenaire de danse shintaïdo, nous diront combien cette reddition les a fait évoluer dans leur propre pratique.

Jadis, pareil apport serait resté strictement secret. Ésotérique. Pour initiés. Le Japonais Aoki a décidé d'en faire profiter la foule mondiale. Tel est, depuis son entrée en lice dans l'arène des ouvreurs de voies, le sens de sa démarche : recueillir l'élixir suprême des arts martiaux d'Extrême-Orient et l'offrir à tous, hommes et femmes, vieux ou jeunes, athlètes ou handicapés, pour aider à guérir l'homme moderne, citadin stressé, invertébré, égaré hors de son corps, aphone, exsangue, le ventre petit et fermé. Or la force, nous dit l'Extrême-Orient, n'est ni dans les biscoteaux ni dans le cerveau, ni dans le cœur : la force jaillit du *hara*, du ventre, siège de l'incarnation, c'est par là qu'il faut respirer, sentir, agir, aimer, penser.

Est-ce parce que toute sa famille est morte sous les bombardements de Yokohama à la fin de la Seconde Guerre mondiale ? Contrairement à ce qu'on raconte souvent du nippo-chauvinisme, Hiroyuki Aoki fait preuve d'un immense amour pour le monde et pour les hommes. C'est clairement cet amour qui lui a inspiré cet incroyable maillon à la déjà très longue chaîne des arts martiaux.

L'histoire des arts martiaux d'Asie remplit des encyclopédies. Passionnantes filiations qui, le plus souvent, les font remonter à des techniques de spiritualité et d'autodéfense mises au point dans le sud de l'Inde, il y a plusieurs millénaires. L'une de ces filiations traverse l'Himalaya avec le bouddhisme, et se répand dans les monastères chinois vers le VIe siècle de notre ère, pour y donner les formes martiales dont sont dérivés le taï-chi, le chi-gong ou le kung-fu que nous connaissons aujourd'hui. De Chine, ces techniques de combat, de méditation, de guérison, d'origine indienne passent chez les habitants de certaines îles du Pacifique, par exemple chez les paysans pêcheurs d'Okinawa qui, dès le xe siècle, en tirent une méthode redoutable : le karaté.

Le souhait de ces paysans pêcheurs est simple : qu'on leur fiche la paix. Leurs principaux ennemis sont les Japonais, dont les samouraïs ont mis au point des méthodes guerrières tout à fait originales, essentiellement fondées sur le sabre. Face aux impitoyables sabreurs nippons, les pauvres habitants d'Okinawa n'ont que leur courage et leur cœur, mais celui-ci est immense. Karaté signifie « méthode chinoise », mais aussi « main vide ».

Au fil des siècles, les samouraïs remarquent et admirent évidemment le karaté de leurs vassaux. Il faut cependant attendre les années vingt pour qu'un maître japonais du nom de Funakoshi réussisse à rassembler ces techniques — dont l'apprentissage est encore secret — et les introduise au Japon.

L'un des meilleurs élèves de Funakoshi s'appelle Shigeru Egami. C'est un homme extrêmement doué, qui étudie par ailleurs les techniques traditionnelles du *budô* japonais, sous la conduite de maître Inoué (grand-père de l'aïkido, qui est, lui, une aventure de retour aux sources nippones). Egami est le père de ce qu'on appelle le karaté *shotokaï* (généralement présenté comme un schisme du karaté *shotokan*, moins spirituel, vraisemblablement promis à une plus faible descendance, mais beaucoup plus connu aujourd'hui dans le monde).

Le meilleur élève d'Egami s'appelle Hiroyuki Aoki.

Ce n'est pas un garçon bien costaud. Un littéraire plutôt, passionné par toutes les formes d'art, asiatiques, européennes, sud-américaines. Un Japonais pas tout à fait dans la norme, qui lit quotidiennement la Bible — bien que fort intéressé aussi par le shintoïsme de ses ancêtres et par le bouddhisme venu de l'Inde. Déjà, étudiant à l'université, Aoki s'est demandé quel sport pratiquer. Pourquoi pas le karaté ? En trois ans, il est devenu le fils spirituel, le dauphin de maître Egami. En dix ans il deviendra le meilleur, celui qu'Egami fera photographier dans les différents *kata* de son art, afin que tous les karatékas puissent prendre exemple sur lui.

Mais Hiroyuki Aoki ne reste pas sagement dans l'ombre de son maître. Au début des années soixante, un malaise s'empare de lui. Né au fond de l'Inde plusieurs millénaires auparavant, l'art où il excelle désormais a connu une myriade de métamorphoses au gré des circonstances et des inspirations. Or Aoki ressent la nécessité vitale d'une métamorphose de plus. La force pure, même rusée, a fait son temps. Hiroshima a changé la donne. Les samouraïs aimaient regarder la mort en face ? Il faut maintenant mettre le même courage à regarder la vie, afin d'en tirer un art de vivre, un art disponible pour tout un chacun.

Ainsi naît le mouvement *Rakutenkaï* (parfois traduit « club des optimistes »). Vingt-sept instructeurs de karaté, les meilleurs, acceptent de suivre Aoki dans une longue retraite de trois ans, à la recherche des *kata* idéaux. Trois années de jeûne et de méditation, trois années de marche et de pratique intense. Remontant aux sources, parcourant, dans leurs corps, toute la longue filiation martiale, Aoki et ses compagnons s'entraînent à raison de trois *keïkos* (« disciplines » au sens artistique) par séminaire (chaque *keïko* durait quatre heures). Ils basculent dans des états de conscience modifiée pendant des jours entiers. Passent au crible des milliers de formes. Et finalement, en avril 1965, Aoki en tête loin devant les autres, ils débouchent sur la « nouvelle voie du corps », le *shin-taï-do*.

Même pour un néophyte c'est lumineux. Observez des *kata* de karaté classique (surtout shotokan, spécialité des « grands méchants » karatékas qui frappent des briques et l'imagination des foules) et comparez-les aux mêmes formes exécutées dans l'école shintaïdo : c'est comme si l'on avait pris une fleur fermée, douloureusement crispée sur elle-même, et qu'on l'avait épanouie, ouvrant tous ses pétales au grand jour. En shintaïdo, que vous pratiquiez sous la forme d'un karaté robuste, ou sous celle d'une danse très soft, toutes les figures et toutes les parties du corps — mains, bassin, visage, poitrine — sont ouvertes au maximum, et offertes à l'infini.

Cette ouverture donne une force et une générosité considérables à celui qui pratique. Elle métamorphose les forces de mort en forces de vie.

J'ai eu la chance de suivre le *goreï* (enseignement) de plusieurs excellents maîtres de shintaïdo — dont Bernard du Crest, mort depuis à Bénarès, et Robert Bréant, qui dirigea la Fédération française de shintaïdo au temps où elle existait. Celui qui a réussi à me pousser à l'intérieur du chaudron magique s'appelle Albert Palma. Un maigre samouraï, d'autant plus remarquable qu'il est gravement handicapé — c'est à demi-mort, condamné par tous les médecins, les poumons brûlés, presque totalement sourd, que ce rebelle infatigable s'était retrouvé au Japon, à la fin des années soixante-dix, guidé par une étoile miraculeuse jusque dans les filets de maître Aoki. Depuis, après un séjour de dix ans au Japon, littéralement régénéré par sa pratique « martiale », Albert Palma est rentré en France où il a publié un livre étonnant.

A l'origine cela devait s'intituler « Contribution au calcul de la surface de Dieu », mais les lois du marketing ont fait appeler l'ouvrage *La Voie du Shintaïdo**. J'en tire humblement le passage suivant :

> Personne n'ignore plus que l'Absolu est associable, que le *Nirvana*, dont on nous a tant fait tinter les cloches aux oreilles, n'est pas de ce monde (la signification réelle de ce terme est, croyons-nous, « plus jamais ça », *ça* étant la vie), que si Artaud a si mal vécu, dit-on, parmi les hommes, faut-il encore savoir de quels hommes il s'agissait et de quel cuir ses angoisses lacérèrent ses pas, réduisirent en poudre ses doigts au seuil de chaque saisir. Nous avons peine à imaginer le répit et l'éblouissement d'Artaud

* *Op. cit.*

lorsqu'il eut la révélation du Théâtre Balinais, lorsque le faisceau convulsé de ses sens se détendit, et se noua au corps subtil d'hommes et de femmes qu'une même innocence éloignait, dans la splendeur de ses mouvements, de pensées qui ne trouvent rien de mieux à faire que de payer l'espace de leurs diminutifs et de leurs matricules psychologiques.

Cette représentation qui le bouleversa, cet au-delà de l'Art, dansant superbement, sans la moindre ironie, sur ce qui mourait déjà en lui, étoila la galaxie Artaud, dévora sa nuit et fut des plus féconds*.

Nous avons là l'image et l'exemple d'un impact oriental exercé sur l'un des plus grands visionnaires de notre temps, dont il nous incombe, par ailleurs, de poursuivre la recherche.

Il existe un autre art oriental dont nous sommes convaincus qu'il eût suscité en Artaud (en imaginant un réajustement temporel évidemment absurde) le même bouleversement et le même enthousiasme s'il l'avait connu. Nous voulons parler du *Shintaïdo*, né au Japon, qui est au monde des arts martiaux, si nous pouvons user à cette approximation comparative, ce que notre poète est au théâtre. Nous inclinons en effet à penser que cet art corporel eût été un adjuvant de poids à la recherche que celui-ci développa, et qu'il eût pu l'extraire de la gangue de souffrance qui étouffait son corps et obscurcissait parfois, immanquablement, sa pensée. Sa formidable capacité perceptive et intuitive y eût en outre trouvé un mode d'action grâce auquel il aurait pu, d'une façon sereine, réinvestir son corps et son esprit à l'aide d'instruments libérateurs d'énergie pure. Il eût enfin été stupéfait de voir sa gorge avaler le gros caillot de sang noir qui l'obstruait.

Nous voici donc transposés, par le curieux cheminement d'une recherche ayant pris l'œuvre d'Artaud pour point d'appui, dans le monde incommensurable du *Shintaïdo* qui, substituant le corps à l'espace scénique, remodèle la conscience en agissant sur la plasticité et le fondement de ses expressions issues d'un corps recentré, formé à l'archéologie de son propre savoir.

Le *Shintaïdo* est à notre sens une des plus pro-

* Cf. *le Théâtre et son double*, Gallimard, 1971.

> fondes voies actuelles qui se trouve en mesure de nous faire remonter le tumultueux cours de nos angoisses et de nos échecs, et de supprimer, à leurs sources, les ombres qu'elles projettent sur nos vies. Là où, pour tenter de les dissoudre, les chercheurs ont proposé, de Freud à Lacan, une dissection des modalités de l'être par une intervention directe sur l'esprit à l'aide d'instruments de pénétration parfois sujets à caution, le *Shintaïdo* nous propose, à des fins partiellement similaires — car leur portée est bien supérieure —, une sorte d'alchimie, de métamorphose du corps et de l'esprit par intervention directe sur ce premier. Ceci ayant pour but d'unifier l'être, de nos jours si morcelé, et de le confondre à l'énergie qui régit l'univers en rétablissant les profondes correspondances qu'il a évidemment perdues avec ce dernier.

Et plus loin :

> C'est ici que le dialogue entre la mystique et la science vient s'enrichir d'un troisième terme avec l'artiste qui, pour reprendre le mot de Valéry, apporte son corps. Le *Shintaïdo* illustre joyeusement cet apport, fort de sa science du corps et de la mystique « concrète » et révisée qui en découle. L'enjeu est énorme en effet, l'univers s'éveillant à la conscience, somme toute, à travers le corps.

Je ne suis qu'un pauvre débutant dans ces affaires-là, mais je peux dire que le shintaïdo m'a déjà apporté plusieurs cadeaux extraordinaires. Par exemple, les exercices de shintaïdo m'ont fait pénétrer beaucoup plus profondément dans... les roues rythmiques africaines.

En général, les roues vous font tourner (ou tournent en vous) horizontalement, comme des houla-hops. L'exercice shintaïdo le plus proche consiste à essayer de conserver l'axe du corps vertical tout en faisant tourner le bassin autour, décrivant le plus grand cercle possible dans l'espace. Quand s'ajoute à cette sorte de danse du ventre la notion d'infini — le houla-hop devenant alors gigantesque et se confondant avec l'horizon de la terre —

l'impression prend un tour vertigineux, entraîné par les rythmes africains.

Cela ouvre des portes inattendues. C'est ainsi qu'un jour j'ai cru pouvoir résoudre en moi le fameux paradoxe quantique de l'onde et de la particule, non avec ma tête, mais avec mon ventre : à chaque fraction de seconde, en effet, j'étais attiré vers l'horizon dans une direction bien particulière, une « particule de direction » qui essayait d'ouvrir mon bassin dans un angle absolument singulier, et, dans le même temps, j'étais pris dans un mouvement continu, l'« onde de danse » qui m'entraînait autour de mon axe en une spirale sans fin.

Autre aventure étonnante, un soir, exécutant du mieux que je pouvais *tenshingoso*, l'enchaînement de quatre figures corporelles (*a, é, i, o*, suivis de *um*) qui contient tout le shintaïdo, je me retrouvai soudain entraîné par de toutes nouvelles roues, perpendiculaires aux roues rythmiques africaines : de gigantesques roues verticales, lourdes, celles-là, de millions de tonnes ! A vrai dire, l'expérience fut d'abord terrifiante, car ces roues, qui semblaient de pierre, auraient pu me broyer comme un œuf de mouche. Mais bientôt elles m'apparurent très instructives. M'obligeant à calmer et à approfondir ma respiration, la roue dans laquelle j'étais pris aspirait ma colonne vertébrale vers le haut de sa voûte, me transformant en planeur. Du coup, je pus recommencer *tenshingoso* posément.

Les deux premiers mouvements suffirent à m'anéantir d'un bonheur stupéfait. M'ouvrant d'abord vers l'arrière pour le *a*, qui embrasse le ciel de sa supplication, j'eus la sensation de pénétrer du tranchant de mes mains la matière même de la roue. C'était de l'énergie pure. Quelque chose de dur, de mâle, une pâte d'argile métallique. Puis vint le *é* (le danseur ramène alors son regard à l'horizontale et, ramassant l'énergie céleste de ses mains en coupe, la fait descendre dans le monde qu'il tranche de haut en bas). A ma grande surprise, le *é* se fit suave. L'énergie pure dessina des formes dans une glaise féminine. J'avais exécuté ce *kata* des centaines de fois, mais c'était la première fois que, par mes mains, l'austère flux céleste découpait le monde en une forme femelle !

La suite de l'enchaînement, le *i* de la réalisation, le *o* de l'offrande et le *um* de l'anéantisation finale, fut noyée de brouillard. La roue, elle, continuait à tourner, contre mon dos — l'autre extrémité de son diamètre cinq cents mètres au-dessous de moi.

J'avais joué avec des forces qui me dépassaient infiniment. J'étais rompu.

Plusieurs jours durant, je ressentis cet étrange passage entre le ciel et la terre.

Était-ce un échange sexuel, ou seulement une métaphore, comme dans l'explication de la jeune instructrice du début de ce chapitre ?

A moins d'entendre l'échange entre mâle et femelle d'une tout autre manière...

Le mâle est mon père, le Ciel.

La femelle est ma mère, la Terre.

Leur jonction m'est infiniment énigmatique.

Mystère devant lequel je m'incline jusqu'à l'anéantissement.

Le Mystère qui engendra la danse sexuelle de la dualité ne peut qu'être d'une audace infiniment amoureuse.

Rien n'est à craindre sinon mon incapacité totale à intégrer cet amour prodigieux, stupéfiant, écrasant, monstrueux. Niagara d'or en fusion, et moi avec un squelette de pigeon !

Mais l'imaginaire des judéo-christo-musulmans a beaucoup de mal (y compris évidemment chez les athées) à admettre que l'Unique ne soit ni mâle ni femelle, et profondément inaccessible.

Parlant de la danse sexuelle du monde, Rupert Sheldrake, le biologiste britannique des champs morphogénétiques, écrit :

> De même qu'une nature toute-puissante ne peut être que femelle, un Dieu tout-puissant ne peut être que mâle. Ou nous devons envisager que la polarité

mâle-femelle existe dès le départ; ou nous devons faire dériver ces deux aspects d'une source commune transcendant leur polarité. Une compréhension de la créativité évolutive reposant sur l'interaction de deux principes — les champs et l'énergie, par exemple — implique inévitablement un troisième principe unificateur, dont les deux autres sont des aspects. L'expression la plus directe de cette notion est sans doute la représentation tantrique de Sakti et Shiva unis en une étreinte sexuelle; on en trouve une forme plus abstraite dans l'interprétation des principes yin et yang en un cercle les unissant : le Tao. Dans d'autres trinités, la polarité du genre est remplacée par des principes différents — par exemple la trinité hindoue de Brahma le créateur, Vishnu le conservateur et Shiva le destructeur, où Vishnu pourrait représenter les champs organisateurs de la nature, Shiva, le flux cosmique d'énergie, et Brahma l'unité créatrice les incluant tous deux. La Sainte Trinité chrétienne a été abordée de diverses façons. Citons le modèle psychologique cher à saint Augustin, où le Père est ce qui connaît, le Fils ce qui est connu, et l'Esprit la relation entre eux, l'extase de connaître*.

Parlant de l'Adam de la Genèse, créé « à l'image de Dieu mâle et femelle », Annick de Souzenelle de son côté dit ceci :

> Il est bien entendu qu'à un tout premier niveau, celui du sixième jour de la Genèse qui voit aussi l'apparition des animaux, Adam est comme ces derniers, « mâle et femelle », dans les catégories biologiques, et voué à la procréation. Mais à un autre niveau qui fera l'objet du septième jour, l'Homme, en tant qu'image de Dieu, est appelé à faire un passage essentiel dans la réalisation de cette image, et le vocable « mâle et femelle » prend alors une tout autre signification : est « mâle » celui (ou cela) qui « se souvient » de cet autre « côté » de lui-même (et non d'une « côte » !) lourd de l'image divine : il s'agit dans ce pôle « femelle », d'un féminin intérieur à tout être humain, côté voilé de lui parce qu'encore inconscient mais riche d'un potentiel inouï**.

* *L'Ame de la nature*, Le Rocher, 1992.
** *Nouvelles Clés*, n° 23, 1992.

Qu'en dit le shintaïdo, fulgurant cadeau du Japon au monde ? Sans doute a-t-il de fortes choses à enseigner sur la sexualité du cinquième accomplissement.

Parler de la dualité, c'est parler de la sexualité du Christ. Que Nikos Kazantzakis a vaguement abordée dans *la Dernière Tentation*. Ce Christ-là connaît évidemment des femmes, c'est même un grand amoureux, avec qui Marie-Madeleine, femme publique, a noué un pacte sacré. Son destin l'arrache à elle. Pour quoi ? Sa dernière tentation sur la croix sera de vivre une incarnation toute simple, saine, drôle, avec une Marie-Madeleine apaisée.

Que m'a dit la voix chrétienne, catholique ou parpaillote, de la sexualité de l'Homme accompli ?

Pour ainsi dire rien.

Une autre voix, en revanche, m'en a parlé.

Une voix arabe.

La dernière courbe de mon ricochet sur l'océan des civilisations.

4

L'amour de l'impossible : Mohammed, le prophète féministe

Je suis né au Maroc. Toute mon enfance et mon adolescence se sont déroulées en terre d'Islam, où la sexualité transpire de chaque geste, de chaque parfum, de chaque instant. Grandir dans la palmeraie de Marrakech, inimaginable orgie enfantine ! Les adultes demeuraient loin. Nous passions des heures à nous caresser et à mimer l'amour, entre gosses, à l'ombre des figuiers géants, dans l'odeur du henné et de la vase des *séguias*, cachés parmi des roseaux des *rétaras*, dans les bassins d'irrigation remplis d'eau verte destinée aux vergers, derrière les murs de pisé des douars abandonnés. Nous pensions que c'était normal. Quelle absurde notion de « péché » aurait pu nous atteindre ? Grande fut la déception que nous réservait l'Europe ! Dans les années soixante encore (et les séquelles sont loin d'être effacées aujourd'hui, ne serait-ce que dans l'hypertrophie mentale de la pornographie), les habitants des terres « chrétiennes » nous apparurent comprimés par des siècles de frustration, de mensonge, de culpabilité, d'hypocrisie. Pauvres d'eux !

Nous, Pieds-Noirs, avions une veine insensée — même si le rêve d'Albert Camus décrivant (à la fin de *Noces*) les jeunes éphèbes européens de Bab el-Oued comme l'avenir de l'humanité sonne rétrospectivement dérisoire. Pourtant, nos cocons étaient tellement européo-centrés que, bon gré mal gré, et quel que fût notre amour pour tels ou telles, nous vivions dans une ignorance honteuse de l'Autre. Nous connaissions sans doute l'art de vivre des Arabes. Mais notre condescendance vis-à-vis de l'univers musulman était d'un immense orgueil, proche de la stupidité de l'apartheid. Certes, notre vision a changé depuis...

L'un des terrains où l'ostracisme vis-à-vis des Arabes est resté vivace chez la plupart des Occidentaux, y compris chez leurs sympathisants farouches, est paradoxalement celui de la sexualité, qui imprègne tant ce monde. Les rapports entre hommes et femmes tels que les envisagent la plupart des musulmans nous semblent intolérables. Adolescents, au lycée de Marrakech, nos copines marocaines disparaissaient soudain (généralement en classe de quatrième ou de troisième) et nous n'entendions plus jamais parler d'elles : on les avait mariées.

La vision occidentale de la féminité en Islam est celle d'une oppression quasi totale d'un sexe par l'autre. Cela, apprend-on, vaut dès l'origine, puisque le Coran lui-même souligne trois supériorités à respecter scrupuleusement : celle du musulman sur le non-musulman, celle du sujet libre sur l'esclave et celle de l'homme sur la femme. Là-dessus tout semble dit, et l'Islam paraît trois fois dépassé par l'Histoire et l'irrésistible montée de la conscience dans le sujet humain, homme ou femme, fût-ce la dernière des putains athées.

Comment oser, dans ces conditions, parler de féminisme mahométan ?

C'est ainsi : Mohammed, le Sixième Prophète, eut une vision féministe de l'humanité.

Pour le croire, il faut avoir pris connaissance du travail de fouille acharné d'un certain nombre de musulmanes contemporaines, en tête desquelles je citerais la sociologue marocaine Fatima Mernissi. Fatima s'est risquée jusqu'au fond du labyrinthe de la *Sunna* (tradition), des milliers de *Hadiths* qui la sous-tendent (dires attribués au Prophète), et de toute la *Sira* (biographie de Mohammed qui, à la différence des Évangiles très discrets parce que posthumes, nous révèle jusqu'à la couleur des sandales du Prophète). Suivez Fatima à la trace, et vous vous retrouverez pris comme elle dans une fantastique histoire d'amour, dont je me suis rendu compte, à ma grande honte, en lisant ses premiers livres, que j'ignorais à peu près tout.

Un défi fou !

Tout le Coran baigne dans cette vision du monde : l'homme est un projet insensé. Les montagnes et les forêts avaient refusé de devenir dépositaires de l'image de l'Unique. L'homme seul accepta, folie géniale. Et chacun des six grands prophètes reconnus par les musulmans, Adam, Noé, Abraham, Moïse, Jésus et Mohammed — que Dieu les ait en sa sainte garde ! — représente un visage de cette sublime folie.

La « folie » du sixième, me dis-je en lisant Fatima Mernissi, fut entre autres de vouloir inaugurer un « champ de forme » (une *chréode*) féministe au sein du plus misogyne des peuples machistes qui se puisse imaginer : les Arabes du désert, guerriers alors hirsutes, brandissant leurs sexes comme des yatagans.

Aboulquacim Mohammed ben Abdallah ben Abdelmothalib el Hachim était un homme tout ce qu'il y a de plus normal. Membre de la tribu des Qoraïch, dans la seule ville sainte que tous les habitants de la péninsule Arabique respectaient en même temps (chacun avec ses dieux) : La Mecque. Orphelin de père à deux ans et de mère à six, il avait été adopté successivement par son grand-père et par son oncle. A vingt ans, il n'était qu'un pauvre berger illettré. Mais si droit et si beau qu'il impressionna Khadija, riche commerçante de la ville, de vingt ans son aînée, et veuve de deux banquiers successifs. Elle avait besoin d'un intendant. Bien qu'illettré, le pauvre jeune homme devint son bras droit et, quand il se confirma qu'il était réellement intègre et intelligent — et qu'il lui plaisait toujours autant —, Khadija, contre l'avis des siens, le demanda en mariage. Attitude exceptionnelle d'une femme exceptionnelle. Ce furent de grandes noces, et il lui fit beaucoup de... filles.

Les garçons de l'épopée viendront du dehors : Ali, le petit cousin de Mohammed, âgé d'à peine dix ans, Abu Bakr, riche négociant, qui deviendra son meilleur ami, Omar et tous les autres chefs guerriers, un à un subjugués par son charisme. Mais autour de lui, au centre du cercle, ce sont des femmes. La prophétie sera littéralement encadrée par des femmes. Ainsi, lorsque — après des années de recherche confuse, de plus en plus solitaire, de plus en plus tourmenté, dans les vallées désertiques proches de La Mecque — l'Esprit parle à Mohammed pour la première fois (« *Iqra!* [lis, récite] — *Je ne sais pas lire! — Iqra!* » et il se met à lire des mots de feu apparus devant ses yeux), Mohammed se croit devenu fou, transpercé de terreur, c'est dans les bras de Khadija qu'il court se réfugier ou, plus précisément, « sous ses jupes ».

La grande et libre Khadija! Son rôle sera décisif : premier témoin de la prophétie qui commence, c'est elle qui, constatant la beauté de ce que rapporte son mari (il tremble de nouveau de la tête aux pieds, l'ange Gabriel lui étant apparu, aveuglante figure de lumière à l'horizon, dans toutes les directions), mettra toute son énergie à calmer le jeune homme, pour qu'il assume son incroyable destyin. Oui, le premier humain converti par Mohammed est une femme, Khadija. C'est elle qui consultera le vieux Waraqa, aveugle et sage, capable de reconnaître, dans les visions rapportées, les traits annoncés par l'ancienne prophétie.

Tout ce que la Sira nous raconte de leurs relations nous montre un couple magnifique, Khadija jouant le rôle d'épouse, d'amante et de mère, Mohammed dépassant les espoirs les plus fous qu'elle avait mis en lui.

Quand elle meurt, au bout de vingt ans, il est

encore fragile. Bientôt, les riches Mecquois vont se liguer contre lui, et il devra fuir à Médine. Mais son destin est scellé : parmi les dix mille prophètes que l'Arabie a connus, il est l'unique que les Arabes attendent.

Mohammed sera marchand, poète, époux, père mais aussi chef de guerre, stratège politique, législateur... Il est l'homme en pleine incarnation, en plein accomplissement. Les chefs de son pays ont plusieurs femmes ? Il aura plusieurs femmes, lui aussi. Ayant connu vingt ans de fidélité monogame avec Khadija, celle-ci une fois disparue, Mohammed s'incarnera davantage encore. Il aura neuf femmes à sa propre mort.

Comment se comporte cet homme avec les femmes ?

A lire les premiers livres de Fatima Mernissi, on sent que le féminisme du Prophète rend ses disciples malades ! Car ses épouses sont libres. Jamais il ne les bat. Jamais il ne se dispute avec elles. Une seule fois, parce qu'elles font bloc contre lui, il boude ses femmes — et s'enferme durant un mois dans une tour de sa petite mosquée de Médine.

Les chambres de ses femmes sont là, juste à côté du lieu du culte. Il les consulte souvent. La chambre d'Aïcha, sa dernière épouse, donne carrément sur la salle de prière, il lui suffit d'ouvrir la porte. Ils font donc l'amour, là, sans l'ombre d'une gêne, à côté du temple d'Allah. Du lit, il passe directement dans la mosquée : pour celui qui est propre dans son cœur et qui sait écouter la voix de l'Univers, toute la création est belle, pas de cloisonnement.

Pour l'époque et pour le lieu, les femmes du Prophète sont scandaleusement libres. Elles se promènent en pleine ville, sans voile, tête nue. Il y en a toujours une ou deux aux côtés du Prophète sur les champs de bataille. Et elles n'hésitent pas à rabattre leur caquet aux disciples les plus proches de Mohammed. Et savez-vous comment, chaque fois, selon la Sira, il réagit ? En souriant.

Deux femmes surtout, Oum Selma et Aïcha, laisseront des traces fortes de leurs commentaires des paroles du Prophète...

Or donc, les disciples sont blêmes : les femmes du Prophète donnent le mauvais exemple. « Depuis que mes femmes fréquentent les tiennes, reproche un jour Omar à Mohammed, elles osent me regarder dans les yeux quand je les bats ! » Omar, cette sorte de magnifique Lancelot musulman, mais furieusement dur avec les femmes, deviendra le second khalife, après le court règne d'Abu Bakr, et mourra assassiné, non sans avoir au préalable soigneusement « corrigé » l'incompréhensible féminisme de Mohammed.

Comme toujours, les disciples « corrigeront ». Mais si les nombreuses corrections que les musulmans apporteront au cours des temps au Coran et à la Sunna (tradition) partirent dans beaucoup de directions contradictoires, un seul domaine sera systématiquement corrigé dans le même sens : les femmes devront nécessairement être soumises aux hommes. Alors que cette « évidence » s'oppose à tout l'élan initial de la prophétie. Ce n'est que treize siècles après que cet aspect du message peut de nouveau être entendu.

En fait, le Prophète avait dû lui-même corriger un certain nombre de choses en cours de route. C'est que la « descente » du Coran, l'inspiration divine qui, à certains moments, s'empare de lui et lui fait réciter quelques versets de plus, cette descente s'effectue en pleine vie, en pleine bataille.

Médine est attaquée par les Mecquois, le Prophète doit lui-même montrer comment creuser un fossé de défense. On se bat. On tue. On meurt. Dans la ville assiégée des tas de rumeurs courent, les femmes du Prophète se font siffler, insulter, presque violer. Leur comportement libre alimente des fleuves de venin. Les chefs des tribus arabes, même après avoir prêté allégeance à Mohammed, demeurent extrêmement agressifs. Certains proposent au Prophète d'échanger leurs épouses contre les siennes et vont jusqu'à insinuer que ses femmes les plus jeunes seront encore bonnes à prendre après sa mort. Ou qu'elles le trompent déjà.

L'*Aimé de Dieu* doit alors assumer un fardeau très lourd. Il vieillit, le Capitaine de l'Accomplissement, et l'idée qu'Aïcha puisse le tromper lui est un martyre. A un moment crucial, alors que son camp est sur le point de perdre, ses disciples le harcèlent : s'il veut tenir ses troupes, lui disent-ils, il faut absolument que « Dieu lui inspire quelques versets » bien sentis à l'égard des femmes, les remettant sévèrement à leur place. Tout le mystère du Coran est là. Bien sûr, toute révélation jaillit d'une situation de terre et de chair, mais là, c'est vraiment le comble. Mohammed ne prétend être qu'un homme. Imparfait, inaccompli. Même si son arc vertébral est magnifiquement tendu entre ciel et terre, il lui faut absolument rester collé à la glèbe, radicalement soumis à la condition humaine, telle qu'elle est. Jamais il ne reniera son attitude personnelle vis-à-vis des femmes. Mais il doit se soumettre à la lenteur du temps. Et la voix de l'ange finit par lui dire : « Si vos femmes se révoltent, battez-les », ajoutant aussitôt : « Mais seuls les pires d'entre vous feront cela. » Ainsi admettra-t-il aussi l'esclavage, en précisant : « Mais celui qui libère son esclave fait plaisir à Dieu. »

La grandeur lourde de l'idéal pragmatique. Cet idéal, si vous réussissez à le brancher sur la Force des forces, vous avez l'Homme. Accompli. Et la démocratie totale. Celle qui réconciliera un jour chrétiens, juifs et musulmans, dont les querelles ressemblent à un gigantesque malentendu sur le sens du mot « Messie », c'est-à-dire du mot accomplissement. Le Christ ? Il est venu dessiner l'*épure* de l'accomplissement, le champ morphogénétique de l'Homme éveillé, intemporel et faramineux — figure resplendissante, à la fois intime à nos cœurs et terriblement lointaine à l'horizon. Mohammed, lui, c'est l'homme noble dans la glèbe, l'humain temporel, qui met la masse en branle vers l'accomplissement. Quand Mohammed rejoint le Christ, alors s'illumine au firmament ce que les juifs appellent le Messie...

Une utopie politiquement redoutable

C'est pourquoi, dans les heures qui suivent la mort de Mohammed, son projet total éclate immédiatement en deux morceaux ennemis. Le gros des troupes suit la *Sunna*, la tradition formelle, derrière les chefs les plus terrestres ; ce qui, dans l'élan impulsé par le Prophète, donne une flambée de civilisation inouïe, qui durera plus de mille ans. Quant à la minorité, elle suit Ali, l'aimé de Mohammed, qui se vouera à entretenir le feu mystique allumé par l'ange, donnant naissance à la *Chi'a*, la rébellion mystique que nous nommons chiisme, étonnant ésotérisme de masse, dont la mission explicite sera de sauvegarder le sens spirituel caché de la révélation mohammédienne, condition sine qua non pour que l'Islam ne sombre pas dans un simple messianisme social. *Chi'a* dont le parti iranien de Khomeiny ne représente en réalité que la version ultra-bureaucratique, la petite-cousine audiovisuelle de l'Inquisition, prototype d'un fascisme islamique redoutable, mais à terme voué à disparaître.

Dans les deux camps, la folle intuition féministe du Prophète sera étouffée. Fatima, sa fille aînée, rejoindra les généraux sunnites. Aïcha, la femme-enfant bien aimée, combattra aux côtés des rebelles chiites. Mais le *hijab*, lui, le voile, sera depuis longtemps descendu entre, d'une part, la maison de Mohammed (espace privé), et, d'autre part, la rue (espace public) — voile, rideau, cloison tombée au cours d'une nuit dramatique que *Le Harem politique* de Fatima Mernissi raconte longuement. L'espace musulman sera donc sexué, c'est-à-dire coupé en deux, et les femmes exclues de la politique.

C'est du dépassement de cette cloison que dépend l'avenir des sociétés musulmanes, et notamment leur rapport à la démocratie. Or ce dépassement est en cours. Le rideau qui séparait les deux espaces musulmans, le *hijab* (dont le voile porté par les femmes n'est que le symbole visible) est déchiré, sous nos yeux, et quelle que soit la pression intégriste, par une force incroyable, porteuse inexorable d'individualisme, qu'on le veuille ou pas : la scolarisation des femmes, et notamment à l'université. Puis leur salariat. Or c'est ce rideau qui bloquait le message féministe du Prophète Mohammed. Tôt ou tard, malgré la folle angoisse que provoque la perte des frontières, chez tous les musulmans, hommes et femmes, ce message féministe sera entendu.

L'avenir de l'Homme repose, pour une belle part, entre les mains des femmes musulmanes.

L'autre défi, ou l'étape suivante du même défi actuellement jeté en plein visage des musulmans, est peut-être qu'il leur faut s'accepter comme « Orientaux », au sens où l'entendent Henry Corbin et Christian Jambet. Ces derniers suggèrent à leurs amis d'Islam de cesser de se casser la tête contre la « réussite » de l'Occident extraverti, de cesser de se lamenter tel le prix Nobel de physique Abdus Salam s'écriant, au colloque de Venise de 1985 : « Qui, enfin, nous dira pourquoi la modernité n'est pas sortie de l'Islam, alors qu'Averroès, le premier moderne de l'Histoire, vécut plusieurs siècles avant Descartes et Spinoza ? », mais au contraire d'accepter de voir qu'Averroès fut un excentrique par rapport à la « logique orientale », et que celle-ci mène plutôt à une extraordinaire civilisation de l'*imaginal*, c'est-à-dire de l'univers intérieur. Les maîtres soufis, d'Ibn Arabi à Sorhavardi, rejoignent les plus grands bouddhistes et les « explorations intérieures » les plus audacieuses. C'est de cet enseignement-là que le monde d'aujourd'hui a besoin.

Telles ont été quelques-unes des plus belles leçons que m'ont apportées mes reportages chez les hommes.

L'Afrique nous apprend à centrer notre danse vitale. La Chine à sculpter nos émotions. Le Japon à réunifier notre corps et notre esprit. L'Islam à sexuer notre défi le plus sacré.

L'apport européen ? Il consiste peut-être justement

à toujours vouloir embrasser de la sorte l'universel. Le philosophe Benny Levy, qui fut jadis le secrétaire de Jean-Paul Sartre, me dit un jour que toute la grandeur de l'Europe avait consisté à savoir maintenir le dialogue entre son *dedans* et son *dehors*. Le *dedans* de l'Europe, disait-il, est mené par l'Allemagne, le *dehors* par la diaspora juive. Ainsi n'y aurait-il pas eu de plus haut symbole de l'Europe que l'existence d'une forte communauté juive allemande, à la fois totalement juive et totalement allemande. Ainsi la grandeur européenne, trop orgueilleuse peut-être, aurait-elle, en notre siècle, littéralement implosé.

Dans l'Intemporel pourtant, lentement, un être humain prend forme.

Quel être ?

C'est quoi, l'accomplissement du Cinquième Rêve ?

A ce point de ma quête, la question se métamorphosa. Et se posa l'énigme de l'intériorisation de l'évolution. L'idée qu'un individu puisse évoluer *à l'intérieur de lui-même* le temps d'une simple vie autant que tous les règnes de l'univers, ne m'était encore jamais venue à l'esprit. C'était une autre façon de comprendre la fameuse phrase d'Haeckel « L'ontogenèse récapitule la phylogenèse » — ça comprenait même l'Histoire ! Chacun de nous porterait en lui une préhistoire, une Antiquité, un Moyen Age... La Renaissance, nous l'atteindrions vers l'âge de sept ans. Et les guerres mondiales ? Et les guerres de religion ? Toute l'évolution universelle à l'intérieur d'un simple corps, le temps d'une courte vie !

Mais alors c'est quoi, une *personne* humaine ?

5

Qu'est-ce qu'un individu ? Le mystère de la personne

Longtemps, j'ai cru que je n'avais pas d'âme. J'étais trop morcelé. C'est quoi, une âme ?

Selon les milieux où je me trouvais, je jouais des tas de rôles différents et cela relativisait toute prétention à être clairement *quelqu'un*. « Mais l'âme c'est autre chose, me corrigeait-on, ne la confondez pas avec l'immense comédie psychique de la *maya*, avec le monde des illusions ! »

Alors c'est quoi, l'âme ?

Si l'on avait demandé à un Européen du XVIe siècle ce que signifiait l'expression « *Age de la Renaissance* », il aurait sans doute été un peu embarrassé — seule une vision historique rétrospective nous autorise à embrasser le vaste phénomène qui donna alors naissance au monde moderne. Lorsque certains de nos contemporains, évoquant la période tumultueuse que nous traversons en cette fin de millénaire, parlent d'un « nouvel âge », de quoi parlent-ils réellement ? Ont-ils le recul nécessaire pour avancer pareille énormité ?

A l'inverse, n'est-il pas un peu facile de se moquer du « galimatias », du « pauvre syncrétisme mysticouillon », du « minable matérialisme spirituel » dudit Nouvel Age ?

C'est quoi, ce mouvement qui touche des millions de gens ? Traversons-nous une mutation ? Ce monde ne connaît-il pas les fièvres d'un accouchement ?

« Un monde meurt, dit-on, un autre naît. » A ce niveau de généralité, la chose est indéniable : des siècles d'histoires atomisées, claniques, tribales, nationales, se télescopent sous nos yeux en un seul magma. L'*accélération de la mondialisation* (technologique, économique, culturelle, militaire et, de plus en plus nettement, politique et spirituelle) devient folle et suscite en réaction de formidables retours de flamme nationalistes et intégristes — mais quel fascisme a jusqu'à présent prouvé qu'il était viable à long terme ? Les pathologies collectives semblent ne pas pouvoir survivre longtemps, alors que l'humanité cherche inéluctablement à prendre conscience de son unité.

A l'évidence cette prise de conscience s'effectue dans une atmosphère de crise totale : guerre, massacre, pollution, désertification, famine, comme jamais...

Grâce aux prouesses des télétechnologies, une seule vaste « *sono mondiale* » fait peu à peu danser toutes les foules sur les mêmes rythmes d'un bout à l'autre de la planète, mais c'est une danse totalement excentrée, sur une planète malade.

D'où l'émergence du sentiment, chez un nombre croissant d'individus, de la nécessité d'une fantastique mutation intérieure du monde moderne, au moins aussi radicale que la mutation extérieure provoquée par l'avènement rampant de la modernité depuis cinq siècles.

A l'extérieur, nous avons transformé le monde en une gigantesque machine. Et voilà qu'on nous annonce un « cerveau global ». C'est que la machine planétaire voudrait non pas nous succéder comme le suggèrent certains mais s'animer, prendre âme ! Pinocchio en a marre d'être une machine. Il veut intégrer sa conscience-Jiminy-criquet et devenir humain.

Formidable défi.

Nécessitant que des milliards d'individus poussent la logique de la liberté individuelle jusqu'à son paroxysme.

En principe, cette mutation intérieure — rêvée depuis des millénaires par des visionnaires de toutes les cultures et de toutes les civilisations — a commencé à se démocratiser au temps de la Renaissance et même au temps des Grecs. Mais en son intégralité vertigineuse qui donc, hormis des privilégiés, a jusqu'ici joui de la totale Liberté intérieure ? Peu de gens ? Eh bien la généralisation de cette liberté est devenue une nécessité vitale pour la continuation même de l'aventure humaine. Jeu inconcevable sans la montée parallèle d'une très futuriste mais aussi très primitive *responsabilité globale.*

La mutation « primitive-futuriste » traverse rigoureusement tous les aspects de notre univers intérieur. D'où une certaine difficulté à la définir avec précision. Certes, de par la planète, les définitions ne manquent pas. Ni les voies pour accélérer le processus. L'*Expédition vers les ressources cachées* du Russe Joseph Goldin comprenait, outre l'enfantement delphinien selon Igor Tcharkovsky, les sports de cirque, la rencontre avec des cosmonautes visionnaires de lune, une éducation utilisant la suggestopédie de Georgey Lozanov — ce pédagogue bulgare qui a étudié auprès de yogis les mécanismes de défense de la personnalité et les manières subliminales de mémoriser à travers ces barrières des trésors d'information — surtout chez le petit enfant : on apprend mieux en jouant.

En médecine aussi se prépare une mutation étonnante. Sans chercher à décrire les zones connues du « neuro-psycho-immunologique », ni le foisonnement prodigieux des médecines parallèles (dont les plus prometteuses ne sont pas antiscientifiques, mais éclairent la spiritualité du scientifique jusque-là « héroïquement » éteint et donc dangereux), écoutez plutôt cette intervention de Soljenitsyne dans *Le Pavillon des cancéreux* :

> Kostoglotov : « Nous ne devons pas nous confier comme des cobayes aux médecins. Tenez, je suis en train de lire ce livre, *Abrikossov et Stroukov : Traité d'anatomie pathologique, manuel à l'usage des*

> *facultés*. Eh bien, ils disent que le lien entre l'évolution de la tumeur et l'activité des centres nerveux est encore très mal étudié. Or, ce lien va vous étonner! Il est écrit noir sur blanc (Kostoglotov retrouva la ligne en question) que "dans certains cas, assez rares, on assiste à des guérisons spontanées". Vous vous rendez bien compte? des guérisons spontanées! » (...) Kostoglotov avait reposé le livre et scandait ses paroles en battant l'air de ses mains grandes ouvertes... « Ça veut dire qu'un beau jour, sans rime ni raison, la tumeur se met à régresser. Elle diminue, s'étiole, et finalement, plus de tumeur! Hein? Qu'en dites-vous? » (...) seul Poudouïev, dont on entendait crisser le lit, prononça de sa voix enrouée, en tendant son cou de taureau : « Pour ça, faut sûrement... avoir la conscience claire! »

Shri Aurobindo, maître d'un célèbre ashram à Pondichéry, l'inspirateur de la cité idéale d'Auroville, avait approché, semble-t-il, cette « conscience claire ». Mère, sa compagne, et leur enfant spirituel, Satprem, aussi. Tous trois disent avoir découvert comment descendre, par la conscience, jusque dans la « jungle sauvage des cellules », pour y désamorcer un mortel endormissement, un vénéneux oubli, et d'immenses frayeurs. La prise de conscience des cellules!

> Alors il s'est produit, dans ce même être pourtant, ce même corps pourtant, une sorte d'exultation indicible — de joie, oh! comme je n'en ai jamais, jamais connu de toute mon existence, pas même dans une belle tempête de la Côte sauvage, un délice physique, comme si ces innombrables particules de feu reconnaissaient leur source*.

Il y a mille manières d'envisager la mutation actuellement en cours. Certains la situent prioritairement dans la sphère médicale, d'autres dans l'éducation, d'autres dans l'extrasensoriel (tablant tous sur le fameux « *éveil des potentiels* »). D'autres

* Satprem, *La Révolte de la Terre*, Laffont, 1990.

encore observent la mutation dans la sphère du travail et de l'entreprise (dépassement du capitalisme et du socialisme par une utopie de l'épanouissement global de l'individu au travers de son activité dans la collectivité). Certains voient poindre la mutation dans le monde artistique et notamment musical (la vie humaine conçue comme *une vaste chorégraphie* sacrée). D'autres dans l'architecture et l'urbanisme (la cité entière conçue comme une œuvre d'art, un temple). D'autres encore définissent le bouleversement par la réconciliation de l'homme et de la nature, par l'élaboration d'une « nouvelle alliance » avec le monde animal, végétal, minéral, cosmique, voire par la redécouverte en chacun de nous de l'univers entier, comme l'ont enseigné toutes les grandes traditions ésotériques.

Évidemment, s'il demeurait théorique, réservé à quelque élite intellectuelle, ou à quelques cénacles d'initiés, ce mouvement de mutation spirituelle serait vain. Sa mise en pratique essentielle s'effectue sous la pression d'une nécessité souvent terrifiante. L'exemple de la (re)découverte de l'art d'accompagner les mourants, après deux guerres mondiales et plusieurs guerres coloniales et civiles atroces, en est un exemple lumineux et troublant. La découverte des subtilités biologiques spécifiques du moindre processus agricole, après un bon siècle d'empoisonnement chimique des terres (nocivité du réductionnisme décentré), en est un autre. La découverte des fabuleuses régulations rythmiques de l'Afrique — au moment même où celle-ci est menacée de mort rapide par l'économie mondiale, les décalages culturels et le sida — nous fournit un autre exemple de l'accouchement terrible de « l'Homme », dont parlent déjà les Vedaa et la Bible.

Vaste programme, où se forme la pâte humaine. Si vaste que d'innombrables pièges — mégalomanies magiques ou scientistes, supercheries et arnaques en tous genres — en jalonnent évidemment les pistes. Prenez garde à vous : dans l'irrésistible confusion montante, l'émerveillement sera souvent tapi au cœur d'un obscur grouillement de Cour des miracles, et notre seule boussole sera à l'intérieur de nous.

Mais de « nous » qui ?

Entre le dehors et le dedans, il n'y a qu'un arrêt intéressant : l'individu.

Mais c'est quoi, un individu ?

Les chrétiens disent « la personne », avec un brin de pathos dans la voix. L'un des mouvements chrétiens les plus modernes fut le *personnalisme* d'Emmanuel Mounier.

Mais *persona* en latin voulait dire le masque, n'est-ce pas ? La psychanalyse a repris ce thème. Le masque ! Ça me troublait, parce que c'était vrai : dans quelque moment de crise, je pouvais toujours tenter de m'arracher mon masque... Je m'en arrachais des centaines, il y en avait toujours un autre en dessous. Et tout au fond, tout au fond, il n'y avait rien, forcément. Au mieux un mensonge.

C'est quoi, la liberté individuelle ?

Notre maître s'appelait Bernard Du Crest. Il connaissait bien l'Inde. Un jour, comme il se baladait dans les collines du Kerala, un aigle le frôla de si près qu'il eut la certitude que celui-ci voulait lui dire quelque chose.

« Tu es beau, pensa l'homme, et surtout tu es libre.

— Libre ? répondit l'aigle qu'une spirale d'air chaud entraînait vers les nuages ; sans doute, mais regarde un peu ce que vous, les hommes modernes, appelez *libre*. »

D'un seul coup l'aigle referma ses ailes et tomba comme une pierre. Si vite que Bernard l'imagina déjà écrasé contre les rochers. A la dernière seconde les ailes se rouvrirent et le vent emporta l'oiseau à l'horizon.

Les dauphines avaient donné la même leçon à Jacques Mayol. Quand on amena le requin-tigre dans leur bassin, elles cessèrent instantanément de jouer, se mirent en escadrille triangulaire au ras du fond, comme un seul sabre, en pleine conscience vigilante. Puis leur sonar leur indiqua que le fauve était groggy, inoffensif; aussitôt elles recommencèrent à jouer, comme des garces de divas, chacune dans son coin, chahutant, jouant, flirtant, emmerdant les poissons pour le pur plaisir.

Un jour, j'ai eu l'impression que chacun de nous était une escadrille de dauphins. Dispersée ou regroupée selon les moments.

La plupart du temps, chacun de nous est constitué d'une foule de gens différents, de gens qui errent, disent les soufis, dans un palais foutoir dont le khalife se fait régulièrement destituer par un esclave, qui prend sa place, avant de se faire destituer par un autre esclave qui, etc. Dans la vie ordinaire, ce foutoir est un cirque. C'est drôle. On rit. Mais c'est très étrange...

Qu'est-ce que les dauphins peuvent avoir bien « rêvé d'être », pour aller jusqu'à nous imaginer?

Afin de me donner de l'élan, je me récite le mantra du Cinquième Rêve :

D'abord il n'y avait rien, et Rien a désiré.

Rien a désiré que quelque chose existe, et il/elle a rêvé la lumière.

La lumière a désiré le poids, et elle a rêvé la gravité.

La pierre a désiré la tendresse, et elle a rêvé les fleurs, qui sont des sexes qui s'offrent et se refusent dans une danse cosmique.

L'arbre à sexe a désiré courir, et il a rêvé le cheval, la tourterelle, le puma et enfin la baleine. La baleine est notre matrice onirique animale.

Et voilà que cette matrice, les cétacés — *delphis* le dauphin, *delphys* la matrice, comme disaient déjà les Grecs des rites orphiques —, voilà que le « Quatrième Rêve » à son tour s'est empli d'un ardent désir, le désir de s'arracher au monde, le désir de...

La légende s'arrête là.

A la poursuite de quel désir fut rêvée l'humanité?

La baleine a rêvé de ce qu'elle n'était pas, forcément... Elle a rêvé son contraire.

Qu'y a-t-il au-delà des goûts-couleurs, au-delà de

la noble-soif-du-grand-retour-cristal, au-delà du sexe-fleur-sublime-jeu-de-la-séduction-éblouissante, au-delà de la jouissance-rigolarde-athlétique-biocomputer-grand-cœur-solidaire-dauphin-dauphines... ?

Au-delà, quoi ?

J'essaie de poursuivre la légende inachevée :

Alors le dauphin fut soudain empli d'un désir de... ?

De rire ?

On dit que c'est le « propre » de l'homme ?

Pourtant, on a tellement l'impression que les dauphins, déjà, rient... Oui, mais les dauphins ne rient *que* de joie, ils ne connaissent pas la perversité — sinon pourquoi ces athlètes se laisseraient-ils égorger par nous, singes manipulateurs, beaucoup plus faibles qu'eux physiquement ? Conclusion : les dauphins ne rient pas. Le rire est forcément une critique, il révèle une coupure entre le sujet et l'objet du rire. Essayons :

Alors la baleine désira rire ; et elle rêva l'homme.

Ouais... Pourquoi pas ?

Sauf qu'il y a un problème : nous assassinons la baleine.

Nous assassinons notre matrice onirique !

Et c'est elle qui fait ce cauchemar.

Très forte en humour noir, la baleine !

Mais alors... elle sait rire.

Donc elle ne nous rêve pas pour découvrir le rire.

CQFD.

Non, ça ne marche pas.

Essayons autre chose.

Alors la baleine, s'arrachant au monde, s'emplit d'un immense désir de contradiction, de ruse, de machiavélisme... et elle rêva l'homme.

Non. Je ne le sens pas.

Alors la baleine en eut marre d'être, elle désira avoir. Posséder des tas d'objets, révélateurs d'une extrême intelligence. Et elle rêva la main de l'homme.

Non plus.

Le rire est encore le plus fort. Mais le rire s'autodétruit. Et si ce n'est pas le rire que désire la baleine, alors quoi ?

Reprenons :

Alors la baleine s'emplit d'un immense désir. Elle qui nageait voluptueusement dans les océans du monde que sa nombreuse race dominait des pôles à l'équateur, elle qui dépensait environ 10 % de son énergie et de son temps à se nourrir, le reste à s'amuser, à faire l'amour, à enfanter, à éduquer, à communiquer, à entonner d'interminables jam-sessions à plusieurs centaines de vocalistes sur des centaines de kilomètres à la ronde, la baleine qui vivait tout cela, s'emplit soudain d'un ardent désir de...

Désir de quoi, bon sang de bonsoir ?!

« Désir de mots, me hurle ma culture, désir de parler, d'user du Verbe pour pouvoir nommer le monde du dehors ! Et le contempler. On le sait : nous sommes un animal langagier, et nos mots créent le monde où nous vivons. »

Certes, parler est aussi le propre de l'homme. L'homme se fonde sur ses mots. Mais pardonnez-moi, princes du Verbe, je ne sens pas la baleine en ressentir le désir *directement*. Puisque, à sa manière, elle parle.

Oui, me répondent les princes du Verbe, mais le désir de mots va avec le désir de mains, désir de manipuler et de nommer, et d'ainsi faire passer les émotions et les pensées dans la matière. La baleine a désiré influer sur la matière et elle a rêvé l'homme.

Je vois un flux de matière manipulée, vague de terre grasse jaillissant d'un soc, Niagara de tissu, de papier, d'acier en fusion dans un haut fourneau, fleuves humains sur les autoroutes... Comme dans

Koyaanisqatsi, le premier des films de Godfrey Reggio, l'ex-moine cajun devenu agitateur culturel.

Le dauphin-baleine s'est-il empli du désir de concevoir-former-produire-vendre-exporter-acheter-investir-négocier-offrir-renoncer-détruire ?

Du désir d'écrire ?

De peindre les plafonds de la basilique Saint-Pierre ?!

Bon sang, la baleine désira-t-elle devenir Mozart ?

Oui, oui, certainement, mais...

Finalement, c'est encore la première proposition qui m'accroche le plus. Réessayons, pour rire, le désir de rire.

Alors, le dauphin a désiré rire...

Rire à s'en faire péter la braguette.

Et il a rêvé l'humain.

Un humain sain, un enfant par exemple, rit entre six cents et sept cents fois par jour.

Oh, ça colle.

... et il a rêvé...

Alors je tente de me figurer son rêve. Nous rions. Waaaaaaa Haaaaa Haaaaaaaa Haaaaaaaaa Haaaaaaaaa Haaaaaaa !

Et puis, tout à coup, nous ne rions plus.

Pourquoi ?

Parce que l'émotion est montée. On aime. On hait. A la folie. On vit. On tombe. On est mort. De jalousie. De passion. D'amour. Imaginez que cela monte de plusieurs degrés, que la vie se mette à fuser en tornade. Notre sens de l'humour pourrait disparaître à jamais. Comment le Cinquième Rêve pourrait-il alors accomplir son périple ? Faut-il garder son sens de l'humour jusque dans la pire horreur dont l'homme, et lui seul, est capable ? Serait-ce justement cela, le défi dans lequel le rêve du dauphin nous a jetés ?

« Quand ton émotion vitale s'intensifie, me souffle le gros dauphin-baleine (qui, décidément, doit disposer d'informations que j'ignore), tout dépend de la manière dont tu te "regroupes-en-escadrille" au fond de toi-même. Sous la direction duquel de tes "moi" tu le fais ? Avec quel centrage, quelle présence, quelle esthétique ? »

Occidentaux, nous sommes décentrés. Sans *timing.* Si nous écoutons les peuples plus ronds que nous, plus danseurs, moins matérialistes, plus ouverts à l'émotion d'être, cela peut donner, sur cette terre, des *personnes escadrilles* fabuleuses. En elles, et *entre* elles, partenaires d'un tango galactique.

Quand même, je me dis : « Oui, mais bon, c'est quoi une âme personnelle, individuelle, cet être "immortel" que je suis censé représenter à travers l'espace-temps ? En quoi se fonde le fait que nous nous revendiquions, à tout bout de champ, libres ? »

L'idée réincarnationniste, par exemple, est satisfaisante pour l'esprit. Rationnelle même, avec cette épuration écologique quand l'âme du défunt commence par se remémorer l'existence qu'elle a menée et revit au passage l'intégralité de ce qu'elle a fait subir (agréable ou pas, fort ou mou). Mais les grands rêveurs revenus du Pays des Morts disent en général que la réincarnation n'est en rien ce que la plupart d'entre nous croient.

« L'âme humaine n'est pas gouvernée par les lois psychologiques », répètent les vieux gourous.

Quelque temps après la mort de mon père, je l'ai vu en rêve. Grand, assez immobile. Il était mêlé à d'autres. Fondu en un être groupal. Fondu ! Curieusement, ce qui m'aurait fichu par terre quand j'étais enfant, ce qui m'aurait anéanti d'un dégoût « asiatique », m'ensoleilla le cœur. Car c'était bien mon père, davantage que jamais, comme en pleine possession de ses moyens — à un point où je ne l'avais jamais vu ! Oh, vieux papa, tu avais perdu l'asthme qui te cloua au sol à partir de ta trente-quatrième année. Trente-quatre ! Imaginez-vous ça, un formidable human-sapiens encore jeune, fauché en plein envol par une émotion trop forte. Une émotion qui l'avait décentré à mort, désescadrillé. Il avait piqué en torche (s'en était sorti génialement, en Diogène philanthrope, n'empêche que, dans mon songe, il était physiquement en forme et ça faisait du bien). Je me suis alors rendu compte d'une chose bizarre : sous d'autres angles, mon père, en cet état « groupal », apparaissait à d'autres silhouettes que je ne connaissais pas. Mais je le voyais, moi, sous un angle très particulier, propre à l'existence que nous avions menée ensemble. Et là, sous cet angle unique, il y avait dans le cristal de son être une forme, comme une veine dans un diamant. J'ai vu : c'était la faille blanche de ses faiblesses ! Les limites de l'homme que j'avais eu pour père. C'est sous cette forme-là que je l'avais connu. Sous ces angles. Sous cette craqure du cristal. Et c'était beau. Toute une vie terrestre en une seule calligraphie.

Je me suis mis à demander aux gourous que je rencontrais ce qu'était, selon eux, l'âme individuelle, cette partie de nous supposée pouvoir traverser la mort. « Ce n'est certainement pas le psychique, me confirmèrent-ils tous, car au spectacle de l'Ultime Réalité, toutes les spécificités personnelles s'effacent — même chez ceux pour qui "c'est trop" et qui chutent dans le Léthé (aux rives duquel les attend une nouvelle incarnation). Non, l'âme, la personne, c'est autre chose que la comédie humaine. »

J'avais toujours l'impression de sentir, chez les gourous, une soif de « fusion dans l'un ». En arabe, « anéantissement de la personnalité dans l'Un » se dit *fana*. Le *fana* est, je crois, une dimension ésotérique puissante. Quand ça rate, ça donne *fanatique* : mot utilisé pour désigner une personne assoiffée de se fondre dans l'Un, mais qui n'est pas prête.

Un prêtre du diocèse de Paris, qui fut « aumônier des jeunes journalistes », le père Biondi, pourfend de ses conférences le mythe réincarnationniste. Pour lui, c'est tout l'inverse : chaque individu né un certain jour à un certain endroit est absolument et résolument unique.

Une telle radicalité ne peut que plaire.

Je lui demande : « L'âme de cet être absolument unique est-elle immortelle ?

— Oui.

— Et cela ressemble à quoi, puisque c'est censé ne RIEN garder des traits de la personnalité névrotique sous laquelle nous nous sommes incarnés ?

— Qui a dit que ça ne gardait rien ?

— Ah bon, mais ça garderait comment ?

— Comme des accords de musique. C'est la métaphore la plus forte. »

Des accords de musique ?

L'idée du prêtre me plut. Chacun de nous serait un ensemble d'harmoniques, un ensemble absolument et résolument unique... (A bien y songer, cette métaphore fonctionnait d'ailleurs très bien aussi à l'intérieur du mythe réincarnationniste.) Nos âmes seraient donc des accords de musique éclatant de rire à tout instant... des rires musicaux personnalisés... Ou plutôt nos âmes essayeraient d'être, s'escrimeraient à essayer d'être des rires musicaux personnalisés !

Mais nous sommes pris dans la pâte collective.

Par notre engendrement même, par notre vie fœtale à l'intérieur d'une femelle ayant connu un mâle, nous sommes des êtres rattachés les uns aux autres. Et nous cherchons à nous individuer le plus possible. A nous détacher.

Pourquoi ?

A quoi rêves-tu, baleine ?

A un être qui saurait s'arracher de la matrice terrestre que tu symbolises si bien ?

A un être qui aurait le redoutable privilège de pouvoir regarder le monde du dehors ?

Et le nommer ?

Et en rire ?

Ou en pleurer ?

Un dieu en somme !

Qui s'appellerait l'Homme.

Le prix qu'il doit payer est lourd.

Mutilation de ses liens au monde. Il tombe. La gravité est vécue durement dans le spatio-temporel humain — il lui faut grimper hors attraction terrestre, avec les cosmonautes, pour avoir le droit, à nouveau, de voler comme l'aigle. Ou retourner dans la mer...

Beaucoup de nos contemporains commencent à retrouver cet état. Ils *deviennent* leur environnement. L'intéressant se joue au-dedans d'eux. Dans leur *état*. Leur sentiment d'être. Leur feeling.

Mais le feeling préexiste à la personne humaine. Les animaux ont de fabuleux feelings. Les plantes ? Semble-t-il aussi. (Les cristaux, je n'en sais rien, le minéral m'est encore trop différent.) De l'état animal nous avons, c'est sûr, une immense nostalgie. C'est tellement jouissif. Mais nous ne sommes pas des dauphins, nous sommes le rêve du dauphin ! Je repense toujours à ce que m'a dit Ray Lema : nous voulons le lait et l'argent du lait, la fusion groupale et la lucidité acérée de l'individu libre. Qu'est-ce que les gens de la forêt ressentent, que ceux des villes ne ressentent pas ? Ces Blancs, disait-il, veulent surfer, mais ils ne voient pas les vagues ! La roue africaine peut soigner, ordonner, relier. Elle signale le cristal de l'ancienne humanité. Après elle, est venue la cassure individuelle. La liberté. Et la brisure des ailes, prix de l'acuité de la conscience lucide.

Qu'est-ce que l'individualité ?

Nous avons tous la nostalgie du cristal. Les *États*, entités politiques, réseaux socio-organiques majeurs, purement temporels, jouent sur le désir d'*état* (intérieur, intemporel) pour mieux nous contrôler. Que cinq milliards de paires d'ailes mutilées nous repoussent !

Mais cela n'est vraiment pas facile de s'individuer. La question est de savoir comment nous arracher à la glu groupale. Parce que la « grosse bête » de Simone Weil, la « bête de l'Apocalypse », c'est-à-dire la pression sociale, nous tient bien.

En face, le diable, lui, semble très personnalisant.

Chaque fois que l'orchestre groupal se met à jouer, le diable vient jeter la zizanie en jouant une note qui coupe toutes les autres. La sublime folie de l'homme consiste à toujours relever le défi, à chercher sans relâche la musique radicalement inédite qui parviendra à intégrer les perturbations du diable dans une musique plus vaste — plus belle.

Le diable pousserait au beau ? Oui. On ne garde en mémoire que les symphonies, pas tous les couacs qui les ont précédées... Dans TOUTES les civilisations, nous apprend le romancier historique Gérald Messadié, le diable est un serviteur dévoué de l'Unique — le « diable total », ontologiquement mauvais, serait une invention persane, volontiers reprise par la terrifiante Inquisition. Partout ailleurs le diable accomplit une mission dans l'intérêt du tout.

La baleine, si bonne, aurait-elle alors désiré ce diable-là, son contraire ?

Diable ou Sheïtan (celui qui divise ou celui qui résiste), tu serais le serviteur du Cinquième Rêve ? Celui qui nous pousse à nous individuer — et la bête de l'Apocalypse, qui cherche sans cesse à nous écraser de conformisme, serait ton adversaire de catch ?

Tu as du travail, diable ! Contre toi la bête est forte. Et la constitution d'une humanité faite de personnes autonomes, érotiquement, affectivement, artistiquement, intellectuellement libres, bien que reliées en permanence à leur environnement, cette *individuation* dont parle le rhizomatique génie de Carl Gustav Jung, met bien du temps (combien de millénaires ?) à se réaliser.

Le groupal nous est atavique.

La psychothérapie familiale (systémique, mais aussi, en profondeur, psychanalytique) révèle des liens extraordinaires entre les membres d'une même famille. Une bonne partie de nos maladies sont directement liées à des jeux d'interrelations familiales perturbées. Même si vous avez oublié père et mère ou si tous vos frères et cousins sont morts — leurs fantômes continuent d'exister, reliés les uns aux autres sous forme d'ectoplasmes élastiques, selon une distribution de rôles complexe, dont Freud fut le premier moderne à vouloir comprendre les lois.

La forme, la texture, le tonus de votre ectoplasme familial, ses interfaces avec votre individu psychosomatique, tout cela varie énormément selon les cas. Comme toujours, les pionniers ont émis leurs premières théories à partir des dérèglements, des maladies.

On voit des anorexies mentales (mal souvent mortel) guéries en six mois par des interventions commandos des thérapeutes systémistes, qui usent par exemple d'*injonction paradoxale* — « Je te prescris (dit-on au junky entouré de ses parents) de te shooter deux fois par jour trente milligrammes, puisque tu vois bien, n'est-ce pas, que ton accoutumance permet à toute ta famille de fonctionner à peu près ! »

Ça peut marcher. Le junky décroche. La fille anorexique se remet à manger — depuis que ses thérapeutes ont osé dire, devant tous les parents, frères, sœurs réunis, que dans cette famille on ne se disait jamais « Je t'aime ».

L'anorexique remange. Mais éventuellement, six mois plus tard, sa jeune sœur devient obèse : le Loch Ness de la psyché de groupe décentrée, l'ectoplasme familial malade affirme lourdement son existence en choisissant un autre sujet de manifestation et un autre objet de maladie.

Dans certaines familles bien *fêlées* (au sens d'une fêlure, d'une rupture géologique importante, qui décale par exemple les générations, la mère vivant avec le fils et le père avec sa propre mère, sans parler du vieil inceste), on raconte que l'*ectoplasme familial* acquiert une autonomie somatique telle qu'il pourrait littéralement rebondir hors du soma, sur les objets extérieurs ! Les recherches de la psychanalyste Djohar Si Ahmed, alertée par le parapsychologue Laurent Corbin sur certains poltergeists troublants en Normandie, éclairent cette question d'un jour étrange ; ces recherches concordent assez bien avec les visions de Didier Anzieu, reprises par André Ruffiot, où la psyché de l'enfant émerge et trouve sa grille de codage mental — sans laquelle l'enfant resterait végétal —, dans le rêve de la mère. De la mère rêvant du père.

Et l'on s'aperçoit alors avec une certaine horreur que nous sommes tous reliés, personnellement, à l'un de ces fichus ectoplasmes.

Le premier moment de frayeur passé, on réfléchit. Mais à ce niveau de réalité réfléchir avec notre seule tête raisonnante semble un peu court. Face aux ectoplasmes, c'est le corps qui pense. Le ventre, le *hara*, dit Karlfried Graf Dürckheim.

Toutes les grandes traditions disent qu'il faut « mourir à son ego pour renaître à soi ». Certains précisent : il faut que l'individu meure pour que la personne naisse. Pour que l'*Homo humanus* s'éveille.

Pourtant, *persona* signifie masque...

« Bien sûr, répond le diable, l'essentiel doit toujours rester masqué.

— Masqué ? Ça oui ! Bravo, diable ! »

Ah la belle planète !

Ah les belles libertés !

Ah les belles audaces créatives !

Ah les belles fraternités !

Ah les belles compassions !

Ah les belles guerres de religion !

Oui, diable, les guerres de religion sont abominables. Oui, diable, les religions nous font souvent vomir. Oui, diable, elles empêchent l'individuation de prolonger plus loin sa danse.

Pourquoi, d'ailleurs, l'empêchent-elles ?

« Parce que, hurle le malheureux diable, parce que les religions s'approprient l'infini. Parce qu'elles font main basse sur l'adoration du surpuissant Réel, dont nous possédons le reflet en chacun de nous. Parce qu'elles prétendent faire de l'Infini leur chose, alors que se relier à l'Infini est un besoin vital, que chaque humain doit être libre d'assumer à sa manière. »

Nous dormons.

Que pouvait répondre la gauche allemande à Wilhelm Reich, quand il la prévint de la nature archaïque du nazisme, enracinée dans une sexualité et un sacré tordus, saccagés, torturés ?

Rien.

Mourir.

Que répondent aujourd'hui nos sociétés démocratiques à l'irruption du sacré — confisqué, détourné, perverti par les usurpateurs religieux ?

Pas grand-chose.

Évidemment, c'est épouvantablement dur de trouver la réponse. Surtout quand le réel se déchaîne. Imagine-t-on que la révolution écologique qu'il va falloir faire subir à nos comportements se fera sans mal ? Qui ne voit que cette révolution est si rude, si crue, que le sacré y sourd déjà par tous les pores ? Critiquer les « Khmers verts » (les supposés futurs tyrans écolomystiques) est quasiment inutile si cela ne s'accompagne pas illico d'une alternative négociant autrement avec les MÊMES forces. On peut être contre l'accouchement en pleine mer et pour l'anesthésie totale systématique de tout ce qui fait mal, on peut croire en l'utérus bionique, en une suite mi-chair mi-machine de notre aventure humaine, l'accouchement aura quand même lieu. L'enfant sera animé. Il aura une âme. Une flamme individuelle...

Mais quelle sera réellement sa liberté, son libre arbitre individuel ?

Se demandant qui était ce « moi » en lui, cette voix prétendant interpréter la musique des plus grands compositeurs, le pianiste Willem Ibes déclara, lors du premier Congrès international d'haptonomie, que c'était sa fille de dix ans qui lui avait apporté la première réponse satisfaisante, quand elle lui avait déclaré, tout enthousiaste : « Je n'ai jamais joué comme aujourd'hui... mes mains faisaient tout par elles-mêmes ; je n'avais pas besoin de faire quoi que ce soit ; c'est un peu comme si les touches attiraient vers elles les doigts qu'il fallait*. »

* L'haptonomie, ou « science du toucher affectif », a été fondée par le Néerlandais Franz Veldman, qui enseigne notamment le prolongement de la conscience dans l'autre. Cette nouvelle disci-

Soixante ans plus tôt, Albert Einstein l'avait formulé d'une façon un peu différente : « Un être humain est une partie du tout que nous appelons "Univers"... une partie limitée dans le temps et l'espace. Il fait l'expérience de lui-même, de ses pensées et de ses sentiments comme séparés du reste — une sorte d'illusion d'optique de sa conscience. Cette illusion est comme une prison pour nous, nous limitant à nos désirs personnels et à n'avoir de l'affection que pour les quelques personnes qui nous sont les plus proches. Notre tâche doit être de nous libérer de cette prison en élargissant notre cercle de compassion afin d'embrasser toutes les créatures vivantes, la totalité de la nature et sa beauté. »

Toi = Moi ? Moi = Nous ? Oui, mais non, car... Et l'ego, camarade, l'indispensable ego ?! Comment pourrions-nous être hommes sans cette barrière de peau égotique qui nous fait nous séparer de tout le reste ?

C'est un ange qui allait résoudre pour moi le plus hypnotisant des paradoxes.

Cela commença avec la remarque affolante (et pourtant si simple, si banale) du paysan polonais des bords de Treblinka. Rappelez-vous : au cinéaste Lanzmann qui lui demandait si le spectacle quotidien du camp de concentration, pendant la Seconde Guerre mondiale, ne lui avait pas fait mal, le paysan polonais avait répondu : « Mais monsieur, quand vous vous coupez *votre* doigt, ça ne me fait pas mal à *moi*. »

Entendant cela, je me suis d'abord dit : « Ce type est un demeuré, incapable d'entendre la voix de sa conscience. Il lui faut des valeurs imposées de l'exté-

pline trouve son champ d'application aussi bien dans la préparation à l'accouchement que dans l'accompagnement des mourants, et nous fait découvrir avec une grande subtilité l'influence que nous avons sur notre environnement par notre seule présence, nous invitant à moduler cette présence de manière beaucoup plus consciente. Voir *Présence haptonomique*, n° 2, Actes du 1er Congrès international d'haptonomie.

rieur pour le guider, une voix morale hors de lui, une religion. C'est un *Homo religiosus*, un Pinocchio encore pantin de bois, avec Jiminy Criquet qui le chapitre sans arrêt. »

Je pensais quant à moi avoir réussi, au fil de ma vie, à intégrer cette voix morale à l'intérieur de moi-même.

Et voilà qu'un jour, réfléchissant à la notion de karma, je me demande : « Mon ange gardien, cette entité qui, dans l'ombre de mon inconscient, est le porteur de ma "conscience d'éternité", est-il en dehors ou au-dedans de moi ? »

J'étais alors en stage avec maître Aoki, fondateur du shintaïdo. Que pensait-il, lui, de l'idée d'ange gardien ?

Me voyant faire de grands gestes de la main, indiquant un être invisible à quelques mètres au-dessus de ma tête, le senseï m'appuya un doigt sur le nez et, souriant de toutes ses dents, me demanda : « Pourquoi cela se passerait-il en dehors, et pas en dedans de toi ? »

Soudain, j'eus l'impression de ne pas être très différent du paysan polonais qui n'avait pas encore intégré sa conscience morale, ce Pinocchio portant son Jiminy Criquet en dehors de lui... J'étais pareil.

Cela aurait pu me désespérer.

Ce fut tout le contraire.

Si le Rien a rêvé la lumière, qui a rêvé le cristal, qui a rêvé l'arbre, qui a rêvé le dauphin, qui nous rêve...

Si l'univers entier est en nous.

Si l'ontogenèse répète la phylogenèse.

Si nous sommes la frontière vivante de l'être s'éveillant à sa propre danse.

Si chaque biographie répète la saga des civilisations.

Alors le bond évolutif vers l'accomplissement de l'homme serait possible en chacun de nous, le temps d'une vie. Nous n'aurions pas forcément besoin d'une myriade de réincarnations pour accomplir, à vitesse géologique, le Cinquième Rêve !

Cela, c'est un ange qui allait m'en convaincre, me dévoilant de sa parole de feu une perspective affolante.

Épilogue

LE DIALOGUE AVEC L'ANGE

Très concrètement, une question me hantait depuis de longues années : je voulais savoir comment rester serein, honnêtement, en pleine crise, en plein chaos, en pleine guerre. Comment ont-ils fait, ceux qui surent échapper aux passions jusque dans les pires tourments de la Seconde Guerre mondiale ? Qui demeurèrent joyeux — lumineux — jusque dans l'ignominie des camps ? Cela me paraissait impossible, inconcevable. Pourtant, je connaissais les *Dialogues avec l'ange*. C'est mon livre de chevet depuis des années.

On vous parle d'ange, vous pensez angélisme, douceur, mièvrerie peut-être, irréalisme rose et bleu ? Malheureux ! L'Ange est un lutteur d'une réalité terrible ! Et son discours d'une rudesse physique exceptionnelle. Tranchant comme un sabre. Et pourtant débordant d'amour.

Dialogues avec l'ange est impossible à lire d'un trait. Ce genre d'ouvrage ne s'assimile que paragraphe par paragraphe, au fil des ans. Lu d'un trait, il pourrait provoquer une indigestion d'âme. Je n'en connais pas de plus approprié à notre fin de millénaire.

La façon dont les *Dialogues* ont émergé au grand jour paraît folle, hallucinante. En réalité, elle fut peut-être juste de notre temps.

Cela se passe dans les années quarante. Quatre jeunes Hongrois modernes, trois femmes et un homme, vivent plus ou moins ensemble, à Budapest. Hanna et Gitta ont fait les arts déco. Elles sont stylistes. Hanna, intelligente et douce, tout le temps en train de faire des blagues, bourrée d'intuition, est mariée avec le taciturne Joseph, dessinateur de meubles, *designer* avant la lettre. Gitta, elle, a quelque chose d'un garçon manqué. Elle est championne de natation. En Hongrie, c'est une star. Quant à Lili, belle et suave, plutôt discrète, elle enseigne l'expression corporelle, et l'on vient de loin pour suivre ses cours. Des quatre, seule Gitta n'est pas juive — mais aucun ne pratique de religion ; ils sont tous agnostiques ou athées.

Longtemps, grâce aux magouilles du régent Horthy, la Hongrie demeure officiellement en dehors de la guerre. Mais le nazisme imbibe l'atmosphère. Les sanguinaires Croix-Fléchées Nyilas, plus hitlériennes que Hitler, sèment la terreur — elles finiront par prendre le pouvoir, en mars 1944, quand l'armée allemande s'emparera finalement du pays. Les juifs sont assassinés par milliers. Les quatre amis se planquent du mieux qu'ils peuvent, notamment dans le village de Budaliget, un faubourg de Budapest. Seule la célébrité de Gitta Mallasz leur assure une relative tranquillité, et du travail.

Habitués depuis belle lurette à discuter des heures entières du sens de la vie, à lire Lao-tseu ou les Veda, ils se retrouvent de plus en plus à huis clos. La guerre qui se déchaîne pousse chacun toujours plus loin dans ses retranchements. Leur conversation atteint un point d'incandescence.

« Chaque soir, raconte Gitta, après le travail, on "chauffait" différents sujets qui nous touchaient particulièrement. Mais au fur et à mesure que la guerre avançait, nous n'avions plus qu'une seule préoccupation : le mensonge. Ce mensonge organisé qui rendait l'air irrespirable... Nous cherchions la vérité dans tout ça, notre vérité. Pas des coupables, mais des erreurs, faites par l'homme en général, et nous en faisions partie. Comment faire naître l'homme nouveau en nous, l'individu créateur libéré de la peur ? »

Une sorte de jeu de la vérité s'installe entre eux. Exigeant, difficile. Et brusquement, un vendredi après-midi, le 25 juin 1943 exactement, l'inouï se produit.

Seules Gitta et Hanna sont là. Elles se disputent à propos d'un texte que Gitta veut écrire, ou plutôt ne se résout pas à écrire. Tout d'un coup Hanna annonce d'une voix étrangement solennelle : « Attention ! Ce n'est plus moi qui parle. »

Ce qu'elle dit ensuite, les réponses qu'elle fait aux questions de Gitta Mallasz, constitue le premier de quatre-vingt-huit extraordinaires dialogues.

Dialogues avec qui ? Disons avec une « force » lumineuse, qu'ils appelleront « ange » au bout d'un mois, que d'autres appelleraient peut-être « inconscient » — octroyant alors à ce dernier un cœur immense, doué d'une somptueuse intelligence et d'une sévérité sans pareille face à la lâcheté, à la complaisance, au manque d'ambition et d'indépendance de leurs « moitiés physiques ».

Pendant dix-sept mois, de juin 1943 à novembre 1944, le phénomène sacré se reproduira, une fois par semaine d'abord, puis, à mesure que l'étau nazi se refermera, une fois par jour, et même, à la fin, à tout bout de champ — et l'ange, quittant la démarche rigoureusement pédagogique qui le caractérise au début, se lancera alors dans un véritable récit d'Apocalypse, prophétie d'une révélation superbement joyeuse.

Joyeuse, oui ! Même lorsque les bourreaux encerclent la maison et s'apprêtent à s'emparer d'Hanna, de Lili et de la centaine de femmes juives que Gitta protège en se faisant passer depuis des mois pour la patronne d'un atelier de confection nazi.

Jusqu'à la dernière seconde, elles noteront tout, sur des carnets à couverture vernie ; Joseph, lui, se meurt déjà dans un camp.

Trente ans plus tard, Gitta Mallasz, seule survivante, ayant traversé quinze années de calvaire supplémentaire sous les communistes — obligée de concevoir les décors du Ballet national hongrois pour sauver sa famille d'anciens officiers —, puis devenue française, réussira enfin à publier le contenu de ces carnets, à Paris, chez Aubier.

Fulgurant succès. *Dialogues avec l'ange* est aussitôt traduit dans une douzaine de langues. Il devient le livre culte d'un certain nombre d'artistes, dont Yehudi Menuhin et Narciso Yepes — ce dernier s'occupera personnellement de la traduction espagnole, soucieux de respecter la musique et le rythme très particuliers de ce texte mi-psaume, mi-negro spiritual.

C'est l'un des grands ouvrages sacrés du siècle.

Impossible, évidemment, de le résumer. Chaque page contient des trésors de nouveauté radicale.

Que penser des religions ?

« Vieux monde ! »

Et de la science ?

« Serviteur arrogant qui se prend pour le maître. »

La parapsychologie ?

« Bave des malades, grelottement des naufragés. »

La raison intellectuelle ?

« N'existe qu'à l'intérieur du temps. Née avec le temps, elle meurt avec lui et ne peut rien concevoir en dehors de lui. »

La souffrance ?

« Un guide pour l'animal, inutile pour l'homme. »

La sexualité humaine ?

« L'homme a reçu ce "plus" qui comble le manque sur terre, non pour faire beaucoup de corps — mais pour faire l'*HOMME.* »

Et la guerre ?

« DEPUIS QUATRE MILLIONS D'ANNÉES QUE L'HOMME EXISTE, LA PAIX N'A ENCORE JAMAIS EXISTÉ. MAIS ELLE ARRIVE... »

La guerre, obsédante...

Ces questions, j'étais allé les poser à Gitta Mallasz

en mars 1991, alors que nous venions d'assister, ébahis, à la guerre « chirurgicale » contre l'Irak, un demi-siècle tout juste après le déchaînement du *Blitzkrieg* hitlérien...

A plus de quatre-vingts ans, l'ancienne nageuse austro-hongroise vivait encore — au sud de Lyon, sur les coteaux de la Côte-Rôtie, où des amis français, Bernard et Patricia Montaud, l'avaient accueillie. Elle me répondit d'une voix rocailleuse, pleine d'affection et de gouaille, avec un fort accent d'Europe centrale :

« Au début de cette guerre du Golfe, des amis inquiets m'ont demandé quoi faire. D'abord, je leur ai répondu : "Faites donc comme le paysan chinois : continuez à labourer votre terre." Mais ils ne comprenaient pas comment nous, les quatre amis de Budapest, avions pu supporter les horreurs qui nous entouraient pendant la Seconde Guerre mondiale.

« Nous avions appris une chose importante : la guerre ne se décide pas sur le champ de bataille, ni même dans les réunions des plus hauts dirigeants. La guerre n'est que la conséquence inévitable d'un autre champ de bataille, invisible à l'œil de l'homme.

— Lequel ?

— Il faut savoir que chaque sourire humain mine les projets de guerre. Que chaque pensée constructive diminue l'impact des forces destructives. Que chaque désir de paix atténue le feu des combats. Mais aussi que chaque émotion négative ouvre au contraire la porte à la destruction. Nous qui vivons aujourd'hui, nous n'assistons certainement pas par hasard à toutes ces guerres : chacun de nous est le guerrier responsable de la grande balance historique. Nous ne sommes nullement les victimes impuissantes des événements extérieurs, mais peut-être bien au contraire la goutte décisive, qui peut faire pencher la balance vers la vie... ou vers l'anéantissement. Porter consciemment cette responsabilité, c'est ça la dignité de l'homme. »

Gitta nous servit du bourbon et, les yeux mi-clos, poursuivit :

« Un vendredi de l'hiver 1943, Lili a demandé : "Pouvons-nous faire quelque chose contre les horreurs de la guerre ?" L'ange a répondu, d'un ton vaguement exaspéré : "LA GUERRE C'EST L'HABITUEL. TOURNE-TOI VERS LE JAMAIS VU. LE JAMAIS ENCORE ENTENDU !" Eh oui, les plus vieux ossements humains datent d'il y a deux à quatre millions d'années, or nous savons que l'homme primitif a aussitôt tué ses congénères pour survivre. Depuis, la tuerie n'a jamais cessé — quand elle est organisée, on l'appelle guerre. Quatre millions d'années de massacre, c'est devenu une habitude ! Nos cellules sont habituées à tuer, nos gènes même ! Quatre millions d'années de GUERRE CONTINUELLE, la routine, quoi ! Et l'ange nous a dit : "La paix, elle, n'a encore jamais existé, JAMAIS. Car la paix n'est pas un sursis entre deux guerres."

— On ne voit pas ce qui pourrait nous sortir de là...

— Si ! Un corps métamorphosé jusque dans ses cellules ! Un corps qu'on ne pourrait plus tuer. Alors tous les outils de la guerre, tout cet arsenal de bombes, la tuerie supersophistiquée, technologique... ne serviraient plus à rien. A la poubelle ! Si l'homme vit dans un corps qu'on ne peut plus tuer !

— Pardi ! Mais ça peut exister, un corps pareil ?

— L'ange répondait : "L'HOMME EST TELLEMENT GRAND QUE MOI-MÊME JE NE LE VOIS PAS ENCORE." Comprends-tu, nous ne savons pas qui nous sommes. Pas du tout ! Et nous sommes a-bo-mi-nablement modestes.

— Tiens, je croyais que c'était l'inverse, que l'homme, cet arrogant, avait tout détruit parce qu'il se prenait pour le maître.

— Faux maître, qui n'assume pas son rôle ! C'est tellement plus *confortable* de rester assis sur ses fesses à ne rien faire — parce que, être Homme, quelle responsabilité gigantesque ! Être le porte-parole de la création ! L'animal ne parle pas. L'ange non plus. Il ne peut parler qu'à travers l'homme. L'homme seul a reçu la parole — et le sourire ! personne ne sait sourire, sauf l'homme. La parole est créatrice. Mais je peux créer les ténèbres, comme je peux créer la lumière.

» L'une des phrases qui m'a le plus marquée — nous vivions une période des plus grandes ténèbres — c'est quand l'ange nous a dit : "NE T'OCCUPE PAS DES TÉNÈBRES ! MAIS RAYONNE LA LUMIÈRE, TOUJOURS ET PARTOUT ! LA LUMIÈRE NE NAÎT PAS DES TÉNÈBRES, MAIS LES TÉNÈBRES MEURENT DE LA LUMIÈRE."

— Certains pensent que l'émergence du nouveau ne peut se faire que dans l'urgence, sous la pression monstrueuse de la nécessité.

— Ça, c'est encore l'ancienne loi de la contrainte. La nouvelle loi nous donne le libre choix de notre transformation. Telle est la plus grande dignité de l'homme. Nous nous trouvons devant la possibilité incroyable de nous créer consciemment nous-mêmes. De nous unir consciemment à cette moitié de lumière dont nous sommes la moitié matérielle, à cette moitié vivifiante dont nous sommes la moitié vivifiée, à cette moitié intemporelle dont nous sommes la moitié mortelle, l'homme ancien ne le sait pas. Il sait seulement qu'il est vivifié, mais par quoi ? il l'ignore.

— Quelle est la nature de l'ange ? Il vit dans quelle dimension ?

— L'ange ne voit pas la matière. Seulement à travers l'homme. Un jour, il y avait beaucoup de fleurs, que j'avais arrangées, il m'a dit : "TU T'ATTACHES TROP À DÉCORER, TOUT CE QUI EST ATTACHEMENT, LAISSE-LE DE CÔTÉ. JE NE VOIS PAS LES FORMES DES FLEURS, MAIS QUAND NOUS SERONS UNIS, JE VERRAI LA FORME DE LA CRÉATION À TRAVERS TES YEUX ORGANIQUES."

» L'ange voit l'essence d'une forme, son étincelle créatrice ; il ne voit pas la forme créée. Seulement à travers nous. Inversement, si tu t'unis à ton ange, tu vois l'essence de la création, le principe créateur. Cette union du créé et du créateur constitue le printemps de l'humanité. Or ce printemps approche. Lili et Hanna en ont témoigné jusque dans l'agonie des camps : le printemps est là ! *Maintenant !* Nous pouvons dès à présent, si nous voulons, connaître un état *qui n'a jamais existé* !

— Grâce à l'ange ? C'est lui qui prend l'initiative ?

— Au début, en 1943, lors des premiers entretiens, je me suis dit : "Bon sang mais cette voix dit la vérité ! Et moi qui suis à la recherche de la vérité, et qui en ai tellement assez du mensonge... O toi qui parles, comment pourrais-je entendre ta voix en permanence ?" Alors, avec un accent de mépris incroyable, l'ange m'a répondu : "TU SERAIS UNE MARIONNETTE ! SOIS INDÉPENDANTE !" Il voulait que je sois joyeuse et indépendante.

— D'accord, mais c'était un provocateur, cet ange ! Il vous disait ça au moment où les ténèbres devenaient maximum. Et vous y parveniez sincèrement, à être joyeux, en pleine guerre ?

— En fait, je crois que nous étions les cobayes d'un essai, disons... angéliquement scientifique. Leur sujet d'étude devait être quelque chose du genre : comment quatre humains tout à fait ordinaires, sains d'esprit (nous étions très ancrés dans la vie quotidienne), comment des gens normaux mais vivant dans des conditions extraordinairement dures, peuvent-ils supporter un influx de lumière de plus en plus intense ? Une seule fois, l'essai a failli rater : nous venions d'apprendre que plusieurs millions de juifs avaient été gazés, et le cercle des nazis hongrois se refermait chaque jour davantage sur nous. Là, nous sommes tombés dans un désespoir tel que les anges ont... perdu le contact ! Ils ont juste pu nous dire : "Ou nous nous purifions avec vous, ou nous périssons avec vous !" Parce qu'en réalité, nos anges, nous l'avons senti, prenaient un risque énorme, eux aussi. Le risque que l'expérience rate... Heureusement, une fois passé ce choc, nous n'avons plus jamais perdu la foi, même après la déportation de Joseph, même quand visiblement rien ne pouvait plus nous sauver...

— Ainsi, pendant dix-sept mois, semaine après semaine, puis jour après jour, ces étranges voix d'ange vous ont apporté un sublime enseignement, une leçon sacrée. Toujours par la bouche d'Hanna. Était-ce une transe ?

— Non, Hanna demeurait totalement lucide, même si parfois la force qui l'habitait la faisait vaciller.

— Quelle force ?

— Le pouvoir de la pensée m'a toujours fascinée. Déjà dans ma petite enfance, je me demandais : "Comment fermer la porte à toutes ces pensées qui entrent dans ma tête sans ma permission ?" J'ai dû attendre d'avoir trente ans pour que l'ange m'éclaire à ce sujet. La pensée appartient au monde créé, alors que l'intuition appartient au monde créateur. La première est soumise au temps, la seconde lui échappe. La pensée sert simplement à transmettre clairement ce que l'intuition lui inspire.

» Combien de grands penseurs, Descartes, Newton, Einstein, Poincaré, ont reconnu avoir trouvé l'inspiration de leurs découvertes dans une sorte de rêve. L'instant d'un éclair, toute la structure leur est apparue. Ensuite, il leur a fallu des heures, ou des jours, ou des mois, pour que leur pensée puisse traduire en mots, ou en équations ce que leur intuition leur avait révélé. Bien sûr, pour servir l'intuition de façon parfaite, il faut une pensée formée avec rigueur. Prends Mozart : dès sa plus tendre enfance son père lui a enseigné les structures de la composition musicale. Lorsque ensuite son intuition lui a fait entendre la musique céleste, il a su la traduire sur ses partitions, instantanément, et souvent même sans ratures, sous forme de symphonie, de concerto ou d'opéra.

» A l'inverse, un intellect flou traduira médiocrement la plus authentique intuition, voire la défigurera. Combien de fois ai-je été stupéfaite de lire les textes de personnes qui avaient traversé — cela ne faisait aucun doute — de véritables expériences spirituelles, alors que leurs écrits n'étaient que d'interminables répétitions ampoulées, faussement poétiques, sans innovation.

» Notre amie Hanna était d'une intelligence rare, très rigoureuse. Lorsque avec son intuition, elle entendit la parole de l'ange, elle sut la traduire instantanément et sans hésitation dans notre langage. Bien sûr, ce langage ne sera pas le même pour un Européen ou pour un Asiatique, pour un scientifique ou pour un artiste. Mais, en fait, ce ne sont pas les termes employés qui comptent, mais le sens nouveau, la perspective nouvelle. C'est le NOUVEAU qui est la carte de visite, la preuve du passage de l'ange!

» De l'ange ou plutôt *des* anges : chacun, qu'il le veuille ou non, est en relation permanente avec sa moitié de lumière créatrice. L'ange de Lili était tendre. Celui de Joseph mesuré. Celui d'Hanna exalté. Le mien impitoyable. Tous avaient en commun de ne jamais utiliser de mots usés. Par exemple ils ne prononçaient jamais nos prénoms. Ils ne disaient pas Joseph, mais "Celui qui construit", pas Hanna mais "Celle qui parle". Une fois, l'un d'eux a dit : "JE NE PEUX PAS PRONONCER UN PRÉNOM, PARCE QUE C'EST UN MENSONGE, UN MASQUE."

» Et quand il était question de la force créatrice suprême, de l'"Ultime Réalité" comme disent les Upanishad de l'Inde, il n'était jamais question de "Dieu" : les anges disaient simplement "Ö" (on prononce EU), ce que la version française est fort embarrassée de devoir traduire par "LUI" : le pronom magyar Ö est malheureusement intraduisible dans la plupart des langues. Il signifie "il/elle"! C'est un neutre qui ne serait pas asexué mais au-delà des sexes, au-delà de leur fusion amoureuse...

— La Réalité des Réalités serait le fruit d'une fusion?

— L'ange disait : "SI VOUS POUVIEZ NE SERAIT-CE QUE PRESSENTIR L'ATTIRANCE D'AMOUR DE LA MATIÈRE VERS LA LUMIÈRE, ET INVERSEMENT L'ATTIRANCE DE LA LUMIÈRE VERS LA MATIÈRE, ALORS, VOUS GOÛTERIEZ À L'IVRESSE." Pour l'ange, l'ivresse, c'était ce que nous appelons Dieu. Il disait que cette ivresse nous était réservée à chaque instant. Qu'il suffisait de s'ouvrir à elle. Et c'était toujours une interpénétration amoureuse.

— Comment atteindre cette ivresse? Quelle est la voie?

— La voie c'est la joie — qui est sans raison — et le poids — qui est l'attirance d'amour... »

Depuis que je lis les *Dialogues*, cette dernière phrase est sans doute celle qui me fait le plus d'effet. *Habite ton corps*, suggère l'ange à sa moitié temporelle, *n'essaie pas de ne pas peser. De nous deux, le léger c'est moi, alors que tu as le privilège insensé d'habiter la matière — ce qui te donne un pouvoir que tu ne conçois même pas, et d'abord celui de la parole. Car de toute la création, tu es le seul à pouvoir parler. Même le divin ne s'exprime verbalement que par ta bouche. Alors pèse mon ami — la voie c'est le poids — mais pèse joyeusement ! Ainsi pourrai-je entrer en relation avec toi*. Comme si, de cette façon, et de cette façon seulement, pouvait se tendre entre l'humain et son ange la corde d'un suprême instrument cosmique : l'Homme.

L'Homme ?

Alors... à quoi ressemble-t-il donc l'accomplissement du Cinquième Rêve ?

C'est un être si grand que l'ange lui-même ne saurait le concevoir. Un être, dit-il en dessinant un chandelier à sept branches, à la confluence de la lumière et de la matière, du séraphin et de l'arbre, de l'ange et de l'animal. Un être en qui se rejoignent le créateur et le créé...

L'HOMME EST TOUT L'UNIVERS et sa règle l'éternellement nouveau.

L'animal puis l'ange m'ont donné cette éblouissante clé.

La suite ne peut être qu'un chantier.

BIBLIOGRAPHIE

ABREZOL Raymond, *Sophrologie et évolution, demain l'homme*, Chiron (Lausanne), 1986.

ALLEN John, *Biosphere 2, the human experiment*, Penguin Books (NY), 1991.

AOKI Hiroyuki, *Shintaïdo, un art de mouvement et d'expression de la vie*, 1982, Fédération française de Shintaïdo, 1986.

BATESON Gregory, *Communication et société*, Seuil, 1988.

CAMPBELL Joseph, *Puissance du mythe*, 1988, J'ai lu, « New Age », 1991.

COLLET Anne et DUGUY Raymond, *Les Dauphins*, Le Rocher, collection Science et Découvertes, 1987.

CRAIL Ted, *Apetalk & Whalespeak*, Tarcher, Los Angeles, 1981.

DARWIN Charles, *L'Origine des espèces*, 1880, La Découverte-Maspero, 1980.

DEPELSENEER Yseult, *Les Bébés nageurs et la préparation prénatale aquatique*, Prodim (Bruxelles), 1987.

DENTON Michael, *L'Évolution, une théorie en crise*, 1985, Champs-Flammarion, 1992.

DEVAL Bill et SESSIONS George, *Deep Ecology : living as if nature mattered*, Peregrine Smith Books (Layton, Utah, USA), 1985.

DOAK Wade, *Project Interlock*, 1988 ; trad. fr. : *Ambassadeur des dauphins*, Édit. Lattès, 1993.

DOLEZOL Theodor, *Delphine, Menschen des Meeres* (Dauphins, humains de la mer), Éditions Ueberreuter, Vienne, 1973.

DÜRCKHEIM Karlfried Graf, *Hara, centre vital de l'homme*, 1967 ; Le Courrier du Livre, 1974, 2e éd. 1982.

EERSEL Patrice Van, *La Source noire*, Grasset, 1986.

FERGUSON Marilyn, *Les Enfants du Verseau*, 1981 ; *La Révolution du cerveau*, Calmann-Lévy, 1986.

GLUCKSMANN André, *Descartes c'est la France*, Flammarion, 1987.

GOULD Stephen Jay, *Darwin et les grandes énigmes de la vie*, Points Sciences-Pygmalion, 1979, Le Seuil, 1984.

HART Mickey, *Voyage dans la magie des rythmes : un batteur de rock chez les maîtres-tambours*, Laffont, 1993.

HUU KHOA Lê, *les Vietnamiens en France : insertion et identité*, L'Harmattan/CIEM, 1985.

HUU KHOA Nguyên, *Le Temple de la Félicité éternelle*, 1985 ; *la Montagne endormie*, La Différence, 1985.

KASTLER Alfred, DAMIEN Michel et NOUET Jean-Claude, *Le Grand Massacre*, Fayard, 1981.

KERCKHOVE Derrick de, *Brainframes : technology, mind and business*, Bosh & Keuning (Hollande), 1991.

KOESTLER Arthur, *Le Cheval dans la Locomotive*, 1962 ; *La Quête d'absolu*, Calmann-Lévy, 1981.

LABORIT Henri, *La Nouvelle Grille*, 1974 ; *L'Éloge de la fuite*, Laffont, 1976.

LEBOYER Frederick, *Pour une naissance sans violence*, Seuil, 1980.

LILLY John, *L'Homme et le dauphin*, Stock, 1961. *Programming and metaprogramming in the human biocomputer*, 1968 ; *The Center of the Cyclone*, Julian Press, 1972 ; *les Simulations de Dieu*, Éditions Chamarande, 1984.

LOVELOCK James E., *La Terre est un être vivant*, Le Rocher, 1989.

MANGEZ Caroline et ROUSSELET BLANC Vincent, *Les Animaux guérisseurs*, J.-C. Lattès, 1992.

MCINTYRE Joan, *Mind in the Waters* (ouvrage collectif), Doubleday, 1982.

MCKENNA Terence, *Food of the Gods*, 1992, et *True Hallucinations*, Bantam Books, 1993.

MALLASZ Gitta, *Dialogues avec l'ange*, Aubier, 1975/90.

MALRAUX André, *Les Noyers de l'Altenburg*, Édition du Haut-Pays, 1943 ; Gallimard, 1948.

MARGULIS Lynn, *L'Univers bactériel*, Albin Michel, 1986/89.
MAYOL Jacques, *Homo delphinus*, Glénat, 1986.
MERLE Robert, *Un animal doué de raison*, Folio, 1967.
MERNISSI Fatima, *Le Harem politique, ou le Prophète et les femmes*, Albin Michel, 1987.
MESSADIÉ Gérald, *Histoire générale du diable*, Laffont, 1987.
MONTAUD Bernard et Patricia, *Gitta Mallasz, quand l'ange s'en mêle*, Dervy Livre, 1990.

NOLLMAN Jim, *Écologie spirituelle*, Jouvence, Genève, 1990.

ODENT Michel, *Genèse de l'Homme écologique*, EPI, 1979. *Naître et renaître dans l'eau*, Presses Pocket, 1990. *Votre bébé est le plus beau des mammifères*, Albin Michel, 1990.

PALMA Albert, *La Voie du Shintaïdo*, Albin Michel, 1992.
PLUTARQUE, *L'Intelligence des animaux*, Arléa, 1990.
PRIEUR Jean, *L'Ame des animaux*, Laffont, 1986.
PRIGOGINE Ilya et STENGERS Isabelle, *La Nouvelle Alliance*, 1979; *Entre le temps et l'éternité*, Gallimard, 1990.

RING Kenneth, *En route vers Oméga*, 1984, Laffont, 1991.
RUESCH Hans, *Expérimentation animale : honte et échecs de la médecine*, Nouvelles Presses internationales/CIVIS, 1991.
RUFFIOT André, *La Thérapie familiale psychanalytique* (ouvrage collectif), Dunod, 1990.
RUSSEL Peter, *La Terre s'éveille : les sauts évolutifs de Gaïa*, 1982. Le souffle d'or, 1989.

SAINT-JOHN Patricia, *Le Message des dauphins : comment les cétacés peuvent nous apprendre à communiquer (avec les autistes)*, Laffont, 1993.
SAGAN Dorion, *Biosphere*, McGraw-Hill, 1990.
SATPREM, *La Genèse du surhomme*, Buchet-Chastel, 1974. *Le Mental des cellules*, 1981; *La Révolte de la Terre*, 1990; *Évolution II*, Laffont, 1992.
SHELDRAKE Rupert, *Une nouvelle science de la vie*, 1981; *La Mémoire de l'univers*, 1988; *L'Ame de la nature*, Le Rocher, 1992.
SI-AHMED Djohar, *Psychanalyse et parapsychologie*, Dunod, 1988.
SIDENBLADH Erik, *Les Bébés de l'eau*, Laffont, 1982.
SINGER Peter, *La Libération animale*, Grasset, 1973/93.
SNYDER Gary, *The Practice of the Wild*, 1990, North Point Press (San Francisco).

SOLIENITSYNE Alexandre, *Le Pavillon des cancéreux*, 1966; Julliard/Presses Pocket, 1988.
STRUM Shirley, *Presque humain — voyage chez les babouins*, 1987, Eshel, 1990.

TANNERY Claude, *Malraux, l'agnostique absolu — ou la métamorphose comme loi du monde*, Gallimard, 1985.
THIS Bernard, *Naître et sourire*, Aubier, 1977; Champs-Flammarion, 1983.
TORRIS Georges, *Penser l'évolution, de la bête à l'homme*, Éditions Universitaires, 1980.

VELDMAN Frans, *Haptonomie, science de l'affectivité*, PUF, 1989.
VERLOMME Hugo, *Mermère*, J.-C. Lattès, 1978.
VERNADSKY Vladimir, *The Biosphere*, Synergetic Press, 1929/1986 (PO box 689, Oracle, Arizono, 85623).

WATZLAWICK Paul, *La Réalité de la réalité*, Points-Seuil, 1979.
WEIL Simone, *La Pesanteur et la grâce*, Plon, 1938; Presses Pocket, 1991.
WILLIAMS Heathcote, *Des baleines* (album photos), Aubier, 1988.

Table

DU MÊME AUTEUR

En collaboration avec Jean-François Bizot et Léon Mercadet :
AU PARTI DES SOCIALISTES, Grasset (1975).

En collaboration avec Jean Puyo :
VOYAGE À L'INTÉRIEUR DE L'ÉGLISE CATHOLIQUE, Stock (1977).
SACRÉ FRANÇAIS, Stock (1978).

LA SOURCE NOIRE, RÉVÉLATIONS AUX PORTES DE LA MORT, Grasset (1986).

IMPRIMÉ EN FRANCE PAR BRODARD ET TAUPIN
Usine de La Flèche (Sarthe).
LIBRAIRIE GÉNÉRALE FRANÇAISE - 43, quai de Grenelle - 75015 Paris.
ISBN : 2 - 253 - 13823 - 1 31/3823/7